U0448988

天物墟

孙频——著

孟繁华 张清华/主编

情感共同体
80后作家大系
80
山东文艺出版社

山东文艺出版社

图书在版编目（CIP）数据

天物墟 / 孙频著. —济南：山东文艺出版社, 2023.6
（情感共同体·80后作家大系 / 孟繁华, 张清华主编）
ISBN 978-7-5329-6876-3

Ⅰ.①天… Ⅱ.①孙… Ⅲ.①中篇小说—小说集—中国—当代 Ⅳ.①I247.5

中国国家版本馆CIP数据核字（2023）第063725号

天物墟
TIANWU XU

孙 频 著

主管单位：山东出版传媒股份有限公司
出版发行：山东文艺出版社
社　　址：山东省济南市英雄山路189号
邮　　编：250002
网　　址：www.sdwypress.com
读者服务：0531-82098777（教材教辅推广中心）
　　　　　0531-82098779（教育读物编辑部）
电子邮箱：sdwy@sdpress.com.cn

印　　刷：肥城源盛印刷有限公司
开　　本：710毫米×1000毫米　1/16
印　　张：19.25
字　　数：260 千
版　　次：2023年6月第1版
印　　次：2023年6月第1次印刷
书　　号：ISBN 978-7-5329-6876-3
定　　价：68.00元

版权专有，侵权必究。如有图书质量问题，请与出版社联系调换。

总序
80后：一个情感共同体

孟繁华　张清华

"情感共同体"，是新近兴起的历史学流派——情感史研究的概念。这个历史学研究流派被称为史学研究的新方向，它在考量客观事实的同时，还关注到人的道德、行为、信仰与情感等因素。美国学者苏珊·麦特和彼得·斯特恩斯指出，对情感的研究改变了历史书写的话语——不再专注于理性角色的构造，而情感研究已有的成果已经让史家看到，不但情感塑造了历史，而且情感本身也有历史。当然，研究历史与情感的关系和研究文学与情感的关系，是完全不同的两回事。借助历史研究的"情感共同体"概念，意在说明，这个共同体是一个真实的存在，而并非空穴来风。

将80后作家群体看作一个"情感共同体"，当然也只是一个比喻，一如我们此前将70后看作"身份共同体"一样。任何比喻都是有欠缺的，但可以将比喻对象更形象地呈现出来。另一方面，即便是80后本身，他们也从不同的方面将作家看作一个"共同体"。80后有代表性的批评家杨庆祥，写了《80后，怎么办》一书，引起很大反响，特别是在80后群体中，反响更强烈。张悦然说："十年前80后主要是一种反叛形象，主要写的是叛逆青春，那时候的80后肯定不需要《80后，怎么办》这本书。但是到了现在，变化非常大。我的问题在于，这代人是不是变得太快了一点,好像青春结束得太早了一点,一下子就进入了一种很委顿的中年的状态里面。正是在这样快速的消失当中,我们这一代人需要停下来审视自己。"由此可见,杨庆祥的困惑切中了一代人的思想脉络。他书中提出的问题,比如"失败的实感""历史虚无主义""抵抗的假面""沉默的'复数'""从小资产阶级梦中惊醒""我们这一代没有真正的青春""我依然属于弱势群体""能够受到一些公平的待遇就可以了"等,因有极大的"共情性",而受到了同代人的关注。这是80后内部对"情感共同体"认同的一个佐证。但无论如何,杨庆祥还比较客观。他终究还认为"我们是比50后、60后和70后更幸福的一代人"。这当然是另外一个话题。

在现代社会里,每个人都是当然的单个主体,但每一代人也必定有某种共性,虽然这共性也是被建构和解释出来的。80后的共性是什么?也许很难说清楚,杨庆祥的阐释或许也不能说服所有人。要想为他们找一个最大的"公约数",确乎很难。但是,从某种意义上来说,这一代人有着相似的文化与社会境遇,却是事实。这种境遇在我们看来,或许就是一种历史的"错位感"与"迟到感"。他们成长的阶段,刚好是中国社会迅猛变革与走向市场化的年代,他们的童年与青春时代,经历了中国社会价值观的剧烈转换;而等到他们长成的时候,中国的社会已历经世纪之交,进入了一个阶层逐渐固化、机遇相对减少的时期。相对优越的成长环境、比较早地受到关注,与成年后的某种失落之间的落差,带给了这一代人特有的困惑与迷茫。

从这个意义上,与其说他们是一个"情感共同体",不如说是"经验共同体",只是这样说不够清晰和强烈而已。要想说得有效,而不只是"求正确"的话,那么"情感共同体"是一个必要和不得已的强调。但是须知,在情感体验与情感表达之间,也同样存在着巨大的差异,人的个性差异在文学表达中,尤其有决定性的作用,更何况,人所表达的情感，也未必是他内心感受到的真情实感。所以，从根本上说，即便是同代人，他们的创作也未必在同一个声音频道里。因此，恰是这些相同和差异，一起构成了这代人的整体特征。我们必须承认，现在我们讨论的80后作家，与刚刚出道时的80后作家已经非常不同。对那时的80后作家，社会和文学界都有不一样的看法，比如有的人认为，他们过早地被市场裹挟和被书商包装了，他们没有经历上几代作家所经历的那些制度性的历练，所以在他们之中也就"看不到跟经典写作接轨的作者"。同时还有一种看法，就是他们除了书写个人成长经验之外，很难进行真正的"创作"，对社会问题和社会公共事务还不具备处理的能力。

然而时过境迁，经过十多年的锤炼和努力，以及社会不同方面的合力培育，现在的80后已经蔚为大观，且早已实现了"纯文学"意义上的承前启后，逐渐成熟并走向了文学创作和批评的一线。为了培养文学批评队伍，中国现代文学馆已先后邀请了十余届客座研究员，这些人中的相当一部分是80后，十余届中已有数十人，其规模已足以令人生畏。更有第三届客座研究员，还将他们自己命名为"十二铜人"，显然隐含了自我认同的情感关系。鲁迅文学院多次举办"青年作家高级研修班"，参加者也多为80后。更有专门以培养"文学新锐"为己任的文学刊物或栏目，比如专门举荐文学新锐的《西湖》杂志，以及《人民文学》的"新浪潮"，《十月》的"小说新干线"，《北京文学》的"新人自荐"，《作家》的"处女作"，《天涯》的"新人工作间"，《民族文学》的"本刊新人"，《中国作家》的"新实力"等等，都培养了一大批80后作家。正如80后青年批评家行超所说，最近的这二十年，既是中国社会经济、文化思潮、价值取向发生巨大转变的二十年，也是80后一代从青春期的少男少女成长为家庭支柱和社会中坚力量的二十年。80后一代在生理和精神上的全面成长，必然导致如今的80后文学与此前呈现出若干显见的变化，世纪之交那种与市场需求、商业逻辑等相纠缠的青春文学，已逐渐在他们笔下消失，取而代之的，是在内容、主题、艺术手法等多方面都变得更加成熟、更加复杂的多样性的写作。到今天，在纯文学刊物、出版市场、网络文学等各个文学场域，80后作家都占有重要的位置。而这代人写作历程中所经历的变化，恰恰构成了中国文学在新世纪发展流变的一个面向。

从诗歌领域来看，80后的一代，似乎已经没有当年70后登场时那种明显的策略意识。他们既不急于标张自我文化身份的独异性，也不刻意强调与前代的继承性，在诗风上是相当"稳健"的一代。从社会身份看，他们也主要有两类，一类是"学院派"的，一类是"非学院派"的——隐藏于社会各界与三教九流，但共同点是，文化素养都相对较高。其中"非学院派"的一类在写作上更接地气，像丁成、阿斐、唐不遇，还有女诗人中的郑小琼、李成恩，他们都是现实感非常强的诗人，当然表达个性都各自有鲜明特点；而茱萸、胡桑、严彬、王东东则都属学者型的诗人，有很强的学院背景和诗学素养，他们的写作可以说都非常自信，有从容不迫的气度，既充满知性，同时又不掉书袋，殊为难得。这两类诗人，并没有像"第三代"那样分为"民间写作"和"知识分子写作"，他们几乎已经消弭了这些对立和差异。即使是像郑小琼这种出身底层、从"打工诗人"群体中成长起来的写作者，也体现出良好的素养，也写过许多具有先锋气质的，以及"纯粹植物"意义上的诗歌。

总体上，80后一代的文学评论家、小说家、诗人、散文家，已经全面覆盖当代中国文学的各个场域。为了推动这个文学群体的健康发展，鼓励青年作家创作，我们在编辑"身份共同体·70后作家大系"之后，应出版社之约，不得不继续勉力集合"情感共同体·80后作家大系"，深感使命难违，与有荣焉。但实在说，又恐因为年龄阻隔、代沟之障，对他们的理解和阐释其力难逮，说出外行话来，令方家和晚辈嗤笑。所以，多不如少，与其在这里喋喋不休，不如让读者自去判断。

致敬山东文艺出版社的朋友们,他们高瞻远瞩的文学眼光和情怀令我们感佩不已;也致意80后的青年才俊,他们的积极响应也令我们倍感欣慰。让我们一起努力,继续为中国当代文学的发展添砖加瓦。

是为序。

目 录

总　序 80后：一个情感共同体 ………… 1

天物墟 ………… 1

以鸟兽之名 ………… 65

天体之诗 ………… 131

鲛在水中央 ………… 215

后　记 ………… 293

天物墟

1

去年秋天，我终于回了一趟磁窑。

磁窑是地处晋西北深山里的一个小村庄，据我父亲说，那是我们的老家。只是村庄早已废弃，现在已经没有人住了。所以他从来没有带我回去过。不过他时常对我提起老家，说村口有棵千年大槐树，村边有条河，古代叫塔莎水，后来不知为什么被改成了磁窑河，说他小时候在山里经常能摘到各种野果和蘑菇。他还对我说过，磁窑村的历史说起来怎么也有四千多年了，在古代曾是烧制瓷器的官窑，在他小的时候，村里还发现过唐朝的月斑彩釉和铜红釉的瓷片。

父亲原是县五金厂的一名车工，后来五金厂倒闭了，他就去和别人合伙做生意，结果生意赔了，他又跑去内蒙古贩羊皮，在那里待了两年，又是失败而返。此后他就在家里赋闲了一年多，在院子里养了一只八哥，一只狗，天天教那只八哥怎么骂狗，又教狗怎么跳起来恐吓八哥。时间久了，那八哥能说一口极其娴熟的脏话，张口就来。那狗则练出了一身上好的弹跳功夫，一蹦老高，简直像长出了两只翅膀。此外就是精心伺候他的两棵葡萄树。他给它们搭起了拱形的棚子，像服侍残疾人一样把它们的手脚都扶上去，由着它们慢慢爬上架子，舒舒服服地躺在了上面。

等到葡萄刚开始发紫的时候，麻雀和喜鹊都闻讯赶过来抢葡萄吃，他便在葡萄架下立了个稻草人，穿着他的旧毛衣，戴着他的草帽，手里拿着一把蒲扇。可是鸟儿们一眼看穿了蠢笨的稻草人，吃饱的间歇还在稻草人头上休憩片刻。他便把自己装成稻草人，手里拿着蒲扇站在葡萄架下，一见鸟儿过来就使劲摇着扇子，跳起来吓唬它们。

可是冬天葡萄都要入窖冬眠，叶子彻底落光之后，它们谢幕而归，沉睡在了温暖黑暗的葡萄窖里。他连葡萄树都没法伺候了，越发孤独。那只八哥竟然得了抑郁症，终日站在笼子里一言不发，也懒得再骂人。狗没有了对手，只好在大街上到处找野狗玩。他在母亲的训斥下，忙着做煤糕和照顾大白菜。他把煤糕做得四四方方的，整整齐齐地摞起来。他怕大白菜冻着了，又给它们加了床破棉被。他还要不时下地窖去看望一下土豆们，万一发了芽，就不够撑到来年了。

第二年开春后，冰雪消融，那只八哥郁郁而终，他咬着牙把狗送了人，把苏醒过来的葡萄树重新搀扶上架，忽然就一个人回了老家，只说是回老家做生意去了，并没有详细告诉我们做的是什么生意。此后他就很少回家，只在过年的时候才回来住几天，给家里带回来些钱，扛回来十几斤羊肉，顺带一个羊头，羊头上的眼珠子还没摘，灰蒙蒙地瞪着人。一过正月十五，大红灯笼还挂在门口，他就又匆匆赶回去了。

前年过年他回家的时候，我发现他身上忽然多出块玉璧。从小到大，我从未见我的家人们玩过这种风雅的玩意儿，看着十分扎眼，觉得不像是他的东西。但他像个古人一样把那玉璧随身带着，走到哪里都握在手中反复把玩，看着更是扎眼。一天中午，我随手翻着一本书，母亲在厨房里做饭，他缩在窗前的阳光里，温柔地抚摸着那块玉。冬日的阳光留在窗台上的脚步毛茸茸的，像一只猫正在那里无声行走，破碗里栽的蒜苗刚长出来，头发丝一样柔软，玉璧上的饕餮纹却看上去多少有些狰狞，这块玉璧使他整个人看起来忽然有了几分远古时代的巫气。他还故意当着我的面翻看一本书，是一本关于玉器鉴赏的书。我已经很多年没见他翻过一本书了。只见他戴着老花镜，端坐在椅子上，用指头指着，一个字一个字地往下看，一边还低低读出声音来，好像小学生在认字。看了几页，书合上了，眼镜还舍不得摘，一直挂在鼻子上，直到睡着。

我二十世纪九十年代技校毕业后就进了工厂做检验员，结果刚工作了两年多工厂就倒闭了。此后我就成了个无业游民，一直找不到正经事情做，只能到处打些零工。因为没有一份正式稳定的工作，又不肯将就，高不成低不就，导致我一直没有结婚，转眼就晃荡到了四十出头。想想自己从小也算个爱读书的人，写在日记本上的理想少说也有十几个，不是作家就是植物学家，有段时间在冬夜里认识了天狼星，第一次看到了壮丽的银河，被镇住了，还幻想过将来当个天文学家。当年考技校的时候，也是班里拔尖的学生。父母亲说，还是考技校吧，技校毕业了早点工作，就是大学毕业了不一样也要工作。结果，工作是挺早的，我十九岁就参加了工作，却在二十二岁就失业了。后来只要想想自己的学历，就觉得心里窝着一股火，这种委屈又没法和人说，所以我和父母的关系也不是很好。

看着他忽然摆出一副玩玉的风雅派头，我不由得来气，再看看镜子里的自己，头发长了也不剪，指甲已经被烟熏黄，活脱脱一个邋遢的中年男人，又想到父母亲近两年里老是在偷偷观察我的脸色，不由得对自己一阵厌恶。我没好气地说，你又不懂玉，还每天摆弄这个。他犹豫了一下，支棱起耳朵，问，你说什么？我想，他并不是真的听不见，他只是需要时间来反应一下。我没有搭腔，果然，过了半天，他才有些心虚地说，你不知道，玉这个东西就得靠人养着，越养越好。顿了顿，他还想说点什么，但偷偷看看我的脸色就没再多说，只点起一根红塔山烟抽上了。

晚上，他自斟自饮了二两小酒。我酒量其实还可以，但从不陪他喝酒，他也从不叫我。喝完酒，他红着眼睛，伸手在脸上慢慢搓了几把，像刚睡醒一般，又在椅子上呆了一呆，然后便独自进了里屋，连灯也不开。我以为他真去睡了，不小心闯进去，忽见黑暗中只浮动着一张满是皱纹的脸，灯笼似的飘着，吓我一大跳。他正用手电筒照着那玉璧反反复复地欣赏。见我进来，他一把抓住我的胳膊，因为喝了酒，我再摆脸色他也看不见了。他举着玉璧的手在微微发抖，目光也随之缓缓上升，手电筒光穿过玉璧，在墙壁上浮动着一层潋滟的光华，好像有月亮正在屋里升起，月光静静地落在了墙壁上。

他说，我教你怎么认玉吧，学会了也是个本事。

我说，我不学，用不着。

他不管，抓着我的胳膊不让我走。他说，你看啊，真玉都是透光的，里面还有道水线，要是在里面能看到小气泡，那肯定是用玻璃做的，比如那种阿富汗玉，是用方解石做的，但做得再怎么像，那也还是假的。要是古玉的话，上面一般都有沁色，要学会看上面的沁色，黑的是水银沁，红的是血沁或朱砂沁，绿的是铜沁。玉器埋在地上能吸人血变成血沁，所以造假就能造出狗血玉。我给你讲讲狗血玉是怎么做出来的啊，你可要长个记性。

我不耐烦地说，不用给我讲。

他像没听见，抱着我的胳膊大声说，把假玉烧得通红，再在活猫活狗的肚子上划一刀，趁热把假玉塞进猫狗的肚子里，然后再把猫狗埋到地下。过一年再挖出来，你看吧，假玉上面就有了血沁，看上去和真的也差不多，骗人说是古玉，一卖卖个大价钱。以后你可千万不要上这个当。

我说，哪来那么多当可上。

他向我支起一只耳朵，问，你说什么？见我不吭声，便慢慢放开了我的胳膊，又有些不放心地站在我旁边，似乎怕我会跑掉。沉默了一会儿，他忽然自言自语道，你是不知道，现在假玉多着呢，多个本事总不是坏事。

过了几天，黄昏时分，阴沉的天空里飘起了大团雪花，天地间一片苍茫。我一边等货，一边蹲在雪地里抽了几根烟，把烟头一个个插在雪地里，烫出一排整齐的小洞来。一个刚补完课的女学生背着一个巨大的书包，骑着一辆旧自行车冲了过来，在漫天的大雪中，她忽然放开了双手，快乐地大笑着，迎接着漫天的雪花，然后便轰隆一声摔倒在地上，却还是笑着爬起来，拍拍身上的雪，接着骑了上去。我久久看着她远去的背影，忽然想起了年少时候的自己，那时候，一切都还来得及吧。大雪很快覆盖了小洞，大地上的一切都在迅速消失，包括所有的往事。夜晚乘着风雪再次降临，我终于顶着一身雪花回了家。

屋里的炉子烧得通红，炭在里面噼啪炸响，父亲戴着眼镜，就着一盘花生米正在窗前喝酒。见我回来了，他忙把两只手在衣服上来回搓了搓，站起来摇摇晃晃地抓住我说，你可回来了，快过来，我教给你怎么认玉。我没有理他，把身上的雪掸了掸，然后站在炉边烤着两只手。他小心翼翼地凑了过来，想说话又不敢说，一边看着我的脸色，一边还是断断续续地说，古玉上面的花纹都是有讲究的……有兽面纹的玉，一看就是商周时候的……有蝌蚪纹的玉，一看就是西汉时候的。记住了吧，是西汉时候的玉。

他可怜巴巴的目光落在我身上，我不忍心去看他，这不忍心又让我忽然变得愤怒起来，我说，能不能把你的眼镜摘掉再说话。他好像被火光烫了一下，猛地往后退了一步，却又习惯性地支棱起一只耳朵，问，你说什么？我抬起头，看到窗外的雪越来越大，天地好像都要被缝到一起去了。屋里没有开灯，他放在桌上的那块玉璧像夜明珠一样，在昏暗中吐出了水波似的光芒。他在那里呆呆地站了半晌，没有再说什么，只默默地把眼镜摘了下来。从初一到十五，他在哪里，那玉璧就跟着在哪里，他看起来陷入了一种前所未有的痴迷。他吃饭养着它，睡觉养着它，他和这玉璧几乎已经长到一起了，这玉璧像是他身上新长出来的一个器官。

那段时间母亲刚从街上打了一口铁锅回来，怕铁锅生锈，成天小心伺候，专门炼了一罐雪白的猪油，日夜用猪油养着。这使得这口铁锅即使闲卧在灶台上的时候，也散发着一种强大的气场。

家里自从养了这些没有生命的物件之后，不同于从前养狗养八哥的热闹，倒像忽然住进来几个会隐身的远方亲戚，就算看不到人，仍然会觉得家里多了几个人，有一种阴森森的拥挤。

很快正月十五也过去了，日子照旧，我仍是每天骑着电动车给人送货。那天晚上，我很晚才到家，回家一看，母亲已经睡下了，父亲居然还没走，正坐在桌前慢慢喝酒，就着一碟油炸花生米。他坐在椅子上，像小学生一样把两只手搭在膝盖上，有些怯怯地招呼我，要不，过来喝点吧？

我想了想，顾不得洗把脸便闷头坐下，他给我倒了一杯酒。我们什么话都没说，闷坐了一会儿，喝下几杯酒，他才终于看着桌子说，当年让你去上技校的事，不要怪我，这个社会变得太快，是我老了，跟不上了。我心里忽然就伤感不已，也没有抬起头去看他，又默默喝下去一杯。他忽然从怀里贴肉的地方掏出一样东西递给我。我一看，还是那块玉璧。但它忽然就让我吃了一惊，在灯光下，它散发着一种奇异的光芒，像是被什么东西唤醒了，我感觉到有一双眼睛正与我对视着，明净神秘。

他的那只手一直向我伸着，我看到他的指甲很久没剪了，指甲缝里有很多污泥，还有个指甲已经从中间裂开了。我听到他对我说，这是给你的，我把它养好了。他的声音竟有些欢快。我还是不敢抬头看他，也不敢把那玉璧接过来，心里只觉得有种说不出来的害怕。然后我借口说已经喝得头晕，要睡了，便起身回屋，忽听见他在我背后说了一句，抽空回趟老家吧，回去看看。他的声音还是很欢快。

第二天早晨一醒来，我便闻到屋子里弥漫着刚劲结实的酒气，好像有很多金属兵器正埋伏在空气里。我走到窗前打开窗户，呼吸了几口早晨清冷的空气，转身却看到父亲已经趴在那张桌子上睡着了，睡得很死。瓶里的酒喝得一滴不剩。那块玉璧端端正正地摆在桌上，安详而诡异。我想起父亲昨晚莫名欢快的声音，心里忽然就一阵突如其来的难受，好像麻药的力量终于过去了，疼痛却加倍袭来。我走过去轻轻推了推父亲，想把他叫醒，他的身体却已经开始发僵发硬。他从我的手里缓缓滑到了桌子底下。

父亲的骨灰在家里陪了我和母亲半年之后，我决定把他带回老家，那个叫磁窑的小山村。我记得父亲对我说的最后一句话是，抽空回趟老家吧，回去看看。

村口果然长着一棵老态龙钟的虎头槐，实在太苍老了，估计要十来个人才能抱得拢。树根如巨型龙爪牢牢扣在大地上，树冠高大却枝叶稀疏，能看到枝叶间最少筑了七八个鸟窝。鸟窝都很大，看样子也是鸟中的豪族，避在这世外的地方逍遥。不时有一只肥硕的大喜鹊从枝叶间蹿出，展开黑白相间的翅膀滑翔而过。我特别喜欢看那些冬天的树，原因之一就是，树叶全部落尽之后，骨骼般的干树枝上却不顾一切地挂着一个小小的鸟窝，像大树在寒天中坦露出了自己的心脏，温柔极了。

槐树旁边卧着一块大石头，上面刻了四个字：华夏磁窑。我忍不住倒吸了一口凉气，这口气，真不小。槐树后面是个破旧的古戏台，三面观山门，戏台下埋有几口大瓮做回声器，屋檐上长满荒草，两边的厢房上面，一边刻着"日光照"，一边刻着"月亮明"，腐朽的木柱上隐约可见几个斑驳的字：击鼓鸣琴歌……

整个村庄坐落在快到山顶的地方，旁边绕着一条小河，这应该就是父亲说过的那条磁窑河。一片用石头垒起的房子参差错落在枣树间，不知是哪个朝代留下来的。院墙都是用碎石、瓦片和大大小小的陶罐砌起来的，一只只完整无缺的陶罐像海洋标本一样被封存在墙里，上面的花纹都还清晰可见，有刻花、剔花、印花，有吉语，颜色有黄、绿、红、绛。有的院墙已经彻底坍塌，只留下一扇孤零零的院门悬立着，像连着另一重神秘的时空，院门上多雕刻着祥禽瑞兽、花鸟鱼虫。沿着石阶而上，我才慢慢发现，连村里的厕所、猪圈、羊圈都是用各种陶罐砌起来的。路边随处可见陶器和瓷器的碎片。

等走到村子尽头，便看到一处早已废弃的古窑场。窑场附近铺着一层厚厚的碎瓷片，在阳光下闪闪发光。然而整个村子里看不到一个人影，一片久已干枯的死寂，好像所有的人在某个神秘的瞬间集体消失了。我踩着厚厚的碎瓷片，在巨大的寂静之下，竟能感觉到这个无人的村庄里藏着一种过节般的陶醉和快乐，如喝多了酒，整个村庄都沉睡在这种奇怪的陶醉之中。碎瓷片像花朵一样开满了整个村庄，在阳光下几乎要燃烧起来。

踩着碎瓷片再往上走，是一面峭壁，在这峭壁上居然有六孔废弃的老窑洞。走近了仔细一看，没有门窗，窑洞里面很粗糙，穹顶和地面上都抹着一层厚厚的白灰，坚固如花岗岩，这可能也是老窑洞能保存下来的原因。窑里有火炕，灶里似乎还有残余的灰烬。

我从窑洞出来环顾四周，发现左侧有一座小小的破庙，已经几乎被草木吞噬殆尽，只露出一角诡异的飞檐。我想走过去看个究竟，但路径早已经消失不见，只能小心拨开树木草丛，走到跟前只见门窗朽坏，挂满蛛网，一推便嘎吱一声开了。庙极小，里面只坐着一尊孤零零的红脸泥塑，颜色脱落大半，正猝不及防地瞪着我。

从庙里退出来又原路返回，忽见前方多了两个人影，竟把我吓了一跳，在这无人的村庄里，不知他们是忽然从哪里冒出来的。走到跟前才发现是一老一少，老人手里提着一只尿素袋子，正在地上挑拣碎瓷片，孩童跟在后面帮着捡。我这么一个大活人立在那里，他们竟像没看见一样，继续低头捡瓷片。我凑过去，看到这二人都衣衫褴褛，老人脚上穿着一双发黄的大头解放鞋，孩童脚上穿着一双巨大的旧球鞋，但两人都气质特异。我问，老伯，捡这个有什么用？他捡起一块瓷片，眯起眼睛，对着阳光端详了半天，轻轻扔进了尿素袋子里，然后头也不抬地说，拿到鬼市上去卖，这里面有文物。我大惊，哪里有鬼市？他放下袋子，在一块石头上坐下歇息，不慌不忙地点了根烟，身后的小孩也丝毫没有孩童的天真状，静静立在旁边，沉稳得吓人。老人微微笑了一下，看着我说，外地人吧？我忙说，也不算外地人，这里就是我老家，我家祖上的老人们都在这里埋着。

他点点头，一手夹着烟，一手从尿素袋子里掏出一块瓷片，放在手心里说，过来看看，上面写的什么？我看了半天，说，不认识。他沉稳一笑，徐徐喷出一口青烟，说，这两个字是"玉堂"，这是顺治年间造的玉堂美器。又随手拈起一块青花瓷的碎片，问我，知道这是什么年代造的吗？我老实说，不知道。后面的孩童半笑着答了一句，永乐年间的。我扭头看他，问，上几年级了？他微微一笑，并不搭话，动作轻雅，穿着不合脚的球鞋，走路却没有任何声音。我心中一时有些惊惧。这时只见老人掐掉烟头，起身说，二十里之外有个庞水镇，每个月的十五，镇上都有鬼市，要是想买文物，可以过去看看。可是不要去太早，半夜三点钟以后，摆摊的就都出来了，天亮收摊。

我连忙问道，这村里的人都去哪儿了？他说，死的死，搬走的搬走，都散了。我说，山上的那几孔窑洞是什么时候留下的？他淡淡说了一句，龙山文化时期的。我越发吃惊，又问，那边，那是什么时候留下的古窑？他头也不抬地说，唐朝。我惊异更甚，又赶紧问了一句，那个小庙里供的又是什么菩萨？这回，他不悦地看了我一眼，还是说，那是狐爷庙，狐爷是这里的窑神，你尽量不要冲撞了。我说，狐爷就是狐仙吧？那孩童在后面恭敬地说了一句，是晋国的狐突大夫。我正暗自叹息，只听老人又道，各个地方的窑神其实都不一样，比如景德镇的窑神叫童宾，还有的地方供的是雷神，因为雷神掌管风雨，烧瓷必须要好天气，不能下雨，也不能响雷，晒出的瓷器要是遇上响雷，立刻就变成一堆烂渣渣。

尿素袋子装了小半袋东西，老人轻巧地把袋子扛在肩上，好像没有一点分量，迎着夕阳，带着孩童飘然远去。他们二人竟然都没有任何脚步声。

黄昏来到。巨大的夕阳即将沉没于群山之间，天空变成了鲜艳的血红色，山林、村庄、古窑，还有那座诡异的神庙，都在这血色里变得分外肃穆庄严。天边的晚霞很快消逝，取而代之的是星辰从那里升起。星辰变得越来越明亮，越来越坚固，夜空渐渐变得深邃、灿烂，河水在星光下静静闪烁着璀璨的银光，山林里传出悠长的鸟叫声。在天黑下来的那一瞬间里，我忽然在天地之间感觉到了一种之前从未见过的空间，人世之上和苍穹之下的一重空间，苍茫、辽阔、巨大，大得足以庇护万物，也使得身在其中的一切看起来都微不足道了。我开始有些理解，父亲后来为什么情愿独自待在一个已经废弃的古老村庄里。人都需要躲进一个更大的东西里来庇护自己。

我在废弃的村庄里找到了一间略有人迹的屋子。屋里有炕有灶，炕上铺着油毡，油毡上有卷被褥，灶上有锅碗，有一只烧水用的三足陶罐，还有半袋小米，几个土豆。窗台上立着半截蜡烛，灶下扔着几个烟头，我捡起来仔细辨认，都是红塔山的。熏黑的墙壁上贴满了报纸，还有一张娃娃年画，年画下面带着去年的日历，有几个日期下面打了钩，仔细一看，是有规律的，都是每月的十五。我猜测这就是父亲生前住过的地方。只是，在这样一个早已荒无人烟的山村里，他又有什么生意可做？看来也不过是一种对我和我母亲的托词。

那晚，我就住在了父亲曾住过的那间屋子里。我抚摸着父亲留给我的那块玉璧，在烛光里，它散发着一种沁凉的光芒，饕餮花纹神秘悠远。细细端详，便能看到里面有丝丝缕缕的血沁。我想到父亲生前日夜玉不离手，便觉得这也许是父亲的血液已沁入了玉璧，此时把这玉璧捧在手中，竟像是童年时牵着父亲的一只手。那只大手干燥温暖，曾带着我步行几里路去看露天电影，带着我去买图画书和水彩笔，带着我去省城公园里看人家划船。那年我七岁，生平第一次见到了公园，见到了划船。他最后也没舍得买一张船票，只带着我坐在河边的长椅上，久久看着那些来来去去的船只。秋风吹过的时候，公园里金黄的银杏叶几乎要把我们两个人埋葬在那张长椅上。那个下午，他一直拉着我的手，似乎怕我会掉进河里，怕我被这些来来去去的小船带走。

2

第二天早晨，我用河水洗了把脸，用三足陶罐煮了些小米粥喝，又吃了一个母亲给我带的凉火烧。然后，我决定先找个地方把父亲的骨灰安葬好。

村庄附近不见有墓地，倒是在昨天夕阳即将落山的时候，隐约看到西边的山谷里有一片尖顶的建筑，在一天当中最后的光线里，那片建筑散发着奇异的银光，不知是个村庄还是别的什么。我背着父亲的骨灰向西走去。

正是秋天，山林绚烂，金黄的山杨叶拼命吞吐着阳光，血红的楸树叶在大地上猎猎燃烧，黄红绿又一层一层繁殖出了无尽的过渡色系，朱红、妃红、暗红、虾红、鲑红、亚麻黄、蓍草黄、翠绿、黛绿、油绿、墨绿，所有的颜色都搅在了一起，反而有种更为可怖的孤寂的蛮力。在山林间行走，我看到两边的树上结出了各种各样的野果，无一例外都是鲜艳而瘦小，鲜能看到大个儿的野果。有一种野果红得很是炫目，玛瑙一般挂满整棵树,我试着吃了一颗,味道有点像山楂,只是要比山楂小,心里便怀疑这其实是山楂的祖先。水果店里的那些水果的祖先们估计都还活在无人的深山老林里,无人问津,春天一树繁花,秋天便成了鸟儿们和松鼠们的美食。我还看到一棵巨大的野玫瑰,玫瑰居然也能长成树,有点成仙得道后的妖气。玫瑰花早谢了,枝上长满了花瓶形状的果实,粉红色的,俊俏可爱,心想这可能就是父亲和我提起过的玫瑰瓶儿,也是一种野果。摘了一颗放到嘴里,不是很甜,但很脆,满嘴都是玫瑰的清香。

走着走着,前面的山林里忽然冒出了一片奇异的尖顶建筑,仔细一看,居然是一片古老的塔林。墓塔高矮不齐,有六角形的,有圆形的,还有锥形的。塔尖齐齐指向天空,肃穆地错落在山林中。根基上爬满了暗绿色的青苔,有的墓塔已经坍塌了一半。古老的时间游荡于塔林间,脚步迟缓庄严。我抬头看了看天空,头顶的一方天空和脚下的土地都静极了,塔林间铺着厚厚的落叶,看不出有任何人迹。我回头张望了一下磁窑村的位置,村庄已经隐匿于山林间,我在村里看到的那片建筑可能就是这片塔林。极乐世界位于西方,正是太阳落山的地方。

把父亲葬在塔林显然不合适,毕竟俗僧有别。我便继续往前走,走着走着,忽然看到山林里隐藏着一座破败的寺院和半截白塔。我心想,怪不得深山里会有塔林呢。走近一看,寺院的门上挂着一块腐朽的木匾,隐约有"圆明寺"三个大字。走进寺院,只见三间正殿已经基本坍塌,还能依稀看到墙上的几处壁画。秋风过处,一地落叶簌簌作响,好似众多魂魄挤在一起私语。寺院中央立着几块石碑,有几块已经只剩下了石基,石碑被人敲掉了。只有一块石碑不知何故保存了下来,被一只石龟稳稳驮在背上。上前仔细辨认一番,里面提到了一个和尚,叫万松行秀,还提到当时朝廷的中书令耶律楚材。

我在半截残碑上坐着抽了根烟。那石龟驮着石碑驯顺不语,龟头昂起,默默看着天空。我看着它,心中有些怜悯,这一驮就是几百年几千年，永无脱身之日，也不容易。又忍不住感叹这些石碑的妙用，用一块石头就把这么久远的事情保存了下来。寺里的僧人们来来去去，人事代谢，渺若浮尘，一阵轻风便可吹散几百年的时光，唯独这孤独的石碑还孑立于深山里。

一低头，忽然看见石砖缝隙里扔着一个烟头，我心里一惊，略一踌躇，还是慢慢把那烟头捡了起来。果然，又是红塔山的。我扔掉烟头环顾四周，四下里没有一点人迹。这里离磁窑村并不远，很有可能我父亲也来过这里，就坐在我现在坐的位置上，抽了根烟才离去。此时他安静地蜷缩在一只黑色的小盒子里，就放在我脚边。我又点了一根烟，放在他的骨灰盒上，等着它慢慢燃尽。从寺院出来才发现，寺院右边的石壁上还凿有十几眼石窟，里面的石像大多已经风化不堪，只有两个窟里的石像还在，但奇怪的是，石像的头都不在了。

我背着盒子里的父亲继续向西行走。阳光穿过密林，筛落下了大大小小的光斑，羽毛一般，轻盈地落在地上，落在我身上。山林看起来更加华美也更加可怖了，树林和灌木越来越茂密幽深，好像静静地张开了血盆大口，欲吞噬掉一切。前方不时跳出一两朵血红色的野花，花朵奇大，凶悍妖媚地看着我。我心中不免有些害怕，但一想到父亲曾经也一定来过这些地方，便感觉与这山林又亲近了些。如果把父亲随便葬在这大山里，又怕他太孤单了，连个做邻居的坟墓都没有。我这才发现，其实我早就知道他很孤单。但我把这孤单当成了一种对他和对我的惩罚，就像握在我手里的一件武器。走着走着，我忽然就号啕大哭起来，我抱着一棵松树，哭了很久很久，哭累了，我又坐在树下抽了一根烟。

等到重新上路，我发现自己已经分辨不出东南西北了，我觉得自己已经走出很远了，却突然发现，自己又回到了刚才的那棵大松树下面。不久前我在那棵树下抽了一根烟，抽完把烟头塞进了一个树洞里。我正惊诧地看到大树上居然长出来一个烟头，却忽然发现，这烟头正是我自己的。我背上掠过一阵阴凉的感觉，在树下呆坐了一会儿。一条蝮蛇从我脚边爬过去了，我一动不敢动，目送着它走远。四周静极了，一种巨大而可怖的安静，像史前怪兽一般矗立在我眼前。过于强烈的安静反而会把一些微弱的声音举起来，高高举在一切之上。我隐约听到了林中有流水的声音，若远若近，这柔软的声音被包裹在山林的最深处。我循着流水声找到了那条隐蔽在林间的小河。河边的草丛浸泡在河水里，像女人的头发一样漂出很远。河流清澈见底，状如透明无物，有树叶飘入河中，竟像是脱离尘埃，静静悬于空中。

　　我想起父亲曾和我说过，在山里，有河流处就会有人家。我便跟着河流继续往前走，它只顾欢快地向前奔跑，并不回头看我一眼。我逐水而行，感觉自己好像骑在一条白龙身上，倒也不觉得疲惫。河水蜿蜒，明灭可见。走了一段路，忽然发现密林戛然而止，树林灌木骤然稀疏下来，前方竟出现了一座平缓的山丘。我试着爬上山丘，发现这座山丘十分奇异，上面竟看不到一棵树，视野开阔，覆盖着一层毛茸茸的青草，草丛可淹没小腿，有些地方的草已经开始枯黄。山风吹过的时候，草丛齐齐倒向一边，竟露出了十几只正在吃草的绵羊，好像把一大块牧场从草原上切割下来，整齐地搬到了这深山里。

　　四下里张望一番，看到山顶处有一座小庙，我便走了过去。看样子也是一座狐爷庙，推开庙门一看，果然，里面又是孤零零地坐着一尊红脸狐爷的泥像。我心想，这狐爷不知是什么神仙，在这山里还真是神通广大。又绕到狐爷庙后面，发现那里居然立着一座石碑，立刻来了兴趣，便又凑过去辨认一番。石碑风化严重，只能勉强认出"伯安僖骠骑大将军"几个字，在碑首还能认出"乌丸洪敬"四个字。

　　我越发感到了这山林的神秘与不可测，也越发奇怪父亲在这大山里究竟以什么为生。我坐在山顶上吃了块随身带的凉火烧，向四周看去，皆是茫茫林海，有风吹过时，便会在林海之上划出一道悠长的波纹，一直荡向天边。这时，我忽然看到不远处的石头后面竟躺着一个人。走过去一看，是个放羊的老汉正在睡觉，羊铲就放在一边，饭盆也放在一边，硕大无比，比人头还大出两圈。这深山里的草原本就有几分魔幻，使得一切看起来都不是那么真实。我忽然想和他开个玩笑，就凑过去大喊，老伯，你的羊都跑了。

老汉猛地从地上跳了起来，抓起羊铲问，跑到哪了？一看他的羊群还在乖乖吃草，便扔下羊铲，看看太阳，又很高兴地看着我，说，吃了？我说，吃了。他说，吃的啥？我说，你吃的啥？他说，吃的馍馍，你吃的啥？我又打岔说，老伯，你家离得远不远？他说，不远不远，就在跟前，也就十五六里地吧。你到底吃的啥？我说，十五六里地呢，怎么跑这么远来放羊？他说，哪里远了嘛，明明就在眼跟前。我说，这是什么地方？他说，四十里跑马堰，以前没来过？我说，没，看着是个好地方。他得意地说，可不是，元朝的时候，这里就是皇帝的牧马场。

我惊叹，老伯，你怎么知道的？他笑眯眯地说，连山里的娃娃都知道，我还是个娃娃的时候就听老人们讲过，以前这里住的都是少数民族嘛。哎，你为啥不说你吃的啥嘛，告诉我一下子嘛，我一个人放羊太闷人（孤单），就天每（每天）给自己想点好吃的。我想吃过油肉、肉丸子、红烧肉。肉一定要切得薄薄的，和油豆腐放在一起炖，八角大料放上，葱姜蒜放上，慢慢炖，炖得都不用牙咬就能直接咽下去，你说好吃不好吃？以前磁窑村有个老汉知道我在这里放羊，时常还过来和我坐坐，分我两支烟抽，后头也不来了。

我说，他抽的是红塔山吧？他又高兴地说，你们也认识？那老汉呢，怎么就不过来了？让他过来嘛。我站起身来，拍拍屁股上的土。他急忙说，这就要走了？着啥急？再坐一坐嘛。我说，老伯，我还有事要办，得走了。他跟着我走了几步，说，你这人，还说走就走，再坐一坐嘛，坐坐嘛。我继续往前走，他还是跟着我，说，真不坐了？你这人，着啥急嘛，你背上的盒子里背的啥好东西？是不是有好吃的不敢告诉我？

我回头对他笑笑，说，是我爸的骨灰，我想找个好点的地方把他埋了。他一愣，倒退了几步，然后叹了一口气，指着山林中的一个方向说，看见没？你就往那里走，前头就是西塔沟，沟里有块风水宝地，长的都是一千多年的老柏树，山里人死了都愿意埋到那里，对后人好。山外头的人听说了这么一块风水宝地，也都抢着想埋进来，人还没死就先把地方占住了。你往那里走吧，走着走着就能看见了。

走下四十里跑马堰，即将再次进入密林的时候，我回头张望了一下，放羊老汉已经变成了很小很小的一个黑点，还孤零零地立在山头看着我。

这片林子里的树木好像更加高大阴森了，有一段路几乎看不到阳光，茂密的枝叶在我头顶上方搭成了不透光的穹顶，白天变成了黄昏。不知是不是因为阳光少的缘故，走着走着会忽然看到前方的树下站着一丛巨大的蘑菇，足有雨伞那么大，因为过于庞大，看起来有些狰狞。有什么野兽从我身边的草丛里一闪而过，并不攻击我，我只看到了两只倏忽而过的绿色眼睛。

阴森的密林渐渐稀疏下来，再次听到了流水的淙淙声，河流冷不丁又拐了出来。我继续沿着河流往前走，看到两边都是高山，知道自己是走进山谷里了，苍鹰从头顶的天空里滑翔而过，金色的夕阳从山顶上斜斜照落下来。有清幽的柏香阵阵袭来，河谷两边的柏树越来越多，我开始明白，这应该是走进放羊老汉说的西塔沟了。

又往前走了一段路，忽然看见前面的树林里隐隐出现了一角房檐，我心想，莫不是在这沟里还能遇到村庄？眼看夕阳已经渐渐落山，我便快步向那房檐走去，走近了才发现不像是村庄，倒像是一座雅致幽静的园林，红墙黄瓦，里面有柔顺的垂柳拂过墙头。大门虚掩，一推就开了，果然是座很大的园林，按江南园林布置的格局，把河水引入园中建了个小湖，湖边亭台楼阁，泉流环绕，怪石林立，廊庑之间有阁道相连。一座水榭半跨入湖中，凭栏可以观鱼赏荷。一道长廊曲径通幽，直通往湖中央的一座八角凉亭。沿着湖堤上烟雾般的垂柳一直往里走，又看到一座二层重屋式楼阁，正中间是客厅，两边是东西房，上面分别写着"和容""拾翠""藏春"。楼阁前立着一块奇石，楼后是一丛青翠的凤尾竹。

我忽然发现，这偌大的园林里竟然没有任何人迹。这时候阳光又西斜了一点，身上顿时凉飕飕的，整个园林开始变得昏暗诡异起来，骤然间多了些阴森之气。我推开楼阁中间的那扇"和容"，却发现里面只坐着一座泥塑，连件家具都没有。再推开东西两边的房门，里面竟空无一物。我一低头，却发现方砖地上铺着一层羊粪。我开始有些胆战心惊，却还是忍不住往前又走了一段，期待能忽然看到一个守园子的人。穿过一座怪石嶙峋的假山便进了后面的花园，花园里种了很多树木花草，却因为长期没人打理而疯长成一堆，披头散发地拥挤在一起。这些植物都散发着一种奇怪的气息，仿佛都长着眼睛和牙齿，有的还长出了长长的手指，在我身上轻轻拂过。我不敢再往前走，正四下观望，忽然就看到草木中间包裹着两座墓碑，墓碑后面是两座寂静的坟墓，坟头都已经长满荒草，不仔细看还真看不出来是坟墓。

我忽然明白了过来，这其实是一座陵园。而我在楼阁里之所以能看到羊粪，是因为有时候放羊的会赶着羊群来这里歇息打尖。

从陵园里逃出来再往前走，便不时看到山谷里有各种各样的坟墓。有的坟墓墓碑十分豪华，墓前守着石人石马，简直像皇陵一样气派，有的坟墓则很简陋，只在坟上插了棵柳树。有的坟墓前还盖了间小庙，庙里供着墓主的泥塑，还摆着供品。有的坟墓久没有人上坟，已经瘦小得几乎消失，有的坟墓则肥硕雄壮，卓尔不群。我想，这应该就是放羊老汉所说的那块风水宝地了。把父亲葬到这里倒是也不错，环境清幽，古柏参天，有这么多邻居陪着，起码不孤单，旁边还有那么奢华的一座陵园，没事还可以进去游园观鱼。

于是在即将天黑之时，我把父亲安葬在了这处热闹的坟地里。

月亮上来了，高悬在黑黢黢的山林上空。漆黑的山谷里唯有那条小河闪着银光，月光像银鳞一般洒满整个河面。我又冷又饿，不敢停留，沿着河流一直往前走。两边的高山像黑色的神像默然耸立着，整个山谷幽静极了，只能听到哗哗的流水声。流水声回荡在整个山谷里，我自己似乎正飘然行走在水面之上。虽说此番回老家的任务已经完成，但想想自己四十岁出头，一事无成，又有些惧怕再回去，觉得走在这黑暗的山林中反倒有种畅快感。该到来的总会到来，该受惩罚的也迟早会受惩罚，这么想着，心里也不那么害怕了。抬头一看，月亮更大更亮了，似乎离我只有咫尺之遥。

跟着河流走了不知道有多远，我忽然看到前方飘出一点灯光，一灯如豆，萤火虫似的，在大海一般的黑暗中若隐若现。我疑心那是什么山妖或鬼魅幻化出来，专门用来诱惑山间行人的。可是茫茫黑暗中只有那一点灯火，又不由得把我吸了过去。越来越近了，我终于看清楚，是从一扇窗户里飘出的灯光。

银色的河流继续在月光下赶路，我站在河边与那盏灯光久久对视着。看轮廓，这好像是一个蛰伏在大山里的小村庄，有十来户人家，但只有其中的一间屋子透出灯光，其他房屋则悄无声息地沉入了黑暗之海，犹如海底的礁石或贝类，一动不动。夜晚的山林温度骤降，我冷得浑身发抖，犹豫了很久，终于下决心走了过去，敲了敲门。木门嘎吱一声打开了，昏暗的灯光随之泻了出来，一个高瘦的老人背光站在门口。

我随老人进了屋里，屋里没有别人，看来是个独自留守在山间的老人。只见屋里有一铺炕，炕上摆着一张四方炕桌，炕上堆满书和瓶瓶罐罐，桌上放着一支钢笔，一瓶墨水。灶里已经烧了柴，屋里暖烘烘的。地上有个描着仙鹤图的樟木箱，箱子上也摆着一堆瓶瓶罐罐，正中供着一尊威严的佛像。佛像前点着两盏油灯，随着木门一开一合，灯焰无声地跳动着，投在墙上的阴影忽大忽小，使这屋子看上去有些寺庙里的诡异之气。箱子旁边是一个古色古香的绛色书架，里面塞满了乱七八糟的书和本子，最上面摆着一台老式座钟，正咔嚓咔嚓地走着。书架右面是一张桌子两把椅子，桌子和椅子看上去都不太寻常，上面雕刻着繁复精致的花纹，很有年代的样子。一个巨大的红木柜子靠墙立着，柜门上刻有山水浮雕，山水间还镶嵌着亮晶晶的螺钿。墙上挂着一只雕花大葫芦，看着像是酒葫芦。

老人端上来的烤土豆我一口气吃了三个，又喝了一大碗小米稀饭，这才缓过来一点。我问老人，老伯，这是什么村？老人摘掉了鼻子上的老花镜，正坐在一把椅子上静静打量着我。我这才发现这个老人略有些高鼻深目，头发花白，在灯光下看上去，眼珠竟像是蓝色的。他实在太瘦了些，胳膊和腿极细，看起来都不大像是真的。他跷着二郎腿，把一条腿完全压到另一条腿上，一个人竟可以把腿弯到那种程度，看起来更不像真的了。大概是因为山里的晚上温度低，他身上已经穿了一件薄棉衣，棉衣里看上去空荡荡的，都找不到人在哪里。他的两只手扣在一起端在腿上，半天才慢条斯理地说了一句，佛罗汉。

我心想，这村名怎么这么奇怪，难不成与佛教有关系？便又问了一句，这村名可有什么来历？他微微笑了一下，没有说话。我只好又问，怎么就你一个人，村里的其他人都到哪去了？他把眼睛垂下，看着自己叠在一起的两只手。他睫毛很长，像两把小扇子，在灯光下扑闪扑闪的，我想他年轻的时候应该是个很漂亮的小伙子。只听他不慌不忙地说，老人们慢慢都去世了，年轻人都下山去了，村子慢慢就空了。现在村里就剩下我一个人了，我在这里住习惯了，不想走。

我还想问他点什么，但因为屋里很暖和，加上劳累，一阵困意袭来，连连打起哈欠来。老人起身，在炕上的一堆书和瓶瓶罐罐中间给我刨出一块地方，说，你就睡在这里吧。我疑惑地打量了一下周围，说，那你睡在哪里？他立在地上，用手指了指那个红木柜子，说，我睡在柜子里，我从来不在炕上睡觉的。

我被吓得困意立刻跑了一半。这时候，油灯的光焰忽然黯淡下去了，变得只有黄豆大小，屋子里的阴影迅速从各个角落里长了出来。只见他从灶上端起一把长嘴油壶，走到木箱前，往两盏油灯里各添了些胡麻油，光焰立刻又蹿了起来。

3

第二天早晨醒来，我恍惚记得昨晚梦见了一个老头，头发花白，眼睛却是蓝色的，说他睡在一个巨大的柜子里。睁开眼睛一看，屋里静悄悄的，只有我一个人，但那些家具都清晰地从梦里浮了出来，就立在我眼前，包括那个大柜子，竟然都是真的。我战战兢兢地打开柜门，往里一瞅，里面是空的，只堆着一床被子，还有几本书和一只手电筒。炕桌上放着两个热乎乎的土豆，一摸，也是真的。我定了定神，吃了土豆，出了屋子。

耳边全是清幽的鸟叫声，放眼一看，果然是个很小的山村，一片死寂，连犬吠声都听不见。有几家门口的荒草已经一人多高，有些门窗已经完全被野草吞噬。在没有人的地方，那些安静的野草就会很快长出牙齿和手脚，占领废弃的房屋。出门走了没几步，我就看到昨晚那老人正独自立在村口东面的断崖边。他双手背在身后，空荡荡的衣角被山风吹起，那衣服里看上去好像什么都没有。

我走过去和他并肩立在悬崖边。清晨的山中，大雾尚未退去，山林还未显形，我们脚下的断崖宛如仙境，雪白的云雾间漂浮着一丛丛岛屿般的黛色，偶见一株巨大的云杉刺破云雾，正孤独地四下张望。他没有扭脸看我，只慢慢问了一句，你，姓什么？我说，姓刘。我老家是磁窑村的，也在这山里，不过我是在县城里长大的，这是我头一次回老家。他微微颔首，说，我年轻的时候经常去磁窑，那是个好地方，我曾在那里见过珍贵的鹧鸪釉和兔毫釉。现在我老了，它又在山顶上，要上去一趟都不容易。古老嘛，越古老的村庄海拔越高，像佛罗汉这种山谷里的村庄其实都比较年轻。

他说话声音不高，慢慢悠悠的，喜欢垂下眼睛，尽量不去看对方的眼睛。有一种深不见底的安静从他身上看不见的地方散发出来，像是他已经在这深山里独自隐居了几百年。我等着他问我为什么一个人跑到这里来，但他只是眺望着远处的山峦，微微叹了口气，说，你路上经过了几个村庄？这阳关山上的每一个村庄我都跑过。那时候年轻，精力好，骑着一辆加重自行车，总是天还黑着就出发，半夜才到家，两头都是黑的。有时候去远一点的村庄，就背上干粮和水壶，骑车要骑好几天才能到，晚上就在山上找个山洞睡一觉，或者爬到树上去睡。现在年龄大了，跑不动了。

我说，村庄没见到，倒是看到不少狐爷庙，还看到一座寺庙，叫什么圆明寺，寺里有座石碑，石碑上提到的万松行秀不知是谁，名字像个日本人。

他静静看着远处说，万松行秀是金代的高僧，他当年在圆明寺当住持的时候，耶律楚材是居士，经常去圆明寺向他请教问题。耶律楚材是辽太祖耶律阿保机的九世孙，是个精通汉族文化的契丹贵族，和万松行秀的交往就是他不断汉化的过程。少数民族的汉化是很有意思的。

我心中有些惊异，又说，我还到了那个叫什么四十里跑马堰的地方，那里也有块石碑。

他依然背手眺望着远方，并没有扭脸看我一眼，慢慢说，你看到的石碑上面写的乌丸洪敬，是古代的西域国名，是东胡乌桓的后代，建安十三年的时候，有一万多乌桓人迁到了中原。石碑上说的伯安僖是北魏孝文帝的儿子，从那块石碑上可以知道，北魏的时候，四十里跑马堰曾是皇家牧场，是孝文帝封给儿子伯安僖的封地。

我心中不免有些惊恐起来，不知道这躲在深山里的老人到底是谁。这时候太阳渐渐升起来了，一缕金色的阳光从东方照过来，把我们的脸也都照成了金色的。脚下的大雾正在渐渐散去，苍青色的山林渐渐浮现出来。他依然一动不动地立在悬崖边，看起来极瘦极轻，好像随时会被山风吹走，仿佛连骨头都是没有分量的。我有些战战兢兢地问，老伯，还不知道你怎么称呼。

他说，我姓元，就叫我老元吧。

我说，是元气的元还是原来的原？

他说，元气的元。

我犹豫了一下，又问，不知你今年多大了？

他并不回答，好像略微沉吟了一下，忽然把脸慢慢扭了过来。猛然看到他的眼睛，我吓了一跳，忍不住后退了两步。我发现他脸上没有一丝血色，连嘴唇都是苍白的，眼睛却比一般人要深，睫毛很长。从某个角度看过去的时候，会发现，他的眼睛确实是蓝色的，并不是我昨晚的幻觉，目光里还微微透着些寒凉之气。他背着手，气定神闲地看着我，身后飘忽着将退未退的大雾，使他看起来并不像一个人间的人。我心里不由得一阵害怕，却听见他慢慢问了一句，你做什么工作？急着回去吗？我连想都没想就说，我就是个闲人，根本没工作。说完才发现自己言语之间居然带着一种奇怪的快感，好像存心要报复自己一般。

他不再看我，又垂下眼睛，脸上看不出更多表情，只听他说，我看你对文物好像还有些兴趣，要是手头没有什么正经营生可干，愿不愿意暂时给我做做帮手？这山里的空气很好，你不妨住一段时间。我正需要找一个帮手，我管你吃住，每月给你发些工资，你就把我的口述记录下来，再帮我把资料整理好编进书里，时间不会太长的。我正在写一本书，想把这些年我在阳关山里见过的文物古迹都写进去，可是我老了，精力已经不够了。

我踌躇一番，最终还是答应了下来，倒不是为了一点工资，好像有一种神秘的力量推着我，让我留在了这大山里。我想起父亲临终前的最后一句话，抽空回趟老家吧，回去看看。事后回想，总觉得他是想告诉我什么。如今，他再也不可能亲口告诉我了。

晚上，我睡在从炕上刨出来的那块空地上，瓶瓶罐罐像陪葬品一样摆在我身边，他则睡在柜子里，他躺进去以后，再把柜门合上，然后便悄无声息了，根本看不出来里面竟然有人。佛像前的油灯彻夜不熄，时常让我生出一种身在寺庙中的错觉。我忍不住好奇，问过他一次，为什么不睡在炕上？其实这么大的炕睡五个人都绰绰有余。他淡淡地说，习惯了，他已经在柜子里睡了好多年了，挺好，比在炕上有安全感。他说挺好，我也就不好再多问。但他似乎很少睡觉，也很少吃东西。晚上我困得快要睡着的时候，他还坐在炕桌前，猫着腰整理他那堆山一样高的资料，等我早晨醒来一看，他已经坐在桌前开始看书了，两条秸秆一样的细腿盘在炕上，好像一夜不曾挪动过。吃饭则每天都是烤土豆、小米稀饭加咸菜，偶尔吃一顿酸菜炒擀面。我一边啃土豆一边说，元老师啊，你怎么像个神仙，每天不用吃不用睡的。他微微点点头，说，人老了就这样，睡不着，吃多了也不消化。

他酷爱读书，吃饭的时候手里都要翻着一本书，我又忍不住惊叹道，元老师啊，想不到山里还有你这么爱看书的人，真是可惜了，你莫不是还上过大学？他朝我摇了摇手，手指又长又细，竹枝一般，说，快不要说什么大学，也就把初中上完了。我说，那你怎么就开始研究文物了？他用蓝色的眼珠子盯着我看了半天，把我看得心里直发毛，心想，自己是不是说错了什么。却忽听他说，小时候跟着大人去种地，动不动就从地里挖出东西来，陶罐啊，碗啊，石斧啊，那时候就觉得先人们留下的这些东西真有意思，谈不上什么研究，就是个兴趣爱好，人都得有个精神寄托嘛。

他有时候从炕上抓起一只青铜器，盯着一看就是大半天，两只手在饕餮纹上细细摩挲，戴着老花镜，几乎把眼睛贴到了上面。还有的时候，他闭上眼睛，像抱婴儿一样把一只陶罐抱住，坐在一堆陶罐中间一动不动。我心中不免惊慌，不知道他是否还有气息，正想过去看个究竟，忽见他又徐徐睁开了眼睛，目光清澈，略带寒气，倒把我吓了一跳。他手上日夜戴着一只玉镯，但和女人们戴的玉镯又不大一样，手镯是扁的，比寻常手镯要大出一圈。有一次我壮着胆子问他这是什么玉镯，他先是默默地盯着我看了几分钟，然后竟把玉镯摘下来给我看，说，商代的玉镯多是扁的，汉代才有圆镯。我仔细一看，只见玉镯上雕着三张狰狞的神面，还有三只蝉，在玉璧内侧还刻着一个字。他指了指那个字，说，这是甲骨文的"辛"字，说明这是妇好的陪葬手镯，蝉象征着人死后破土重生之意，这上面的人面是石家河文化神面像。我大吃一惊，说，妇好墓出土的？他微微一笑，不再说话，只把手镯又小心翼翼地戴在了左手上。

不光是玉镯，他脖子里还戴着一块龙凤纹玉佩，上面刻着"宜子孙"三个字，裤带上还挂着一块饕餮纹玉腰牌，吊着一块玉璜。我和他开玩笑说，元老师，你这装备真是够齐啊，都挂在身上沉不沉？他正色说，君子无故，玉不去身。古代的君子们身上必佩玉，佩玉只有在不快不慢有节奏的步伐下才能发出清脆悦耳的声音，时刻提醒君子们一言一行都要温文尔雅、不紧不慢，玉佩撞击的声音也可以显示君子们的光明磊落。那时候君子们出个门，身上戴着玉佩、玉觿、玉带钩、踝璲，如果佩剑，还要戴上玉剑首、玉剑格、玉璏、玉珌。我惊叹道，那还能走得动吗？他不悦地说，古代的君子们本来就没打算走快，站有站姿，坐有坐相，比现代人有尊严得多。

此外，我还发现，他怀里每天都藏着一件玉器，像宠物一样养在身上，一有空闲就掏出来把玩，有时候是一个玉跪人，有时候是一枚鸡心佩，有时候是一块玉剑首，有时候是一条长着蘑菇角的玉龙，头极大，尾巴又极小。有时候我故意问他，今天身上又藏着什么好东西啊？他摊开两只手，无辜地说，你看什么都没有啊。过了一会儿，却笑眯眯地从怀里摸出一只玉蝉给我看。他吓唬我道，这可是一只含蝉，以前是含在死人嘴里的，怕不怕？我一听这话，吓得往后退了两步。他却哈哈大笑起来，边笑边说，不要怕，古玉是通灵的，通过古玉，人能和鬼神相通。古玉也是有性格的，你要是总不理它，它就会生气，就会吐灰，必须得爱护它，经常抚摸它，它才会长出光晕。

晚上，他回柜子里睡觉的时候，还要像小孩子抱着布娃娃一样，把这些玉器抱在怀里才能睡着。

一天深夜，我草草洗漱一番，正准备睡觉，忽听到外面有若有若无的敲门声。我看了看老元，他正坐在炕桌前翻看一本书，像是压根儿没有听见敲门声。我担心是像我一样在山里迷了路的夜行人，便过去开门。打开门一看，外面空无一人，寒风裹着夜色蹿了进来。我只好又把门关上了，等了半天，外面的敲门声再没有响起。我正在疑惑，老元忽然抬起头慢慢说了一句，不用管它，它不敢进来的，这屋里住的魂儿太多了。我大吃一惊，四处看了看，屋里只有我和老元两个人，但那些灯光照不到的暗处，似乎站着很多阴森的黑影。

我打了个寒战，低声说，元老师，你不要乱开玩笑。老元淡淡一笑，抚着炕上的那些瓶瓶罐罐说，这每一件文物里其实都住着一个它原先主人的魂魄，只是你看不见罢了。你觉得我是一个人住在这深山里，孤闷得很，我自己却不觉得，你看我的伴儿还少吗？我吓得倒退几步，几欲跌倒，说，元老师，你还信这个？却又听见老元慢条斯理地说，什么是信？什么是不信？世上的万事万物就是个缘分。年轻时我得了一件文物，爱不释手，但是自从拿回家里后，我就开始生病，后来把它送走，病自然就好了。这就说明我和它没有缘分。缘分是什么？就看你能不能留住它，能把它留住并养起来，它就是活的嘛。

果然，我发现这屋里的很多文物都以自己的方式活着。我们每日盛土豆用的是一只笨重的大碗，偶尔一次，我洗碗的时候，看到碗底刻着一个蓝章，德馨堂制，是乾隆年间的青瓷碗。我们洗脸用的那只脸盆，我总觉得造型丑陋古怪，长着三只脚，上面刻着青铜的兽纹，看起来很是不祥，后来才知道，那根本不是什么脸盆，是一只周代的匜。一旦知道了它的身份，吓得我连洗脸都战战兢兢。我看老元的肥皂盒很脏了，想着帮他刷洗一番，洗着洗着竟发现是一件凤头形状的玉器，连忙翻过来一看，背面刻着一行字：乾隆三十七年内务府督造。我喝水的杯子是一只汉代的承露杯，据说古人专门用这种杯子来接清晨的露水，并视为琼浆。门框上还挂着一只亚丑钺。亚丑钺是一种商代兵器，看上去像一种凶悍的面具，他把它挂在那里，让它帮他看门。他说，古人特别可爱，喜欢做一些玉兽来帮自己看管东西，而且这些玉兽的嘴巴都特别大，以显示它们的凶猛，好让偷东西的人不敢靠近，比如他们会把装丹药的瓶子做成熊的形状，在熊的头顶上再放一只老鹰，让它们替主人看管丹药。

我慢慢想明白了，怪不得我总觉得这屋子里有种神秘莫测的东西，好像除了我们俩之外，还住着什么别的无法看到的东西，可能就是因为与这些古老的器物共处一室。它们端坐在屋里的时候，即使无声无息，也让人感觉好像与很多古老的庞然大物共处一室，到处是它们身上腐朽的气息，还有它们阴凉悠远的目光。

有一次，我发现他把天顺成化款的彩粉瓷盆做了花盆，里面养了一株呆头呆脑的绣球花。我忍不住说，元老师，拿这彩粉瓷做花盆是不是可惜了点？他把脸慢慢从书里抬起来，蓬着一头花白的头发，面无表情地朝那花看了一眼，说，做花盆不是也挺好？把它放起来不闻不问，它更不高兴。正说着，一只陶罐忽然从炕上滚落下去，我大骇，射出去想接住罐子，但还是晚了，陶罐落在地上摔成了几片。我惊慌失措地呆立在那里，半天说不出话来，却见老元坐在那里动都不曾动一下，听到响声只说了一句，碎就碎了嘛。我说，这可是文物啊，很值钱的，也太可惜了吧。他脸上的表情纹丝不动，目光冷冷地瞥了我一眼，说，你知道它是什么朝代的？它上面刻的是什么花纹？我茫然地呆立在那里，只听他又说，这上面是西周特有的一面坡饰纹，你都不知道一只陶罐里到底有多少文化，那你看到的就是一只不值钱的装水罐子，怎么就说它值钱了？我最讨厌你们见到文物就想它值不值钱，文物的身上留着古人们的余温，文物上面的每一道花纹都是古人们的感情寄托，每一件小小的文物背后都是你来我往，是人类早期的文明，是古老的社会制度，它们记录着国家的形成，朝代的更迭，礼仪的教化，这才是文物的价值。

他的神情让我都忍不住有些怀疑，是他故意让陶罐滚落下去的。他身上的什么地方总让我觉得有些害怕。

深秋到了，天气一天天转凉，上午的阳光斜射进玻璃窗，落在炕上，灰尘纷纷长出翅膀，奋力游动在金色的光柱里。他穿上了厚厚的绒裤，裹着那件旧棉衣，脸色越来越苍白，躺在一堆瓶瓶罐罐里的时候，他和它们混为一体，几乎难以区分。他的身体时好时坏，有几日连看书都力不从心了，他便不停催促我看看油灯里的油，一再嘱咐不要让油灯灭了。眼看油灯的光焰小下去了，他又赶紧让我剪灯花，等油灯重新亮了起来，他会呆呆地盯着那油灯，一看就是半天。他没力气整理资料了，就在炕角里缩成一团，半闭着眼睛，缓慢地口述。即使身体如此虚弱，他的语气仍然是不容置疑的，要我每一个字都按他说的来写。他骄傲地说，没有人比我更了解这阳关山了，我研究了五十多年，有时候为了研究一点点东西，就要往一个村里跑十几趟，就我一个人，在这大山里跑来跑去，吃着干馍馍，喝着山里的泉水。我年轻的时候，别人不信我说的，以后他们会知道的，只有我说的才是对的。

他用手抚摸着一只陶罐，断断续续地说，那年听说大陵村一下挖出了几百件文物，我就赶紧骑着自行车过去看。都是战国时候的陶器哪，上面都压着章，那些章上面写着太陵、泰亭，说明当年这些陶器都是在你们磁窑村里烧的，因为古代泰亭的窑址就在磁窑村。你看这只陶罐下面就刻着"太陵"两个字，这太陵其实就是今天的大陵村，也就是古代的大陵古城。这都是我自己琢磨出来的，因为在古代，"大"和"太"是不分的。你知道我还发现了什么？这比发现了文物还让我高兴。春秋的时候，阳关山一带根本就没有山，而是一大片古泽，浩浩荡荡，水天一色。你能想见吗？汉代的时候，大陵竟是一个旅游城市，士大夫们经常坐着船在湖上游玩赏月。几千年过去了，这里的海拔逐步抬高，逐步抬高，变成了如今你看到的阳关山。现在在大陵村打井，往下打几百米就能打到海蚌的化石，我亲眼见过那些海蚌的化石。海都变成了山，你说，这世上还有什么东西是不能变的？

我只是默默记录。他闭上眼睛沉默了片刻，又拿起另一只不起眼的陶罐给我看，只见陶罐底部刻着四个字，是篆文。他说，你看，这也是从大陵村挖出来的陶器，这四个字是"祁氏之邑"。我当年看到这个罐子真是吃惊哪，连忙问村民买了下来。村民们不知道这么土的一个罐子能有什么价值，差点把它当了夜壶，只有我一个人知道它到底是什么，我把它保存了这么多年。昭公二十八年，分祁氏之田为七县，就是平陵、邬、祁、马首、孟、梗阳、涂水。这七个县可是中国历史上最早出现的七个县哪。我们阳关山在古代就属于平陵县。

我叹道，真是想不到。

他把两条细腿折叠起来，蜷缩成一个更小的团，又闭上了眼睛，久久没动，好像是睡着了。在阳光里能看到他极苍白的皮肤下面的一道道蓝色的血管，我甚至能看到血液在里面无声流动。忽又听他声音异常清晰地说，那时候县文物局的人根本不相信我说的话，说我是野路子。对，野路子说话不管用，可是你记住，历史是骗不了人的，不管过多少年，真的就是真的，假的就是假的，文物就是最好的见证，它们是不会说假话的。

我正盯着他看的时候，他忽然睁开眼睛，与我对视了一眼，目光凉飕飕的，我吓了一跳。他重新闭上了眼睛，依然蜷缩在那个角落里，对我说，快去看看油灯里还有没有油，不要让油灯灭了，我该干的事情还没有干完，还不能死。

我忙说，元老师，你瞎想什么呢。

他又睁开眼睛，目光炯炯，笑着对周围的空气说，老哥儿们别着急，你们先玩着，到了时候我就跟你们走。

过了几日，身体又好转了些，他的兴致也高了一些，偶尔还会摘下墙上的酒葫芦，和我喝两杯。他说酒是个好东西，驱寒驱阴气，他年轻的时候酒量可不一般，那时候去深山里的那些村子里找文物，晚上经常就睡在山林里，山里多冷啊，就是靠喝酒来取暖。他从板柜上的那堆瓶瓶罐罐里随手拿了两只酒杯，用嘴吹了吹里面的灰，倒满酒，摆上一碟盐水煮花生。我们在炕桌两边盘起腿，相对而坐。他很有兴致地说，你叫我一声元老师，不能白叫了，喝酒前我先教你点东西吧，想不想听？你的这种酒具叫角，我的这种酒具叫觯，这些酒具一看就是商代的青铜器。商代的人特别喜欢青铜酒器，因为他们觉得青铜酒器能代表权力和地位，就像文物局的人觉得他们就是权威一样。但是到了周代就不一样了，周代的人喜欢青铜食器，所以周代出土的都是什么鼎啊、鬲啊、簋啊，酒器倒不多。周代也没有人殉了，改成马殉了。所以你看，时代越往前发展就越重视人的生存权利，这从文物上就能看得出来。这也是我喜欢文物的原因，它们太诚实了。所以嘛，不管是什么世道，都不要怕它，好好坏坏，都会过去的。

我们拿青铜酒器碰了一杯，然后一饮而尽。我心中感慨万千，觉得自己误闯进了一个并不真实的时空里。这是一块包裹在时空里的时空，我们两个人衣衫褴褛地守着一堆珍贵的文物，每日吃着土豆，拿文物喝酒，拿文物栽花，拿文物做洗脸盆。夜已深，万物隐遁，一轮巨大的明月从山间升起，在长空和月光之下，我们那扇破败的窗户越发透出一种沉穆野逸之气。喝了几杯酒之后，我说，元老师，你怎么也没个老伴？一个人在这山里还是孤单了点吧。他盘着两条细腿，垂下眼睛说，我老伴已经去世十年了。顿了顿，他干瘦的脸上忽然露出一丝微笑，长长的睫毛扑闪着，他看着桌子说，不过我不怕，有这些文物陪着我，我也不觉得孤单，它们都是我的伴儿，都能和我说话。我早就想明白了，怎么活都是一辈子，有人当官，有人讨饭，我一辈子就这么过，也挺好。

我悄悄看了看他，犹豫了一下，才终于开口道，元老师，这些文物，你怎么不好好保存起来，不怕被人偷了？

他依然垂着眼睛，两排睫毛在脸上投下两道扇子般的阴影，越发像一座古代的陶俑。他慢慢呷了一口酒，半天才说，那种得件文物就到处藏的人，都是道行浅的人，道行浅便悟不到天机，也不一定能留住文物，真正有道行的人能摸透文物的性格，爱护它，尊重它，还能留得住它。不过，就是留也只是暂时的，这些东西终究都不是自己的，生不能带来死不能带走，今天还在你手里，明天就去他手里了。你看看，这青铜酒器的主人死了都几千年了，如今却被我们拿着喝酒，说不定明天就又到别人手里啦。所以它们在的时候，就好生养着它们，有一天它们要走，也留不住。它们只能陪你一段时间，就算跟着主人去了地下，过几百几千年，也会被人再挖出来。

我借着一点酒意，还是把那句反复思量的话说了出来，你把文物卖掉两件啊，好歹也改善一下自己的生活，你看你过得多寒碜。他忽然抬起头看了我一眼，在灯光下，他目光幽深虚静，眼睛在一瞬间里又变成了蓝色。他冷笑一声,说,你真以为人一辈子需要很多钱?

我承认,在深夜的那么一两个瞬间里,我也不是没有过别的想法,尤其是面对他这样一个手无缚鸡之力的老人。我也知道自己其实随时可以离开这里,他也无法再找到我。但快两个月过去了,我一直没有离开,分明有一种更大的东西吸引着我。

一次,我正在把玩那块玉璧的时候被他看到了,他很有兴趣地说,你小子也玩玉?说罢要过去,就着阳光仔细看了看,看了半天,只问了一句,从哪来的?我说,是我父亲送给我的。他又问,你父亲现在在哪?我说,他已经不在了。他便只说了一句,臣字眼,双阴起阳线,典型的商代高古玉,质地好,所以沁色不多,只有一点点水银沁,玉色极好,千年白玉变秋葵,说的就是这种玉色。说罢便把玉璧还给了我。

遇到天气好的时候,他就想出去到处看看,但他已经骑不了自行车了,我便开上一辆小三轮车,他坐在后面的车盒子里,我带着他漫山遍野地闲逛。一天,我们正走在一条山沟里的时候,他忽然使劲拍着车盒子,我停下来扭头看他,只见他正手忙脚乱地往出爬,我大惊,停下车问,元老师,你这是怎么了?他也不说话,爬出车盒子便跌跌撞撞地向路边的荒草丛跑过去,然后跪下来抱住路边的一块石头。我赶紧过去一看,原来荒草丛里有一座不大的石狮子。他摸着石狮子端详了半天,然后便伸手往下挖,我也过去帮忙,我们两人挖了半天,渐渐看清石狮子下面连着一根方柱,只是柱子已经全部埋在土里了。

挖了好半天,石柱也只看到一截,他趴下看了看,肯定地说了一句,这旁边有清代的古墓。我吓了一跳,环顾四周,并没有看到坟墓。忽然见他拍了拍两只手上的土,跌坐在地上大笑起来,边笑边说,你知道我为什么喜欢在这山里转?在这山里转着转着就碰到文物了,只要能看到文物,我就高兴啊,像碰见老朋友一样。我年轻的时候,要是看到这样一座石狮子,就是用平车推几天几夜,也要把它带回去。现在不了,让它们就在它们该在的地方吧，我要是能多活几年，就时不时过来看看它们，像走亲戚一样。

我一边扶他起来，一边说，元老师，这山上空气好，你活个一百岁都不成问题。

老元笑呵呵地说，老得像个妖怪了也没啥意思，人还是该死就得死。

天气渐渐冷了，我在车把上缝了两个棉套袖，在车盒子里铺了一床厚棉被。车盒子极小，简直像个饼干盒，但老元竟然能把他的高个子很容易地就折叠进去。他一钻进那厚棉被里，就立刻找不到人了，像变魔术一般，只露出一颗花白的脑袋在外面。

这天，阳光煦暖，我又用三轮车带着他，沿河一直向东边溜达。河流在山谷间甩出一个极优美的弧度，岸边的芦苇已经衰败，雪白的芦花在阳光下闪着银光，与枯黄的河柳一起在风中摇曳。河流两边的高山已经渐渐变成了苍冷的黄褐色，夹杂着一团团的红叶，火焰一般，再过些时日，等叶子落光，便只剩了松柏。有几只巨大的苍鹰在山顶上静静滑翔，在河道转弯处，我看到岸边有一块白色的巨石，石头极其平整光滑，而且出奇地干净，简直像个搭在荒野中的戏台，可供十几个人或坐或卧，曲水流觞，饮酒作歌。我在巨石上呆坐了片刻，抽了一根烟，又想起了我父亲，不知道他当年一个人住在这山里的时候，是不是也会经常坐在这巨石上看着河水流去。我意识到我现在所经过的每一个地方都可能是他走过的。

我们继续上路，三轮车走着走着便走出了山谷。一出山谷，眼前便豁然开朗起来，河道忽然变宽变开阔，水声也渐渐喧闹起来，像小孩子忽然长大，竟一下子雄壮魁梧了不少。我停了三轮车，把老元从饼干大的车盒子里扶了出来。他手搭凉棚看看四周，说，到龙门了，好久没来这里了。我说，这样一个地方怎么就叫龙门？他指指流水，这是河水出山谷的地方嘛，你看多有气势。

又往前走了一段才发现，原来这里还有另一条河，是从另一个山谷出来的，两条河在此地碰面，互相施礼之后便嬉笑打闹在一起，于是河面猛然变宽，一时竟浩浩荡荡起来，连流水声都是粗声大气的。只见满河都是阳光洒下的碎金碎银，两岸地势逐渐平坦，有一块块开垦出来的田地，种着莜麦和土豆，居然还有好几座小庙。我心想，莫不又是那无孔不入的狐爷庙？这大山里简直是狐爷的天下，这大约是几千年前的狐突大夫怎么也没有想到的。

老元背着手静立在河边，对我说，你要是心里不高兴的时候，我告诉你个好办法，就这么在河边站一会儿，站一会儿就好了。我以前经常这样，来河边站一会儿，心里就好受不少，流水会把什么都带走。我问道，这条河叫什么名字？他说，文谷河。知道为什么起名叫文谷吗？就是说水在这里流得慢，波纹多。那条叫西冶河，是从西冶川流出来的。两条河汇合的地方就会形成截岔地带。截岔地带往往土质肥美，灌溉充足，十分适合长庄稼，都是一年两熟的地，差不多都能旱涝保收。不过截岔地带的人一般都性情彪悍，这是因为截岔地带人比较杂，人们为了生存就慢慢形成了这样的脾性。我以前来收购古董的时候，就属截岔地带的人最难缠，有个人卖给我一只明朝成化盘子，没两天又要出更大的价钱买回去，说不卖给我了。我说这不是钱的问题，我是研究文物的，又不是商人，说卖就卖，说不卖就不卖？那怎么可能。

我说，后来也没卖？

他冷笑一声，说，他出再多的钱我也不卖，我又不是文物贩子。

我们朝那几座小庙走去，走近一看，好像不是狐爷庙，那红脸的狐爷我都能认下了。这里都是一些很奇怪的庙，什么关帝庙、孝文庙、老爷庙、观音庙、龙王庙，还有一些道观，什么崇真观、栖霞观、寿龙观，还有一座四圣宫，里面居然供着尧、舜、禹、汤四个圣人。这些寺庙和道观密密麻麻地挤在这窄窄的河岸上，赶集似的，热闹非凡，阳光照下来，庙顶上的那些黄色琉璃金碧辉煌，周围却愣是看不到一个人影。然后，就在这一大群寺庙里，我看到居然还夹杂着一座古戏台，挑着鸟翅一样的大飞檐，出将入相，十分威严。我心想，好生奇怪，连人都没有，居然还有戏台，难不成是给这些寺庙里的各路神仙准备的？心里正想着，忽然又在一群寺庙里看到一座更奇怪的建筑，过去一看才发现，居然连墓塔都赶到这里来凑热闹了。

我和老元站在墓塔前，我跟着老元粗浅地学到了一些文物知识，便围着墓塔左看右看，希望能看出些门道来。老元背着手轻咳了一声，说，不用看了，这是昙鸾祖师的墓塔。昙鸾祖师就是净土宗的初祖，古籍中说他死后葬于"汾西泰陵文谷"，说的正是这个地方，文谷河边。我叹道，元老师，这阳关山上真没有你没去过的地方啊。他手搭凉棚看看阳光，微微有些得意地说，你应该这样说，阳关山上没有我不认识的文物。

我们两个又沿着渐渐开阔起来的大河继续往前走，两岸荒草萋萋，金色的沙棘树上落满鸟儿，看上去简直像鸟树，一走过去，鸟儿们便轰的一声炸开，倒像是忽然盛开的烟花。河水还在继续变宽，像个巨人一样还在不停地长高长胖，搞得我都忍不住担心起来，它这样长下去会变成什么样子，总不会胖成一面湖吧？心里正想着呢，忽然前方就耀眼地跳出了一面湖。

原来是文谷河水库。文谷河从深山发源后，本是一条小溪流，一路上汇合了沟里的无数条川流，渐渐长成大河，一路跋涉，出龙门后吞并西冶河，一直到这里才被彻底收编。那条河静静地从我眼前消失了，取而代之的是大镜子般的水库平躺在群山之中，远处是苍苍黛色和连绵群山，湖面似蓝色琥珀，一丝波纹都没有，里面封存着流动的天光云影。

4

　　一个老人正坐在水库边钓鱼，只见他满脸皱纹，眼珠子灰蒙蒙的，抖着一把雪白的山羊胡子，身上披着一件油光锃亮的羊皮袄，不知道有多少年没洗过了，衣服的前襟完全可以当镜子来使。里面是一件用碎毛线拼接起来的毛衣，彩虹一样。裤子用一条布带随便绑在腰上，脚上两只翻毛大皮鞋，像两只小船似的套在脚上。

　　老人看见我们走过来，远远地就和老元打了个招呼，元老师哇，好些日子没过来了，这是有空过来走走？身体可好些了？老元透出些倨傲之气，微微颔首，像把剑一样孤立在岸边，背起双手，静静看着湖面。老人忽然大笑起来，一边笑一边连忙拔起钓竿，下面却只是一块腐朽的木头，缠满水草。他扔了木头，朝着湖面大声骂了一句，重新又把钓竿抛了进去。

　　这时候，湖面上忽然冒出三颗人头，都慢慢朝岸边游过来，原来是在湖底潜水的人。其中一个看到老元站在岸上，还来不及上岸就在水里举起一块石头，一边胡乱挥舞一边哈哈大笑。三个人像水妖一样湿漉漉地从水里升了起来，那个捧着石头的一边浑身滴水一边几步冲到了老元面前，说，元老师过来啦？快给咱看看，这是哪个朝代的东西？值不值钱？其他两个人也呼啦一声都围了上来，老元慢条斯理地摸出兜里的老花镜，戴在鼻子上，又慢条斯理地接过那块石头端详，看了几眼，不屑地说，就是一块清代的青砖而已。

　　话音刚落，湖中忽然又爬出一个湿漉漉的人，尽管冻得直打哆嗦，此人还是高举着什么东西，一路狂笑着奔了过来。他手里拿的是一只完整的瓷碗。只见碗底的款识是一朵莲花，老元戴着眼镜看了一眼碗底，冷冷地说，康熙款，康熙年间的。那人听闻又响亮地大笑了几声，然后小心翼翼地把碗放在地上，拿起了和衣服放在一起的酒瓶，打开瓶盖，咕咚咕咚灌下去大半瓶烈性白酒。空气里全是白酒的气味，喝过酒的人嘴里直嘶嘶冒气，好像吞吐着火焰，而五脏六腑里已经生起了一盆火，正炙烤着全身的寒气。那人喝完酒对着老元说，元老师哇，像你这样的人才就应该到北京去，怎么也不见北京有人来请你？把你老人家可惜了。说罢又跳回湖里去了，似乎那湖底才是他的家。老元背着手，对着湖面微微笑着，看起来心情还不错。

钓鱼的老人再次扯起鱼竿，还是一无所获，他朝着湖面吐了一口唾沫，叹道，武元城里的东西是越来越少了。我忍不住问了一句，武元城在哪？他上下打量了我一番，说，外地人吧？我说，也不算，我老家就是磁窑村的。他好像懒得和我说话，过了半响才冲着湖面点了点下巴，说，武元城就在这下面。我大惊，看着无比平静的湖面，一句话都说不出来。

可能在这样的深山里找个人说话也不容易，见我不说话了，他便又自顾自地往下说，这里在明朝就是武元城，1956年建的水库，水库建起来后，武元城就被淹到下面去了。以前这里可热闹着呢，有饭店有旅店，不少生意人都来这里开店铺，来来往往的人多着呢，四面八方的人都来这里买木料卖木料，卖了钱再下山换粮食。你不见这里还盖了戏台？三天两头有戏班子来唱戏。我小时候，一听有唱戏的来了，我外外（外婆）迈着两只三寸金莲，抱着板凳，就带着我来看戏。那时候这里多热闹啊，卖瓜子的，卖莜面切条的，爆爆米花的，咣一声，像放大炮，吓得我们直捂耳朵。我十几岁就在武元城里贩木料了，早些年也挣了几个钱，后来慢慢就不行了，都没人来买木料了。

他又一拉钓竿，拉上来一块长满青苔的窗棂。他连忙站了起来，一边忙着看裤子上的拉链拉上了没有，一边招呼老元，元老师，元老师哇，快帮着看看，看这是什么朝代的东西？老元没动，依然背着双手立在那里，慢条斯理地说了一句，是不是手头又没花的了？老人又不放心地看了看自己的裤链，半笑着说，我们不能和你比，有人出几十万买你的文物你都不卖，也不知道你想留到什么时分去。我家就我和我老婆子，本来也花不了几个钱，衣服穿十来年也穿不烂，吃的嘛，土豆管够，可是人在世上总不能什么花销也没有吧，打针吃药要花钱，过年给孙子压岁钱要花钱，就是买卷卫生纸都要花钱。第明（明天）是十五了，想去鬼市上再打捞点花销嘛。

我想起在磁窑村碰到的那一老一少，捡瓷片也是为了去赶这个鬼市。我倒有些明白过来了，这大山里因为地处偏远，人迹罕至，遭的破坏少，倒得以保留下来不少文物古迹，这些散落在深山里的山民们不愿下山打工，为了讨生活，就时不时在山里找点残留下来的文物去换钱。只是，过了这么多年，那些露在明面上的文物古迹已经基本被搜罗光了，只剩下那些笨重的大石碑没法抱走。就连这沉在水底的武元古城也被搜罗得不剩什么了。

老元看都没看那窗棂一眼，只从身上掏出几张钱来，塞到了老人手里，然后便扭头往回走了。那老人穿着两只翻毛大皮鞋，像划船一样紧跟着跑了几步，嘴里喊，元老师哇，这就走了？不再看看了？不急着走嘛，去我家里吃顿饭，吃了黑夜饭再回嘛。前些日子我捡了一块石头，还想让你帮着看看呢。老元背着双手，轻声说了一句，你先保存着，下次来了给你看吧。他依然神情倨傲，走路的时候没有一点脚步声，像是飘着过去的，顶着一头花白的头发，颇有些仙风道骨之气。往前走了一段路，快走到三轮车跟前的时候，四下里无人，他忽然就猫下腰，蹲在草丛里慢慢捂住了脸。我连忙走过去，却听见他蹲在那里，正发出古怪的声音。他正蹲在那里小声抽泣。我吓了一跳，上前欲扶他，他却推开我的手，坐在地上，对着地面说，我看见他们就不好受，你知道吗？我本来和他们是一样的，我差一点就成了他们。我小的时候，家里姊妹众多，常常连饭都吃不饱，有时候为了抢口吃的都能打起来，就像他们这样，为了一口吃的就争就抢。你知道我从什么时候才开始和他们不一样的吗？就是从我喜欢上文物之后，每研究透一件文物，我都能感觉出来，那文物的魂魄去了我身上，我开始和他们不一样了。其实不是我研究文物，是没有文物就没有我。

我开着三轮车沿原路返回。来的路上眼见河流越长越宽阔，回去的路上却眼见河流又倒了回去，河道越来越窄，声音越来越低，徘徊在河柳丛中，蛇行一般诡异，倏忽之间又看不见了，耳边却满是河水叮咚之声。我恍惚间有一种时光在倒流的错觉，觉得自己正朝着过去走去，也许在这深山里走着走着便碰到了过去的自己，又或许走着走着便碰到了我的父亲，他那么年轻，还没有受到生活的任何摧残，而我还只是那个七岁的小孩子，一切都还来得及。如果真的碰到了他，我应该和他说句什么呢？是不是应该说句对不起？那块玉璧在贴身的地方蹭着我，就像父亲的一只手。这时候我又想起了父亲对我说的最后那句话，抽空回趟老家吧，回去看看。

我忽然明白了他的用意，想起了在磁窑村捡碎瓷片的那一老一少，在水库边钓文物的老人，还有那些在水底打捞文物的山民。父亲其实是在告诉我，回到老家，遍地有文物可寻，这或许也是一条活路。

黑暗笼罩四野，一轮明月高悬在头顶，马上又要满月了，月圆月缺，时光如水。已经干枯的草丛在月光下闪着银光，三轮车后面轻飘飘的，我疑心他已经不在里面了，回头一看，那颗花白的头颅正低低地垂着，他像个婴儿一样裹在棉被里，不知道是不是已经睡着了。

回到屋里才发现，双脚已经冻得发麻，我连忙往灶里扔了几把柴火，一边烤火一边往柴灰里埋了几个土豆，屋里弥漫出烤土豆的香味。老元回到屋里，坐在炕上，从怀里摸出一块司南佩，默默地把玩了半天。我发现，片刻之后，他便同路上两样了，他好像可以从那古玉身上汲取到某种奇特的能量，那种世外高人的清冷和倨傲重新回到了他身上。他把酒葫芦摘下，倒了两杯酒，一杯递给我，说，喝点吧，去去寒气。我连着饮下几杯酒，竟然有了一点眩晕的感觉，便颓然卧在炕上，却见他盘着两条细腿坐在炕桌前，上身端得笔直，口气不容置疑，你暖和过来了吗？手要是不冷了，咱们就开始工作吧。

灶洞里的火烧得通红，不时有火舌从里面吐出来，屋里渐渐暖和起来，我卧在那里，颓然看着窗外无边的夜色。我来到这大山里已经两个多月了，不知道自己还要在这里躲多久，也不知道离开这里后自己还能干什么。我又给自己倒了一杯酒，慢慢喝完了才说，今晚就不写了吧。他端坐在那里，表情威严地说，我像你这个年纪的时候，为了写点东西能熬几个通宵。我接口道，你是阳关山上最厉害的文物专家，可惜被埋没在这大山里了，我和你不一样，我本来就什么都不是，我也不知道自己到底能干什么。

他愣了半晌，说，那你走吧。我一惊，呆在了那里。只见他下了炕，走到门口把门打开了，寒风立刻扑了进来，我的酒意醒了一半，回头一看，他正站在那里看着我，脸上清冷倨傲。他说，你要是想走早就走了，我家里这些文物，你要是想拿也早就拿了，我就是看中你这点品性，有耐性，不贪财。你和我年轻的时候还真有点像，我年轻的时候也不知道自己到底是谁，年纪大了就慢慢知道了，总会知道的。

我一时呆在那里不知道该说什么，只见他又关了门，往油灯里加了点胡麻油，然后便背着双手在屋里慢慢踱步。他边走边说，从我喜欢上文物之后，我就有了使命感，觉得它们都在那里等着我，都需要我的照顾，就像小孩子一样，需要大人的照顾。我们开始工作吧，不要让这段历史就这么淹没在水下，有些事情不是做给别人看的，是做给自己的，那样自己就会看得起自己。武元城最早建于宋朝，本是朝廷设的税关，渐渐发展成一个小镇，控制着文谷河山口的交通，起到镇守山口的功用。1956年水库建成以后，它便沉入文谷河水库。武元城属于截岔地带，因为地形不宽，所以这一带重叠了很多文化层，四五千年前、两三千年前的文物古迹都在地下层层叠叠，就像树木的年轮一样，留下了各个时代的痕迹，最早的古迹属南堡村的新石器时期遗址。这一带的每个村子里都能找到孝文庙，山顶还有一座孝文碑，这可能与当年魏孝文帝曾来过阳关山避暑有关。虽说这一地带土地肥沃，古迹遍地，但自从有了文物的概念，当地百姓便纷纷以倒卖文物为生，导致很多文物遭到了破坏。

夜很深了，月华如水，从窗户里进来，汩汩流淌了一屋子。屋里积水空明，水中藻荇交横。那些古老的器具静静站着，拖着长长的影子，散发着神秘的气息，它们身上的饕餮花纹阴森地浮动在月光里。柜子里静悄悄的，看来他在里面已经睡熟了。我却失眠了，在这样万籁俱寂的深夜里，我忽然想到，确实，从一个老人身边拿走几件文物太容易了，可是，我一直没有这么做，看来，我确实小看了自己。最重要的是，他明明知道有这样的危险，却依然把我留了下来。这么想着想着，心里渐渐清宁下来。我学老元的样子，盘腿端坐着，伸出手去，拿起一本放在炕桌上的书，就着月光轻轻翻了两页，虽然看不清上面的字，但能感觉到一种来自人世之外的澄静，悠远安宁。

第二天醒来一看，已是上午时分，老元正趴在炕桌上整理资料，他淡淡地问了我一句，睡醒了？我想起昨晚的情境，仿佛进入了一种奇异的场域，恍如梦中，但又觉得自己身上，不知什么地方，终究是和从前有些不同了。

吃过晚饭，他忽然对我说，今天是农历十五，我带你去看看鬼市。你先稍微睡会儿吧，不急，咱们到半夜再走，鬼市要到后半夜才开张。

我们出发的时候，我看了看柜子上的老座钟，正是半夜两点。半夜的大山里寂静黢黑，天地紧紧相扣在一起，只在交界处能看到朦胧的山的剪影。就在这一片混沌之中，却有一轮巨大的满月高悬在天空中，明亮、洁净、冰凉，散发着白骨般的光泽。满月有一种可怕的磁场，无论是山顶上传来的狼嚎声，还是近在我们身侧的流水声，好像都在磁场中向着这轮明月而去，宇宙间的一切都会被它吸附到其中，又似乎一切都不过是它投下的幻影。我们小小的三轮车在无边无际的天地间浮游着，被无处不在的月光碾压着，随时都可能化作齑粉，随时都可能会消失。我被这样浩大的月光镇压着，几乎喘不过气来，心里却又奇异地兴奋着。

坐在车盒子里的老元忽然在背后叫了我一声，永钧啊。这是他第一次叫我的名字，我不由得一愣。只听他又说，你昨晚就没睡好，今晚又睡不好了，等明天白天再好好补一觉吧。我想起昨晚睡不着的时候还留意柜子里的动静，只以为他睡熟了，没料到他也是彻夜不眠。我说，元老师，你睡不着的时候会做什么？他说，玩玉啊，只要有玉陪着我就行。

我们到达庞水镇的时候是半夜三点，鬼市已经陆陆续续地开张了。庞水镇也位于三条河流汇聚而成的截岔地带，整个镇子上只有一条主街，街道两边林立着很多小店铺。鬼市就是在这条街上开张的，半夜开张，天亮前即散去。

镇上没有路灯，但远远便看到，街道两边明灭着一些微弱的灯光，闪烁不定，鬼火一般。等走近了才发现，路两边摆着不少零零散散的地摊，地摊上摆的都是些文物玉器，微弱的光亮在黑暗中撬开了星星点点的缝隙。有的用手电筒照着，有的点着一根蜡烛，有的点着一盏马灯，还有的在树枝上挂了一盏红灯笼，红灯笼的光晕像血一样泼在地上。地摊的主人们坐在后面，无一例外都把脸藏匿在无光的暗处，或把帽子压得低低的，挡住脸面，只能听到讨价还价的声音。来买东西的顾客也神秘莫测，没有脚步声，都悄无声息地游荡在这条街上，问价的时候也是尽量避开灯光，压着嗓门。于是便看到很多无脸人鬼影幢幢地低声交谈着，暗暗成交着生意。还有更多的人渐渐从黑暗中走出来，走进鬼市，也都看不到脸。

我们站在无光的暗处看着人来人往。老元悄悄对我说，这是个文物市场，有很多山下的人来这里买文物。这鬼市上卖的东西有一半是假的，一半是真的。像玉器吧，作假的办法实在太多了。比如羊玉，是把玉石埋入活羊腿中，用线缝上，几年后取出，玉上就会出现血纹理。梅玉是把质地差的玉石用乌梅水煮，煮过的玉石有水冲过的痕迹，再用提油法上色，能冒充"水坑古"。鸡骨白有可能是用火烧出来的。血沁也能做出来，把猪血和黄土混合成泥，放在大缸内，把玉器埋入其中。但在清朝咸丰、同治之前是不看重斑沁的，即使有上好的斑沁，一般也会磨掉，所以在咸丰、同治之前，斑沁玉器极为稀有。不过真货也不少，就看你眼力如何了。按规矩，这里不能多问卖家的姓名和电话，不买也不要啰唆。

我在鬼市上转了一圈，蹲在一个地摊前看了看，货物并不多，两只司南佩，一只大的一只小的，一只玉龙，刻有折铁纹，看着像商代古玉，一只钙化严重的玉剑璏，一只寿面纹玉琮，一只蟠桃献寿图的粉彩瓷瓶。摊主打着手电筒，脸藏在阴影里，问了一句，吃玉还是吃瓷器？我指了指那只玉琮。他说，汉代的东西，已经沁成鸡骨白了，有一处还开着窗，是青玉。然后就不再说话，依然藏在黑暗中。我假装看了看，赶紧走开。

月光惨烈，遍地银光，没有什么可以遁形，鬼市看起来就像一个从地下浮起来的世界，阴森神秘，鬼影幢幢。我和老元重新碰头，站到没有月光的暗影里，他手里也是空空的，并没有买到什么。我说，没看中的？他在黑暗中笑笑，你觉得到我这个份上，还会再买卖文物吗？我说，也是。我在身上摸烟的时候摸到了父亲送我的那块玉璧，不知为什么，在触到它的一瞬间，我心里忽然有一阵莫名的恐惧。我摸出一根烟叼到嘴上，手竟然在发抖，点了几次才把烟点着。直到大半根烟快抽完了，我才装作很不经意地问了一句，元老师，鬼市地摊上的那些真货都是从哪来的啊？

他高瘦的身影伫立在阴影里，依然背着两只手，并没有说话。我以为他没有听到，便踌躇着把烟头掐灭，又试着问了一遍，地摊上的那些真货都是从哪来的？一阵阴冷的夜风穿过街道，落叶在我们脚下沙沙作响，后半夜了，大雪一样的月光覆盖了一切，一切看起来更加惊心动魄了。这时我忽然在黑暗中听到了他平平静静的声音，一小部分是从农村收购来或是家传下来的，一大部分，尤其是古玉，是从古墓里挖出来的。这些卖货的摊主里有些是专门以盗墓为生的，所以做买卖很谨慎。

我浑身打了个激灵，几乎站立不稳。

5

我们的三轮车慢慢沿原路返回。月亮西斜，即将落山，弥漫于大地之上的黑暗正渐渐退去，山林和河流的轮廓重新浮现出来。走着走着，前面山与天的交界处便孵出了一层青白色的光亮，这点光亮蠕动着迅速长大，不一会儿，铁锈红的朝霞便铺满东方，黎明到了。

我说，其实你早就知道了。

沉默了片刻，他说，知道什么？

我说，你早就知道了。

他说，你也迟早会知道的，知道了也没什么不好。

我说，所以你要带我来看鬼市。

缥缈的晨雾还未退尽，清亮的晨光迎面扑来，在一个瞬间里穿过了我们的身体，然后继续向前奔跑。山林逐次地、一截一截地被点亮，整个森林变得金碧辉煌，太阳就要升起来了。我听见他在我身后说，我是想让你知道，古玉虽美，但大多来自枯骨和腐尸身边，有的古玉进过地下不止一次，出来，再进去，再出来，再进去。有的还沁有人血。不要对它们太过痴迷，就能破除迷障。古玉的美其实是很可怕的，是用幽玄之气和漫漫时间一点一点堆出来的，像古玉上的牛毛纹，很是珍贵，可那需要几千年的时间才能缓慢形成。器物本身不过是一种障眼法，不要想着用这些器物来换钱，因为值钱的其实并不是器物，而是住在它们里面的魂魄和时间。破除了迷障才算真正和它们有了缘分，你养它们，它们同时也在养你，就是有一天它们离开你，去了别人手里，你们之间养出来的气息还在。它把你养出了一点尊贵气，你把它养出了最温润美好的玉色。

我去看望父亲的坟。他的坟头上已经长满荒草，和其他大大小小的坟一起挤在狭窄的山谷里，不再像一个初来乍到者。这些坟墓都安详极了，好像已经在此安居乐业惯了。我在墓地里慢慢徘徊，发现这墓地的左侧就是狐爷山，也就是说晋大夫狐突的墓就在这山中。这座山确实奇特，尽管阳关山上林木繁茂，但唯独这座狐爷山上长满了参天古柏，蓊郁森然，柏香清幽。很多柏树都在千岁以上，错节盘旋，长成了各种奇特的形状，有蛇形、虎形、绣球形、牛角形、盘龙形，仿佛是一座动物园。柏王是一棵三千多岁的老柏树，龙爪形，树皮皲裂，老态龙钟，粗大的树根都已经暴露在外面，光树根上就能坐几十个人。整棵大树摇摇欲坠地抱着一块崖边的巨石，俯视着群山，张牙舞爪的样子真像极了一只巨大的龙爪。在山顶上，古柏之间还掩映着一座千年古刹，只是早已废弃，残垣断壁间堆积着厚厚的枯叶，只残留下半座石门，门楣上模糊可见三个大字：登彼岸。

怪不得放羊老汉说这里是一块风水宝地，果然不假。

能看得出，越是靠外面的坟墓就越是年轻，有几块墓碑还是崭新的，显然下葬到这里还不是很久。一座墓前还摆着五颜六色的纸花，看上去喜气洋洋的，过节一般。越往里走，古墓越多。有一座墓是夫妻合葬，墓碑立于一对石鼓之上，爬满藤萝与褐色暗苔。石碑很是气派，碑上刻着仙鹤与凤凰，隐约可见"乾隆四十九年"几个字。有一座古墓没有墓碑，却在墓前立着两个翁仲，还有两匹石马。还有一座墓前立着两尊奇怪的石人，头戴尖帽，瘦长脸，两只极大的眼睛深凹进去，双手握于腹前，端坐在一个刻有水波纹的方座上。这对石人看起来不像汉人，应该是当时的胡人。我又想起老元说过，这一带在古代曾有不少少数民族的部族，像什么狄族、戎族、孤氏大戎、鲜卑族，心中不由得暗暗惊叹。再往里走，又看到一座古老的墓碑，上面刻着一些奇怪的文字。我帮老元整理资料时见过这种文字，大致能猜测出，这应该是元朝的八思巴文，但碑文里具体说了什么，就没法看懂了。我在那座石碑前坐了很久。元朝之后，八思巴文已经是死文字了，并没有传下来，现在在这深山老林里猛然遇见这些枯骨般的文字，不免有些心惊肉跳，好像看到了死去文字的尸骸。

再往里走便是那座豪华的陵园，也不知是何人所建，大约是在生前就已经为自己选好了地方的，还不时过来参观游览一番，提前熟悉一下死后的去处。等到死后，果然就彻底搬了进来。八成是从这山上发家的某个煤老板。站在山坡上望着这片墓地，竟觉得像个藏在深山里的繁华小镇。想来住在这镇上的鬼魂们倒也不算寂寞，老老少少，男男女女，有汉族有少数民族，大家死后都没了差异，即使年龄上相差一千岁，也不影响它们在半夜打着灯笼互相串门聊天。

夕阳西下，山谷里的光线开始慢慢变暗，整个墓地看起来静谧而阴森。我在父亲的坟前坐了一下午，在他坟头上点了一根红塔山，自己也点了一根，陪着他默默抽了一会儿烟。林中光线转暗的时候，我抬头看看天光，从怀里掏出了那块玉璧。它在昏暗的光线里发出一层璀璨的光芒，像轮月亮一样卧在我手心里。我无法想象它居然在最黑暗最幽深的地底下待过上千年。对着夕阳举起这玉璧，果然可以看到里面有丝丝缕缕的血沁，像玉璧自己长出的毛细血管。

我在父亲的坟前挖了个很深的洞，把那块玉璧埋入其中。因为佩戴了这块玉璧，他的坟墓看起来瞬时变得光彩照人、卓然不群，如古代的君子出门，言行皆以玉佩为圭臬。再起身时，夕阳已经入山，黑暗从最深的林海中长出来，墓地和陵园渐渐被黑暗吞噬，鬼魂们出来游玩的时间要到了，我该离开了。忽然想起父亲当时那句小心翼翼的话：养好了，送给你。不知不觉中，我已是满脸的泪水。

告别父亲，我在夜色中向西而行。

自从把那块玉璧还给父亲之后，我周身便有了一种奇怪的轻盈感，好像从身上忽然卸去了很多重物，又好像亲手为自己揭去了一道命运的符咒，总之就是感到没有缘由的轻盈。一天中午我坐在门口晒太阳的时候，一低头，发现自己落在地上的影子分外沉静，它也正看着我，目光里有一种奇异的安宁。我变得忧惧渐少，言谈举止开始变得与老元有些神似，直到有一天，我发现连我们走路都变得如此相似，都是无声无息地没有了脚步声。

老元的身体时好时坏，有段时间病情忽然又沉重起来，他嘱咐我在佛像面前又多添了两盏油灯，四盏油灯跳跃着，然后他在炕上撑起身子，对着满屋的文物古董作了个揖，说，诸位在里面可是住得不舒服了？是不是又想出来溜达溜达？出来溜达也没事，只是请你们迟些叫我，让我把这本书写完了，心愿了了，就跟着你们云游四海去。

他这么一说，我便立刻觉得周围熙熙攘攘的，住满了大大小小的鬼魂。他病情继续加重，我便把他从柜子里抱到炕上，结果他百般不适应，还是要挣扎着爬回柜子里，我只好又把他捉到炕上。如此折腾几回，直到他精疲力竭再也动弹不得，便静卧在炕上。我擦了把头上的汗，问道，元老师，你说好好的炕就不能睡？为什么非要睡到柜子里？他身体动不了，只有表情还能动，他缓慢地对我笑了一下，小声说，年轻的时候，不敢睡在炕上，是怕被人闯进屋杀了，抢走文物，后来就睡习惯了，只有在柜子里才觉得安生，才能睡得着。我犹豫了半天，终于还是问了一句，元老师，你怎么就那么信任我？他歪在炕上，垂下眼睛，不去看我的脸，只听他说，我研究了一辈子的文物，从不需要借助任何仪器，好的坏的，基本上一眼就能看出来，这就是本事。

他拒不吃西药，也不肯下山去医院，只把自己在山中采来的一些草药煎了，每日服用。他显得很是焦虑，不停催促我加快进度，把他多年来积攒下的所有资料都摆在了我面前。我除了做饭、煎药，就是没日没夜地整理资料，然后一一编入书中。日子寂静极了，从没有人过来打扰我们，好像整个大山里只有我们两人相依为命。虽不免枯燥，但我发现我竟越来越喜欢这项工作了，就好像，它把我早已埋葬掉的某种尊严感又唤醒了，我居然有机会变成了我曾经假想中的那个人。

他还有厚厚的几十本日记，详细记录了他在几十年时间里去过哪些村庄，考证过哪些石碑，发现过哪些文物古迹，还搜集了当地的一些民歌和鬼故事。他指着那些鬼故事说，我原先还想着写一本阳关山上的《聊斋志异》呢，你说是不是也挺有趣？我说，是有趣，等你身体好了，你自己来编。他便卧在炕上，久久不再说话。

还有厚厚一摞资料全是阳关山上各个村庄的柱状打井图，在这些图上能清晰地看到每个村的地质结构，从泥岩到大颗粒砂到细砂到淤泥层。还有一张阳关山的手绘地图，地图很详尽，上面标着山上大大小小的山脉、河流，各个山村的村名，还标注出了山上的每一座寺庙，如今这些古寺大部分已经不在了。再细看才发现，地图上还标注出了不少古墓，每一座古墓旁边都画着一个暗红色的三角形。

我看着地图微微发了一会儿呆，不知为什么，心里忽然莫名地跳了一下，继而便感慨道，元老师，你真是可惜了，要把你放在大学里，当个教授都绰绰有余了。他缩在窗户边，枕着一卷被褥，半躺着，一柱阳光斜射进窗户，罩在了他干枯的身体上。在金黄色的阳光里，他看起来周身静穆剔透，似乎皮肤正渐渐变透明，甚至都能看到里面的五脏六腑。他极其安详地躺在那里，如沉在井底，一动不动，两只眼睛很虚很静地看着屋里的一个角落，长长的睫毛垂下来，在脸上落下两扇阴影。我以为他并没有听见我说了什么，便埋下头去继续翻资料，却忽然听见他冷冷笑了一声，继而不紧不慢地说，你以为，真正的高手都在大学里？

6

冬天到了，山中下了一场薄雪，苍山负雪，巨蟒般绵延千里，青松白石间随处可见晶莹剔透的冰瀑冰河。雪停之后，太阳出来了，整个山林在阳光下闪闪发光。老元的身体看起来又好转了些，能下炕走动了，他便把油灯撤掉两盏，剩下两盏，然后朝着屋里的那些文物连作了三个揖，嘴里说，谢过诸位了，你们回去了就好好的，想再出来走动时就说一声，我候着你们呢。我在一旁看得目瞪口呆。

这日他又说想去山里转转，于是我把他抱到三轮车里，用厚厚的棉被把他捂起来，带着他到山中闲逛。

我开着三轮车沿着冰封的文谷河一直往下游走。荒草和河柳被冻在冰里一动不动，站在白色的冰面上，还能看到冰下有磨砂般的小鱼在游来游去。在快出龙门的地方有条岔道，他说，我们今天走走那条岔道。拐进岔道，是一条不宽的土路，我从没有走过这条路，在山谷里忽隐忽现，状如蛇行，不知是去往哪里的。我说，元老师，你是不是对这山里的每一条路都很熟啊？他呵呵笑着说，在这山上就像在我自己家里一样。

在我们前面还跑着一辆小面包车。在这无人的深山里能看到面包车，我觉得很是新奇。只见那面包车屁股后面跟着一团土雾，浩浩荡荡地往前奔跑，跑着跑着忽然就不见了，等我们的三轮车又往前挪了段路，它忽然又在前面出现了，像从地下忽然冒出来的一样，继续一颠一颠地往前跑。等走近一看我才明白过来，原来是这路中间突然凹下去一个大坑，我们的三轮车也只能先跳进坑里，再慢慢爬出来。

走着走着，猛一抬头，忽然看到那面包车怎么又跑到我们头顶上去了，原来前面是个很陡的山坡，必须得爬上去，于是我又跟着面包车冲上了山坡。冲上山坡一看，前面是一大片枣林，都是上了年纪的老树站在雪地里，树干漆黑，叶子早已落光，铁画银钩的枝干直刺向冬日的天空。那辆面包车拍拍屁股上的尘土，欢乐地开进了枣树林，我也开着三轮车尾随其后。穿过枣树林，一个村庄忽然出现在眼前。

那面包车大概是到山下采购东西去了，两个男人跳下车，一人扛着一个蛇皮袋进了村。

村口有个戏台，修得崭新，描得花红柳绿，戏台上有两个小孩正在玩耍。戏台对面是个祠堂，也修得崭新，简直是纤尘不染。这个村庄和我在山里见过的其他村庄都不大一样，怎么说呢，就是看起来太过崭新太过整洁了，很是讲究，整个村子都散发着一种明晃晃的气息，好像是它不小心走错地方才来到了这深山旮旯里，来到这种角落还时时不忘揽镜自照，整理衣冠。

祠堂上写着"周氏祠堂"四个大字，祠堂旁边立着一块石碑，石碑上刻着"天心兮"三个大字。好有气派，我心里暗叹。这村子共有三条街道，每条街道中央都有座石牌坊，我一看，中间的牌坊上写着"锦龙步泽"，东面的牌坊上写着"星聚高阳"，西面的牌坊上写着"洗心饮光"。村里的房屋和院门大部分都是后来修葺过的，所以几乎看不到老房子，尤其是那些刚刚翻修过的院门，都用红色瓷砖贴出来，在阳光和雪光的映照下闪闪发光，顶上还贴了绿色的琉璃瓦，左右各一滴水兽头。大铁门上扣着铜环，十分气派。一进院门都是一座大屏风，或是牡丹图，或是蝙蝠寿星图，或是一幅黄果树大瀑布。

我们正在街上四处溜达的时候，迎面碰到一位老人，也是瘦高个，拄着根龙头拐杖，昂首挺胸，一部干净漂亮的白胡子飘在胸前。他虽然穿着一身旧衣，但十分整洁，整个人看起来气度不凡，简直像个蛰居在深山里的隐士。

老人看到我们，立刻扔掉拐杖，伸出两只手，哈哈大笑着向我们走来。我心想，原来拐杖是装饰品啊。只见老人用两只手使劲握住老元的一只手，不停地说，元老师呀，你可来了。老元倨傲地点点头，并不多说话。他又握住手不放，连着重复几遍，你可来了，可来了。然后带着我们进了他家院子。院子里一排瓦房，干净整洁，有一棵大枣树，墙上挂着红辣椒和几串干吊瓜，一只黑狗卧在屋檐下，也不叫，只是安静温和地看着我们。真是奇怪，这村里的狗都这么有风度。

老人一定要留我们吃午饭，我们也不便推辞。他老伴麻利地扯下墙上的吊瓜和辣椒，从雪地里挖出一块冻肉，又下菜窖抱出大白菜。山里人家不习惯用相册，照片都挂在墙上的玻璃框里。我进屋一看，家具只有简单的几件，但墙上黑压压地挂满了照片，显得这屋里热闹异常，人头攒动。老人忙着给我们泡茶，我便四处看看照片，问他照片里的人是谁，他瞥了一眼，有点不情愿地说，那个是我大儿子大学毕业时的照片，后来就留在北京了。我看到一张照片里有埃菲尔铁塔，便惊奇地问照片里是谁，他又不是很情愿地说，那是我二儿子，到法国工作去了。我看着照片里的年轻人，他们也纷纷回看着我，他们身上已经没有了任何山民的痕迹，看上去又冷又远。

我心中奇怪，要是一般的农村老人，对有些出息的子女炫耀都来不及，难得他这般淡定。然后我又看到一张合影，照片上有三个人，他和他老伴，正努力地笑着，他们身后站着一个相貌平常，穿着黑色大衣的姑娘，头发随便扎着，眼神散淡，两手插兜。三个人站在外滩的东方明珠前合了个影。我说，这是你女儿？他略略点头说，我闺女，在上海工作。老元边喝茶边问，闺女是不是已经博士毕业了？他淡淡地说了一句，你的记性就是比别人好，毕业有三年了，都工作了。老元说，你把你的三个子女培养得真是不错呀。他呷了一口茶，不好意思地笑了笑，你满腹的学问比培养多少个子女都强，我们这些人也就是过过自己的小日子，对国家没什么贡献，不能和你比。老元淡淡地一笑，我能有什么贡献，不过就是点爱好罢了。不知为什么，我感觉他那一刻的笑容稍有凄凉。

他老伴炒了三个菜，鸡蛋炒木耳、吊瓜炒肉片、白菜炖豆腐，又炸了一大碗金黄的素糕。大山的冬天，家家户户都会做一大瓮素糕存着，吃的时候拿出几条，铁一样硬的素糕，往油锅里一炸，立刻变得金黄绵软。看吃食，也是山里寻常的饭菜，但老两口看上去却都有几分风度，不似别的山民。包括他们家门口的那条狗，从头到尾都没有吭过一声，只在进门时淡定地打量了我们一眼。喂给它剩饭的时候，它居然吃得很雅致，一小口一小口，无声无息地都吃干净了。吃完还不忘把爪子和下巴都舔一遍，竭力保持着仪表。

从这个村庄出来之后，我连忙问老元，这叫什么村？他说，岭底村。我说，这村子气度不凡，是不是有什么来头？在枣林间沉吟一番，他才道，三十年前我第一次来这个村子的时候，它是全阳关山上最穷的村子。因为这里太偏僻，交通不便，要不怎么叫岭底呢，光听这地名就知道有多偏僻。那时候我挨个村挨个村地走，山上每个村的石碑、古庙、戏台、打井资料，我都有记录。那时候这个村子实在太穷了，外村的闺女们都不愿意嫁过来，本村的姑娘又都想嫁出去，所以村里到处都是光棍汉，光棍们娶不到老婆，又没钱，就四处偷鸡摸狗，经常去外村的小卖部里赊账，干活挣了两个钱就聚在一起赌博。我当时眼看这个村子就快不行了，便告诉他们一个秘密，他们这个村的人其实都是鲜卑贵族的后裔。历史上北魏孝文帝从平城迁都洛阳之后，就开始推行对鲜卑族的汉化。他取消了鲜卑语，让鲜卑人一律说汉语，又改鲜卑姓氏为汉姓，把宗室十大姓氏都改了，纥骨氏改为胡姓，普氏改为周姓，拓跋氏改为长孙姓，达奚氏改为奚姓，伊娄氏改为伊姓，丘敦氏改为丘姓，侯氏改为亥姓，乙旃氏改为叔孙姓，车焜氏改为车姓。后来拓跋廓退位，西魏从历史上结束之后，有的鲜卑贵族就逃到这一带的深山里躲了起来。因为这个村里的大部分人姓周，我就告诉村里人，岭底村其实是鲜卑贵族的隐身之地，他们都是鲜卑贵族普氏的后人。后来有十几年我再没来过这村子。等十几年之后我又来了这里一趟，结果把我吓一跳。这个村子成了阳关山上出大学生最多的一个村子，还有几个出国留学的，还出了好几个企业家。别的村的人只要下了山，一般就不会再回来了，他们村的人，在山下赚了钱还要回来修村里的老房子。你看他们村的房子修得多好，一家看一家，后来还修了周氏祠堂。他们是为自己的身份自豪，鲜卑皇室的后人，虽然不小心流落到了这阳关山里，但血液里还是贵族。

我们穿过那片枣林，站在断崖边望着远处。天地洪荒，白色的山峦如象群在大地上缓缓迁徙，暗青色的松树上闪耀着晶莹的积雪，偶见光秃秃的树干上还挂着几只风干的酸枣，血滴一样，在雪地里分外耀眼，几只大喜鹊俯冲过来，争相啄食。我问，他们真的是鲜卑贵族的后人吗？对着群山静默半晌，老元淡淡地说，他们是不是真的并不重要，重要的是，他们真的信了。我也望着远处静默下来。伫立良久，他忽然扭过脸来，微微笑着对我说，你现在看明白了吧，一个人的出身其实没有那么重要，重要的是，你愿意把自己看成什么。

我看着群山说，元老师，你这辈子也算值了。

他对着远处那些山峦说，我这辈子无儿无女，可我不遗憾，那些文物就是我的子女，我能听懂它们要说什么。人这一辈子，不能贪心，有了这个就不能有那个。

我们又默默地在崖边立了一会儿，起风了，我把他扶到三轮车的车盒子里，刚要帮他盖上被子，忽然就听见他又对着群山叹息了一声，我还有个心愿未了，我真想有一天去看看雁门关哪，听说一过雁门关就是大草原了。我还想去看看大同的云冈石窟，那可是北魏文成帝时期修建的。

我说，等你身体好了我陪你去。

忽然，他坐在车盒子里老泪纵横，眼泪顺着脸上的皱纹一直向下流去，流去。过了好一会儿，他才对我说，永钧啊，你知道吗？我一辈子都没出过这座阳关山哪。

我心中惊讶，却不知道该说什么，只发动马达，骑着三轮车原路返回，走到岔路口，又顺着文谷河出了龙门。我们一路无话。文谷河水库结了冰，一面晶莹剔透的冰湖反射着阳光，千山似梦，残鸦数点，渐渐消失在天尽头。有人正在冰面上砸窟窿，不知是为了钓鱼还是钓文物。我们在水库边呆立片刻，朔风凛冽，刮得脸上生疼。我对车盒子里的老人说，元老师，天冷，要不我们还是回去吧。他却指指西冶河说，沿西冶河往上走，再走走，好久没出来看看了，我想多看看这山。

我们便沿着西冶河一直往上走，能感觉到海拔越来越高，树木越来越少，渐渐变成了亚高山草甸。快到山顶才发现，原来西冶河的上游还有个村庄，叫西冶村，也是个萧索破败的小山村。我把他扶下三轮车，他说，研究文物还得了解它们的文化背景，这阳关山里的每一个村子都有来历。汉朝时期，全国有四十五处铁官，其中有一处就在这西冶村。二十世纪八十年代的时候，这里出土过宋朝的铁佛，我当时还来看过。你看这西冶村留下的地名，也大都和冶铁有关。那边有道沟叫苦身沟，因为曾是矿工们住过的地方。还有道沟叫大炉沟，是立炉的地方，至今还有冶铁遗址。电视里不是一天到晚说文化嘛，其实真正的文化都在民间。

我们在村里慢慢转了一圈，大部分人家的门上都上了锁，几乎看不到人影，估计也都搬到山下去住了。村西的大枣树下有座小庙，在庙前终于看到一个人，一个干巴巴的老头正坐在石阶上晒太阳。老头远远地就死盯着我们看，眼睛都不眨一下，等我们走近了，他忽然咧开大嘴笑了一下，然后直盯着老元说，是元老师呀，身体好了？怎么有空过来了？

老元只是背着双手微微点头，并不搭话。老头还是死盯着他，有些阴阳怪气地说，你的那些宝贝文物呢？我劝你还是早点卖了吧，老留在家里怕对人身体也不好，你真能镇得住？老元只是静静地立在雪地里，背着双手眺望远处，并不说话。

我感到气氛有些怪异，便打岔问道，老伯，这也是个狐爷庙？老头笑眯眯地看着我说，狐爷庙在村东头，这是黑爷庙，这两个神仙爷爷可不是一家的，要是搞混了，神仙会来找你麻烦的。你问元老师嘛，这山上可没有他不知道的事情，连地下埋了什么他都知道得一清二楚。过了一会儿，他又重复了一遍，连地下埋了什么他都知道得一清二楚。说完哈哈大笑，一边使劲挠着脖子，神情略带癫狂。老元又是微微一笑，并不理睬他。我兀自推开庙门一看，果然不是红脸，是一尊黑脸的神仙。我问老元，这黑脸神仙又是谁？他说，冶铁的窑神，就是老鼠。因为旧日的各行各业都有自己的祖师爷庇护着，唯独煤窑上没有，他们就给自己找了个祖师爷，这祖师爷就是老鼠。因为，煤窑里只要有老鼠，就没有瓦斯，就可以放心地挖煤，所以矿工们就供奉老鼠为窑神，乞求得到它的保佑。

没想到这威严的黑脸神仙竟是一只老鼠，我一边觉得好笑，一边又被这神秘的大山震慑着。我们离开的时候，那老头还坐在台阶上，笑容诡异，盘着腿，袖着两只手，冲着我们的后背大喊了几声，老元呀老元，我说你把该卖的都卖了吧，那些东西留在家里怕是对你自己也不好，要不你怎么一辈子无儿无女呢？连老伴也走了，就留下你一个孤家寡人，活得也怪恓惶。文物那东西可不敢留，你老人家还每天抱在被窝里，也不害怕，哈哈哈哈。

我隐约感觉他们应该是老相识，但也不敢多问。老元看起来却并没有任何不高兴的样子，他让我开着三轮车继续往河流上游走。告别西冶村的那个老人之后，他忽然就有些奇异的兴奋，话也一下多了起来，但每一句和前面的话都搭不上，一会儿问我母亲多大岁数了，一会儿又问我小孩多大了。我早就告诉过他我还没有结婚，但我也不好说什么，只是沉默不语。见我不说话，他的话反而更多了，一路上几乎都停不下来，看见什么就给我讲什么。

我们路过荒野里的一座小庙的时候，他连忙说，停下停下，我给你讲讲。你看那座小庙，叫金姑奶奶庙，里面供的是一个十三四岁的小姑娘。那是明朝的时候，西冶村全村都靠冶铁为生，但那时候技术不行，铁和渣分不开，朝廷下的任务又重，完不成就要被杀头。有一次铁水开了之后，这小姑娘就跳进了铁水里，结果铁和渣就分开了，救了全村人。以后人们就有了办法，一到铁水开了以后，就往里面扔鸡扔鸭子。这其实是一种铸铁脱碳的新炼钢法，拿牲畜的脂肪来冶炼，因为脂肪冷却速度比水慢，所以淬火后的钢韧性就强。你看都过了多少年了，这小庙还留着，没人敢拆它。人还是有点敬畏好啊，你说是不是？

他说得上气不接下气，却唯恐停下，唯恐我们之间安静下来。我于心不忍，劝他道，元老师，你少说些话吧，说话多了也伤神。他却不顾一切地打断我，继续说，再往上走，我们再往上，上面还有文物古迹，好多年前我就来考察过，每一件文物我都研究过。他的亢奋让我感到心酸，我知道，也许只有这样，才能遮盖住他心里巨大的悲伤。

我们继续往上走，前方隐隐又出现了一个村庄，我不知道在这山顶上居然还有一个村庄。这时候雪已经化去大半，露出一片片黑色的土壤和枯草，癞疮疤似的。也是一个很小的村庄，和磁窑村有点像，石头垒起来的房屋参差错落，屋檐上长满荒草，有的院门口还立着两尊石狮子，早已风化不堪，院门上依稀可见精美的木雕，雕梁画栋，却已经腐朽。只剩下几个老人围在村口，默默枯坐着，两条老狗卧在老人脚下一声不吭，村里一片远古的寂静。老元下了三轮车，说，你知道这是哪里吗？这是光兴村，阳关山上海拔最高的一个村，也是最古老的一个村，怎么也有五千年的历史了吧。

　　如此古老的村庄多少让我有些敬畏，就像亲眼看到了那些史前的巨兽缓缓从时间深处走了出来，走到了我面前。站在山顶上向远处眺望，只见夕阳半山，明月欲上，飞鸟远去，微风徜徉。老元脸色惨白，连嘴唇都成了白色的，步履已经有些蹒跚，兴致却出奇地好，双眼发亮，像里面正燃烧着什么。我试着去搀扶他，他却一把推开我，蹒跚着说，我记得那是1992年吧，修路修到这里的时候挖出一堆彩陶碎片来，我听说了就赶紧跑过来，拿白面袋子装了满满一袋子回去，后来我从那些碎片里复原出了几件好东西，都是仰韶文化时期的彩陶，有只很珍贵的红釉靴形杯，是当时人们用的酒具。那彩陶里面居然还有不少鱼骨头，你猜是因为什么？告诉你吧，因为在古代，光兴这一代也是片大湖，人们是靠捕鱼为生的，家家户户都有小船。可你看它现在有多高，它在这么高的山顶上，比哪里都高，这就是沧海桑田。你说，人算个什么？你我算个什么？我们什么都不是，我们的痛苦也什么都不是，连阵风都不算。

　　我被这沧海桑田震撼着，一时无话，只站在荒凉的山顶上望着周围黑白相间的茫茫山林。忽又听他说，永钧啊，年轻的时候我也曾看不起自己，直到后来我从那彩陶里发现了鱼骨头的时候，我的感觉就开始变了。如果你发现了一个五千年前的秘密，而这么大的秘密只有你一个人知道，就像是，你是一个天地洪荒的见证人，你说，换了你，会不会也开始高看自己？

　　我说，会。

　　他哈哈大笑起来，笑得左右摇晃，差点站立不稳，我连忙扶住了他。他在我怀里变得那么瘦，那么小，好像周身都没有一点点分量。

　　在我们身后不远处是一座残破的石碑，还有一座方形的土墩子，沟壑纵横，这是一座烽火台的旧址。我们两个人立在那山顶，真如大海之上的两只蜉蝣，随时会被淹没，随时都会消失。

老元蹒跚着走过去，抚着那座石碑再次流下泪来。他说，永钧啊，你看看，人最后能留下来的就只是石碑上的这几个字，可是这地底下到底埋藏了多少东西啊！七千年前的，五千年前的，三千年前的，一千年前的，就这么一层一层地被埋在了地下。人活几十年，能看到的就只是最上面的那一层皮，就那一点点。我年轻的时候收购过文物，可我从没有卖过一件文物，它们是通灵之物，不是用来买卖的。你说，我是不是也不应该小看了自己？

我说，是。

他又流着泪说，如果我不把这本书写出来，我就对不起它们，就对不起它们陪伴了我这么久。

我说，元老师，你放心。

这次出门之后，老元的病情再次加重，却坚决不肯去医院。他又在佛像前多点了两盏油灯，倒了一杯酒，烧了三炷香，然后朝着满屋的文物作揖。他对它们恭敬地说，我知道诸位是想我了，请各位再宽限我些时日，让我把这本书写完，对各位也有个交代。你们闷了就出去走走，我这门出入自由，想喝酒我就给你们倒上酒，我再每日给各位点上三炷香，你们先享用着。

我在他身后说，元老师，你真的能看到它们吗？

他慢慢扭过脸来，用蓝色的眼睛看着我说，它们从来就没有离开过我，它们都是我的家人。

天气越来越冷了，眼看年关将近，我抓紧时间整理资料还有他的口述，想在年前把书编完，然后回家陪母亲过年，我已经很长时间没有见到母亲了。老元终日卧在炕上，艰难地向我口述。我每日只睡两三个钟头，终日蓬头垢面地趴在炕桌上写字，写字的纸不够了，最后简直是五花八门，有稿纸，有账本，有笔记本，有学生的红旗作业本，全被我拿来写了字。早晚各一顿饭,剩下的时间就全放到那本书里去了。我发现我已经不再考虑编这本书对我到底有什么用,一种更大更神秘的力量使劲推动着我,甚至在那么一两个瞬间里让我产生了离地飞翔的感觉。

在一个月明星稀之夜,我感觉太疲惫了,便走出屋子,站在寒凉的大月亮底下抽了根烟。月光落在我身上,万物已沉入黑暗,我再次在天地之间闻到了那种神秘的力量。我像在黑暗中触到了一只巨兽温柔的鼻息,微微有些恐惧,却又忍不住想流泪。我明白,它正是我想要的那种来自宇宙间的巨大庇护。

大年二十九的晚上,书稿初成。我也最终得以定下行程,明天一早去庞水镇赶下山的班车,回家陪母亲过年。窗外,刺骨的寒风在旷野里低回呼啸,一年中最冷的时候来到了。猎户座高悬于头顶,比一年中的任何时候都要壮丽明亮。在这大山的冬夜里,最令人畏惧的,不是狼群,不是孤寂,而是那种巨大,山外还是山,黑暗的尽头还是黑暗,仿佛全世界就只剩下我们这一盏小小的灯火。

书稿的完成使我感到了一种从未有过的虚空和快乐,我一时竟手足无措,不知道接下来该做点什么,该说些什么,只是呆呆地坐在灶前,机械地往里添着柴火,脑子里却奇异地轰响着,似乎里面塞满了东西,连一丝缝隙都没有。通红的火光炙烤着我,我伸出双手去烤火,看到自己的十指在火光里变成了波浪形,像水波一样正慢慢流走,我竟向火光伸出手去,试图挡住这流水,明明一阵灼痛,却又忍不住笑了起来,坐在那里竟笑得止都止不住。

书稿完成了,老元看起来也很高兴,精神好了不少,居然能下地勉强走动了。他先是走到油灯前添了点油,烧了三炷香,然后对着周围的空气鞠躬道,书总算是写完了,我谢过各位了。之后又摘下墙上的酒葫芦,在那两只古老的青铜酒具里满上酒,我们两个像陶俑一般端坐在炕桌两侧,心中感慨万千却一时无话。过了很久,他才颤颤地对我举起酒杯，说，喝杯酒吧，快过年了。

他已经变得越来越枯瘦，盘起两条腿如老僧入定一般，那腿看起来和两只胳膊差不多粗细。他嘴唇干瘪苍白，眼眶深陷，眼珠子在灯光下又变成了神奇的蔚蓝色，湖水一般。我不忍多看，心里一阵难过。喝下一杯酒之后，我说，元老师，跟我下山去过年吧，你一个人在这里过年太孤单了。他把一杯酒倒进嘴里，咂了很久，才垂下睫毛说，我在这山里就好，我哪都不想去。我说，还是下山看看吧，你不是一辈子都没下过山吗？

他慢慢悠悠又倒了两杯酒，倒酒的手一直在抖，洒出来不少酒。他用袖子把桌上的酒一点一点都擦干净了，才微微叹息一声，说，山下的世界有多大，其实和我并没有多少关系，每个人都有一个自己的世界，你说是不是？你看我在这大山里住了快七十年了，连脚下到底有几层土我都知道，这地底下到底埋了多少东西我也都知道，三千年前的，五千年前的，我都知道。就算这世上根本没有人知道我这辈子到底研究了点什么，也没有人承认我是文物专家，我心里都是看得起自己的，我也算没有白活了。

我把他倒上的酒又一口喝干了，说，元老师，你真是可惜了，要是把你放在大学里，恐怕早就是教授了。他淡淡一笑，用两只手恭恭敬敬地端起自己的酒具，朝空中举了举，对着空气说，快过年了，我敬诸位一杯酒，你们陪着我过了这么多个年，我谢谢你们。过年的时候，我照旧不放鞭炮不插柏叶，我怕你们会害怕。来，你们也喝点酒吧，这酒不错。说罢他把那杯酒慢慢洒在了地上，我看到他的手抖得更厉害了。

我忽然像想起了什么，问道，元老师，我还不知道你的名字呢，现在书稿也出来了，我下山后就找家出版社，看他们给不给印出来，书上得印你的名字啊。

这时，我看到了他投在墙上的影子，一个巨大虚弱的黑影，能把我们两个都装进去，不知为什么，我忽然就一阵不寒而栗。又喝了一杯酒，他才慢悠悠开口道，在这世上留下个名字又能怎样，你看就是刻在石碑上的那些文字也迟早会风化掉，书能留下来就行啦，上面是谁的名字不重要，就写上你的名字吧。

我大惊，连忙说，元老师，这可是你的心血哪，你研究文物研究了一辈子，怎么能写上别人的名字？他摆了摆手，缓缓向我扭过半边脸来，另一半脸藏在阴影里，说，留我一个名字没有什么意义的，我也不在乎别人记住我一个名字，留你的吧，也许以后对你还能有点用。

我说不出话来，心里却更加恐惧了。我又看到了他落在墙上的影子，只觉得那影子越来越巨大神秘，几乎塞满了一堵墙壁。忽然，那影子动了起来，他慢慢下了炕，两条细腿蹒跚着，手里拿着一把手电筒，站在了那个红木柜子前，就好像他准备进去睡觉了。但他没有，他转过脸来看着我，神情安详肃穆，他和他那巨大的影子一起对我招了招手，说，过来，帮我把这柜子挪开。

那种恐惧感更深了。我从炕上跳下来，却连自己的脚步声都没有听到。我忽然有一种醉酒的感觉，只觉得周围的一切都是恍惚漂移的，箱子上的那些瓶瓶罐罐都在水波中柔软地飘摇着，连那个大柜子都是轻飘飘的。我好像毫不费力地就挪开了那个柜子，与此同时，一扇长满青苔的木门一点一点地出现在了我面前。木门上挂着一把锁，他把锁打开，嘎吱一声推开了木门。这是一间就着山坡挖出的土窑，一间密室。

他用湖蓝色的眼睛深深地看了我一眼，然后垂下长长的睫毛，举着手电筒走进了那扇黑洞洞的门。我站在门口犹豫着，然而，恐惧感好像已经到底了，心里反而平静了一些，我也终于跟着他走了进去。一股阴冷潮湿的气味扑面而来，就像走进了地底下的墓穴里。一道手电筒光劈开黑暗，锋利地落在四面的墙壁上，能看得出，是一间不大的土窑，一个人勉强可以站直，土窑里并没有放什么东西，只在四面的墙壁上挂满了大大小小的画砖，猛一看，简直像个阴森逼仄的画砖博物馆。

一个声音从土窑某个角落里传了过来，这些画砖都是我早些年搜集起来的，那时候我很年轻，比你现在还要年轻得多，那时候家里穷，吃过很多苦，人在年轻的时候真是什么都不怕呀，不怕也好，只要不怕，你就能看到文物通灵的地方。我想，这应该是老元的声音。可是，又无端地觉得这声音很陌生，觉得不像是老元的声音，而像是从一个陌生人身上发出来的。这时候我又听到那个声音说，你不用怕的，它们一点都不吓人的。我试图找到老元，却只看到那束手电筒光的后面隐约藏着一个身影，高而瘦，走动的时候无声无息的。

他的声音却在洞穴里继续回荡着，越发清晰，仿佛它自己已经独立出来，长出了手脚，就站在我的面前。你知道这些画砖都是从哪来的吗？它们都是古墓里的画砖。

我猛地打了个寒战，就像看着一种传说中的怪兽渐渐地现出了原形。我几欲夺门而出，却站在那里动弹不得，那个声音拉着我，不让我离开，它正在黑暗中渐渐变得明亮温柔辽阔，我像误闯进了一出典雅辉煌的歌剧中。

"你看这些画砖，它们是一个被完整保存在地下的艺术世界。你能从这些画砖里看到那些早已经消失的时代，汉代、五胡十六国、唐代、宋代、明代、清代，一层一层地被保存在了地底下。你看这些画砖的内容，多么生动，多么有生活气息，有农耕、畜牧、宴会、庖厨、乐舞。古人把他们当时的生活详细逼真地画了下来，陪伴着死者，就是为了让死者在另一个世界里也可以应有尽有，也可以不孤单。你看这是汉代的墓砖，人物身上的衣服都很宽松，男人戴冠，女人梳着高髻，这个留着两条长长辫子的应该是鲜卑、羌族之类的少数民族。这说明，在当时，阳关山这一带就已经是五胡杂居了。而东晋和南北朝的士族们则很讲究仪容气度之美，所以你看这张北齐的墓主画像，就深受这种风气的影响，仪容秀美，有士族风度。你再看这块西晋的墓砖上画的，骑马离去的男子身后，送他的女子并不是汉人，而是少数民族，这是当时汉族与少数民族通婚的证明。这都是他们当年生活的场景，宴饮、进食、采桑、耙地，这是胡人对坐。你看，这是一个根本没有人知道的地下世界。"

手电筒的光柱从这些画砖上缓缓移过，一张接一张地连在了一起，到最后，竟恍惚连成了一部古老而神秘的电影，满载着那些尘埃般的时间，静静飞翔在我们四周。我的眼睛有些湿润，与此同时，那个可怕的想法却在我身体里飞快地生长着，直至要刺破我的喉咙。我终于听到一个可怖的声音在洞穴中响起，可你是怎么找到这些画砖的？

过了好久，我才明白过来，那竟然是我自己的声音。

他依然隐藏在那束光柱的后面，轻盈得像个幽灵。我看不清他的面孔，却能感觉到他的目光，正落在我的身上、脸上。忽然，他把手电筒熄灭了，周围那些绚烂阴森的画砖也随之消失了。在黑暗中，我异常清晰地听到他说了几个字：你觉得呢？

我怔在那里，动弹不得。这时，有一只苍老的发抖的手慢慢放在了我的手上，我听见他对我说，孩子，你真不用怕的，一切都还来得及。

7

我清晨出门的时候，天还黑着，老元睡在柜子里，没有一点声息。我没有去叫他，只把所有的书稿都装到一只包里，然后便拎着包悄悄地出了门。

凛冽的空气扑面而来，到庞水镇需要走两个小时的山路。残月即将西坠，启明星已经升起，一颗好大的星星孤独地坐在天边，与残月为伴。整个山林还在沉睡中，负雪的松枝静悄悄地站着，偶尔能听到密林深处的猫头鹰在叫，叫声凄厉悠长。冰冻的河流如丝带散落在山林间，灌木上都是积雪，山路上，有一层银霜闪着寒光。走到一处陡峭的山崖边，一侧是个幽深的山谷，我在山崖边伫立了片刻，抽了一根烟，看着那深渊在我脚下绽放。

走着走着，天空里的星辰和月亮都悄悄隐匿不见了，天边慢慢泛青，又渐次变白，太阳即将升起。半透明的晨光在空气里流动着，万物再次浮出了寒夜。

我和母亲过了个安静的年。除夕之夜，我一直守岁到半夜，我学老元的样子，对着周围的空气深深鞠了一躬，又把一杯酒洒在了地上。过完年，我待在家中把书稿又整理校对了一遍，因为书稿的前半部分是老元写的，我看的时候便格外认真一点。这天，在校对的时候，我在书稿中忽然读到一段话："元朝，阳关山乃魏道武牧马之地，有马栏川、牛栏川、达奚、乞伏、破六韩等村名。其中达奚、乞伏、破六韩均为北魏鲜卑贵族后裔的隐身之地。破六韩之祖上即孝庄帝元子攸之后人，避难在此。早在公元496年，孝文帝为加快汉化，把拓跋皇族改为元氏，改拓跋宏为元宏。隐居在此山后，元氏子孙为避人耳目，一度以潘六奚为氏，后人伪作破六韩，写的是佛罗汉，实际还念破六韩村。"

我再次回到佛罗汉村的时候，却发现整个村庄里已经空无一人了，包括老元。他的门虚掩着，一推就开了。屋里没有人，那些家具还在原处，只是那些文物一件都没有了，那尊佛像也不见了，两盏油灯终于熄灭了。我挪开那个红木柜子，那扇木门没有上锁，我推开一看，那密室里也是空的，那些画砖也全都不见了。

我沿着已经融化的文谷河一直走到龙门口，出了龙门，眼前就是文谷河水库。水库已经冰雪消融，波光粼粼地躺在群山之间，有云影在绿色的水中缓缓流动。那个老人又坐在岸边垂钓，仍然穿着那两只大头翻毛皮鞋。我走过去坐在他身边看他垂钓，他并不理会我，我递给他一根烟，自己也点了一根。他一边抽烟一边全神贯注地盯着水面。

初春的阳光暖暖地照在我们身上，竟让人生出些许困意。一根烟抽完，我才问了一句，老伯，元老师去哪了？他还是没有看我一眼，把烟头扔在地上，用大头鞋慢慢踩灭，他脚下已经生出了一片嫩绿的草芽。又过了半晌，他才对着水面说，死了，一过完年就死了。他得癌症都一年多了，你不知道？

又沉默了很久，我听见自己轻轻问了一句，他那些文物呢？忽听见他仰天哈哈大笑了几声，笑完才正式看了我一眼，他说，你也惦记着呢？我看着远处的群山，没有搭话。见我不说话，他便又说，你不是他的徒弟吗？我还想问你呢，你都不知道，那谁还能知道。反正人死了东西就不见了，有人说他都捐出去了，有人说他又悄悄埋到地下去了，反正是一根线都没有留下。你说这个老元，攒了一辈子文物，死了几天都变臭了才被人发现，连个给他戴孝帽的人都没有，一辈子图个什么？

我在阒寂无人的山林里独自行走。青草返绿，柳枝已经染成了鹅黄色，山坡上远远开出了一片粉色的杏花，如烟似雾，河流声如碎玉溅落，空气再次变得甜润起来。走着走着，忽然看到前面似乎有个人影，我紧走几步跟过去，看到前面飘然走着一个高瘦的老人，头发花白，两条腿极细，裤管里看起来空荡荡的，他背着两只手，正不紧不慢地走在山路上，他走过去的地方，连一点脚步声都没有留下。

我心想，怎么看着这么像老元，便赶紧追过去。等拐过一个弯却发现，前面的山路上空无一人。只有春日的阳光轰然落下，万物灿烂，重新开始抽芽的沙棘丛挡在路边，好像这大地上从不曾有什么发生过。

以鸟兽之名

1

去年春天，我整个人变得越来越焦虑，失眠也越来越严重，经常半夜的时候赤足在屋子里游荡，或是守在窗前，数着爬进来的月光的脚印。下弦月总是在后半夜才悄无声息地出来，脚印洁净极了。如此一段时间之后，眼看就到了桃花盛开的时节，我决定回一趟老家。

我的老家是一个北方小县城，很多人家的门口种着桃树。那些桃树，平日里看上去也就是一棵棵树，谁也不会朝它们多看一眼。但是一到了每年三月，它们就会从各个隐蔽的角落里集体杀出来，艳丽凶猛，带着一种极其盛大的节日气氛，张灯结彩，把整座老县城照得像宫殿。

我选这个时节回去，一来是为了赏桃花，二来是为了打捞点素材。我的焦虑也与此有关。这些年里，我虽然出了几本书，但几乎没什么反响，也没多少销量，稿费连在北京租房都不够。为了生活，近两年我不得不写一些不入流的悬疑小说，以求多些销量。写悬疑小说的后遗症之一就是，看什么都觉得其中有蹊跷。所以每次有人叫我作家的时候，我心里都是既恼怒又得意：恼怒的是，就连我都能算个作家？得意的是，居然有人知道我是个作家，我还以为全世界只有我一个人知道这个秘密。

母亲就从不和别人说我在北京做什么工作，我估计她是觉得羞于启齿。

青砖的院门已经日益破败，朽坏的木门吱嘎作响，但从墙后伸出的那枝桃花却依然天真妩媚，走到门口，忽然与它迎头撞上，那种欢喜热烈，简直让人想落泪。坐在桃树下和母亲寒暄一番之后，母亲忽然一拍大腿，说，你不是每次回来都先问我，最近县里有没有发生什么吓人的事情，这次怎么不问了？我还真给你攒了这么一桩事。晓得不？你那个同学，杜迎春，在山上被人杀了，杀了以后又把她烧成了灰，连案子都破不了，听说连脖子里的一条金项链都被人家拿走了，你说怕不怕？死了有一个多月了吧。

我大吃一惊，杜迎春是我小学同学，我同学里面居然也会出杀人案？杀人是一件多么遥远的事情啊，却忽然长出腿跑到了我面前。小时候因为我们两家离得很近，我和杜迎春从小就在一起玩，长大以后她名声不是很好，中间有几年我们失去了联系，但后来加上微信之后，她偶尔还会从手机里跳出来，和我聊上几句无关痛痒的话。

杜迎春在我们县城里也算是一号人物，初中毕业后读了个中专，十八岁的时候就爱上了一个男人，爱得死去活来，一定要嫁给这个男人。她母亲看不上这个男人，咬牙切齿地骂她，跳着脚说，嫁去，嫁去，把老娘给你买的衣服脱下来。话音刚落，她就把身上的衣服脱了个精光，包括内裤，然后赤身裸体地站在院子里，仰脸数着头顶一共飘过几朵白云。她和这个男人结婚六年便离了婚，然后又在网上认识了一个广东的网友，在网上爱得轰轰烈烈，天昏地暗，又坐上绿皮火车跑到广东去找那个男人。结果两个月之后又悄悄跑回来了。后来还是经熟人介绍，嫁了一个面相老实的男人，生了个女儿。结果过了几年又离婚了，因为她有了相好的，说是又找到爱情了。就在去年过年前，她还在微信里主动和我说起过，说她现在这个男朋友性格有些反复无常，不知道是不是从山上搬下来的缘故。我回复她说，你口味倒变得快，开始喜欢山民了？山民被文明驯化得更少，性子和我们也不大一样吧？她回道，我要的是感觉，说不来他身上有股什么劲儿，反正挺吸引我的，再处处看吧。我说，感觉又不能当饭吃。之后便是大年初一互相发了条拜年短信，然后再无联系。

我忙问，那凶手抓不到？母亲说，人都烧成灰了，又是在山里头，你说怎么破案？我想，确实，大山里没有监控，可杜迎春对山上并不熟悉，为什么却要跑到山上去？这说明杀害她的人对山里很熟悉。我赶紧问，她后来不是又有了个相好的？那男人没嫌疑？母亲想了想，说，不关那人什么事吧，要不案子早就破了。我问，你见过那人吗？母亲摇摇头说，光是听她妈在我耳根子底下提过一回，好像那人是从山上下来的，就住在移民小区里。我忙问，这移民小区叫什么名字？她说，大足底小区。我说，这小区的名字怎么这么怪？

母亲白了我一眼，起身说，你又不是公安局的，管人家闲事干什么？我看你是越来越呆了，难怪找不到老婆。阳关山上修水库，正好淹了大足底村，他们就整村搬下山了。这多好，下了山直接就住进楼房了。你看看连人家山里人都在县城有楼房了，再看看你。我说，你再写上一年就快不用写了吧，你还能写出套房子来？

我急急打断她，这个大足底小区在哪边？

母亲见牛头不对马嘴，只挥手往西边比画了一下，懒得再搭理我，又随手拔了两棵葱，准备做饭。

我果然在县城的最西南角找到了这个叫大足底的小区。我自己都觉得自己有点好笑，写了两年悬疑小说，没见写出什么名堂，倒把自己搞得像个业余侦探。只见这小区孤零零地悬在那个角落里，孱弱瘦小，天外来物一般。小区周围围着一圈矮矮的围墙，有一只长胡子的山羊居然稳稳地站在墙头，我看了半天它都掉不下来。小区的西面和南面皆是旷野，旷野里隐隐可见一棵棵孤零零的柳树。小区对面立着两棵粗壮的大白杨，树上筑着巨大的鸟窝，小房子似的，看起来里面住个人都不成问题。我绕着小区转了一圈,只见小区周围开垦了几块奇形怪状的菜地,犬牙参差,在小区后面还有猪圈、羊圈,里面养了几头猪和几只羊,很是热闹。小区旁边的旷野里还搭了个简易厕所,就是刨了个坑,周围插上四条木棍,拿块破布一围。我不禁有些疑惑,难道还有人每天不辞辛苦地从小区里跑到野地里,就为了上个厕所?

我正在门口徘徊,小区里走出来一个人,在与我擦肩而过的一瞬间,我俩对视了一眼,我忽然认出,这人却是我当年在县文化馆的同事,叫游小龙。这人走过去两步忽然也停下,回过头看着我。我说,游小龙吧,我是李建新啊。他盯着我又认真看了几秒钟,然后走过来,忽然伸出一只手,像领导一样,要非常正式地和我握手。我不太情愿,觉得这样太过隆重,但我们的手还是轻轻碰了碰。然后他用标准的普通话对我说,多年不见,没想到会在这里遇到故人,请问你来这里有何贵干?我犹豫了一下,笑着说,没事,瞎溜达到这里了,你怎么也在这儿?他淡淡地说,我就住在这小区里。我惊讶地说,好事啊,什么时候搬到楼房里了?他却忽然说,真是抱歉,我现在出去有点事要办,欢迎你明晚到我办公室来叙旧,我还在原来的办公室,那么,再见。说罢便扬长而去。

多年前我本科毕业在县文化馆工作的时候,游小龙就已经在那里了,比我早去了两年。据说他老家在阳关山的某个小山村里。那时候他极不喜欢说话,还有个忌讳,不愿听别人说他是山民。平时同事们极少有机会能听到他说话,所以,他偶尔说一句话,哪怕是再平常的话,也总会让人觉得惊天动地,怎么,这个人居然会说话?我后来慢慢发现,他虽然平素寡言,总像静静潜伏在水面之下,有时候却会忽然从别的什么地方浮出水面,且姿态悠然,头顶着水草或月光,使他看起来就像只华美的海兽。

那时候,我们都是这个县城里稀有的文学青年,虽然很少交谈,但光闻着对方身上的气息,就知道是同类。我发现每天下班之后他都不走,也不是加班，只是蛰伏在办公室里不停地写东西，有人说他在写小说，有人说他在写诗。不管我多晚离开，都能看到他办公室里还亮着灯光，有时候还会碰到他像个夜游神一样正在楼道里游荡。

后来我才知道，他根本不需要回家，因为他就住在办公室旁边的小杂物间里。那时候我觉得他简直像个国王一样，每天晚上等所有的人都下了班，这整栋楼就都成了他一个人的疆域。他办公室里的那点灯光一直压迫着我，我担心他写着写着会忽然变成一只庞然大物，然后绝尘而去，而我则被遗弃在原地，变得越来越颓败平庸，最后彻底淹没在人群里。

只要他办公室里的灯光还亮着，恐惧感便会让我又悄悄折回自己的办公室去，重新坐到椅子上去，即使坐半天也没写出一个字，但只要自己的灯光也陪他一起亮着，心里便像抛了锚一般，多少觉得稳妥了点。这样过了两年，我还是做出了辞职的决定。辞职之后，我离开县城去了北京闯荡，在北京一待就是十年，工作一换再换，没想到最后还是混成了一个靠写作为生的人，租了间小房子，偶尔去凑个酒局。

看着他的背影，我忽然想起来了，游小龙就是个山民。他是在大山深处长大的，在县城里读完高中，又出去读完大学之后，再回到县城工作。我们这个县以山地为主，县城坐落在巴掌大的平原上，而大大小小的村落则像珍珠一样散落在连绵起伏的大山里。如果是土地肥沃的截岔地带，就会形成比较大的镇子，但更多的山村就几户人家，甚至还有独家村，一口人就是一个村庄，孤零零地镶嵌在大山的褶皱里。

在我们这里，平原对山地的歧视由来已久。山民的口音和平原上的人的口音略有不同，但即使只是一个叹词也能被平原上的人轻易嗅出来，哦，山上下来的啊？好像山上便是另外一个星球。山民们去一趟县城也自称是下山一趟。下山的方式多种多样，从前主要靠搭着木排走河道或步行。走河道必须在七八月份的旺水期，人如蜻蜓般立在木排上，顺流而下。步行的时候则需要身上带足干粮，一走就是几天几夜。后来有了自行车，骑车需要骑一整天，屁股都能摩擦起火。再后来林场有了东风大卡车，山民们搭便车，站在卡车后面的车厢里，人人头上顶着一团飓风。再后来有了客车，一般都是那种体型不算太大的中巴车，载着满满一车人，像只肉罐头一样摇摇晃晃地滚动在山路上。

次日，等我到了，文化馆已经下班了。从前就是这样，只要一下班，整栋楼就变得像一座荒宅，散发出阴森的气息。爬上三楼，我一个人穿过黑暗的楼道，向游小龙的办公室走去，感应灯随着我的脚步声一明一灭，楼道忽而浮出来，忽而又掉进黑暗里。

走到那个杂物间门口的时候，我站住踟蹰了片刻，四顾无人，我还是悄悄推开了那扇小杂物间的门。我总是疑心里面其实还藏着一个人。没有人，它已经恢复成了杂物间本来的面目，只是那张单人床还在，落满灰尘，几根拖把披头散发地立在墙角，84消毒液的味道割着我的鼻子，这样荒凉的角落在夜深人静之际颇有些坟墓的气质，很难想象游小龙曾在这个角落里住过几年之久。

走到游小龙办公室门口的时候，我看到了门缝里漏出来的灯光，一切又和十年前天衣无缝地对接上了。这十年时间里，我很少回乡，即使回来了，也是匆匆待几天。因为当年辞了职去闯荡江湖，亲戚邻里都知道，结果却不能衣锦还乡，便总觉得羞于见人。这十年时间里，我和游小龙也再没见过面，我想象过我走了之后，游小龙会是什么样的感受，我那盏灯光也在深夜陪了他两年，也许他也曾偷偷在门口观察过我的灯光灭了没有。

现在，在空寂黑暗的楼道里重新遇到了这点熟悉的灯光，我不无伤感。轻轻推开那扇门，只见他办公室里又多了些摆设，看上去十分拥挤。桌上摆着一只粉瓷梅瓶，梅瓶里插着一枝桃花。桌子上还摆着一方砚台，笔筒里插着几支毛笔，还摆着几只粗糙的根雕。一只细口瓷瓶里插着一把团扇，扇子上随手画了几枝竹子，旁边还题了一首诗，墨迹洇开，无法辨认写的是什么。墙角还站着一只大胆瓶，胆瓶里插着一大束干枯的花草。

桃花下坐着一个人，正趴在桌上奋笔疾书，桃花像烛光一样照着他的脸，此人正是游小龙。游小龙见我进来，先是一愣，好像并没有认出我来，继而便站起来，不冷不热地招呼道，足下光临寒舍，真是蓬荜生辉，请坐。他讲的仍是普通话，不过他一直都这样，我毫不奇怪。在一个小县城里，讲普通话的人总会被人多看几眼，好像是哪里派来的间谍。我猜他讲普通话是为了掩饰自己山民的口音，于是我也一直陪他讲普通话，两个土著摇身一变，好像一不小心都变成了外地人。

十年不见，他居然没有太大的变化，除了眼角多了些细碎的皱纹。我拉了把椅子坐到了他对面，只见他正在一个本子上写着什么，也和从前一模一样，我简直怀疑这中间的十年其实根本不存在。桌上还摆着一把白瓷酒壶，一只酒杯。他略一沉吟，从柜子里取出一只柿黄色的天目杯，用手托着，小心翼翼地吹了吹，从酒壶里给我倒了一杯酒，翘着小拇指把酒杯推到我面前。一片花瓣落下，刚好飘落到我的酒杯里。他微微笑着说，春梦秋云，聚散真容易。我说，我记得你从前不喝酒吧，现在也开始喝了？他脸色雪白，目光清冷地看着我说，劝君莫做独醒人，烂醉花间应有数，这是玫瑰汾，用玫瑰花泡出来的汾酒，很雅致，你闻，有玫瑰花的清香。

他的话忽然比十年前多了很多，不只是多，这些话还好像都戴着礼帽，穿着西装，或涂着脂粉，摇着扇子捂住嘴角浅笑。因为写作的时候总是要用文学性的语言，出于补偿，我平时说话都是能怎么糙就怎么糙。我不愿听下去，但还是做出很有兴致的样子说，好啊，今晚咱俩就喝点。有十年没见了吧？你这里有没有下酒的东西？他往桌角指了指，下酒菜是一只削了皮的梨。他解释道，花生还得剥皮，粗俗了些，肉食又有味道，不够洁净，不如这雪花梨，清甜干净，配玫瑰汾的花香倒正好。

我刚端起杯子，他忽然又小声说，你不欣赏一下酒器吗？喝美酒是要讲究酒器的，这天目杯堪称美器。喝下去一杯酒，他用小刀削了一块梨给我，我接住塞进嘴里，一边悄悄打量着他。他虽然看起来老了一点，但从头到脚还是那种过度的崭新感，他的皮鞋永远纤尘不染，镜子一样明亮，简直让人怀疑他的鞋不是用来走路的。那时候，他总像一件新打出来的家具，崭新僵硬地立在某个角落里，万一哪天他忽然多说了几句话，又会让人觉得害怕，仿佛暗中设下了什么圈套。

我想起那时候，单位里流传着不少关于游小龙的传闻，说他如何节俭。当年他在县城里没有房子，为了能省下房租，他硬是在逼仄的杂物间里和拖把扫帚一起住了几年。如果单位食堂的伙食哪天好一点，他自己就不吃，用饭盒装起来，带回家里去。他一年四季就那么两三套衣服，夏天永远是白衬衣黑裤子，春秋加一件黑西服，冬天再加一件黑色羽绒服。但他极爱干净，衣服洗一遍自己熨一遍，一点褶子都没有，永远像新的一样。

那时候，我们俩都是沉默寡言的人，又都揣着点文学梦，所以看着对方总觉得像看着镜子里的自己，总是忍不住要偷偷观察对方。在我印象中，我们只有过两次近距离的接触。有一次，我们被派到一个乡镇做捐书活动，在乡政府做完捐书仪式，我看到他顺手把一支放在桌上的圆珠笔装进了自己包里。一支圆珠笔而已，我假装没看见。在回去的路上，他一语不发，只是扭脸看着窗外，脸色有些难看，我以为他是身体不舒服。第二天他请假要再去那个乡镇一趟，因为是个人私事，他坐着城乡公交车，中途又换了一趟公交车，半天时间才到那个乡镇，紧接着又用了半天时间慢慢返回来，等他回来我们已经下班了。我实在忍不住好奇，在楼道里碰到他时，便问了一句，你又去那乡镇上干吗了？

他看了我一眼，径直从我身边走了过去，这在我的预料之中。我正准备走开时，忽听见他在我身后说，我把那支笔送回去了。我扭脸看着他，他也看着我，他的目光在昏暗的楼道里变得很亮，像刚刚擦拭过一般，语气里也隐隐浮动着一层光亮，他的话猝不及防地就多了起来。他说，昨天我也没有多想，下意识地就把那支笔装进了自己包里，大概是因为觉得它不是什么值钱的东西，拿回去也可以用。它确实不是什么值钱的东西，可是拿了这支笔，我一夜都没睡着，我必须得把它送回去。

我站在那里，迟疑了片刻才说，其实没有人会在意的，只是一支圆珠笔而已。

他对着我慢慢绽开了一个笑容，同时又满足地叹息道，就是因为只是一支不值钱的圆珠笔，我才必须得送回去。

我们之间从没有说过那么多的话，简直要把我吓住了。

还有一次，也是我和他一起去下乡，下午返城的时候，单位的车没空来接我们，而最后一趟公交车已经开走了。他忽然想起来手机里存着一个出租车司机的电话号码，便赶紧给那司机打了个电话，对方爽快地答应了，声称二十分钟后来村口接我们。结果，我们一等等了两个多小时，直到天完全黑了那出租车才到。坐上车之后游小龙忽然大发雷霆，用普通话冲那司机大喊道，说好的二十分钟，怎么能让我们等两个多小时，你还有没有一点信用，人不讲信用还有什么意思。那司机忙赔着笑说，今天是我不好，本来都准备过来了，忽然有事又返回去了，这样吧，我就少收你十块钱，你也消消气。等到下车的时候，游小龙果然少付了十块钱。

出租车开走了，我们呆呆地站在路边，谁都没说话，也没有离开。我点了一根烟，也递给他一根，他从不抽烟，本以为他会拒绝，没想到，他接过去，很笨拙地抽上了。他抽得很快，几口就把一根烟抽完了，倒好像是大口吃下去的。抽完一根烟，我小心翼翼地说，不早了，我先回家了，你回单位？他扔掉烟头，使劲踩灭，忽然说，我要去找那出租车司机。我诧异道，又怎么了？他一边往前走一边说，我得把那十块钱还给他。

　　如今，他不只是话多了，连酒量也变大了，好像整个人忽然变大了一号。我正不知道该从哪里说起，忽听见他笑着说，故人重逢真是人生一桩快事，我一定要敬你几杯。不知怎么了，这两年我开始怀念从前，想起那时候下班之后，你见我还在办公室里坐着，你便也不肯走，像是一定要和我比赛一样。那时候觉得你挺可笑，现在想想，倒觉得有种无邪之美。

　　我什么都没说，只是靠在椅背上，对他宽容地笑了笑。只听他又说，现在我总是会想起那些从前的美好，我以前不喜欢和人讲这些，讲了也没人懂。我上大学时有个室友，很有些风度，别人学习之余会去打打篮球什么的，他不同，他有闲的时候就作几首诗，或是自斟自饮几杯，借着酒兴赏月或吟诗，真是个风雅的人。我记得有一次，我和他一起坐着公交车去看电影，公交车里挤得水泄不通，连站的地方都没有，又是大夏天，我们身上的衣服很快就湿透了。就在这个时候，我们身边站着的一个女人手里拎着的一桶菜籽油忽然爆炸了，可能是温度太高的缘故，溅出来的油正好喷到了我们两人身上。你猜怎么着？那么拥挤的车厢里立刻给我们两人让出了一个圈，我们俩油光满面地站在那个圈里，身上还不停滴着油，一边享受着人群让给我们的某种特权，一边高声谈论着诗歌。下了公交车，我们就那么带着一身油进了电影院，从容地看完了电影，又带着一身油走出电影院，再次上了公交车。我们很油腻很骄傲地站在别人专门为我们让出的领地里，兴致勃勃地讨论着博格曼和塔可夫斯基，不知不觉就到了学校门口。尽管后来我俩从不联系，我却时常会想起他。这样风雅的人如今不多了，我心里很仰慕他。

　　我感觉我们两个像站在剧场里的话剧演员，背着台词，追光灯正好打在我们头上，四周一片寂静，没有一个观众，难免觉得古怪。我呆坐片刻，便转移话题道，你这是在加班？他捡起一片花瓣放进自己杯子里，闭上眼睛闻了闻，冷笑一声道，加班又有什么意思？其实早在八世纪，人们就已经开始在高官和隐士之间寻找一种平衡了。这种平衡一直延续在中国的传统文化中，从未中断过。大隐隐于市，小隐隐于野，中隐入丘樊，我可算中隐。

他喝下一杯酒，也不用下酒菜，抿抿嘴唇，傲然靠在椅背上。

我只好又转移话题道，你们小区的名字倒是挺有意思的。他又冷笑着说，是你不明白，大山有大山的文化，平原有平原的文化，文化这个东西，处处都有，可别以为只有城市才有。其实深山里的村庄都有这样的嗜好，越小的村庄越喜欢在自己的名字前面冠上一个"大"字，以显示某种气派，像阳关山里的大游底、大岩头、大石头、大水、大塔，其实都不过是几户人家的小村庄。比大塔村海拔更高的一个村，是一个独家村，只住着一户人家，却取名叫塔上村，大概当初暗暗发过誓，在气势上一定要盖过大塔村。虽然我们整个大足底村都从山上迁移下来了，但村名肯定是不能改的，如果连村名都改了，村民们就彻底没有身份感了。

第一次听他如此磊落地说自己是山民，我心里很是诧异，只记得他从前很避讳提这个。我点点头，说，也算好事，省得你在县城里买房了。他又给我倒酒，嘴角翘起来，微微笑着说，你敢确定是好事？我说，现在的姑娘找人结婚，都是先看对方有没有房子。对了，你早成家了吧？他又冷笑一声，说，成家做什么，一个人多清静。我一听这语气，忙说，一个人确实清静自由，这不，我也没成家。话音一落，我忽然感觉到，我们不约而同地都轻松了一些。

梅瓶里的桃花又簌簌地落下几瓣，我看着那些花瓣，感觉它们像一种静谧且艳丽的时间。这时候他像忽然想起了什么，仍高傲地笑着，把桌上的本子慢慢推到我面前，说，你现在不是变成作家了吗？来，作家，看看我写得怎么样，我也想写本书，我要把整座阳关山都写进书里去。

我大惊，说，你怎么知道？同时，因为他用了"变成"这个词，我眼前立刻出现了一只大飞蛾从茧里爬出来的笨拙情形。他把一条腿搭到另一条腿上，微微有些得意地打量着我，半天才道，你这些年出的每本书我都买来看过，虽然卖得不怎么样，但我觉得有些地方写得也还行吧。

我假装没听到他在说什么，拿过那本子，只见上面用钢笔记得密密麻麻的，有点像高中生的笔记本。

  从前我在大山里生活的时候，只以为阳关山里的方言是世界上最土最笨的语言，被遗弃在与世隔绝的深山里，后来我才慢慢明白，我们的语言里其实残留着几千年前的远古文明，夹杂着匈奴等少数民族的游牧文明。我们的语言像大山里的那些沉积岩，一层一层累积下来，又经受了几百万年里地壳运动的断裂，低谷变成高山，高山化为海底，它就是时间沉淀下来的文明本身。

  在大足底，把"天"叫"乾"，把"月亮"叫"月明"，把"星星"叫"星宿"，把"没听说过"叫"未见其"，把"吵闹"叫"聒噪"，把炒菜锅叫"吊子"，"吊子"是古代的一种罐状器皿。我猜测这都是一些流传下来的古音，因为大山里的山村都是很封闭的，而这种封闭性正好能把一些上古的东西完整保存下来。大足底还有一个特别的叹词"兀得"，一般用于前缀，没有实际意义，后来我才发现这个词来自蒙古语，可能与当年匈奴在这阳关上的活动有关。

  再比如"狮子搏肚"这个奇怪的词，我从小就耳熟能详，连村里不识字的老汉老太都喜欢用这个词来形容人的勇猛。后来我忽然想到，他们所说的"狮子搏肚"应该是"狮子搏兔"的误传，应该是很久以前的一个读书人把这个词带到大足底的，虽被读错了一个字，但从此却流传下来。"押韵"也是我从小在大足底听惯的一个词，用来形容一个人不识好歹或阴阳怪气。后来我细细一想，这个词恐怕最早是用来嘲笑某个格格不入的读书人的。再比如说一个人忽然明白了什么，就用"地懂"或"地醒"，这些词里折射出先民对土地的崇拜，是典型的农耕文明的产物。

还有一些山民自己发明的四字常用语，极其形象，甚至带有画面和色彩，比如，形容一个人喜欢串门用"刮达流西"，形容老年人气色好用"红花木古"，形容一个人精力充沛用"五脊六兽"，形容一个人有气无力用"死妖害命"，形容一个人满不在乎用"扬长五道"，这神态，多潇洒。形容一个人说话不爽快用"以以人人"，好像在模仿女人的说话声音，有一种韵律上的迟疑和反复，一个人含羞的神态就出来了。

我一时猜不透他让我看的用意。我想到我离开之后的这些年里，他也许每天晚上都要趴在这里写点什么，却可能至今没有发表过一个字。我曾听一个做编辑的朋友说起过，有个老汉经常去他们编辑部，每次去了都拿着自己厚厚一摞手写稿，很神秘地对他们说，这部小说马上就要获诺贝尔文学奖了。我踌躇了一下，还是对他说，等你什么时候写完了，我倒可以试着帮你介绍到出版社去，但也只能是试试。这时候只见他慢慢地笑了，那种笑容打开得很缓慢很用力，散发着金属的味道，简直有点可怕。他笑着说，不必，我的书不需要出版，因为这本书压根儿就不是写给人看的，而是写给阳关山上的鸟兽草木看的。就像古人，最好的文章都是用来祭天的。

我也笑笑，一时无话，我们便又默默喝酒。我想起多年前守在我们办公室里的那两盏灯，那时候，我们谁也不敢先灭掉自己那盏灯，多少有些相依为命的意味。我心中不由得伤感，却见他只是专心致志地削了一块梨，塞进自己嘴里，慢慢嚼着，直到嚼完才闲闲地问了我一句，对了，你那天去我们小区是不是要找什么人？你要找谁可以问我，我们都是一个村的。

我心里忽然觉得有些奇怪,他并不是一个热心人,却为什么对我去找谁这么有兴趣?我敷衍了几句,没有没有,我那天就是瞎溜达着玩的。他好像不放心,又补充了一句,你要找谁真的可以问我。尽管他的神情很镇定,但我还是感觉到了他语气下面隐隐约约的急切。我一时有些摸不准他的用意,他是怕我在这小区里认识什么人,还是希望我在这里认识什么人?我不好多问,他也没有再说下去。

我的好奇心更重了,第二天,我又来到了大足底小区门口。这次看得更仔细了些,只见小区门里蹲着一只风化严重的石狮子,一头卷发,瞪着两只失神的大眼,像只苍老的看门狗一样。正对着门口摆着几个圆形的石墩子,一群山民正坐在门口晒太阳,有男有女,都穿得黑压压的,像一群栖息的大乌鸦。我也凑过去,坐在旁边看热闹。原来他们正在研究那几个石墩子,很激烈地争论石墩子到底是什么材料做成的,又互相猜测石墩子到底有多重。然后男人们排着队,一个一个走过去轮流抱石墩子,看谁能抱得起来。

我正在观看,旁边有两个壮汉忽然抱在了一起,嬉戏打闹起来,你撞我一下,我撞你一下,像两头站立起来的熊。众人笑嘻嘻地围观着,并把其中厉害的那个称为"狮子搏肚"。我吓了一跳,我第一次看到一个词语在我面前现出了形状,就像一个透明的魂魄忽然长出了面目。打闹了一会儿,其中一个壮汉想去旁边撒尿,还要把另一个也捎上,好有个做伴。于是两条大汉搭着肩膀嘻嘻哈哈地一起去几米外的地方,解开裤子就撒尿。门口坐着的女人们捡起地上的石子和烂菜叶,一边笑骂一边往他们身上扔。两条大汉也不躲闪,头上顶着烂菜叶,还在比谁的尿射得更远。

我注意到人群里有个五六十岁的女人,长着一双奇异的眼睛,很大很亮,里面装得满满的,整个人却极安静极轻盈,连点脚步声都没有,简直像缕青烟一样。她总是半低着头，趁人不注意又悄悄抬起头，眼睛闪闪发光地看着别人。她朝我偷偷看了一眼，又赶紧把目光移开。我发现她像喜鹊一样，极喜欢亮晶晶的东西，一看见闪亮的东西就悄悄扑上去，左看右看，喜笑颜开。隔一会儿，她就走到门口的垃圾箱旁边，埋头翻找半天，拣出别人扔的空瓶子和纸盒子，装进一只蛇皮袋里。一旦翻出什么亮晶晶的东西，比如半截镜子，一只玻璃瓶，她就会眉开眼笑地举起来，对着阳光左看右看，爱不释手，咧开的嘴巴里不发出一点声音。她还扎在人堆里专心寻找亮晶晶的纽扣，一看见谁衣服上有发亮的纽扣，就眉开眼笑地凑过去，趁人家不注意伸手摸一下，过会儿再偷偷摸一下。看到男人们腰上挂的钥匙串上有一把亮晶晶的指甲剪，她也会凑过去看了又看，摸了又摸。

我忽然意识到她可能是个哑巴。

大约是因为门口的石墩子不够坐，他们从自己家里抬出了破沙发、破椅子，在门口一字摆开，还有人搬出了一面破鼓当椅子，还有人垒了几块砖头，也能勉强算把椅子。这样看起来，小区门口倒有了点沙龙的味道。我发现他们聊天的内容主要是围绕着阳关山。

"那年文谷河里漂下来一段好木头，额（我）想着赶紧捞上来，打件家具用用，结果搬起木头一看，木头下面还压着个死人，眼睛半睁半闭地看着额。死人是抱着木头漂下来的，脑袋肿得有南瓜那么大。额是谁？额才不怕它，额把那段木头打了张桌子，到现今还用着。"

"那死人就住在桌子底下，没看见？"

"额还怕个死人？倒是你，杀了那么多野猪，不怕下辈子投胎成猪？"

"投胎成猪又如何？额那年在山药（土豆）里埋上炸药，结果一头三百斤的野猪过来吃了，半个头都被炸掉了，那头猪额可吃了半年哪。还有一回，额跟着一只豺，想把它捉了吃，结果找见了一只狍子，是那豹捉到的，把狍子藏在自己洞里。额就把狍子背回去，做了顿狍子扁食，啧啧，吃得满嘴流油。"

"等你投胎做了猪，额也好好包顿猪肉扁食。"

"你等下辈子吧。额有一年还捉住了一只狐子（狐狸），从嘴上开始剥皮。额是什么手艺，整张狐皮剥下来都是囫囵的，额就做了个标本摆在炕上，外人进来一看，喵，喵，狐子都上你家炕了啊。"

夕阳开始慢慢落山，光线变得迟钝而柔和，一个枯瘦的老汉披着一身霞光回头看了看落日，脸上被染得金光闪闪，他长叹了一声，又把一天用完了啊。众人如石像一般，沐浴着晚霞，都久久不动。只消片刻，落日便完全坠入山谷，暮色变得苍茫起来，众人陆续起身，开始慢慢回巢。

2

我再次走进游小龙办公室的时候，见他又趴在桌上奋笔疾书，旁边摆着酒壶和酒杯。桃花大概已经谢了，梅瓶里换上了一枝白丁香，花香馥郁，比桃花的香味要黏稠很多，闻多了让人觉得有些眩晕。

他见我进来，忙起身给我倒酒。我说，又写着呢？他把本子推到我面前，跷起一只小拇指，颇有些得意地说，你来看看，这些阳关山里的动物有意思不？

阳关山上最常见的动物有麝、獾、狼、花豹、野猪、蛇、花鼠。麝自带着香囊，但属于进化很慢的动物，性格又孤僻，一般生活在悬崖峭壁上，如避世的隐士。它们的饮食习惯很奇怪，喜欢吃苦辣的针刺。我猜测，喜欢吃长刺的植物，可能是因为吃的时候会有某种快感。难道有点像人类的卧薪尝胆，时刻提醒自己一种不安全感的存在？

花豹也属于进化很慢的动物。阳关山上，二十平方公里之内只能容得下一只花豹，它们是地盘感极强的动物，很骄傲，也很孤独。花豹一般不会去吃山民的家畜，一来是不屑于吃蠢笨的家畜，二来是怕山民会报复，只有生了孩子的母豹无法走远捕猎，会贪图方便去吃家畜。它们的习惯是先喝血，再吃内脏，最不好吃的肉，也是最容易保存的部分，它们会刨个洞埋起来，储存着慢慢吃。只要有人的地方就看不到花豹，它们会尽量躲着人。追踪花豹的最好时机是在雪后，因为它们会在雪地里留下脚印。

我爷爷曾经遇到过一只花豹，那个黄昏他在山腰上种完地，在回家路上觉得累了，决定歇歇脚，便坐在石头上点了一根烟。刚把烟点上，一只喝完水的花豹就走了过来，他们面对面地僵持住了。对峙了不知多长时间，谁也不敢动，最后还是那只花豹一声不吭地先扭头走了。等花豹走了之后，他才发现嘴唇上已经被烟头烫起了一个大水泡。他回去之后还神不守舍了一周时间，谁叫他都听不见，一天只吃半个馒头。这是因为与花豹对峙时精神太紧张，没缓过劲儿来，一周以后才慢慢恢复正常。

有花豹的地方就没有狼，但我小的时候，山上还是有狼的。不过阳关山上的狼并不是土著，大都是被蒙古草原赶出来的孤狼。狼是很讲究科学的动物，为了避免近亲繁殖，狼群会把所有的小公狼赶走。有的小公狼走的时候会顺便拐走自己的妹妹，兄妹兼夫妻俩从此浪迹天涯。还有的就彻底沦为孤狼。孤狼太孤独，没有伴侣和孩子，心理也脆弱，大多活不久，真是和人类一模一样。

獾很喜欢一大家子穴居在一起。它们的洞穴特别有意思，有卧室，有卫生间，还有储藏室，布置得整整齐齐，就差添置几件家具了。冬天的时候，獾是要一大家子集体冬眠的，男女老少都睡成一团。山里的蛇也要冬眠，也是一大家子睡在一起。冬眠的时候，大蛇睡在里面，盘成一个大饼，小蛇在外面缠在一起相互取暖。小蛇因为脂肪不够，很多都活不过冬天。

野猪也是阳关山上最常见的动物。野猪很凶残，一头野猪死去后，尸体很快会被同伴吃掉。公野猪长到十岁才开始长獠牙，两百斤以上的野猪才能拥有一口向上卷起的獠牙，阔气得很，所以獠牙是野猪身份和资历的象征。小野猪都是由母亲带着的，公猪单独活动，母猪还会和其他母猪生活在一起，像闺蜜一样，共同抚养它们的孩子，所以野猪的世界还处在母系氏族社会。

山上所有的动物都能看得懂星宿，星宿是它们判断节气的重要标准。

我说，有意思，原来动物也能看懂星宿。他端起酒杯小啜了一口，然后用庄重的普通话说，我早就发现了，这大地上所有的生物都能看懂日月星辰，就连天上的候鸟，也是靠着星辰来分辨方向的。荷尔德林的诗中说，大地之上可有尺规？绝无。其实他说得不对，天地之间永远不缺尺规。

已经很久没有人这样和我说话了，我有些不适应。我面带微笑，下意识地往周围看了看，就像是怕有什么人会听到我们说的话。他好像并没有注意到我的微笑，正准备继续说下去的时候，我忽然打断了他，我说，你为什么一定要用普通话呢？阳关山的方言我也能听得懂，我觉得我们用方言说话，会更自然一点。

他停住了，有些吃惊地看着我，然后又慢慢转头看着一个角落，沉默了很久。他对着那个角落说，我觉得用方言表达一些东西，会给人一种羞耻感，比如我说星空之下人会觉得自己渺小，这样的话就不适合用方言讲出来。还有的话即使用普通话讲出来也还是会觉得羞耻，那就只能用诗，只能用诗把它写出来。其实，我还写了很多诗，不过，这些诗也不是写给人看的，都是写给山里的鸟兽草木看的。

我笑道，看来你这些年也写了不少东西啊。他沉默不语，盯着一个角落，脊背挺得直直的。我自觉无趣，又补充道，其实出书不重要，写自己想写的就好。半晌，他才对着那个角落说，我不过是写着玩的。有个问题我倒想请教你一下，你们作家会不会把认识的人都写到小说里？

我忙说，千万别叫我作家，我就是混口饭吃。他微微一笑，起身给我倒酒，然后看着我的眼睛说，你是不是打算把我也写到小说里？我一惊，说，怎么可能。他忽然大笑了起来，说，哪天你要是真把我写进小说里了，一定要让我看看，我看写得像不像。我正不知如何应答，却又见他收起笑容，正色道，你来我这里不就是为了找素材吗？我是真的希望能被你写进小说里。说罢朝我晃了晃酒杯，把一杯酒一饮而尽。

屋子里的空气忽然变得有些紧张起来，我心里咯噔一声，却还是努力笑着说，我就是过来找你聊聊天。他又独自饮下一杯酒，然后慢条斯理地说，我原来以为你去我们小区是找什么人，后来我想，你可能是想找点小说素材。我们那小区是移民小区，和别的小区都不一样的，山民的性情和你们平原上的人也不一样，素材挺多，就是不知道你想找的是什么样的素材，说说看嘛。

我想，他可能在试探我，看我对这个小区到底了解多少。这不太正常，从悬疑小说的逻辑来看，他如此戒备，应该是知道关于这小区的某个秘密，或者，他本身就离秘密很近很近。

我正坐在那里发呆，忽见他又站到我面前，给我倒了一杯酒说，你好歹也是个作家，我再请教你个问题吧，你说我们这些山民到底是从哪里来的，最后又会到哪里去？不是只有柏拉图才能问这样的问题，对吧？

周末，我再次来到大足底小区的门口，发现门口照例黑压压坐着一片人。墙根下阳光煦暖的地方陈列着一排老人，姿势和表情都一模一样，满脸金光，看着像一排庙里的塑金菩萨，都把两只手笼在袖子里，牛一样的目光慢慢反刍着什么。你会觉得他一直在盯着你看，看得你都有点害怕，同时又会觉得他压根儿就没看见你，因为他的目光是空的。我走近了才发现，他们的嘴唇一张一合，原来正在小声聊天。

"你是发财了吧，看抽的这好烟。"

"少聒几句，抽吧，人能有几天好活？"

"你说什么时候天就塌下来了？塌了把所有的人都埋住算啦。"

"你少聒，额现在天每（每天）晚上睡不着，两三点就起来听猫儿打架。猫儿那吊客，半夜叫得瘆人，额黑夜喝半斤酒都不顶事啦，最少得喝一斤。额天每四点就到街上溜达，街上连个鬼都看不见。"

"额在山上半年花不出去一分钱，在这山下倒好，哪天不花钱都木（没）办法活。"

"现在连候儿们（孩子们）上个学，花钱都霸气得很哪。"

"候儿们在山上连学也没法上，如何考大学，将来又如何吃婆姨（娶媳妇）？"

"额不稀罕这楼房，整天把人圈起来，额想一个人回山上去住呀，山上气宽。"

"回呀，回呀，不回的是王八。"

"回就回嘛，看到底谁是王八。"

旁边坐着几个女人，正围在一起绣花。现在已经很难看到绣花的女人，猛地看到，又有些怀疑她们的真实性。她们在绣一堆花红柳绿，鲜艳的颜色浮动在黑压压的人群之上，像一群举止欢快的小孩。这些女人的手上都戴着闪闪发光的大戒指和大手镯，似乎要把整个家底都披挂出来，再加上那些鲜艳的刺绣，使她们看起来个个都富丽堂皇。我后来才意识到，她们把所有的家底披挂在身上，是怕被平原上的人看不起。

一个满脸皱纹的傻子把自己当马骑，正拍着自己的屁股，欢快地在人群中跑来跑去，看看下棋，看看绣花，不时又跑到垃圾箱旁边看看有没有能捡的东西。

女人们旁边是一群男人正围着一张棋盘，两个下棋的人，一个光头坐着，一个戴帽子的蹲着，在他们头顶围着一圈黑压压的脑袋。光头刚拈起一匹马，周围立刻叫声一片，走炮，快走炮。走车，赶紧走车。话音未落，又有十几只手同时伸过来，七手八脚地帮光头走了一步棋。人群中立着一个方脸大汉，体型壮硕，两只手一直插在裤兜里，只是站在旁边冷眼看着棋路，并不出手，也不插话，稳如一座铁塔。稀里哗啦的几步棋之后，光头被打得落花流水，光头恼怒地抬起头，对着上方的一圈脑袋骂道，聒什么聒，长了一脑袋的嘴。

棋重新摆好，方脸大汉忽然一把推开光头，亲自上阵。他既不坐也不蹲，而是立在那里下棋，看上去极其威武，站了个丁字步，目光稳稳垂下，扣在棋盘上，依旧把两只手都插在裤兜里。对方跳出当头炮，周围又是叫声一片，走马，走炮。他并不急着走，沉吟半晌，终于从口袋里掏出右手，稳稳地走了一步炮。我一怔，倒吸一口凉气，那只手坚硬凶狠，并不像一只手，倒更像一只铁钩。那只手上只剩下一只大拇指和一截小拇指。

我后来发现，在大足底小区，这些局部的残疾和残缺都会被无视，没有人把他们当残疾人看待。甚至连那个跑来跑去的傻子，他们也只是把他当成一个孩童，有时候还递给他一块糖吃。

看棋的观众里，有人尿急，便嘱咐周围的人给他留着位子，他火速去解决一下。然后，我看到他跑出人群，跑到墙根下，那里正陈列着一排晒太阳的老人。他就在离他们一米远的地方撒尿，而那些老人依旧眯着眼睛晒太阳，好像压根儿没看见他。那排老人里有几个是老妇人，每个老妇人嘴里都叼着一根烟，正坐在那里吞云吐雾。不知是谁的手机忽然叫了起来，一个老妇人跟着音乐缓缓站了起来，两根手指夹着烟，嘴里嚷道，吓死额了，这是谁的手机在聒？没人吭声，手机还在哇啦哇啦地叫，那老妇人站着愣了半天，又抽了一口烟，忽然像想起了什么，把手机从口袋里徐徐摸了出来，很不相信地说，是额的手机在聒？

在人群的正中间坐着一个瘦小干枯的老汉，戴着一顶灰色的八角帽，穿着半个世纪前的中山装，眼睛浑浊发黄，嘴里叼着一杆一尺多长的黄铜烟枪，烟枪下吊着烟袋，右手佩戴着一块巨大的手表。他不时高高抬起胳膊，凑到眼皮子底下，看看那块大表上奔跑的时间。这时，不远处的垃圾堆上吹过来一截红布绳，老汉看到了，浑浊的眼睛倏地亮了一下，站起来，健步向那条红布绳走去。他身上不知什么地方竟挂着铃铛，走路的时候叮当作响，像圣诞老人坐着雪橇过来了。他捡起那条红布绳，绑在了自己腰上，摆了个很威风的姿势，嘴里说，额来给你们打一段丰收鼓吧，在山上，一到过节就打鼓，一打鼓人也快活。说着便蹦蹦跳跳地开始打一只想象中的鼓，众人只是笑嘻嘻地看着他，并不上前阻拦。

我担心他会摔倒，便上前搭话，老人家你小心点，多大岁数了？他淡淡地说了一句，八十八啦。因为说得太平淡了，反而显得他很骄傲。我惊讶道，八十八了，好身体啊。他兴致勃勃地挥舞着红布绳说，额早就在等死啦，连棺材都割好二十年啦。那可是一口好棺材啊，柏木的，可惜下山的时候送了亲戚了，说是楼房里没地方放棺材。额就等额老婆来叫额啦，活一天算一天，她一来叫额，额拍拍屁股，跟着她就走。

我说，你老人家下山后适应不？他停下打鼓，慢慢眨了眨浑浊的眼睛，一边摸出烟枪点着一边说，山下倒是有楼房，可额在山里住了一辈子了，一抬头看见的都是山，结果搬到这山下来，周围都是平地，搞得额天每头晕。山下的时间是真难熬哇，额天每八点半就睡觉了，半夜两点半就起来了，起来就抽烟嘛，一边抽烟一边听收音机。额有两台收音机，额就都打开它，放在一起听，热闹得很。

我注意到有些人从小区里出来，专门跑到小区旁边的野地里解个手，然后又晃回去了。我心想，莫不是他们用不惯马桶？还是为了省水？这时候有更多的人陆陆续续地从小区里走出来，拥到了小区门口，每个人手里都抱着一只西瓜大的碗，碗比头还大，埋头吃饭的时候，头几乎要掉到碗里去。原来是午饭时间到了，捧着大碗的人或坐或站，边吃边聊，门口变得像集市一样热闹。原先坐着的人陆续开始往回走，说是回去拿饭，估计回家捧个大碗还会再下来。

这时候我一扭头，正好与身后一个人打了个照面，再一看，竟是游小龙。

3

他看见我先是一愣，然后便做出很高兴的样子，上前道，作家，这是又过来找素材？

我就怕在小区门口碰到他，结果还是撞上了，有种莫名的心虚，感觉自己像做贼一样。我不自在地笑道，你才是作家，我就是出来瞎转悠，在家里快憋死了。只见他在家门口居然也像在办公室里一样，穿得一丝不苟，白衬衣扎在黑裤子里，戴着眼镜，皮鞋锃亮，站在一群黑压压的山民里显得有些格格不入。我惊叹道，小龙啊，你怎么在家里还穿得这么正式？他正色说，慎独是一个人对自己起码的道德要求，在有人的地方和没人的地方都是一样的。说完，他忽然上前一步，笑着拍了一下我的肩膀，问道，建新，你到底想找什么样的素材？不能透露一下？我看我能不能帮上你。这小区其实就是我们村，那门房就是村委会，村里的事情我大都知道。

他的动作来得很突兀，还有几分狎昵的感觉，我感觉到，这狎昵的下面隐隐藏着些紧张。和他的眼睛对视了几秒钟之后，我下定决心要试探他一下，看看他的反应如何。于是我悄声说，你听说过这个事没？前段时间有人在山上被杀了，死的是我小学同学，叫杜迎春，因为被毁尸灭迹，一直也破不了案。我听说她死前还处着一个男朋友，好像就住在你们这个小区，我就想着能不能找到这个人，看他是不是知道些关于杜迎春的事情。

　　他脸色倏地一变，十分震惊地问道，居然有这种事？我冷静地看着他，他表现得过于惊讶了些，但也许他自己并没有感觉到。再者，就在一个馒头大的县城里，怎么可能完全没有听说过此事。顿了一顿，他又补充道，像这种杀人案，被杀的还是女人，大概不是为情就是为钱，写到小说里是不是有点低级？我说，我写的东西本来就不高级。他便微笑着，又拍了拍我的肩膀，说，这个我真帮不了你，不过也好办，你就多过来几趟嘛，说不定就会有什么重要发现。一听这话，我连忙解释，我又不是公安局来破案的，你也知道，我就是找点小说素材。他笑着点点头说，当然，我也是读过不少小说的人，小说就是一种虚构的艺术。

　　我正要走却又被他拦住，说既然都到中午了，就去他家吃个午饭，顺便认认门。我推辞了一番，他忽然打断我，不容置疑地说，我们好歹也是故人一场，何必这么客气。我只好答应下来，但心中却有些忐忑不安，毕竟，我之前从未走进过这个小区。他又左顾右盼地说，等一下，我把我妈也叫上，午饭我已经做好了，本来是下来叫她吃饭的。

　　他带着那个大眼睛的女哑巴走到了我面前，很郑重地向我介绍道，这是我母亲。然后向女哑巴打了个手势。女哑巴偷偷看了我一眼，也用手势和他说着话。周围忽然静下来，只有他们的手势上下翻飞，这使他们看起来像某种鸟或昆虫，扇动着翅膀，轻盈异常。当他再次转向我时，已收起翅膀降落下来，忽然间又有了声音，我母亲很欢迎你去我家做客，粗茶淡饭，还请你不要介意。

　　小区里十分简陋，几栋灰色的楼房，一座破败的水泥凉亭，里面堆满了老人们捡来的破烂。他家是六十多平方米的两室一厅，简单地装修过，摆着几件劣质家具，一个柜子上摆着各种颜色的玻璃瓶。白色的地板干净极了，像湖泊一样，能映出我们瑟瑟的倒影。两间卧室，一间敞着门，一间关着门，那扇紧紧关着的门看起来有些神秘，我也不好多问。

只见母子二人又用手语讲了半天话，屋子里安静得有些吓人，又因为上下翻飞的手势，感觉屋里好像站满了人影，透明的没有面目的人影。我心里还是有些不安，悄悄朝那扇关着的门看了几眼。

女哑巴凑到我面前，抬起眼睛，怯怯地仔细地看着我，我猜测她可能是在看我的眼镜，因为我记得她特别喜欢亮晶晶的东西。她仔细看了我一会儿，忽然咧开嘴对我笑了一下，然后指了指自己的嘴巴，又指了指门，便从那扇门跑出去了，连一点脚步声都没有。游小龙一边给我倒水，一边说，来，喝点水，我先给你解释一下，这也是山地文化的一部分，因为闭塞，山村里近亲结婚的就多，所以哪个村都有几个傻子。傻子们最是自由自在，经常从一个村窜到另一个村，山民们一般以大足底的傻子、大游底的傻子，这样来区分他们。又因为山里医疗条件不行，所以哪个村都有一两个脑膜炎导致的哑巴或聋子，聋子听不见，最后也会变成哑巴，我母亲就属于这类。

我不知道他居然是被一个哑巴母亲带大的，难怪他从前话那么少，但现在忽然又变得话这么多，好像在恶狠狠地补偿自己的过去。我一时不知道该说什么，只是局促地坐着。他又说，你喝点水啊，给你加了蜂蜜，山里的野蜂蜜。我便拿起杯子喝了一口水，听到自己喝水的声音极大，轰隆隆地回荡在客厅里，竟把自己吓了一跳。我说，好喝。我们又沉默了片刻，我再次朝着那扇门悄悄看了一眼，我感觉那门后一定藏着什么。他忽然很客气地说，如果你不介意的话，我们就开始吃午饭吧，你有没有什么忌口的？

我有些厌恶他过度的礼貌，连忙摆手道，没有没有，我这人糙得很，吃什么都行。他坐在椅子上，叉着两只手，字正腔圆地说，在吃饭前，我还是先给你解释一下山民们的饮食文化。我也是后来才想明白的，到底什么是文化，其实衣食住行都是文化。土豆是山地文化的重要象征符号，已经远远脱离了食物的范畴，只要家里还有土豆，山民们心里就无所畏惧。土豆也是山民们一年四季的主要食物，从山上搬到平原上之后，山民们的饮食仍然保持着山上的习惯。山民们可以把土豆做出几百种花样，而且一天都离不了土豆，基本上是顿顿要吃土豆。今天中午我们吃炒"恶"，其实"恶"也是用土豆做成的一种食物，来到山民家里就入乡随俗，就是不知你能不能吃得惯。

我忙说，可以可以。他端上来两碗所谓的"恶"，我一看，原来就是把土豆淀粉蒸熟切成块，又和青红辣椒炒到了一起，便笑着说，看着倒也普通，只是这名字起得怪凶。他做了个请的姿势，道，山民们一向把有本事有能耐的人称为"恶"，把这食物也取名为"恶"，估计是因为当年刚发明出来的时候给了山民们不少惊喜。

我想，他确实和从前不同了，从前他最怕别人提到山民二字，现在却一口一个山民地挂在嘴上，唯恐别人不知道他是山民。

这时候，女哑巴推门进来了，手里拎着豆腐干和猪头肉。她把两样吃食切了盛到盘子里，推到我面前，一边无声地笑，一边指着我的嘴巴，她居然还朝我做了个鬼脸。游小龙抱歉地说，哑巴不会说话，面部表情就比常人丰富些。她觉得你是客人，所以一定要出去买两个菜来招待你。不过这猪头肉实在是粗陋了些，上不了台面，你不吃就是。我忙说，哪里，我从小就爱吃卤猪头肉。

他起身从厨房取出一瓶酒，两只酒杯，把酒倒上。我叹道，你现在酒量真是了得啊。他扬起嘴角笑了笑，人总要为自己找一些小情趣的，不然人生该多难熬。你看古人多有情致，松花酿酒，春水煎茶，或是，绿蚁新醅酒，红泥小火炉。

我心中越发诧异，不知道这十年时间里他究竟遇到过什么事，才变成了这样。我很快把一碗"恶"吃完，放下碗筷赶紧说，好吃好吃。他微微笑着，一副很宽容的样子，过了半天才说了一句，建新，你现在故意把自己弄得这么糙，大概也是一种对自己的保护吧。我一愣，不知该说什么。屋子里始终有种阴沉沉的感觉，为打破沉默，我只好又找话说，你这几年工作还顺利吧？他只用一句轻飘飘的话就把我打发了，在这种小地方还想怎样，混日子而已。我说，在大地方也一样，混日子而已。

他和我碰了碰杯，又一口喝了下去。他喝酒不上脸，相反，越喝脸越白，到最后简直变成了雪白，像化了妆，有点瘆人。这时他像想起了什么，又笑着对我说，建新，你是出了几本书，不过你那几本书真不值得我羡慕，我唯一羡慕你的一点，你猜是什么？你这个人倒是为自己活着的，不像我。

我反复揣摩着他的最后一句话，觉得他可能正在暗示我什么。他想暗示我什么？我又悄悄打量着周围，那扇门还是紧紧地关着，里面静悄悄的。女哑巴不时从厨房里游弋出来看看我们，再游进去。因为她一点声息都没有，她在的时候也很难感觉到她的存在，只能感觉到她的两只眼睛，像鱼一样静静游弋在我们周围。

就在这时候，那扇紧闭的门忽然从里面打开了，一个人蓬着头发走了出来。那间卧室里还拉着窗帘，光线昏暗，散发着浑浊的味道。这个人看起来就像刚从一个山洞里爬出来的，衣衫不整，穿着一双缝补过的拖鞋，针脚粗大。我看了他一眼，忽然大吃一惊，我看到另一个游小龙从那间卧室里走了出来，简直像一个魔术。我连忙扭头朝那把椅子上一看，游小龙还好端端地坐在那里。我忽然明白过来，游小龙居然有个双胞胎兄弟。

我想起上小学的时候，班里就有一对双胞胎兄弟。那时候我刚刚当上小队长，急于行使一下自己的权力。排队的时候，那个双胞胎哥哥在前面说话，我刚过去制止，那个弟弟又在后面说话，我又跑过去制止，然后那个哥哥又在前面说话。到最后我已经分不清哪个是哥哥哪个是弟弟，我感觉他们其实是一个人，一个会变魔术的人，一个可以分身的巫师。所以双胞胎一直给我一种很诡异的感觉，就像一个人的倒影居然也慢慢地长出了肉身，变成了一个真人。

那人看到我先是一愣，然后便对着我羞涩地笑了一下，算是打过了招呼。从外貌上看，他和游小龙几乎没有区别，身高也差不多，只是可能长期不见阳光的缘故，脸色白得吓人，笑起来也怯生生的，不敢多与人对视。他遇到我的目光便慌忙避开，好像他做错了什么事，随时都会有人对他兴师问罪。他好像也不敢与游小龙说话，只是漫无目的地在客厅里来回走动着，走到窗前看了看外面，又像被阳光刺了眼睛，跌跌撞撞地弹了回来。

他站在那里忽然不动了，好像不知道自己接下来要干什么。他空洞地朝周围看了一圈，没有坐到椅子上，也没有坐到沙发上，而是坐到了沙发旁边的一张小板凳上。他把自己尽量埋在那个角落里，低下头，用手挠着头发，一句话都不说。这时候女哑巴又从厨房里游弋了出来，端着一碗"恶"，送到他手边，一边飞快地打着手势。他也不回应，只是呆呆地看着她的手势，嘴角挂着一缕可怖的笑容。过了半天，他终于端起碗来，心不在焉地吃了两口，又轻轻把碗放下了。他整个人看起来处于一种梦游的状态，松散薄脆，随时都可能从这屋里消失。

游小龙一声不吭，我也不敢说话，屋里横着铁一般的寂静，只有女哑巴的手势上下翻飞，我猜测她正在劝她那个儿子吃饭。忽听见一个声音轰地从什么地方炸响，管他干什么？他不想吃就让他饿死。多大的人了，还一觉睡到大晌午。

我半天才反应过来，竟然是游小龙的声音。我悄悄扭脸一看，他一反常态，脸色铁青，鼓着眼睛，正对着那板凳上的人咬牙切齿。女哑巴看起来很着急的样子，拼命打着令人眼花缭乱的手势，她身上好像一下长出了很多只手，蜈蚣似的乱舞着。那坐在板凳上的人不动，也不还口，看起来像游小龙沉在水底的倒影，阴沉模糊，不可触摸。游小龙对他咬牙切齿说话的时候，就像正对着自己的影子自言自语。整个屋子变得十分诡异，女哑巴的手势却轻盈异常，如水草飘摇。

过了好一会儿，那阴沉的倒影才慢慢抬起头来，他翻起眼睛，对着游小龙那个方向笑了一下，笑得十分卖力，有些讨好的味道，笑完又慢慢把头埋了下去。游小龙似乎更被这个笑容激怒了，放低声音却依然愤愤地说了一句，活成这样还有什么意思。那倒影不知听到这句话没有，我看到他还坐在那里呆呆地微笑着，好像正对着那碗饭微笑。他母亲一直用手势劝他，他便用两只手又捧起了饭碗，盯着碗里看了半天，并没有送到嘴边，却忽然一松手，把一碗饭扔到了地上。他低声说了一句，我不饿。声音居然也和游小龙一样。然后，他站起来，拖着两只拖鞋，像受伤了一样，脚步踉跄地又回到了那间卧室，那扇门又悄无声息地合上了。

像是过了很久很久，才听见游小龙在我耳边说了一句，真是抱歉，我今天有点喝多了，言多必失，请你不要见怪。我忙说，你说什么了？我怎么一句都不记得，我喝得比你还多。

离开大足底小区的时候，我暗暗松了一口气。在回家的路上，我脑子里一直盘旋着游小龙和他的双胞胎兄弟，他那个兄弟一副蓬头垢面的样子，看起来已经在家里窝了不短时间了，估计连下楼都很少。也就是说，他可能正处于一种藏匿的状态。想到藏匿这个词，我猛地打了个激灵，这个时候他为什么要藏匿起来？他会不会和杜迎春的案子有关？我又想到游小龙对他的态度，分明是有些嫌恶的，亲人之间不应如此，除非他真的有什么大过在身，且连累了亲人。可关键是，既然家里藏着这样一个人，游小龙又为什么要请我到他家里呢？我甚至怀疑，他是故意要让我看到他那个双胞胎兄弟的，这又是为什么？

我再次来到游小龙的办公室里。花瓶里的丁香已经换成了海棠，海棠有一种宋词里才有的香软和娇媚，游小龙独坐在花下，依然边写边喝酒。我进来的时候，他看起来已经喝了不少了，脸色煞白，没有一点血色,再加上过度整洁的衣服,整个人散发着石像般的清冷之气,眼睛里却静静地燃烧着什么。他看到我进来了,好像很是高兴,一把将我拉过去,摁在桌子旁,让我看他刚写的几段话。

阳关山上的鸟儿也有很多,个头小的有百灵、布谷、乌鸦、喜鹊,个头大的有鹰、隼、鸮、雕、鹫之类的猛禽,还有个头不小但其实属于弱势群体的褐马鸡。这些鸟儿里面有留鸟,有候鸟,还有旅鸟。留鸟就是一直住在本地的鸟,从不搬家,比如乌鸦。候鸟是要每年南北迁徙的,比如赤颈冬。旅鸟则像旅客一样,只是路过一下,行迹潇洒,比如天鹅和鸳鸯。

鸟儿们的迁徙主要靠星辰引导,还要靠月光、山川、地磁等。有星辰在头顶,它们就不会迷失方向,甚至可以飞过茫茫大洋。乌鸦是一种非常聪明的鸟,智商很高,和三四岁的小孩子差不多,乌鸦喝水的故事也是真的。松鸦,山民们管它叫"山和尚",模仿能力超强,特别喜欢模仿猫叫、狗叫、小孩哭,简直像个相声演员。它还特别喜欢藏东西,这里藏一点,那里藏一点,有时候藏多了,自己就忘了。星鸦也喜欢藏东西,把辛辛苦苦找来的种子藏起来,后来自己便忘了,结果那种子发了芽,长成了树,星鸦心里还奇怪,怎么这里忽然又长出一棵树?杨树上那种整洁的大鸟窝一般都是喜鹊的,有时候蛇会偷吃喜鹊的蛋,吃了蛋的蛇是走不动的,它还得把自己盘到石头上,把里面的蛋慢慢磨碎,喜鹊两口子一旦发现了,冲下来就咬它,直到咬死为止。

鸮就是猫头鹰。最大型的猫头鹰叫雕鸮,有一米多高,两只铜铃大眼像灯泡,如果半夜碰到还是很吓人的。鸮是夜行动物,白天睡觉的时候一只眼睁着,一只眼闭着,因为它们的左右大脑是分开休息的。猫头鹰飞得不快,飞起来没有一点声音,它们喜欢坐在树枝上守株待兔，猛地一看，真的像只大猫坐在树枝上。人们以为它们只吃老鼠，其实猫头鹰还经常到河里捉鱼吃。

隼被山民叫做兔虎，鹫则被山民叫做飞花豹。山民就这样，喜欢给这些猛禽起些极威风的外号。猛禽们飞的时候为了节省体力，经常只在天空里滑翔，看起来十分优雅。

实在没有比褐马鸡更奇特的鸟儿了。它长得很漂亮，尤其是耳边戴着两根白翎毛，简直像个唱戏的武将。但它其实是一种很软弱很笨的鸟，智商不高。褐马鸡白天只敢在油松下活动，不会走远，晚上它们会跳上油松和松鸦一起睡觉。褐马鸡到了晚上视力很差，所以只要上了树，就是树下敲锣打鼓放鞭炮它也不管，还在上面稳稳地睡觉，就是在它旁边杀了它的同伴，血流成河，它也假装不知道，还在那里一动不动地睡觉。

我默默看了两遍，然后把本子轻轻推到一边。我把两只手叉在一起，放开，又叉在一起，反复几次，才终于说，小龙，还有很多比写作更重要的事情。我不知道你还有个双胞胎兄弟，和你长得真像，是你哥哥还是弟弟？他把鼻子凑到海棠旁边闻了闻，兴奋地说，写完鸟儿我还要写植物，我要给山里的每一种花都写一首诗，没有人比我更了解它们。我打断了他，我说，他是你的双胞胎兄弟，你不应该那样对待他的。

他好像真的喝多了，歪在椅子上，白着一张脸，笑嘻嘻地说，今天翻古书时看到一段话，极美，记载了你们这个县城在古代的风雅。是你们的县城，不是我们山民的，阳关山才是我们的。当年士大夫们月夜泛舟却波湖，酒阑月皎，兴复不浅，缓步而至湖滨。当时月光如昼，湖风吹衣，钟声塔火隐隐波际，扣舷而歌，水之中，有离相寺，后峰石塔，左右则真武、圣母诸庙。绿荫浓处，时眺城北，群山隐入湖际。

我再次打断了他，我说，你不应该那样对待他，他毕竟是你的兄弟。

他伸手抓起一支毛笔,蘸了蘸水,在桌面上龙飞凤舞地写了一个"缘"字,写完把笔一扔,忽然又笑着对我说,世间万事万物都讲一个缘字,我们还能见面,说明十年前的缘分未尽,亲人之间也是这样,缘分尽了,他就会离你而去,从此以后你再也找不到他。我们这样边喝酒边聊天,什么目的都没有,你觉得像不像魏晋时代的清谈？士人们挑选一个清幽之地,或是山水之畔,或是杏花飞雪,或是月下荷风,通宵达旦地争论关于理想人格的问题。他们争论的居然都是关于理想人格的问题,多好啊。我真是倾慕他们,闭门视书,累月不出,或登山水,经日忘归。

我有些担忧地看着他,说,你每天都要这样喝酒吗？这样下去会有酒瘾的。

他一边背着手来回踱步一边笑着说,怕什么,阮籍与王安丰常从妇饮酒,阮醉,便眠其妇侧,何其有风度。踱了几圈,他忽然站到我面前不动了,我才发现他满脸都是泪水。他说,建新,我承认我是有些酒瘾了,我喜欢喝酒的感觉,因为我无处可去。我早已经承认我在这世上是个没什么用的人,不怕你笑,我时常想着能躲到什么地方去,每日吟诗赏花喝酒,身上若能有一点点清华之气,也算抵消这半世的不堪了。可是你说又能躲到哪里去,我们连家乡都回不去了,只能在梦里回去。所以我就想着,如果能写出点什么,我这一生多少也算有了一点意义。

我用一只手绞着另一只手,犹豫了一番才试探道,小龙,你是不是遇到什么难事了？

可他已经迅速收起眼泪,整理了一下衣襟,倨傲地说,真是抱歉,我又有点喝多了,失态了。我们是故人了,我便实话和你说,从我来到县城上高中的那天起,我就知道,平原上的人看不起山民,觉得山民粗陋野蛮不文明,所以从那时候起,我就天天要求自己,要文雅要有礼貌,一定要给自己创造出一个理想的人格。不怕你笑,这么多年了,我每一天都是这么要求自己的。

我说，我知道。

他忽然扭过脸来看着我说，你肯定还记得吧，那年我们一起下乡的时候，我拿了桌上的一支圆珠笔。

我假装想了想，说，有这事？

他看着我微微笑了起来，说，你记性不会这么差吧，我拿了人家一支圆珠笔，第二天又送了回去。就是这样，我又送了回去。怎么可能不送回去？不然连我自己都看不起自己。今天我喝多了，就多给你提供点素材吧，愿意听吗？你肯定愿意听，因为你是作家。我一个月的工资是三千两百块钱，当然，以前还没这么多。靠这点工资，我不仅要养着自己的母亲，还要养着自己的弟弟。游小虎只比我晚出生了一分钟，我就是他的兄长。和你说句实话，他是我最恨的人，也是我最怜悯的人。早在我们上初中的时候，我们就没有父亲了，家里只能供一个孩子继续上学，后来我去上学，他留在山里。是我亏欠了他，这一点，我知道，他也知道，所以还在我贷款读大学的时候，他就隔三岔五问我要零花钱。我自己省吃俭用，每天吃馒头，省下钱来给他，一百，两百。等我工作以后，更是这样，他今天要钱，明天要钱。后来我们整个村都搬下来了，他也下山了。结果下山之后，诱惑太多，挣不来钱还总想挣大钱，他很快就迷上了赌博。有时候我特别恨他，也会骂他，可是骂完就后悔，作为补偿，我就给他更多的钱，一次又一次帮他还赌债，帮他还高利贷。我已经习惯了，我所有的东西都不是我自己的，都要分给他一半，不管是什么，不然我良心上会过不去，会觉得欠了他。我时常假设，如果当年留在山上的是我呢？你说我怎么可能不管他？我自己只能节俭再节俭，自己少花点少用点，买什么都买最便宜的。我每次吃到什么好吃的东西，心里就会难过，因为我母亲和弟弟吃不到。有时候为了省钱，给他们买了太便宜的东西，我又会后悔，会痛恨自己如此自私，然后会花更多的钱重新买一个好的。实话告诉你，我到现在还欠着几笔债，都是为游小虎还高利贷的时候借的。不怕你笑，游小虎倒是经常发誓，发誓再也不赌了，不过他发过的每一次誓都是假的，都是假的。其实我早就把他看透了，看得透透的，可就算是这样，我又怎么能不管他？你说，除了我，这世上还有谁会管他？

我呆坐在那里，半天说不出一句话来。他却又笑着说，这素材怎么样？建新，你好歹是个作家，你把我们这些山民都写进去吧，把我和游小虎也都写进去，我希望你把我们都写进去。

我骇然看着他。他顿了顿，又淡淡地说，对了，你不是问过我为什么还不成家吗？那我也告诉你，在这县城里我们只有一套楼房，也就是说，在我和我弟弟之间，只可能有一个人结婚。

晚上，母亲早已经睡下了，我又失眠了，便干脆爬起来，独自在院子里一边抽烟一边徘徊。院子里种的豌豆和丝瓜已经开花了，在深夜闻上去朴素而幽静。和出版社签的书稿眼看要到期限了，是这几年比较流行的罪案题材，我却迟迟动不了笔，因为没有找到一个合适的素材。月光下，我再一次开始考虑这篇小说，我已经让杜迎春做了这小说中的主人公，她在小说中会再死一次，只是，这杀她的人又会是谁？

月光到了后半夜才渐渐盛大起来，周围却已是阒寂无声，好像整个世界里出没的都是月光。房屋和桃树沉没在阴影中，一动不动，植物的叶子却反射着温柔的银光。失眠的夜晚，我经常一个人看着万物渐渐沉入黑暗，又一个人看着它们从巨大的黑暗中慢慢浮出来。那感觉，就像一个人守着一个浩瀚孤寂的星球。

我又点上一根烟，深深吸了一大口，我再次想到了游小龙。没想到他有这样一个家庭，可他为什么要把他弟弟的事情告诉我呢？这样的家事，不算光彩，他完全可以不告诉我，也不符合他的性格，其中肯定有什么原因。他口口声声说要给我提供素材，也让我觉得很是不安，仿佛他暗中设下了什么圈套。

我一边徘徊一边细细琢磨他说过的那些话：我所有的东西都不是我自己的，都要分给他一半，不管是什么，不然我良心上会过不去，会觉得欠了他。

我猛地停住，心里不知什么地方忽然一凛，什么都要分给他一半。什么，都要分给他，一半。包括房子，甚至女友？是的，对于任何人来说，要在一开始区分清楚一对双胞胎都是困难的，对于杜迎春来说，也是如此。而她曾在微信里对我说起过，她现在的男友性格有些反复无常。会不会是，她所说的男友其实根本就不是同一个人，他们是一对双胞胎，只是她把他们误当成了同一个人？我又想起今天白天见到的游小虎，他明显正处于一种藏匿状态，会不会他就是那个凶手？可是，如果游小龙兄弟真的与杜迎春的案子有关系的话，他又为什么要对我说这么多？为了替自己开脱？但我只是一个作家，并不是警察，他心里也很清楚这一点。最关键的是，他为什么还要让我把这些写到小说里去？

我想起我的一个作家朋友，被他一个熟人告到了法庭，因为他把熟人的部分形象写到了小说里，还给主人公虚构了一个出入过风月场所的情节，结果熟人被同事举报了，理由是嫖娼，证据就是他的小说。小说何时有了这等伟大的功能？

4

这天，来大足底小区之前，我特意买了两包芙蓉王装在身上，随时准备着给他们打烟。走到小区门口的时候，听到传达室屋顶上的大喇叭正在广播，啊喂，游起明家刚刚杀了一头猪，要买猪肉的村民快快去买，快快去买，迟些就没了。

有一队人马正在小区门口的空地上扭伞头秧歌，领队的正是那个八十八岁的老汉，戴着墨镜，鬓角插着一朵红花，嘴里吹着哨子，举着一把五颜六色的花伞。后面跟着十几个男男女女，每人手里舞着一把扇子，队伍呈蛇形，正逶迤向前。我悄悄坐在了墙根处，和众人一起观看秧歌。

艳丽的花伞像一只巨大的热气球，正在徐徐飞向空中，那队人马像是都乘坐在热气球上，脚步轻盈，一起离开了地面。见他们跳得那么起劲，我猜测还有一个原因，这也算是一种山地文化对平原文化的挑衅吧。可以想见，山民们迁徙到平原上之后，还是必然要经过一个痛苦的过程。伞头秧歌是一种山地特有的民间歌舞，大山的封闭性导致了山民们对一切鲜艳颜色的嗜好，伞头秧歌更是艳丽至极。我曾见过更正宗的伞头秧歌，男女老少都在头上戴着大红花，脸上抹着胭脂，手里舞着葱绿色和水红色的扇子，凡他们走过的地方，颜色的涸迹都会滞留在空气里，久久不散。

大概是跳累了，不断有人从蛇尾巴上掉下来，最后渐渐地只剩下了那个打着花伞的老汉。他全然不顾身后还有没有人，继续扭着秧歌，表情庄重，用力吹着哨子，花伞上缀着的亮片在阳光下闪闪发光，看起来就像一只刚刚被砍下来的诡异蛇头，还能独自扭动，竟然有了几分悲壮恐怖的意味。

我有心劝他歇一歇，毕竟年龄大了，但见周围的人都看得津津有味，便也不好开口。事实上，在这群山民里，对我最友好的就是这个老汉了。正是他给我讲了不少关于山民的事情。我想他愿意和我说话，也许是因为他很孤单，我只知道他老伴已经走了十多年了，有两个儿子也住在这个小区里，分到的都是六十多平方米的户型。这个小区里的大部分人对陌生人是排斥的，我猜测，这种排斥里多少还带一点恐惧的成分。

来的次数多了，我对这些山民也渐渐了解了一些。下山之后，山民们首先是觉得不自在了。以前整座阳关山都像是自己家的，上山下沟，随便抬抬腿就是二十里山路，根本刹不住。山民把出门一趟称作"刮"，倒是形象,"刮出去刮进来",像风的动作。山里的野果蘑菇木耳药材随便采,就连狍子香獐野猪也像是自己家的,肉虽然长在它们身上,但可以随便捉了吃啊。祖祖辈辈喝着山里的泉水,世上居然还有水费之说?笑话。想去谁家串门了,一脚踢开门就进去了,进去往炕上一躺,连鞋都不用脱。正巧人家在炸油糕,那就再好不过了,人家炸一个他吃一个。想去下地就扛着锄头去地里挥舞一番,不想下地就眯着眼睛去晒太阳。山民们都喜欢在冬天给自己寻觅一块称心如意的"阳阳坡",日光充足煦暖,可以在那块风水宝地上一躺一天,不吃不动地晒太阳,类似于光合作用。

下山之后,山民们被关在几十平方米的鸽子笼里,去串个门居然还得脱鞋。在山上的时候,因为见人太少,一旦有人去走亲戚,还脱鞋?那真是恨不得把心都掏出来煮了给人家吃。人家晚上要走,死活不让走,全家哭着拖住胳膊,硬是要留人家住一宿。在山里蘑菇多得连猪都不吃,现在一朵蘑菇都要花钱买,老汉说他就想不通,蘑菇不就是山上长出来的吗?还要掏钱买?

因为串门不再方便,"饭市"便显得尤其重要。后来我才搞清楚,其实饭市就是一种山村的小型聚会,带有派对的性质。在山里的时候,一到饭点,男女老少都抱着大碗,纷纷聚在村头,蹲成一排,捧着碗,边吃边聊,这里就慢慢形成了一个饭市。没想到搬到山下之后,饭市不但没被取消,反而变得更为隆重了。一到午饭时间,就是住在六楼的,也要捧着一口碗,不辞辛苦地下来,大家自发聚在小区门口吃饭,聚成黑压压一片,有几次差点把警车招引过来。

刚刚下山那阵子,山民们还有点兴奋,像跑进戏场一般热闹。以前对于山民们来说,唱戏和放露天电影是两大娱乐,像过节一样重要。一个村一年到头就唱一次戏,还是敬神的,人是占神的便宜。所以,即使是听说三十里外的村子里要唱戏,全村人也要扑过去看一场戏。会骑自行车的骑着自行车,前面塞一个小孩,后面坐两个小孩,四个人摞成一摞,摇摇晃晃往前滚动。不会骑自行车的老人们抱着小板凳,带着干粮,上午就出发,迈着小脚挪三十里山路去看戏。戏场里人头攒动,好似过节,男人们抽着烟,女人们抱着葵花盘嗑瓜子,少女们看戏前特意洗了脸换了衣服,擦上香膏。看完戏还要连夜赶回去,走一夜的路,等走到家门口也差不多天亮了。

大家一开始觉得县城也像个戏场,比山上热闹多了。女人们在外面裹一层自己最好的衣服,里面破破烂烂倒没多大关系,这个叫"门台",不管里面怎样,"门台"必须立得住。小孩子们则欢呼雀跃,就想每天住到超市里,守着那些花花绿绿的零食,死活不愿出来。

时间一长,大家的兴奋劲儿慢慢就过去了。再加上自打下山之后,山民们就没地可种了,一些上了年纪的山民还对种地上瘾,没地可种了,浑身上下都难受,像得了什么怪病。这些老山民便在小区周围开垦了几块歪歪斜斜的菜地,勉强种种青菜萝卜,过过地瘾。山下也没有牛羊可养,生活成了个问题,只得到处找些零工来打。但山民们在山上不是种地就是放牛羊,大都没有什么技能,所以在山下只能找些最简单的粗活笨活来做。上了些年纪的人连这样的粗活笨活也找不到,只能靠捡破烂为生。他们也知道平原上的人们看不起山民,所以尽量离平原上的人们远远的,平原上的人们晚上跳广场舞的时候,他们就在旁边扭伞头秧歌,作为一种示威。

他们普遍觉得住楼房实在太寂寞了,解决寂寞还有个办法就是往出"刮",尽量不在楼房里待着。山民们在山里的时候,有一项消遣就是"站山",往山上直愣愣一戳,什么也不干,袖着两只手,目光巡视四野,站在那高高的山上俯瞰一切,飞鸟从身边掠过,人可以站得和飞鸟一般高。或者去"赶山",就像赶集一样,赶山的时候可以采蘑菇、野果、草药。还可以去"跑坡",就是打猎。对于山民来说,山是用来"赶"和"跑"

的，但现在没有山了，周围忽地变成了平原，所以山民们一开始都会患上平原综合征，整日觉得眩晕，太平坦了，平坦到了让人眩晕的地步。

我也渐渐了解了他们的生活规律。没活干的山民每天吃过早饭就开始下楼游荡，熬到中午，终于可以吃饭了，吃完饭，接着又下楼游荡，直至天黑。再不然就在县城里闲晃，拿出"赶山"的功夫，从南晃到北，从西晃到东，还有的步行十里地去观赏唯一的一趟火车经过旷野。女人们则喜欢潜伏进超市里，静悄悄地一待一下午，她们从一堆葡萄干里细细拣出那些个头最大的，最后从八块钱一斤的葡萄干里硬生生地拣出了十五块钱一斤的货色。她们也并非就为了省那七块钱，主要是这种感觉类似于上了一天班之后的成就感，踏实、满足，手里小有收成，时间也得到了充分的利用。时间用不掉也是个大问题。

我发现山民们还有个特点，就是不把钱当钱，倒不是因为他们有钱，而是因为他们对钱根本没概念。我猜测，可能是因为在山上的时候，买东西要靠进山的货郎或者去镇上赶集，赶集又不是天天赶，平时根本没地方花钱，吃的粮食和蔬菜又都是从地里长出来的，也不是花钱买来的，在山上，钱确实没有太大的用途，所以他们对钱没概念，只认莜麦和土豆。但下山之后，诱惑忽然就多了起来，见到什么想买什么，结果，很快就把手里的一点积蓄花光了，这才慢慢开始知道钱是什么。对钱的概念因为来得太猛烈太迅速，他们中的一部分人便寄希望于那些能够一夜暴富的方式，比如买彩票，再比如赌博。

我想到了游小龙的那个双胞胎弟弟，他应该就是这类山民了。我忽然又想起那天在游小龙家里，他把碗扔到地上的奇怪举动，游小龙为他付出了那么多，他为什么还要这么做呢？除非，除非他身上也有什么牺牲。我眼前又出现了他们长得一模一样的面孔，在某些时候，哥哥可以充当弟弟，弟弟也可以充当哥哥。会不会还有一种可能，最后杀害杜迎春的其实是游小龙，而弟弟打算替哥哥去顶罪？

我对这兄弟俩越来越好奇。我决定去看看他们。

我专门挑了一个周末的下午，这样可以避免留在他家里吃饭。我从超市买了一箱牛奶和几样水果作为礼物，又买了一面亮晶晶的镜子，作为送给游小龙母亲的礼物。开门的正是游小龙，他依然穿得一丝不苟，白衬衣，黑裤子，白衬衣的下摆端端正正地扎在裤子里，好像正躲在家里开什么重要会议。他见是我，先是愣了一下，然后便很客气地请我进去。我说，我还是换双鞋吧。他连忙说，不必不必，作家光临，蓬荜生辉。我佯笑着说，再叫我作家，真要和你绝交了。说完又觉得两个人都显得有些刻意，反倒衬出了一种紧张。

我悄悄环顾了一下屋子里，两间卧室的门窗都开着，一阵穿堂风奔跑而过，里面不像藏着人，我有些失望，把礼物摆在了桌子上。他一边给我倒蜂蜜水一边嗔怪道，你怎么越来越客气，以后哪敢再请你登门。我听出他语气里的故意亲狎，但因为本不是他擅长的，反倒显得生硬。一扭头，却发现游小龙的母亲正站在身后看着我笑，也不知道她是忽然从哪里冒出来的。我赶紧把镜子送给她，她把两只眼睛使劲贴在镜子上，左看右看，欢喜异常。一会儿又放下镜子，捧出一碗炒面豆来招待我。我知道面豆是山民们的一种吃食，就是把面团切成小块，拿黄土炒熟了，所以炒熟的面豆上还裹着一层黄土。我曾问过他们，有土在上面怎么吃？他们觉得很奇怪，黄土比什么都干净啊，世上还有比黄土更干净的东西？确实，他们就是身上哪里划伤了，也是抓一把烤过的黄土捂上去。

我拈起一颗面豆，笑着问游小龙，小虎今天不在家？他点点头，说话声音不大，好像勉强要压住里面的喜悦。他说，小虎出去上班了，他找了份工作，在玻璃厂烧玻璃。听他回来说，烧玻璃其实也挺有意思的，那么硬的玻璃也可以化为绕指柔，我哪天都想去试试。

我把那颗面豆慢慢啃掉了二分之一，又慢慢啃掉了四分之一。他见我不说话，便又轻声解释了一句，只要不赌了，就什么都好办了。他其实没有和我解释的必要，这样倒让我心里有些难过。我扭头看他，只见他正坐在桌子旁，把桌上的杯子拿起来左看右看，像是第一次见到这只杯子。被我这么一看，他又连忙放下杯子，拈起一粒面豆，却并不吃，只是放在手里玩。

片刻之后，他像忽然想起了什么，站起来走到柜子前，从里面翻出一本相册，然后打开相册让我看。我注意到他翻相册的手竟然有些抖。里面有不少黑白老照片，大都是他和游小虎小时候的照片，鲜见长大之后的。其中有一张照片，他们兄弟俩只有四五岁，穿着一模一样的衣服，长得也一模一样，像一个模子里刻出来的两个小木偶，正站在照相馆的木马前，看上去根本分不出哪个是他，哪个是游小虎。

他用手指抚摸着那张照片，忽然像个父亲一样，慈祥地笑了。他说，小时候很多人分不清我俩谁是谁，总是叫错我们的名字。其实我们还是不一样的，他的脾气比我好，我的脾气其实并不好，我只是习惯压抑自己。小时候他总被人欺负，我出去找他的时候，经常看见他正坐在地上哭。看见他哭的时候，我也难过，觉得是我自己正坐在那里哭，我就说，不要怕，我来救你了。我就替他出头打架。有一次我额头上长了几粒瘊子，听老人们讲，拿死人的骨头擦一擦，瘊子就自己掉了。我不敢去坟地里找骨头，有些害怕，却没想到，一会儿的工夫他就跑着回来了，手里抱着一大捧死人的骨头，像抱着一堆柴。他一个人跑到坟地里给我找骨头去了。有时候我就想，我们兄弟俩要是一辈子都不下山其实也挺好。

他慢慢合上相册，靠在了沙发上，一动不动地靠了好半天，好像正享受着某段时光。他忽然又轻轻笑了几声，很缓慢很温柔地说，我们小时候经常一起去放牛，牛在河边吃草，我们就在草地上躺着晒太阳，到处是鸟叫和花香，还有河流叮叮咚咚的声音。身上带着一个馒头，带着一块肉干，我们都是分了一起吃。有时候牛跑远了，我就支使他去追，他二话不说，爬起来就去追牛。小时候，我让他干什么他就去干什么，就像我的小仆人，因为他从小就没什么脑子，可他真的不算什么坏人。

他忽然停住，不肯再往下说了，只是坐在那里无声地笑着，笑着。我不愿再看他，扭脸看看周围，他母亲正坐在离我们不远的板凳上绣花。因为发不出任何声音，她看上去不像是坐在那里，倒像是若有若无地荡漾在这屋子里，那些绣花在她手里正像莲花一样慢慢盛开在水面上。我想，像她这样听不见说不出其实也挺好，一辈子不知道可以埋藏起多少秘密。这么一想，又把自己吓了一跳，好像这六十多平方米的屋子里真的隐隐埋藏着什么秘密。

再一扭脸，忽见游小龙正抱着一只酒瓶子站在我面前，不知什么时候，他又把酒瓶抱出来了。他对我摇了摇瓶子，拘谨地笑着说，下午没事吧？要是没事就一起喝两杯，现在不喝酒都不会说话了。我也觉得这屋里的空气有些紧张，像堵墙一样围在四周，便说，好，陪你喝两杯。几杯酒下去之后，他整个人开始变得轻松起来。我注意到只要一喝酒，他那只小拇指就会悄悄跷起来，做出振翅欲飞的样子。他拿杯子向我举起，却不说话，眼睛里忽然变得亮晶晶的，过了好半天才说，建新，你觉不觉得，最理想的人格里必须要有牺牲精神，而且是为那些看不见的东西牺牲自己？

"牺牲"二字让我心里咯噔了一下，但我又害怕他要继续往下说什么。我连忙打断他，你觉得这次小虎说的是真话？

他像是没听见我说话，又自顾自地往下说，建新，你知道我为什么要给阳关山写一本书吗？对我们这些山民来说，尽管羡慕着城市文明和城里人的身份，但大山给我们的安全感其实更重要。对山民来说，大山是一种宗教般的存在，山上所有的鸟兽草木，所有的风俗习惯都是我们的避难所。可是，建新，告诉你吧，我也只能写写山上的鸟兽草木，别的我一个字都不能写，一个字都不能写。

我心里又是一怔，一个字都不能写？看来他确实是知晓真相的。我嘴里却说，小虎这次要是把自己的话当真了，我也替他高兴。

他忽然往后靠了靠，盯着我说，那你说耶稣基督是真的还是假的？只要他在你最难最苦的时候给了你一点希望，这就是真的。

窗外的天色已经开始转暗了，屋里渐渐多了一层幽冥之色，一动不动的家具也次第长出了阴影。后来，我们都有些喝多了，他喝着喝着便抱着我哭了起来。他哭了片刻，忽然又一把推开我，在脸上抹了一把，很羞愧地说，真是抱歉，我又喝多了，失态了，失态了，还请你一定不要介意。我说，介意什么？然后，我也趁着醉意说，小龙，我也喝多了，你就当我说的是酒话，也不要介意。我记得你说过，你所有的东西，不管什么，都要分给小虎一半。可是你也不能不为自己打算吧，要是有一天你有了女朋友怎么办？

他似乎一愣，然而酒力载着他，这使他看起来并不笨重，甚至有些轻飘飘的。他先是对我笑了一下，而后忽然收起笑容，正色说，这不是我的命，我是不可能有女朋友的，以前没有，以后就更不会有了。我要是结婚了，我母亲和小虎住哪？我再给你提供点素材吧，想不想听？我曾有过一个情人。我知道这不道德，有损于理想人格，但她喜欢我，我也喜欢她，爱情有时候会悖于道德。她有家庭有孩子，我也不希望她和我结婚，可她后来居然真的离婚了，但我不能和她结婚，所以我们最后还是分手了。曾经拥有过就是最好的，你说是不是？

不知为什么，他每次说到要给我提供素材的时候，我心里都有些畏惧的感觉，就像站在一条大河边，看着水中的倒影，却分不清楚，岸上的世界和水下的世界，到底哪个是真实的，哪个又是幻影。

就在这个时候，我一扭头，忽然看到他母亲抬起头看了我们一眼，她与我的目光短暂地对视了一下，便又重新低下头去。我心里却悚然一惊，因为，一个聋子是不会有那样的目光的。她一定是听到了什么才下意识地抬起头来。难道说，她其实根本就不是个聋子？

我离开大足底小区的时候，天已经黑透，小区里的那些窗户，像烟花一样，在夜色里逐渐绽放，带着一种旋生旋灭的空寂之感。我走了已经有一段路了，又忍不住回头望着那个小区。它看上去诡异、缥缈，就像栖息在旷野里的一个梦境。酒意还未完全散去，我坐在路边的石头上，慢慢抽了一根烟。在那部即将动笔的小说里，我该如何安排情节？游小龙说他曾和一个有夫之妇相爱过，却最终只能分手。而杜迎春的最后一个男友是个山民，而且是和他好上之后她才离的婚。看来，她最先认识的应该是游小龙。那么，最后一次和杜迎春上山的又该是谁？是游小龙还是游小虎？还是另有其人？我又想起游小龙对我提到的那个词——"牺牲"，他不会平白无故提到那个词的。

直到烟头烫到手指的时候，我才意识到，自己正坐在路边虚构一段小说里的情节。可不知为什么，这种虚构却让我在黑暗中猛地打了一个寒战。

5

渐渐地，我发现这个小区里的老人们都有一个共同的恐惧，那就是死后没有棺材的问题。本来，在山上的时候，他们都早早为自己备下了一口上好的柏木棺材，连寿衣也一起备好了，新做好的寿衣还要穿在身上左试右试，看哪里不合适再修改一番。有的棺材在屋里都摆放了十几年了，人还活得好好的，人没死的时候就把棺材先当家具用着，里面装粮食装被褥。老人们每日把棺材抚一遍，心里也觉得踏实，这辈子不管过得怎么样，死了好歹也是有个地方让自己睡的。现在倒好，因为楼房里没地方放一口棺材，所以下山的时候，棺材都当成礼物送了亲戚，往后真是连死都不敢死了。

所以这个小区里的老人们都有一个共同的爱好，就是三五成群地去逛棺材店。县城的东关老街上聚集着好几家棺材店，都是清朝留下来的旧商铺，阴沉破败，没有窗户，站在门口往里一看，忍不住倒吸一口凉气，一大团深不见底的漆黑，好似一个阴森的山洞。好容易等眼睛适应了黑暗，便看到几口漆黑的大棺材从山洞里隐隐浮现出来。他们喜欢一家一家地进去观摩比较，看式样看材质，还要询问老板最近生意怎么样。老板坐在棺材上，嘴角叼着一根烟，把胸脯一拍，自信地说，放你的心，什么店倒闭了我这店都倒不了，这么大个县城，哪天还不死他几个人？

但他们每次看到最后都是空手而归，县城里的棺材卖得太贵，一口棺材最少要两万块钱。八十八岁的老汉向我诉苦道，你说说，谁还能死得起？

我发现，这些老人之所以不惧死亡，一方面是因为，他们期望能通过死亡的方式重返山林，他们如果死了，儿女们是要把他们埋葬回山里去的，他们终于又可以回去了；另一方面则是因为，他们都太孤独了，而死亡并不比孤独更可怕。那个八十八岁的老汉，几乎从早到晚都长在小区门口，比门口那只石狮子还要忠实。下雨的时候，他披件雨衣坐在那里；刮风的时候，他戴顶帽子坐在那里。后来我才知道，因为两个儿子分到的房子都不是很大，一家人住得拥挤，儿媳也嫌弃，他便自愿一个人住到了地下室，一年四季都住在阴暗潮湿的地下室里。所以只要天上没下刀子，他都会从地底下钻出来，升到地面上吸收阳气。我说，老伯，你为什么要在身上挂个铃铛啊？他不解地看着我说，弄出点响动来嘛，有点响动多好，一个人连点声音都听不见，怪害怕的。

这个小区里还有个老太太，一个人住在三十平方米的小房子里。她在山上时一直带着小孙子，下山之后，小孙子不和她住了，和他父母住到一起了。她太想念孙子了，又不敢老上门去找人家，就在每天半夜的时候，悄悄来到儿子家门口，把放在门口的孙子的鞋拿起来，搂在怀里抱一会儿，有时候抱着抱着，就倚在门口睡着了。

还有个老人，看不出年龄，又高又瘦，身上总是披挂着一件不合身的西服，斗篷似的，顶着一头花白的头发，偏还是自来卷，看上去简直像一只苍老的狮子。听说这个老人也是独自居住。我每次见到他的时候，他都把自己杵在女人堆里，像兔子一样竖起两只耳朵，专心致志地听女人们说闲话。偶尔尖着嗓门应答几句，听上去总是兴奋异常。有时候还凑过去看女人们绣花，他低着头，使劲把自己那张脸和女人们的脸贴到一起，用一根过长的指头指点着别人绣花。女人们倒并不躲他，还有些把他当成姐妹的意思。有一次他悄悄走到一个虎背熊腰的女人身后，忽然伸手蒙住了那女人的眼睛，又尖着嗓门兴奋地喊，猜猜额是谁？你猜额是谁？那女人一使劲，便把他平展展地放在了地上。他躺在地上，半天起不来，却只是很受用地大笑。

我发现这个小区里有些三四十平方米的小房子，里面住的都是些已经在等死的孤独老人。

和这些老人相比，小区里的年轻人则是另外一番气象，他们一旦下山就再也不想回去了。这天，我正在小区门口和一群老人闲坐着，就见有几个十七八岁的年轻人从小区里出来，个个穿着九分裤，露着一截脚踝，染着黄头发，嘴里叼着一根烟。他们看都不看那堆老人，前呼后拥地走到马路上打车，一辆出租车停下了，他们呼啦一下全挤了进去，塞得满满的，然后出租车扬长而去。听老人们讲，自从他们村从山上搬到县城后，就出现了这样一群年轻人，因为学习成绩跟不上，又怕被人看不起，就自动辍学了，辍学之后又找不到正经事情做，便终日浪迹街头，有的开始赌博吸毒，有的欠了网贷还不起，急得爹妈要上吊。老人们忧心忡忡地看着这些年轻人远去。

"额们要还住在山上，如何能有这样的事？"

"现今山上连学校都撤了，候儿们迟早得下山。"

"看这些候儿们，门台倒是足得很，就是不成个气候，往后可如何活？"

"长得标致些那也算，你看人家金柱来了县城就找了个相好的，那女的养着金柱，还不是看金柱长得标致？那女的比他大十来岁，倒是有钱，还开着个什么公司。金柱的老婆晓得了这事就去人家公司里闹，结果都没人朝理（搭理）她，那个兔头，难缠得很，就在人家公司里住下来了，睡在桌子上，没饭吃没水喝，身上就带了两块干馍馍。那个兔头干渴得厉害，见柜子里摆着几瓶白酒，也不管好坏，打开一瓶就当水喝，边吃干馍馍边喝酒，两天就把人家柜子里的好酒都喝了个精光。"

"这样的好事能有几款？额们花的都是棺材本，反正也是等死了，这些候儿们日子长着呢，他们往后吃什么？"

"少聒噪吧，你手里一共攒下几个钱来？攒下的钱可要保存好。今年过清明的时候，额老婆想给她老子烧点纸钱，翻了半天翻出了额偷攒下的私房钱，她一边烧一边还拍着大腿叫唤，人家山下这假钱做得都比山上的好，像真的一样。"

"额是个善于总结的人，额得出了一个结论，今儿悄悄告诉你们吧，人活着就木（没）啥意思。"

有个声音突然插进来说，你们晓得不晓得，五明家的那个二小子，就是那个欠了网贷的小子，十几天不回家了，哪里也寻不见，怕是死了啊。

另外一个声音压住了这个声音，不要和额说什么从网上买东西，什么是个网？你倒是告诉额，网在哪里？

那个声音有气无力地回了一句，网在天上。

又有一个声音悄悄钻了出来，死了也就死了，破不了案的，景裕苑那女的死了也有三个来月了吧，又如何？还不是破不了案……

我心里轰地响了一声，因为杜迎春买的房子就在景裕苑。我连忙竖起耳朵，却见旁边的人用胳膊肘捅了那人一下，用眼神指了指我，那人也看了我一眼，便忽然闭了嘴。

这时候我已经基本能确定，他们应该都是知道真相的人。我忽而又有一种恍惚感，这个凶手到底是我小说中的一个人物，还是一个真实存在的人物？

我站起来活动了一下腿脚。尽管我已经往这小区门口跑了这么多趟，还是能感觉到很多人始终是排斥我的。每次我一靠近他们，有的人就会躲开，还有的人用戒备的目光悄悄打量着我，我只假装不知道。我又厚着脸皮坐到了那几个晒太阳的老人旁边去，他们会对我稍微友好一些，尤其是那个八十八岁的老汉，一见我就大声打招呼，又过来啦？我讪讪地说，是啊，又过来了，主要是也没个去处。他拿烟枪在鞋底上磕了磕，得意地说，额一天都能刮出去十五里地，再刮回来，你一个后生家也出去刮嘛。我说，不能和你老人家比，我是真刮不动。他更得意了，说，额以前是跑坡的嘛，三两下就上到山顶了，这平地算个什么。我见他高兴，便往前凑了凑，小心问道，老伯，前段时间有个女的在山上被人杀了，这个事你听说过没有？

端起的烟枪在半空中忽然停顿了一下，他用浑浊的眼睛看了我一眼，然后，又把目光挪到别处，默默地摇了摇头。

我只好闭嘴，跟着他把目光挪向远处。

这天，游小龙忽然给我打来电话，叫我晚上去他办公室一起喝酒。我推门进去的时候，发现里面居然没有开灯，各种干枯的花香混合在黑暗中，令我有一种误闯进中药铺的感觉，各种苦香寒香搅在一起，又有一种中世纪巫术的神秘感，仿佛一位巫师正坐在屋子中央提炼各种邪气的香料。

就着窗外流淌进来的月光，我隐约看到桌子后面一动不动地坐着一个人，身上沐着一层月光，像个正在入定的老僧。我伸手打开墙上的电灯开关，啪一声，月光隐退，游小龙从黑暗中静静浮了出来，随之浮出来的还有满屋子的干花。他把那些干枯的桃花、杏花、海棠、丁香挂在办公室的各个角落里。桌子上的梅瓶里插着一束尚未凋谢的黄刺玫。

我一边环顾四周一边说，你倒是有情趣，把办公室快弄成花店了，也没人说你？他坐在黄刺玫后面，雾蒙蒙地笑着，脸色雪白，估计已独自喝了不少酒。其实我倒愿意看他醉酒的样子，有一种古怪的庄严，很别扭，但是好玩，就好像他正站在剧场的追光灯里背诵着话剧台词。每次看到他咬文嚼字的样子，我虽然会替他感到些羞耻，但心里还是隐隐觉得感动。

他把桌上的本子推到我面前，说，这是文化馆，自然要有些情趣。建新，如果我们这辈子就这么赏花醉酒该多好啊。如晏殊的词：金风细细，叶叶梧桐坠。绿酒初尝人易醉，一枕小窗浓睡。紫薇朱槿花残，斜阳却照阑杆。双燕欲归时节，银屏昨夜微寒。要能活在这词里，该多好啊。

我没理他，低头看那本子。

阳关山上漫山遍野最先开放的是桃花，那些粉色的云霞一团一团落在河边、山坡上、古墓边。春水是翠绿色的，真如碧玉一般，桃花站在岸边，红霞一般的倒影落在绿色的流水中。桃花谢了紧接着便是杏花，杏花谢了是梨花，梨花谢了是丁香花，丁香花谢了是黄刺玫，黄刺玫谢了是槐花，槐花谢了是灰枸子。

每一种花盛开的时候都是漫山遍野轰轰烈烈，所以阳关山在整个春天并不是绿色的，而是像变色龙一样在不停地变换颜色。在村子里一抬头就能看到，大山今天还是粉色的，过几天就变成了白色，再过一周又变成了紫色，再过一周又变成了黄色，简直像变魔术。直到入夏的时候才正式变成绿色，但也不是那种单一的绿色，而是层层叠叠各种各样的绿色糅在一起，墨绿、翠绿、油绿、草绿、橄榄绿，简直像个杂货铺。

整个春天，村庄里都铺着一层厚厚的花瓣，像下了大雪一样，也没有人去扫，就由着它们几乎把村庄埋葬。到了夏天，就轮到绣线菊、黄芪、甘草、菖蒲、连翘、紫地丁开花了。波叶大黄喜欢和青蒿长在一起，开花的时候像挂满了小铃铛。石竹开花的时候，就像草丛里躺满了蓝色的笑脸。瞿麦的花开得像螃蟹，长出很多只手和脚。五铃花长得像蓝色的小鸟。白头翁的花谢了就会变出长长的白头发，在风中飘摇。草芍药是雪白的，金莲花是金色的，落新妇是紫色的。油瓶子的花一谢掉就会结出红色的玫瑰瓶儿，放进嘴里一咬，清脆可口。少花米口袋的花像牛角一样，歪头菜的花则是规规矩矩垂下一排，西伯利亚远志的花长着两只翅膀，夜开明合的花更有意思，雄花是紫红色的，雌花是黄绿色的。狼毒的花有白有黄有紫。狼毒是花中杀手，有什么虫子敢爬过来，它直接就把虫子杀掉了。其实照山白的毒性更大，嫩叶上有剧毒，但它的花看上去纯洁极了，白得像雪。

我合上本子的时候，他用一种很欢快的语气对我说，山上有意思不？先说定了，哪天我一定要带你上山去看看。不是我这个山民自吹，我觉得这世上真没有比阳关山更美的地方了。其实做个山民也挺好，可我年轻的时候就是不敢承认，你说可笑不可笑。

我说，等你写完了，真不找家出版社试试？他依然用那种过分欢快的语气说，绝不，我本来就不是写给人看的，我是写给山上那些鸟兽草木看的。我永远不投稿，不投稿，就没有人会给我退稿。

我心里忽然有些难过，说，写出来的东西如果没有人看，其实也挺孤独的。

他轻轻笑了一声，依然用那种很夸张的欢快说，孤独怕什么，从来只有在那些最黑暗的地方，才能长出最珍贵的东西。那些出版的书就都是好书？

我连忙岔开话题，说，看你今天心情不错，是不是小虎彻底改好了？那要庆祝一下。

他笑着站起身来，在办公室里来回游荡着，不时把鼻子凑到那些干花跟前闻一闻。过了半天，他才背着两只手，对着那些干花说，建新，你信星座吗？据说通过星座可以看到每个人的命运，你有没有看到过自己的命运？我挺想看看我和小虎的命运是什么样的，可我又对自己说，就算是看到了，又能如何。你说小虎啊，他拿到工资的当天就去赌了，赌了个通宵，把工资全输了进去，第二天为了把钱赢回来又去赌，结果欠了一笔债，于是第三天又去赌。他太想赢回来了，太想挣钱了，就这样不停地赌下去，不停地陷下去。他发过的每一次誓都是假的，所以我毫不奇怪，我真的一点都不奇怪，他要是忽然不说假话了，那才真正叫奇怪。实话跟你说，这几年里，我唯一可以轻松的时候，就是在他刚刚发过誓之后的那个空隙里，因为他发誓的时候特别认真，看起来就像真的一样。不过我心里是清楚的，假的，都是假的，下一次终究还是要来的。这么一想，心里倒也踏实下来了，不骗你，真的就踏实下来了。

他最后一句话说得异常温柔，我有些不愿再听下去了，便拿起酒瓶，在两只杯子里都倒上酒，招呼他道，快，把我叫过来喝酒，你自己倒不喝了。他半天才应了一声，轻飘飘地游荡回来，呆呆地拿起酒杯，脸上仍然蒙着一层笑容。我一边四下里翻找一边问，有没有下酒的东西？我可不能和你比，总得有点下酒的东西才行。翻找了一圈竟翻出半包炒花生，我心想，他不是不用这些带壳的东西下酒嘛。我刚刚抓起一颗花生要剥壳，只见他忽地站起来，抄起那半包花生就扔进了垃圾桶。我想拦下都来不及，只得把手里的花生也扔了，索性干喝了一大口酒。一抬头，看到他正静静坐在我面前，笑容像眼泪一样淌了一脸。

我说，没有下酒的东西，那咱就干喝吧。他起身走到门口把灯关了，又走到窗前看着外面的月色，轻声说，这些带皮壳的食物还是不够洁净，辜负了美酒和月光，其实，山间清风与林间明月就足以下酒。

我有些烦躁地制止他，小龙，你能不能活得稍微踏实一点？

他背对着我说，建新，你也看到了，我还是不够慎独，我还是会准备这些带壳的食物来偷偷下酒。这么多年里，我尽管一事无成，贫穷弱小，却一直以律己为自豪。可是最近，我感觉我确实没有能力去管束自己，就像我当年顺手拿了一支会议上用的圆珠笔，我没有能力去变成一个更理想的人，我拥有不了更理想的人格，就像我也管不住自己做梦。实话告诉你，这些年里，我时常做一个重复的梦，梦见游小虎又来问我要钱了，我在梦里充满恐惧，我对他说，你到底还有完没完？建新，你说，一个人到底有没有能力让自己变成一个更好的人？有时候我能感觉到自己正被什么东西拉着，拼命地往下坠落。和你说实话，我不止一次地希望他去死。你说我可怕不可怕？甚至有一次我气急了，居然脱口而出一句话，像你这样的人怎么还不去死？可你知道他说什么？他说，他要是哪天真打算去死了，也会先赚笔钱给我和母亲留下再死。

我呆坐在黑暗中，一句话都没有说，我觉得我应该安慰他点什么，可我就是一句话都说不出来。他仍然一动不动地背对着我，看着窗外的月光。干花的影子落在地上，枯瘦的花香如一群魂魄游荡在我们周围。我知道不应该这样的，可这时候我忽然又想起了杜迎春。我想起她死后，身上戴的一条金项链也被人拿走了，显然，这个凶手需要钱。小说里的那个凶手再次走了出来，面目模糊地站在这办公室的某个角落里，悄悄与我对视着。

游小龙还立在窗前一动不动地看着外面，从窗户涌进来的月光和黄刺玫的幽香混合在一起，酿成了一种诡异肃杀的寂静。我为自己感到可耻，却还是忍不住在脑子里编织着小说情节，也许，最后一次和杜迎春上山的是游小虎，而杜迎春忽然认出他其实不是游小龙，所以发生了争执。游小虎失手杀死了杜迎春，杀人之后他拿走了她脖子上那条金项链，因为他需要钱。而游小龙为了救弟弟，会揽下所有的罪责，因为他已经做好了牺牲自己的准备。这只是一种也许，这世界上有无数种也许，像无数面镜子一样立在看不见的地方。

看着游小龙的背影，我又想，小说结尾还有一种可能，那个最后和杜迎春上山的人不是游小虎，而是游小龙，对方缠着要和他结婚，而他无法做到，争吵之下，他失手杀死了杜迎春。而弟弟为了报恩，会把一切都揽到自己头上，他也许一直在找这样一个机会报答哥哥。正是因为他已经打算好要做一只替罪羊，所以那次才会把一碗饭忽然摔到地上，以表示自己的某种委屈。在必要的时候，他们会合二为一成同一个人，合并成同一张面孔。我上小学时见过的那对双胞胎又在我眼前浮现了出来，我明明看到他在队伍前面说话，怎么忽然间又在队伍后面说话，等我走到后面，他却又神奇地在前面说话。那是我第一次在人的身上感觉到了幻影般诡异的力量。

只是，他为什么要让我知道这些？

这时，游小龙缓缓回过头来，背对着月光，看着我。他的脸沉在阴影里，冰凉模糊，我听到了他的声音，这声音却并不像在我的对面，更像是从我背后、从我侧面慢慢靠拢过来的，建新，我还有个秘密要告诉你。

又是秘密。我一动不敢动，有些畏惧地看着他。夜更深了些，越来越多的月光从窗户涌进来，几乎要把我们淹没。

他说，我母亲其实不是哑巴，也不是聋子。我是后来才发现这个秘密的。因为我不止一次听到过她说梦话，说梦话的时候，她用的是四川话，她的家乡话。我也是长大后才知道的，她是被拐卖到大山里来的，因为大山里的男人娶个老婆很不容易，实在娶不到老婆的，就从外地买一个回来。我母亲就是这样被买回来的，给兄弟俩做老婆。小时候我一直奇怪，为什么我们有一个爸爸，还要把叔叔叫小爸爸。我母亲跑过两次，都被捉了回来，一个外地人想跑出这大山去，几乎不可能。我猜测她就是从那个时候放弃了说话的权利，开始时可能是因为语言不通，为了赌气和斗争，到后来，她可能发现不说话其实也挺好的。在一个山村里，所有的傻子、疯子、哑巴、聋子都会受到特殊的照顾，他们会获得一种不同于正常人的生存权。而且把自己的家乡话藏起来之后，可能也会减少她的孤独感。到后来，她可能就真的忘记怎么说话了，可是一旦去了梦里，她就控制不了自己了。

我还是一动不敢动。一阵晚风吹进来，那些已经死亡的干花好像又轰然复活过来，吐出的花香与鲜花不同，仿佛来自久远依稀的古代，整间办公室里忽然有了几分庙宇里的神秘。我又听到他说，建新，这么多年里，我其实只在做一种努力，想从最贫贱的根子上长出一个高贵的人，是不是也挺有趣的？就像在自己身上做一种实验。我知道你能看到我身上那些不高贵的地方，用大足底的话来说，就是"没艳"。比如我开会时顺手拿了人家一支笔，比如我贪小便宜，少付了人家十块钱的车钱，比如我会骂自己的弟弟，像你这样的人怎么还不去死？那都是我根子里的东西。不怕你笑话，就算这样，我却一直向往着索福克勒斯悲剧里的那些人物，勇敢、骄傲，随时可以为某种看不见的东西去赴死。

我心中伤感，同时却发现自己不可救药地自私，此刻我脑子里想到的仍是我的小说，看来，小说中的哥哥为了弟弟，决定要承担一切了。那一刻，我忽然发现，我对自己有一种前所未有的厌恶。

他的声音又远远飘了过来，越发神秘，你说我是不是很适合被写进小说里？事实上我们整个大足底都适合被写进小说里。你不是对那起山上的杀人案很有兴趣吗？我可以再告诉你一个秘密，但你不能告诉任何人，也不能报警，这个凶手其实就在大足底。

我大吃一惊。窗户里的月光清凉幽寂，又深不可测，像天地间绽开的另一扇门。在那一瞬间里，我已经彻底无法分清哪里是小说，哪里是现实了。

6

这个黄昏，我再次来到大足底小区门口。门口照例坐着一群黑压压的人。他们中间，有的人会看我一眼，有的人假装没看见我，有的人见我坐下便起身躲到一边。他们对任何一个大足底之外的人都是这般警惕。我搬了块砖头坐到墙角听他们聊天。

我有时候也会问自己，为何要选择这样一种幽僻孤独的生活方式。在人群里，我有时候觉得自己像个猥琐的偷窥者，有时候又觉得自己像个严谨的科学家，怀揣着一份隐秘的不为人知的尊严。就是在我最接近人群的时候，其实也被放逐在人群之外，然而，就是在那些离人群最远的地方，我却又奇异地走进了他们的最深最暗处。

夕阳即将沉入西边的群山，这个时候可以看到一天当中最壮丽最短暂的光线，而群山是深黛色的，像金属一样沉重坚硬。那群老人坐在墙根下，齐齐举头望着西边，他们的家乡就在那西边的群山里。如今看过去，却像是另外一个悬浮于他们之上的世界，和他们平行存在着，却永远都走不进去了。

"你老人家在山上的时候好歹也是个看病先生，现今如何跑去给厂子搬水泥了？"

"额就是个给牛接生的兽医，下了山连牛都没了，给谁接生去？有一次额去大塔村给牛接生，那老牛难产了，生不下来，额最后把小牛割成几块，一块一块地从老牛肚子里掏出来。还有一次，也是有头老牛难产，一白天一黑夜了，那小牛就是出不来，你猜最后怎么着？额用拖拉机拉住小牛的蹄子，开着拖拉机往出拽，才算把小牛从老牛肚子里拽了出来。"

"那老牛还能活？"

"死了，埋进自家坟地里了。"

"就是，牛肉如何能吃，牛死的时候哭得恓惶，如何下口？和吃自家的亲人一样。"

"转世投胎的时候千万不敢做牛，牛就是来这世上受苦的。有一回额给个母牛接生，连子宫都掉出来啦，一大堆，热乎乎的，再给塞回去，缝上几针，第二年还能接着生。"

"你老人家还是改成给人接生吧，城里没有牛，人总还是不缺的。"

"放屁，婆姨们难产了，能用拖拉机把候娃娃拽出来？额正白天黑夜盘算这款事情，在城里干什么不赔钱呢？"

"开个棺材店肯定赔不了，人总是要死的嘛。"

"少聒，额有个正经事情和你说。"

说话的男人扭过脸看了我一眼，忽然把话打住了。我识趣地站起来，在人堆里慢慢溜达着，心里有些悲伤，我只不过是想写出一篇不错的小说而已，怎么被人当成特务一般。他们三三两两地聚在一起，声音有高有低，我像在起伏不平的气浪中穿行，想靠近他们，却又无法靠近。但是我能感觉得到，我离那个秘密已经越来越近了，我甚至都可以在一个瞬间里，忽然嗅到它身上散发出来的气息。这让我站在人群里有些兴奋，还有些恐惧。

几个女人正围在一起聊着什么，我慢慢在她们旁边游荡着，想听听她们聊的是什么。忽然，我呆住了，其中一个女人竟是四川口音，另一个女人开口了，居然也是。另外两个女人居然也都是。她们正在比较自己脚上的新鞋子，神情坦然闲适，看不到任何痛苦。我明白了，为了适应一个陌生的地方，她们被迫让自己长出了一身新的血肉，只是这语言，却如一层坚固的沉积岩留在最底下，无法腐朽，也无从掩饰。她们四个虽然扎在人堆里，穿着也与旁人无异，但看起来还是像一座漂来的岛屿，有萧瑟之感。我在旁边游荡的时候，她们中间有人警惕地看了我一眼，是一种年深日久的警惕。我只好从她们身边走开，再溜达到旁处。我深深吸了一口气，一个小山村里的秘密竟也如此之多。

前面有两个男人正在石墩子上，相对坐着抽烟。一看有人在抽烟，我便从身上掏出烟盒，走过去殷勤地给他们打烟。走过去的时候，正听到那个年纪大一点的男人说了一句，怕是出汉奸了。我掏出两根烟递给他们，那个年轻一点的把烟接住了，并没有点上，而是别在了耳朵后面，然后咧开嘴对我笑了笑，一嘴牙龈肥大异常。那个年纪大的没有接烟，只是侧过脸来看了我一眼。

我这才发现他只有一只眼睛，里面的那只眼睛只剩下了一个黑洞，两只眼睛的目光全聚在一只眼睛里，那眼神便显得过于锋利了些，闪着寒光。我打了个寒战，忍不住后退了几步。渐渐转暗的暮色盘旋在所有人的头顶，天地间的一切正朝着暗处撤退。我有些沮丧，想，今天算了，还是回家吧，眼看天也快要黑了。

我刚转身要走，忽听见背后有个声音把我叫住了，站住，你过来找谁？我扭头一看，正是那个独眼男人叫住了我，我忙说，不找谁，我就是过来玩的。他用一只眼睛狐疑地盯着我，盯了半天，说，你到底是干甚的？怎么老是见你在额们小区门口转悠？我一时说不出话来。我如果告诉他们我是一个作家来找素材，显得多少有些滑稽，编一个别的理由，我又一时想不出来，便吞吞吐吐地说，我真的什么都不干，就是闲得无聊，看你们这里人多，过来凑凑热闹。

他独眼里的狐疑却更深了，他牢牢盯着我，忽然问了一句，你是公安局的吧？他的话音落下之后，我才发现，不知从什么时候开始，我的身边和身后已经站满了人，所有的人都悄无声息地围拢了过来。

夜色从大地深处源源不断地生长出来，一切正加速向黑暗处坠落，在那一瞬间里，我忽然感到了害怕。我听见自己的声音开始变干变尖，我尖声喊道，我真的是过来玩的。独眼男人站了起来，慢慢向我走近了两步，仍然用一只独眼盯着我。我转身想跑，却发现自己已经被紧紧地收缩在了一口井里，抬起头来便能看到井口的夜色更深了。这时候我听到人群里有人说了一句，这人天每在额们小区门口坐着，不晓得是从哪来的，估计也不是什么正经人。又有人应了一句，早看他鬼鬼祟祟的，一看就不像什么好人。人群里又有人吼道，你到底是干甚的？说不说？忽然又有个女人的声音钻了出来，这人是不是就是那个汉奸？

头顶的夜色更浓重了，有两颗寒凉的星星已经亮了起来，我如沉在水下，浑身冰凉，两只脚忍不住在发抖。我忽然想到了游小龙，我拼命在人群里寻找他的身影，没有，没有，看不到他。我又忽然想到了那个八十八岁的老汉，他是这群人里对我最友好的，我又拼命寻找他，但是，居然连他的影子也消失了。人群把我箍得越来越紧，越来越严实，我终于想喊出一句，我是个作家，我只是想写出一部小说。但是我还没有来得及张开口，有一只拳头已经猛地挥舞到了我的脸上。

在医院住了两天，包扎了几处伤口，脑袋上缝了几针，又做了一个脑部 CT，见没什么大碍，我就出院回家了。母亲来接我的时候顺便带来一个消息，那个杀杜迎春的凶手被抓住了，就是她那个相好的，那人一直就住在大足底小区里，没事人一样，还天天出去上工。破案的过程是这样的，警察在尸体周围的沙棘枝上找到一滴干掉的血，查了 DNA，不是杜迎春的，便存了档。后来偶尔在 DNA 库里找到一个人的 DNA 与此相似，这人是凶手的侄子，有前科，所以 DNA 就有档案。就这样，最后摸出了凶手。

我问她凶手叫什么，多大年龄。她说名字不清楚，只知道是个四十多岁的男人，本来有老婆有孩子的，从山上搬下来之后就离了婚。他本是为杜迎春离的婚，两人约好，他离了婚便和她结婚，不料他离婚之后，杜迎春又反悔了，说合不来，提出要和他分手，花了他的钱也不还给他。

两人最后一次约了上山谈判，结果还是谈崩了，两人吵到后来就厮打起来，这人情急之下用一块石头把杜迎春砸死了，为了毁灭证据，又在无人的大山里把尸体烧焦。在烧尸体之前，看到她脖子上有条金项链，想到为她花的钱，便顺手把项链拿走了。

7

此后我在家中休养了一段时间，没有再去过大足底小区门口，也没有再和游小龙联系过。这天，傍晚时分，我正躺在床上看书，忽然接到游小龙一个电话，我犹豫了一下，还是把电话接了起来。他在电话里倒没说别的，直接就说，建新啊，我不是早就和你说过，一定要带你进山里看看嘛，你可愿意和我一起进山里一趟？

第二天，我按照说好的时间在汽车站等他，我们要坐着客车进山。有趟客车是专门跑阳关山的，一路上会经过八道沟、八水沟、西塔沟、未后沟、大沙沟、小沙沟，还会路过十几个山村。我曾在大足底小区门口见过这种客车，下山的客车会专门在大足底小区门口停几分钟，司机使劲摁了几下喇叭之后，人们纷纷从楼里跑出来，跑到小区门口取自己的货物。跑山里的客车是在二十世纪九十年代通车的，听说最初有客车的时候，山民们不等天亮就站在路边等车，冬天的时候还要在路边生一堆火，一群人围着，原始人似的，边烤火边等车。那时候的客车每次都要满得溢出去，过道里站满人，椅子底下塞着人，车顶上再捎上两个人，司机几乎都要被挤到车外面去。客车像个臃肿的胖子，一路哇哇唱着歌，在陡峭的山路上滚动着。

如今的客车虽然还在跑山里，但来回都拉不到人了，因为越来越多的山民迁移到了平原上，留下的老人们一年到头也不下一次山，所以如今的客车里经常就只坐着司机一个人，像幽灵车一样孤寂地盘旋在山路上。据说客车司机都憋坏了，只要抓住一个人就不停地说不停地说，可以连说三天三夜不喝一口水。如今的客车虽然拉不到人了，但也并非没有作用了，客车每次从山上下来，其实还是满载而归，但拉的不是人，而是一袋一袋不会说话的土豆、莜面、干蘑菇。这是还住在山里的老人们给山下的儿孙们捎的东西，因为在山下吃个土豆都要花钱买，太浪费钱了。至此客车已经基本沦落为货车。

游小龙给我讲过，当年他们整村往山下搬迁的时候，村里有个老猎人死活不愿下山，便独自留在了山里。他小时候经常去那老猎人家里玩，在老猎人家的炕上铺着一张用豹子皮做的褥子，还连着豹头。他每次坐在这条华丽惊悚的褥子上，都会有一种错觉，觉得自己正被一匹豹子驮着，庄严地游走在山林里。村庄被水库淹没之后，老猎人便居无定所，有时候住在山洞里，有时候像鸟儿一样住在大树上。村里人回了山里也找不到他，他也从未下山来找过他们，但是到了每年秋天，下山的客车都会拉着一车野猪肉野猪头送到大足底小区门口。开始的时候，人们还问司机，到底是谁捎来的东西。司机只说，不认识，是一个白胡子老头在山路上拦住了他的车，让他捎到这里来，别的什么都没说。游小龙曾笑着对我说，这其实是老猎人写给村里人的信，他是想通过这种方式告诉村里人，他还活着呢，还记着他们呢，要是哪天再没有野猪肉野猪头送上门了，那便是他不在了。茫茫山林里唯与鸟兽做伴，死了便是山间一把尘土，多可爱的老头。

远远便听到游小龙在和我打招呼，扭头一看，把我吓了一大跳。有两个游小龙正朝我走过来，俩人特意穿了一模一样的衣服，身量也差不多，远远一看，好像一个人牵着自己的倒影走了过来。等走到跟前，才能看出，两个人的神情与气质还是略有不同。游小虎只对着我羞涩地笑了一下，然后便低头看手机，一句话都不肯多说了。我想，他可能知道我是知情人，所以在我面前难免不自在。游小龙说，小虎说他也想回老家看看，我说那就一起上山吧。

他们兄弟俩特意穿上一模一样的衣服，这给我一种仪式感，仿佛回趟阳关山是件很隆重的事情。我忽然想起在他家看过的那张他们小时候的照片，那黑白照片里有种时光深处的澄澈感，两个一模一样的小男孩，露出相同的表情，穿着相同的衣服，因为过分相似，看着又觉得诡异。现在，那黑白的照片里渐渐长出了颜色，长出了骨骼和气韵，那骨骼和气韵的下面还有一层什么东西硌着，即使隔着相片，都能感觉得到。

客车按点发车，空荡荡的车厢里就坐着我们三个人加一个司机。游小虎自觉地坐在了车厢最后面，好离我们远些。我发现他对游小龙是有些畏惧的，大约是觉得理亏。我和游小龙并排坐在一起，都用同样的姿势，扭脸看着车窗外面。开车的司机倒并没有像传说中那样，只要抓住个人就可以连说三天三夜，他只把自己埋进驾驶座里，自从客车启动之后，他好像就从那座位上消失了，只留下客车自己在山路上踽踽独行。偶尔听见他拿起水杯喝一口水，也只能听见喝水声，却看不到人影，好像是一个幽灵在开车，拉着一车厢的肃穆和安静。

我猜想，可能是因为他总是一个人寂寞地在山里开车，早已经习惯了车厢里空无一人，真的拉了几个人，又很快忘掉了车厢里居然还有人，不由得还是会回到空无一人的状态。客车在山路上上下盘旋，刚刚看到头顶上有棵树，一眨眼的工夫，那树已经跑到我们脚下了。客车体态轻盈，简直像一只大鸟在山野间滑翔。

森林从车窗外成片成片地掠过，一幕又一幕，连接成了一部流动的绿色电影，不时有鸟叫和花香扑面而来。走着走着，前面的峭壁上忽然跳出一枝火红色的野花，倚在陡峭处，妖媚地斜视着我们。河流若隐若现，时断时续地跟着我们，在开阔处，河流会忽然钻出来，两边芳草萋萋，河流在阳光下闪着金光。在山林茂密处，河流会忽然隐身不见，但就是在见不到河流身影的地方，依然能听到漫山遍野都是淙淙的流水声。

坐在我旁边的游小龙终于说话了，他看着外面说，这就是阳关山，我只要一做梦,就会梦到这里。我说,确实美。停顿了片刻,他又对着外面说了一句,你不要怪他们,他们只是这世上最老实巴交的一群可怜人,他们连自己的家乡都没有了。我故作惊讶地说,怪谁?他笑了笑,把车窗整个打开了,浓郁的花香涌进车厢里,我瞬间有种微微的醉意,感觉自己整个人都要被花香抬起来了。

只听他又说,你不了解他们,你知道他们为什么要拼命去保护一个杀人犯?因为他们知道杀了人是要偿命的,而这样一个杀人犯在大山里的时候,和他们没有什么两样,日出而作日落而息,每日种地放羊采蘑菇,饭市上和大伙一起吃饭一起吹牛,但这样一个人在下山之后却忽然杀了人,变成了杀人犯。他们觉得正是这个杀人犯把他们所有人的苦难都承担下来了,他把所有人即将遭受的磨难承担在了他一个人的肩上,他们觉得他是要替他们去死的,他就像一个全村人献出的祭品。他们对他有一种类似于宗教的感情在里面,所以才拼命要保护他。

我呆呆地看着车窗外,不知道该说点什么。不时有各种层次的绿色撞进我的眼睛里,从没有见过这么多这么丰肥的绿色,眼睛居然都有些适应不过来,我闭上了眼睛,于是,在黑暗中,那些花香更加浓郁了。我又听到了他梦幻般的声音,建新,你发现了吧,大足底这样的山村纯净得像个世外桃源,但也是世界上最幽深最黑暗的角落,有太多属于它的秘密。我早想把这些都写下来,可是不能,写下来我就成了他们嘴里所说的汉奸。在大足底,所有的告密者都被叫做汉奸,汉奸是要受到惩罚的,他们会把你驱逐出去,让你彻底无家可归。所以,我只能写给山间的鸟兽草木看。而你不同,你可以把这个山村里所有的秘密写下来,把它当做人类的一个文化标本记录下来,这些山民草木般的一生也算有了一点意义。就算是你替我写了,拜托你了。

我睁开了眼睛,看到放在他办公桌上的那个本子正伸到我面前。我一愣,却见他笑着说,这个本子就送给你了,因为你替它们看过了。我接过那本子，翻开第一页，只见上面写着："天之高，星辰之远，而人事渺茫。星一度可当两千九百三十二里，星辰之下众生平等，就连大足底这等弹丸小地，亦可仰观天象，俯察人事。星河浩瀚恒久，而人世荣辱转瞬即逝。"

我们已经渐渐进入了大山深处，林间的树木更加高大苍翠，时不时可见几个人都抱不过来的大树，老僧一般静坐于山林间。客车经过了一个又一个山村，但都没有停留，因为，既没有人要上车，也没有人要下车。那些散落的山村看起来都阒寂破败，门扉深掩，门口的荒草长了有半人高。有的山村已经彻底没有人住了，已经完全被树木和荒草所占领。有的山村还住着一两个老人，拄着拐杖，带着一条老狗，表情呆滞地坐在村口看着我们经过。有的山村废弃已久，土黄色的泥墙已经和大山完全融为一体，不细看根本看不出那里曾经是一个村庄。

游小龙也看着窗外，轻轻叹息道，你看，就算没有水库，山民们也会慢慢都迁移到山下去的，为了孩子们的教育，也为了生活得更方便些。再过几年，这些山村可能慢慢就都空了，慢慢地就被森林化掉了。

前方，更加阴森蓊郁的森林正朝我们扑面而来。

我说，小龙，你还记得你那次问我的问题吗？你问我这些山民是从哪里来的，最后又会到哪里去。我查了些资料，阳关山上的山民一部分是鲜卑族和匈奴留下的后裔，这山上曾有魏孝文帝的避暑行宫和牧马场，北魏灭朝后，曾有部分鲜卑贵族隐居在这山中，繁衍生息下来；另一部分则是战乱年代和饥荒灾年里躲避到山中开荒种地的流民。他们是被时代带进大山里的，最后也会被时代带走。你今天看到的城里人的样子，就是以后山民们的样子，他们会被时间慢慢化掉的。你看历史上不管发生过什么，最后都化掉了，慢慢化成了今天，今天的一切也都要化掉的，会化成将来，将来又化成将来的将来。你看，其实什么都没有死亡，只是换了个形式活着。

开车的司机一路上都没有说一句话，我怀疑他是不是睡着了，但客车一直稳稳地孤寂地往前行驶着，耍杂技一般翻越弯曲的山路。坐在车厢后面的游小虎始终没有说一句话，有几次我都忍不住偷偷回头张望，看他是不是已经从那里消失了，但他一直都坐在那里，一动不动地看着车窗外面。他看上去确实像游小龙落在水中的一个倒影。

客车终于停了，把我们三人放下之后，便一言不发地缓缓离去，背影越发孤寂。我举头张望四周，满目都是绵延起伏的苍翠山峦，四下里连一条小路都没有，也并没有看到任何村庄的影子。游小龙指了指前面的一座山，说，翻过这座山就到我老家了。

等到终于爬上山顶，却见一片绿色的湖水忽然出现在群山之间，山峦的倒影静静映入湖中，山水相依在一起，水鸟掠过时在湖面上划下一道水痕，那些倒影便被无声地揉碎，很快又重新愈合。我朝湖中扔了一块石头，湖面上荡漾起一阵巨大而温柔的涟漪，几只水鸟惊起，扶摇直上。我说，你们大足底村在哪里？他指了指湖水，温柔地笑着说，就在这下面。

我们三人站在那里都静默着，默默看着脚下的湖水和山峦。过了好久，游小龙忽然说，建新，你记不记得我上次和你说过，小虎说他就是要去死了，也要留一笔钱给我和母亲，结果他还真要想办法留一笔钱给我们。你猜他用的是什么办法？他去大街上碰瓷，见辆车就往上撞。结果你猜怎么着，那些汽车见了他就绕着走，都没人上他的当，你说他可笑不可笑？

我什么都没说，又往湖里扔了一块石头，又是一阵涟漪，然后，很快，那湖水再次悄悄愈合了。只听他又笑着说，这么多年他一点都没有长大，还是像个孩子，估计他也是实在没有别的办法了吧，居然会想到死人也是可以赚钱的。

我扭脸看了他们一眼，游小龙正使劲地笑着，站在他身边的游小虎却正一脸的泪水。游小龙又笑着对我说，建新，我特别希望你能把这篇小说写好，把我和小虎都写进去。我这辈子是当不了作家了，但我喜欢文学里的世界，它们一直陪着我，从没有离开过我，能活在那个世界里也挺好的。

我嗓子一阵发堵，把手伸进口袋里摸出烟盒，我点了一根，又递给他们，他们都没有接，游小虎静静地立在那里，游小龙站在他身后。一根烟快抽完的时候，我听见游小龙对前面的游小虎说，小虎，我们是双胞胎兄弟，也许我们本来就应该是同一个人，所以，你记住，我可以替你活着，你也可以替我活着。

这句话让我心里有些不安。我低头踩灭烟头的时候，忽然注意到他们的脚步，两人都面朝湖水，游小虎站在前面，游小龙站在后面，离他只有一步之遥。也就是说，只要游小龙轻轻一推，游小虎就会掉进湖里，溅出一阵涟漪，然后，湖面很快就会复原。而游小虎站到他前面，会不会也是故意的？我有些吃惊地看着他们，但他们只是静静地看着湖水，没有动，也没有再说一句话。

那次从山上下来之后，我就再没有去找过游小龙，他也再没有给我打过电话。在老家一晃就住了半年，直到我返回北京前一天的晚上，又去了他办公室一趟，和他道个别。他依然穿着白衬衣黑裤子，皮鞋擦得锃亮，桌上的梅瓶里插着几枝菊花，面前照例摆着酒壶和酒杯，他正趴在桌子上写着什么。见我进来，他对我羞涩地笑了笑，那笑容像极了游小虎。可他趴在桌上写作的样子又像极了游小龙。我和他道别，说明天我就要回北京了。他并不多言语，只微微笑着说，一路顺风，有空多回来。

我已经无法确认眼前的人到底是游小龙还是游小虎了。更重要的是，我发现我其实并不想确认。

于是，我起身，告辞，走出了那间办公室。我在黑暗中轻轻掩上了那扇门。

天体之诗

1

我试图真实地还原多年前发生在这个北方县城里的一起杀人案。

但我不是警察,不是医生,不是法官。

我只是一个拍纪录片的人,自己摄影,自己剪辑,大部分时候我的电影是没有多少观众的。我走过很多地方,有时候徒步,有时候搭汽车,有时候乘火车,几年前我在甘南草原拍片的时候还养了一匹马在草原上骑着。我在一个牧民家里借宿了一段时间,老牧民热情地问我结婚了没有,我说没有。他连忙说,那我把拉卜楞寺住持的侄女介绍给你吧,和你一样,也三十好几了,人家开着一家吉祥用品店呢,那可都是开过光的。我只好又改口,老伯,其实我已经结婚了。老牧民很不高兴地说,连自己结婚没结婚你都记不清楚啊。

骑着马离开甘南草原,我又朝着河西走廊的那些雪山走去。那些雄壮的雪山在阳光下闪着银色的光芒,如同神殿,让人不能不远远生出敬畏来。听说通往这每一座雪山的半路上都埋有几具冻骨,有几年前的,还有十几年前或几十年前的,都是些来朝拜雪山的人。每到春天,这些冻骨就会随着雪山的融化暴露出来,居然衣衫完整,然后又随着一两场大雪的到来继续封存在雪山深处。

雪山使他们的死亡看起来不像死亡，更像一种千年不朽的沉睡。还有更多的死亡就地成谜、成冢、成化石、成清风、成流云、成永生、成时间。

直到过了几年又返回北京之后，我仍然时常怀念在雪山上看星星的感觉。那种感觉来自即使知道自己会朝生暮死，但因为离诸神般的天体如此之近，竟会觉得再短暂的生也自有一种庄严感。

出来拍记录片之前我是北京一所大学里教影视课的老师。我终日在课堂上给学生们讲艺术电影，讲雅克·贝奈克斯影片中如古典油画般端庄而不羁的美感，阿伦·雷乃在电影中关于时间与记忆的暧昧与不确定性，路易斯·布努埃尔电影中的超现实主义与精神分析痕迹，卢奇诺·维斯康蒂深埋在骨血里的贵族气和那些傲慢优雅的镜头，阿巴斯电影中的极简主义，法斯宾德的邪性狂热，赫尔措格的幻想偏执，安哲罗普洛斯电影中如慢慢拉动的小提琴一样的长镜头，塔尔科夫斯基电影中藏在诗后面的对信仰和救赎的极度渴望。

然而有一天我终于厌倦了这一切。当我努力把自己穿得像模像样，以期更有尊严一点，站在讲台上热泪盈眶地讲塔尔科夫斯基的时候，坐在下面的学生却露出嘲讽的微笑。显然，他们觉得我讲的这些对他们来说是无用的。我孤独地站在讲台上，硬着头皮继续："塔氏电影反复在说的是一个主题，当宗教信仰不再，人类心灵麻木不仁，如何才能弥补这世界的裂痕。"多数学生只顾低头划手机屏。这些表演系的学生为了在话剧里抢得一个配角而使出浑身解数，以至于在谢幕之后的深夜里还久久不愿卸妆。女生们排队向一个不入流的导演献媚。一个真正有想法的学生写出了自己的剧本四处找不到投资方，最后找到的投资方却以霸王条款要求他签卖身契。

我感觉自己拖着庞大而不合时宜的身躯置身于人群中间，就像一只正在表演马戏的笨拙大象。同样是表演，登台却迥异。院里管教学的女领导找我谈话，学生们反映来的问题，说你讲课不要总这么严肃，现在的人都想要点轻松的东西。另外，还有人举报你在课堂上乱说话，我就顺便提醒你一句，不管什么时代，不该说的话就不要乱说，明哲保身总不是坏事。

我说，课堂上随便讲了几句实话便被记录并举报上去，倒是颇有风度。

女领导说，如果你以后说话还是毫不顾忌的话，就得考虑换工作了……其实对于知识分子来说，学学人家某某某的幽默风趣会开玩笑肯定不会有坏处，想迎合这个时代嘛也简单。

我忽然发现女领导的双眼皮是刚割出来的，忽闪忽闪，火眼金睛似的，看上去就像一个老女人的头上骤然冒出了一双十六岁少女的崭新眼睛。

那个黄昏，我久久地站在学校十七层楼的窗口望着窗外，远处是鳞次栉比的高楼，在阴郁的天幕下绘出一条灰暗无光的轮廓线，它看起来就像科幻小说里建在月球上的一座城市，颓败冷漠，散发着谜一样的气质。夕阳西沉，天边的光线渐渐消失了，取而代之的是星河灿烂，我似乎看到遥远的冰雪天体闪着寒光，绚烂的彗星正从夜空中疾驰而过。它们本是些呆板的丑石，失衡之后恰好经过太阳，便摇身变成壮美的彗星，与人世间倒也相映成趣。

我主动辞去了大学里的教职，脱离体制，背着一只大背包，扛着一台半旧的 EOS C500 摄像机开始了我的自由生涯。我已经交往了五年的女友自然没有跟着我一起辞职去流浪，但也没有立刻提出分手。我知道她还需要些时间去想清楚这一切。

就这样我独自远离了北京，全身被晒得黢黑，经常不刮胡子，头发很多天没机会洗，以至于后来都生出了虱子，身上的衣服也渐渐褴褛起来。我甚至有时候会被人当做流浪汉，而同时我被另一部分人叫做独立导演，据说现在独立的意思就是真实。

既然不再需要依附于什么，我便决定要说出一些自己真正想说的话。我要拍出一部能被人记住的纪录片。

为了找到这部纪录片，我走过很多地方，大雪纷飞寒鸦数点的北方，缠绕着榕树妖娆气根的濡湿的岭南，草甸上牛羊如珍珠洒落的巍峨雪山下，千里湖光渔舟唱晚的江南。一年又一年过去了，我仍然没有找到足以让我心仪的题材。眼看积蓄渐渐花光，我心里越来越恐慌，而曾经的生活不管到底怎样，都已经回不去了。为了维持生计，我不得不每到一个县城和乡村，就做点倒卖盗版碟的小生意，或者走街串巷地去做摄影师。我在乡村的流水席上给新娘新郎做过婚礼摄影，还在小镇的十字街头给那些为自己准备后事的老人拍过遗像。洗出的照片里的老人们都是阴森森的，好像正从另一个世界里看着我。可是在做这些事的时候，我又时时刻刻想撇清眼下这贩夫走卒的身份，想提着耳朵告诉对面的人们，我原来是个大学教师，我原来是在大学里教艺术的，我并不是应该专门做这个的。

不过他们正沉浸在喜悦或悲伤里，根本没有人想听我在说什么。这种感觉与在大学课堂上面对学生讲课的感觉竟出奇地相似。

我只好继续寻找下去。

2

有一天我来到了这个灰暗的北方县城，它叫交城。这个县城的边缘有一大片破败的工厂，工厂的后面是一大片阴森的树林。

工厂一进门的空地上摆着一台花花绿绿的旋转木马，木马身上的颜色已经斑驳脱落得厉害，但仍能看到它的主体部分曾经是金色的。我能想象到，这样一台金色的木马在灯光下旋转起来的时候，必定接近于流光溢彩、富丽堂皇。木马顶棚上绘上去的一幅幅简陋的图案，在旋转的时候会莫名地有点像绘在教堂顶上的圣经故事，肃穆的、光明的、半人半神的。所有旋转起来的木马一直都给我一种神秘的感觉，似乎都带着一种暗淡的神光。

现在，这台破旧的金色木马静静地被遗弃在这里，好像一个被埋葬起来的过时秘密，轴心里长着半人高的荒草，一看就是久没有人来玩过。估计是当初哪个无业游民看中了这块空地，把木马装在这里，想收点小孩子的门票钱，不料却人迹罕至，最后只得废弃。

金色的木马背后是月球一般荒凉的工厂废墟，废墟的背后是一轮血红色的大夕阳。就在那一瞬间，我站在那里忽然就被什么击中了。

我打开摄像机往工厂深处走去，我通过镜头看到一根根墓碑似的电线杆，一座座冰冷的钢炉，想来当年这些钢炉应该都是钢水奔流火花四溅的。一排排早已废弃的厂房，没有了玻璃的窗口黑洞洞的，像一张张无声的嘴巴，窗下的荒草有一人多高，弥漫着一种植物属性的杀气。这一排一排灰色的厂房和那台曾经金碧辉煌的木马偎依在一起，诡异地站在这早已被人们遗忘的时间荒冢里。

我试图向那厂房里张望，却只能看到锈迹斑斑的机器和蝙蝠的影子，还有大片大片铁一样的死寂，这里好像除了我再不会有第二个人。我又顺着楼梯上去，镜头慢慢摇动，我看到了休息室里墨绿色的木头长椅，油漆斑驳的铁皮柜，桌子上散落的铝饭盒、搪瓷茶缸、象棋里的车、扑克牌里的K，如同一场烟花之后留下的满地碎屑。镜头继续往深处移动，周围的一切越来越破败荒凉，我感到了害怕却又欲罢不能，就像有一种神秘的音乐正不断把我引向深处，顺着这音乐的纹路我怕忽然会走进某种梦境。

像一切废墟一样，时间在这里早已失去了意义，连瞬间都是凝固的。

继续往里走，在一间昏暗潮湿的大屋子里，我看到了废弃的澡堂，巨大的水池里长满暗绿的青苔和诡异的倒影，看起来神秘而恐怖，但这种神秘却更深地吸引着我。

忽然听到楼道里传来一阵断断续续的脚步声，我一惊，连忙走出去一看，楼道里正迎面走来一个人。那是一个五十岁左右的瘦小男人，脸上沟壑纵横，一只很大的编织袋把他的一只肩膀压了下去。他站在那里也正吃惊地看着我。我连忙解释，我是来这里拍电影的。他盯着我手里的摄像机看了半天，又上下打量了我一番，忽然干笑了一下，有些紧张地说，你是电视台派来的吗？我说，不是不是，我和电视台没什么关系，我是来拍电影的，我想把这工厂拍下来，没想到一个小县城里还有过这么大的工厂。

他听我说不是电视台的，便也懒得再搭理我，只是俯身把楼道里的一些破铜烂铁捡到了编织袋里。难得在这里见到一个活人，我想和他搭上话，就又补充了一句，你看这旧工厂还挺有意思啊。听到我这句话之后他却忽然冷笑一声，有意思？原来这县里十分之一的人口都在这厂里上班，后来这些人哗啦哗啦全部都下岗了，一个没留，你说怎么能没意思呢？我在他身后又追问了一句，那么多的人后来都做什么去了？

他晃悠悠回过头看见我正站在澡堂门口，忽然就无声地笑了一下，诡异地说，这里面你可别乱进去啊！我给你讲个故事，当年我们厂的工人下了班都要在这里泡澡，后来不是让我们都下岗嘛，不走也不行，都不给开支了，工人们就越来越少，来这儿泡澡的人也越来越少，后来就剩下几个人还来这儿泡澡，到最后就只剩了一个工人每天还要来泡澡。后来你猜怎么着，有一天这人泡完澡忽然就从澡堂里消失了。哪都找不到，至今也没找到这人。

我浑身一哆嗦，仿佛还能看到当年满池的热水中挤着熙熙攘攘赤身裸体的工人们。男人们白花花地泡在一个池子里，很是壮观。后来工人们越来越少，慢慢剩下了几个，慢慢剩下了两三个，最后，只剩下了一个工人孤零零地泡在一池浩大的水中久久不肯离去。我想不出这工厂里的最后一个工人究竟在这池子里泡了多久，他又是何时离开的。或者，他其实根本就没有离开过这里，他的骸骨至今还埋藏在布满青苔倒影斑驳的池底。

这种神秘的恐惧像一个水中的漩涡一样要把我吸进去，我拼命挣扎。在一阵轻微的眩晕之后我忽然明白过来，我终于找到了我想拍的东西。

血色的夕阳正在群山之上猎猎燃烧着，半个天空都被烧得像一座肃穆的希腊神庙，夕阳下的工厂看上去越发荒凉阒寂，像座远古时代留下的废墟。我和那拾荒的瘦小男人各自骑在一匹木马上，各自叼着一根烟，有一句没一句地闲聊着。一根烟抽完，他不愿说下去了，我又递过去一支烟，说，我再出一百，你再给我多讲点你们厂里的事。他骑在木马上，垂着两只脚，腿短，脚尖都够不着地，整个人看上去有一种谦逊的凄凉。他跳下木马跺了几下脚说，不是和你说过了吗，我没文化，嘴笨，不会说。当年我是顶替了我老子的班，十八岁就来这厂子里了，那时候进厂里那个吃香啊，谁不眼红。他眯起眼睛看着远处的群山，怅惘地看了半天才又说，不过有谁是长了前后眼的，真要是长了前后眼，人哪还用得着后悔，一眼就把一辈子看到底了。这样吧，你再给我加一百，我就告诉你去找谁。

我只好又给了他一百块钱，他嘴角叼着烟，把钱拿住，装进了口袋，又抽了两口，才慢条斯理地说，有一个人肯定知道得多，这人叫伍学斌，是我们车间当年的主任。

告别了矮个子男人之后，我又是兴奋又是紧张：兴奋的是，终于遇到了自己真正想拍的东西；紧张的是，资金是个问题。就是成本再低的纪录片也是需要花钱的，如果遇到矮个子男人这样的，他还会不停地要挟加价。思来想去，我不得不厚着脸皮给多年前的老友打电话，想问他借点钱。打电话之前把要说的每一个字都想好了，结果寒暄了半天却始终开不了这个口，于是没提一个钱字就慌忙挂掉电话。挂了电话又赶紧关了机，好像生怕人家会追着打过来一样。

半宿没睡着，吊着眼睛到天亮，然而到了第二天，我发现自己的银行账户里忽然多出来两万块钱。我吓了一跳，竟像做贼被抓了现形一样。我独自呆呆坐了半日，心里算想明白了，一定是老友在电话里听出了我的窘迫，便告诉了我在北京的前女友，一定是她打到我账户上的，因为只有她知道我这个账户。我们已经很久没有任何联系，我也不敢和她有任何联系，因为我怕和她联系的时候，我会后悔，更怕她至今没有一点后悔。

看到账户上有了钱之后，我做的第一件事便是走上街头先要了一大碗热气腾腾的羊肉面。一碗面居然几下就下去了，我在灯光下久久与那只空碗对视着，一种古怪的轻松感伴随着尊严的失去反而充斥在我身体的每道褶皱里。我索性又要了两瓶啤酒，走出小饭店，坐在路边，一边喝啤酒，一边看着来来往往的行人。一个骑自行车的差点撞到我身上，我坐在夜色里挑衅地骂了一句，没长眼睛啊。对方停下打量我一番，骂了一声醉鬼便走了。我只是想引来某个路人对我的攻击。在这个再平凡不过的夜晚，我如此强烈地想被当作泥土，当作灰尘，当作树叶，而千万不要被当作人类。我在这个夜晚单单只是不想被当作人类。

我并没有向她道一个谢字，因为眼下我只希望能被她遗忘甚至遗弃。我发现在这世界上被人遗弃居然也具有一种近似于狂欢的气质，带着沉醉、喜悦、烂熟与辽阔的堕落。

我按矮个子男人说的地址一路找到位于县城西南的棺材街，老车间主任家门上却挂着锁。他邻居的一个老太太正坐在门墩上晒太阳，她像只猴子一样用手搭了个凉棚看了我半天，才张开没牙的嘴，走风漏气地说，扛着这个你是来拍电视的吧？你是电视台的？这么说是老伍要上电视了？我说，啊，那个，那个。老太太已经又把话抢过去了，老伍出名了？那快不用等了，去北面找他，一直往北走，就能看到一棵老柏树，他肯定在那儿撞背呢。他又没地儿去，天天都长在那树上，天黑了他还要绕我们县好几圈，你还能等到？

我顺着老太太的指点一直往北走，果然远远就看到了一棵巨大的柏树，看上去怎么也有一千多岁了，老态龙钟，几个人怕是都抱不拢，像是这个县城的老祖母，从树梢到树根的每一寸树皮下都散发着一种介于树和妖之间的气息。我走近了才发现，大树下确实有个老头正使劲地把自己往树上摔。树太大太老，衬得树下的老人如蹦蹦跳跳的顽童。只见他摔背、摔肩膀、拎起自己身上的任何一个器官都咣咣地往大树上摔。我曾听说过是有这么一种流行一时的保健方法，但在这里猛然看到有个真人真这样把自己咣咣地往树上摔，好像有仇一样，还是吓了一跳。老头起先并没有注意到我，他再一次摆好架势，很投入地把自己整个人摔出去。我忽然在他身上看到了一种绝望而炽烈的东西，就好像他的整个人都被逼到一个最狭小的格子里去了，把自己摔到树上已经变成了一种宣泄、乐趣、热情、癖好，一种激烈的狂怒。然后，当他再次提气、转身，准备往树上撞去时，忽然看到了几米之外扛着摄像机的我。

他警惕而兴奋地盯着我，准确地说是盯着我的摄像机，他审问道，你扛着这个是要干吗？

我舔了舔嘴唇，正准备耐心地解释我想拍一部关于工厂的电影，可是我刚开口就被他打断了，他说，我知道了，你是来拍电视的。我忙说，是电影。他说，哦，拍电影的？电视和电影也差不多。我看你年龄也没多大吧，就一个人能拍电影了？啧啧，拍电影不是要很多人吗？你们拍的电影是不是都要在那种城里的大电影院放啊？那种大电影院我就去过一次，好家伙，那个大呀，上下两层，那得坐多少人才能坐满啊。

我思忖着他这架势是不是准备问我要很高的报酬，我忙说，您说的那是大众电影，我这种纪录片上不了大影院的，不会有什么票房，我就是希望拿出去能在电影节上获个奖。

　　谁料他更加兴奋起来，好像整个人都要扑到我脸上来说话，获奖好啊，一获奖全中国就都知道你的电影了，你看什么金鸡奖啊百花奖啊多风光。你想拍工厂里的工人？哈哈哈哈哈哈，太好了，你找对人了。你想拍什么都告诉我，你想怎么拍就怎么拍。这儿不行？那就不行，走走走走走，到我家去拍。

　　说完他便极热情地引路，还要帮我拿摄像机，搞得我不禁有些心虚，这样的热情里好像应该有诈一样。他一路上都在向我絮絮叨叨，且每见一个人都一定要停下来打招呼。

　　"那都是十几年前的事了，忽然就让我们下岗。我开始还以为自己怎么也是个车间主任，还是个八级钳工，再难的活儿也拿得下，别人都下了岗也轮不到我呀，后来才知道一样，都一样，最后整个厂里就没留下一个人。都不发工资了那还能怎样？有人说要去县长家门口上吊，还有人说要每天去堵县长的被窝，让他光着屁股跑来跑去，最后还不是都乖乖下岗。下岗后？我什么都干过，摆过袜子摊，卖过红枣，养过鸡，修过电器，开过三轮，还离了个婚，老婆不跟我了。人家要走我也留不住，我一个破工人。怎么养老？我早就是老头子了不也活着？"

　　"忙什么呢？哎，张三，和你说，这是个从北京来拍电影的导演，人家要拍我呢。"

　　"后来我儿子长大也工作了，我的退休金也慢慢涨到一千多块钱了，饿不死就行，我不想再那么像只鸡一样不停地从地里刨食了，大不了就少花一点，少穿一点，少吃点好的。人心哪有尽头。"

　　"不是拍电视的，是拍电影的，要在电影院放的那种电影，到时一定去看啊。人家是个导演，要去我家拍去。不是我请来的，是他自己找上门的。"

"但不刨食了也得给自己找事做啊，你说我们这种半截子已经入土的人还能做什么？我以前就喜欢给人修理个东西，修个录音机修个手表都没问题，但现在都不时兴修东西了，坏了就扔了，再买新的。老工友们让我再找个老婆，找老婆又得花钱，又怕我儿子不高兴，做饭洗衣我自己都会，想想还是算了。还是身体是本钱，身体都没了，别的都扯淡。为了有个好身体，我先是跟着寺庙里的老和尚练了几年武术，看人家老和尚都能活一百多岁，还顿顿一大碗饭。练着练着觉得山上清净，就干脆到玄中寺里做了两年的居士。后来觉得在山里待久了太孤寂，就下山了。山中一日，世上千年啊，下山了才发现原来一个厂的老工人们已经哗啦啦死了一半，活着的也都老得不成个人样了。听说还有一个得了抑郁症，一天到晚疑神疑鬼，还老想着怎么能跳楼，身边得寸步不离地守着人。结果你猜呢？就是家里人眨了个眼的工夫，他就吧唧一声真跳下去摔成了肉饼。你看看要一个人死容易不容易，其实和拍死一只苍蝇差不多。"

"已经吃过饭啦？人家可是个导演，拍电影的，现在去我家拍去。一会儿过去看哪。"

"我以前厂子里的那些老工友，有的子女有出息的给他们钱，他们就有钱买保健品吃，据说吃了之后一年到头都没有个发烧感冒的。我没钱，买不起，保健品都死贵死贵，我怕自己也哪一天忽然死了怎么办，我的任务还没有完成啊，那就得想办法锻炼身体，所以我一天到晚就想着怎么把身体搞好。我每天早晨五点起来就绕县城跑一圈，晚上再绕县城走几圈，一直走到半夜，有人半夜撞见我还吓一跳，好像我是个夜游鬼一样，呵。后来听人说这千年的古柏有灵气，已经差不多成精了，多撞树就能吸到它的精气，我反正也没事干，就一天到晚想法儿锻炼身体，要么就练武术，要么就跑步，要么就散步，要么就去撞树。我一天到晚都不怎么在家里，要不你看见我锁着门呢。"

开了锁，进了屋子，摄像机开着，我环顾了一下四周，屋里很简陋，有几件二十世纪八十年代自己打制的家具，一张暗红色的木床上摞着一床花棉被，墙上贴着一张花红柳绿的娃娃年画和一张世界地图。他进门之后又是给我倒水，又是拿塑料袋里储存的花生。我说，老主任，不忙不忙。他说，先吃着喝着好说话。见我不动，又抓过一把花生剥了壳送到我手里，说，吃啊，多吃点。我只好吃了几颗。倒好水之后他端坐在我对面的一把椅子里，双手扣在腿上，忽然就抬起头很紧张地看着我说，导演同志，我求你件事，我求求你一定要把我拍进电影里去，等你获奖了，全国人民就都看到我了。我想出名，你的电影一定能让我出名，只要能让我出名，你让我做什么我都愿意。

我心里为遇到这么想出名的老人暗暗叫苦，嘴里忙说，老主任，你误会了，我只是想拍一部能说真话的电影，肯定是小众电影，还不知道会拍成什么样子，更不敢想着能出名了。他见状忽然起身打开衣柜，在最下面的角落里摸索了半天才摸出一点东西，然后恭恭敬敬地捧到了我面前。我一看，是一个纸包，他把纸包一层一层剥开，最里面露出了一卷皱巴巴的钱。我立刻被吓了一跳，只听他急切地说，导演同志，我一个工人也没什么钱，就攒下这么一点，你要不嫌少就都拿去吧。还有这屋里的东西，你看着什么好就都拿去吧。我还会打家具，你以后要是需要家具，我帮你打。

我吓坏了，目瞪口呆地站在那里，说，老主任。

他也不好意思再看我，只管对着我身后的一大团空气说，以前我年年都是先进工作者，我有证书，都给你看。说着立刻开始翻箱倒柜，他从床底下拖出一只箱子，从里面取出一摞满是灰尘的先进工作者证书，一边塞给我看，一边连声问，你看我没有骗你吧？我说的都是真的吧？我可年年都是先进啊。这些证书管用吗？你听说过吧，三年一个精车工，十年一个烂钳工，钳工想做好那是很难的，可我会自己设计、制图、排工艺，像锻造、铸造、车、铣、刨、磨、镗、铆、焊、钣金下料这些工种我都很熟练，就连丝杆我都车得了，别人能行？年轻的时候，我还参加过省里的青工钳工大赛，得了第一名，给你看，就是这个证书。你不是想拍厂里的工人吗？那你找我真是打着灯笼都没有的事。

因为紧张和激动，他的两片嘴皮子都在哆嗦，以至于连字都要咬不住了。我刚又好不容易插了一句，老主任，他就已经蹲下身子又拖出一只箱子，打开了，里面是旧笔记本、旧车票、旧头灯、旧手套，以及各种发黄的票据、一堆锈迹斑斑的工具，居然还有一摞几乎没有用过的名片。他哆哆嗦嗦地从那摞名片里拈起一张，像看别人的名片一样，眯起眼睛仔仔细细端详了半天，才半是自豪半是感伤地交到我手里。我拿起一看，上面印着他的名字伍学斌，职务是副厂长。他说，其实我不想说的。当年我刚刚被提拔成副厂长，名片都印好了却要下岗了，一张都没有用过，就再没机会用了。

拈着这张名片我已经不忍心再开口了，同时又为能拍到这样的镜头而暗暗窃喜。见我不说话他更慌了，说，还是不够，是吧？你不要着急，你先坐下吃着喝着，让我再找找，再找找。我说，不是这个意思，不是这个意思。他立刻回头警惕地看了我一眼，像是怕我会跑掉，又掉头趴在地上撅起屁股继续在床底下寻找。我用摄像机拍下他的一举一动，一边窃喜一边又愧疚，结果舌头越发不管用。这时他忽然像变魔术一样从床底下又拽出一样东西。

这次是个推光漆的朱红樟木盒子，掸掉尘土之后还能看到盒子上绘着白牡丹的图案。盒子慢慢地庄严地在我面前打开了，一股浓烈的樟脑味扑面而来，我有些紧张，觉得里面正蛰伏着什么古老而艳丽的有毒生物。却只见里面静静卧着一团驼色的、毛茸茸的、安静的东西，像一只小动物。再仔细一看，原来是一件手织的毛衣。只见他使劲一咬牙，便把那件毛衣拎了起来，像拎起一具动物的尸体一样展览给我看。他对我晃着那件毛衣，除了眼睛邪亮峭拔，全身都在加速向着某个方向坍塌下去。他说，我看出来了，你不愿意把我拍成先进工作者，不愿意把我拍成好人是吧？没关系，真没关系，你把我拍成坏人也可以，只要能出名。看到这个了吗？这是当年我在厂里的相好给我织的，我有过一个相好的。我怕老婆知道就藏了起来，一藏这么多年，这毛衣我都没舍得上过一天身。我们偷偷好了好几年，厂里也没几个人知道我们好过，只有几个能割头换肉的弟兄知道。后来就这么过去了，十年前她就得癌症死了。

他眼睛里的邪亮轰然坍塌下去。我开始感到一种真正的难过，我口干舌燥地说，老主任。

他抬起眼睛盯着我，这次是一个真正的老人的目光，疲惫、浑浊、恐惧、无措。他说，你想说还不够是吧？那我再告诉你，这些工具，你看到了吗？这些生锈的工具都是我当年顺手从车间拿到自己家里的，就这么放着放着生了锈。那时我年年是先进工作者，是车间主任，可没人知道我还偷过厂里的东西。没事的，你不想把我拍成好人，那就把我拍成一个坏人，一个恶棍，偷厂里的东西，背着老婆搞相好的，到我那相好的快死的时候我都没给她一分钱，坏吧？坏不坏？只要能让我出名，拍得再坏些都行，我不怕。

我说，老主任，你……

他再次打断我，我知道你想问什么，睡过的，我和她睡过觉的，我们每次就在厂子后面的那片小树林里，那树林里有一层厚厚的落叶……你到底想知道什么？是不是还想听树林里的细节？没问题的，我都讲给你，每一句话我都会讲给你。

说到这里他的声音猛然被喝住了，就像被一团什么坚硬的东西硬生生地堵回去了。那件毛衣还是像刚才那样被他拎在手里，它就像一张刚刚被剥下来的兽皮一样血淋淋地挂在那里，正一滴一滴地往下滴血。我似乎都能听到那滴答滴答更漏将阑的声音，像雨滴拂过树梢，像鸟爪落入雪地，有一种极深极静的悲伤正缓缓流动在里面。

我们面对面久久站着，他不动，我也不动，他不敢看我的脸，我也不敢看他的脸。只有摄像机无声地注视着我们。我们像遥遥站在一条大河的两岸，只从水中依稀可以看到对方波光粼粼的倒影，却不忍去看清楚，似乎此时看清楚了便是要把对方置于死地。

好像有几个春天从我们中间踩踏过去了，又有几个秋天也过去了，他终于疲惫地把那件毛衣收了回去，用两只手轻轻摩挲着那团毛茸茸的驼色，忽然就用彻底坍塌下去彻底抽掉骨头的声音冷清清地说了一句，连这也不管用，是吗？

3

晚上，他一定要留我在他家喝酒，我也不推辞。两个人都像是刚从战场上撤退下来，身心俱疲。坐在昏黄的灯泡底下推杯换盏了几个回合，便渐渐都有些醉了。最初的几杯他还很矜持，小心翼翼地，试探性地抿了两小杯，就像一个人正站在水池边试水温，但很快地，他便渐渐沉入水中了。先是两只脚进去了，然后是全身进去了，再然后连头也埋进去了，他整个人都完全浸泡在了酒精里。他说，这是我到杏花村打的原浆，七十度，这才叫白酒，你放开喝。有人不抽烟不喝酒，你说要是连酒都不喝了，这人活着还有什么意思？还有什么意思？

很显然，这种彻底的浸泡很快让他获得了某种安全感，他甚至有些贪恋于其中都不肯出来了。他酒喝得越来越快，就像正在自己身上点燃一种加速度，即将把自己发射出去。果然，不一会儿他就醉了，他开始反反复复地念叨一些话，导演，我这辈子也没求过什么人，但求你了，你就让我上一回电影让我出一次名吧。十五年就这么过去了，我一年一年地等，就这样等了十五年。这十五年里每次觉得活着实在没什么意思的时候，我就告诉自己，有点耐心，再耐心点。导演，你用十个指头数数十五年有多长，十个指头都不够用的，还得加脚指头。别人都笑我这么大年纪了跑步还跑得比谁都欢，真是比谁都怕死，你们真以为我怕死吗？死还不容易？我要想死随时都能死。可我不能死。但你别以为我就真的什么都不怕，我怕的东西太多了，那件毛衣，那沓名片，都是我怕的，这么多年里我碰都不敢去碰它们，只敢把它们藏在角落里，让它们永不出世。可是今晚我全豁出去了，全部。你知道我为什么全要拿出来抖搂给你看吗？你知道是为什么吗？你肯定不会知道的，你怎么会知道？

他想把脸凑到我跟前，却一下从椅子上滑了下去，跌坐在了地上。他又歪歪扭扭地爬起来，摇摇晃晃地站到椅子上，挥舞着手臂，笑嘻嘻地看着我说，导演，活着不容易吧？不怕，来，我给你唱段戏吧，我们喝着酒唱着戏，阎王来了也不怕……为剿匪先把土匪扮，似尖刀插进威虎山，誓把座山雕埋葬在山涧，啊啊啊……

猛然他连人带椅子一起栽倒在地上。他也不起来，就用那个跌倒的姿势一直躺在地上。我先是大笑了两声，然后又踉跄着过去扶他，结果被他一把抱住了肩膀。他抱着我的肩膀先是安静地靠了两分钟，然后忽然就开始号啕大哭，他哭得一把鼻涕一把泪，把胸前的衣服都哭湿了一大块。他的哭声好像要活活把自己撕扯成几块。他边哭边说，你知道我为什么要把自己最害怕的东西拿出来展示给你看吗？因为如果不拿出来给你看一眼，它们就只能跟着我入土了，它们就和我一起被埋在地底下，永永远远地消失了，永永远远，就好像我们这些蚂蚁一样的人从来就没有来过这世上。所以我要把它们展览出来给你看，我求求你把它们都拍进电影，我想让它们能被更多的人看到啊。那件毛衣，你一定一定要把它拍进你的电影里，我不怕丢人不怕被人骂，我就想给它在这世上留下来一个纪念。那和我好过的睡过的女人，我什么都帮不了她。她和她男人也都下岗了，一家子忽然没有了活路，那男人身体也不好，后来她就跟着出去站街了。当时有不少女人去做这个，年龄越大的越便宜。我在街上看见她站在那里，穿着一件她最好的衣服，就明白她也去干这个了。我知道她那时候最希望的是我能绕路走，假装没看到她，我知道她最怕的就是我会给她钱。后来我就真的每次都绕路走，我们连面都再也不敢见了。又过了几年她就无声无息地死了，听说是得了癌。到死我都没有再见她一面，也没有给她一分钱。就这么过去了，一个人就这么过去了。她留给我的就这么一件毛衣，是她一针一线织出来的，我没有舍得穿过一天。可是我为什么要翻出来给你看，还让你拍下来？不是因为我不要脸，不是因为我不是人，我只是想替她在这世上留下一点点纪念，纪念像她这样的人曾经也来过这世上一遭。

他哭得上气不接下气，几乎瘫倒在地上，然后又开始呕吐，把衣服上、地上，吐得到处都是。我也醉了，歪倒在他污浊不堪的身上，被刺鼻的酒精味和秽物味包围着，却忽然感到了一种奇特的、从没有过的丑陋满足。不远处的摄像机安详地注视着我们的一举一动。三年了，我已经出来三年了。我掏出手机终于按下了一个烂熟于心的手机号码，是我在北京的前女友的电话，虽然这个号码我太过熟悉，这却是三年里我第一次给她打电话。听着电话里等待的嘟嘟声，我想，三年是什么？三年足够一个人出生，足够一个人死去，足够一个人开始变老。而对于我来说，这三年的时间更是如广袤的苍穹一般接近永恒，在质地上更像海水，像音乐。

她终于接起了电话却并不说话，无边无际的沉默。我明白了，她身边有男人。我说，那再见了，便挂了电话。

早在一年前就听北京的朋友说，她和一个有钱的老男人住在一起了，只是好像还没有结婚。我无数次地想象过怎么给她去电话，甚至连先说什么再说什么都想了无数次，我是应该感谢她雪中送炭，还是应该告诉她，给我点时间，直到我能拍完这部电影。然后呢？然后告诉她我有一天会把钱还给她还是祝她幸福。但是直到今天晚上，才是三年里我第一次给她去电话。我知道不会再有下一次了。

我身边东倒西歪的老人把头埋在两腿间，像一只羽毛掉光的驼鸟。他以为电影根本还没有开始，却并不知道，从我见到他的那一刻起，他所有的表情、所有的动作就都已经在摄像机里了。它不仅在观察着他，也在观察着我。我对着摄像机的镜头更深地笑了起来，我忽然发现在这部电影里其实我也是一个角色，而且如此真实。我扛起摄像机，拉起老主任就跌跌撞撞往外走。我说，老主任，这世上的事情你哪管得过来，走，不如跟我看星星去，我心情不好了就去看星星，你看天上的星星有多少啊，地球也是颗星星。

外面是无边的黑夜，夜空里有寒凉的星光，我丢下老主任，开始拍墨青的夜空，拍街头的小贩，拍拥抱的恋人，拍颓败的工厂还有那金色的木马。这种感觉就像在写诗，就像一个钢琴师在琴键上随便弹奏自己编出来的一串音符，我甚至不知道自己拍的到底是什么，我也不想知道，我只知道此刻我是如此地需要它们，就如同圣徒置身于教堂，只要能听到所有与圣诞有关的依稀的音乐，那便是最大的安慰。活在这个世界上，多少人需要这种圣诞式的安慰，比如那举着毛衣让我看的老车间主任，比如他那已经死去的相好，比如我那在北京的前女友，比如此刻的我自己。

我对着无边的夜色拍下一个悠扬缓慢的长镜头，镜头里有黑夜，有蝙蝠，有树影，有星光。我一连拍了两遍，缓慢、庄重，如同在钢琴上弹奏一曲《圣诞忆旧》。

第二天早晨，我哆哆嗦嗦从路边爬起来，发现自己就在路边过了一夜。到了老车间主任家里一看，他上身还是昨天那件衣服，下身却只穿着一条花短裤，他正坐在桌子旁边发呆，浑身还散发着宿酒的难闻气味。

我吓了一跳，说，老主任，你怎么穿了条短裤坐着？他连忙往自己下身一看，惊叫道，我没穿裤子？我都不知道我居然没穿裤子。那我的裤子呢？肯定是被人扒走了。昨晚喝多了，也不知怎么就跑到大街上睡去了，后半夜被冻醒就自己走回来接着睡。真是喝多了，我醒来坐在这里半天了都没发现我居然没穿裤子。我抱歉地说，哎呀，昨晚是我把你拉出去的，打算带你看星星，结果我自己喝多了也睡在大街上了，都没管你。他说，不碍事不碍事，肯定是哪个可怜的流浪汉连条裤子都没有，马上天就冷了，就当送给他了。我昨晚喝多了，说了什么我自己都忘了。我说，老主任，你什么都没说。他说，不过酒后的话大部分是真的，倒是也可以信。

我反倒不知道该说什么了。他又说，你进来的时候我正在这里醒神呢，酒还没醒，所以也没觉得腿上冷。我说，我也喝多了，不过运气还真是好，醒来一看，摄像机还抱着，居然没丢，真是走大运了。他显然根本没认真去听我在说什么，只是带着一身宿酒气，光着两条腿迟钝地杵在那里，又定了会儿神，才像下了什么大决心一样，咬着牙狠狠对我说，看来我就不是你想拍的那个人，反正好人坏人你都不想拍。

看着他的目光我忽然有些害怕，不知道他下一步要干什么，于是忙说，哪有哪有，你就很合适，我特别喜欢你那件毛衣。

他忽然阴冷地盯了我一眼。我打了个寒战，手心出汗，忙补充道，我是说你毛衣的故事，不是毛衣。他又盯着我看了好一会儿，才终于把目光挪向别处。他对着空空的墙说，你不想拍我，我不会勉强你的，总不能把你吃了。就在刚才，我倒是忽然想起一个人来，我觉得她肯定是你想找的人，我给你打包票。她原来也是我们厂的女工人，叫李小雁。她父亲原来是我们厂里的老工人，当年死于厂里的一起事故。她初中毕业没多久就去南方打工养家了，一个人在外面闯荡了总有十来年了，有一天忽然又回来了，还哭着喊着要进厂子当工人。因为她父亲死于工伤，就把她招工到了我们厂里。其实那时候我们已经听到厂子改制的风声了，只是还不信。她就是那个时候进来的，那时候她都有二十七八岁了，还没有结婚。结果她到了我们厂没两年，厂子就不行了，开始下岗了。她就每天往厂长那里跑，想求着厂长不要让她下岗，听人讲她后来在厂长面前把衣服都脱光了。但这也没有用，最后还是得下岗。她就和厂长约好，下班后在一个车间里见面，她要和厂长最后一次谈谈。结果你猜怎么着，两个人给谈崩了，李小雁在气头上一把把厂长推进了车间的电解池里，几分钟的时间里厂长就连人带骨头都被电解液化掉了。一个人就这样死了，尸骨无存啊。当然李小雁是不可能承认自己杀了厂长的，但正好那天就在那车间里还有个工人因为忘了什么东西又返回去拿，正好看到了杀人现场，后来就是这个工人出来做了证人。李小雁自己也承认了，于是就被判了二十年有期徒刑。后来大概在里面表现好，又被减了几年刑。我为什么想到这个人呢？是因为再过十来天就是她出来的日子了。我一直都记得这个日子呢。她在里面都十五年了，进去的时候也就三十岁，等出来的时候得有四十五岁了。我们厂长死了竟然也有十五年了，那样好的一个人。

　　末了，他稍稍犹豫了一下，却还是对我说，我那件毛衣，你要不要再拍一次？我也稍一犹豫，最后还是说，老主任，差不多了。他不再说话，也不再看我，只是挥挥手，示意我和我的摄像机可以走了。

　　我赶紧扛着摄像机连滚带爬地离开了。

　　就这样，我又循着老车间主任的话，开始在棺材街上四处寻找李小雁的痕迹，因为听他说李小雁从小就是在这条街上长大的。这条街本来不叫棺材街，反而有一个器宇轩昂的正派名字，兴华街。它在一个县城里其实不算老街，一排排低矮的宿舍平房一看就是二十世纪七八十年代建的，没有磨得油光水滑的老青石板路，没有挂着铜风铃的飞檐，这里是随工厂一起兴起的工人区。九十年代末工厂倒闭之后，这条街也便跟着衰落，渐渐沦落为县里的殡仪一条街，就被人们喊成了棺材街。我在棺材街上一连游荡了数日，加上老车间主任从中帮忙介绍，我逐渐打听到，李小雁有一个弟弟和母亲还住在这条街上，弟弟四处给人打工，一家人的生活也很窘迫，母亲则因为脑萎缩几年前就已变得痴呆，都不怎么认识人了。

棺材街上。

老年妇女甲（退休老教师）：你说李小雁啊，怎么不认识，我就是她初中时候的语文老师。这个学生上学时不怎么爱说话，喜欢在日记本上写点诗歌，春天花开了她要写首诗，下点雨她也要写首诗。因为这个我还说过她，我说日记就要好好记事，不能写首诗歌就应付了。不过她个人资质很一般，虽然学习刻苦，但是功夫用不到点子上，考试成绩一直也就是班上的下游。这样的学生考不上大学是很正常的，所以李小雁初中毕业就不上学了。我记得那时候经常让她帮我擦黑板，因为她特别听话，你和她说什么就是什么。她也很愿意帮老师干活，可能生怕自己成绩不好被老师瞧不起。你说这样的学生能去杀人，还把人推进盐酸池里？我怎么也不能把这种事想到她头上去，听说她最后还真坐了牢，到现在都没出来。

中年妇女甲（县医院B超科大夫）：我和李小雁小学初中都是一个班的，又住在一条街上，我太了解她了。她是那种不太聪明的人，但自尊心强，就知道死用功。上初中的时候，我们班有个女生学习成绩特别好，李小雁就什么都学人家。那女生早早去学校背英语，她就去得比人家更早，也在教室里背英语。那女生中午要做会儿作业才走，她便走得比人家还晚，连午饭都要吃不上了。晚上睡觉前她还要跑到那女生家门口偷看一下她屋里的灯灭了没有，如果没有灭就说明人家还在看书，那她也不睡了，回去继续看书学习一直到半夜。她一心要做好学生，就这样学习也不好。所以班上的男生们都喜欢捉弄她，我记得那时候他们经常走在她后面忽然揪她的头发玩。初中上完她就不上学了，那时候大概正是八十年代的尾巴上，听大人们老说下海下海的，流行个体户，她便也跟着别人去了深圳打工。我考上卫校之后她还从广东给我写过一封信，说很羡慕我什么的，里面夹着一片干花瓣，她在信中说是木棉的花瓣，北方没有。我也没回信。后来我们之间就再没有过联系。偶尔想起小时候，我还觉得心里挺过意不去的。人小的时候不懂事嘛。再后来就忽然听说她杀了人。她这人虽然不聪明，但从小那么上进，所以她能杀人，我还惊讶了好一阵子。

中年男人甲（杂货店小店主）：我们是初中同学，上学的时候李小雁确实经常被班上的男生们欺负。我记得有一次我们跟在她后面追着她跑，要拽她的头发玩。因为那天她梳了条奇怪的辫子，学校里从来没见有人梳过，她还在辫子上绑上路边采来的野花。那时候哪有女生会把野花戴到头上去学校的？她摘个花草、捡个树叶、捉个蝴蝶什么的，都要夹在本子里，等树叶干了还在上面写上诗。我见过她用的一条手帕上都用毛笔写上诗，你说那还能用吗？一擦不都擦到脸上了。还往死里用功，学习也不咋地。她人也不坏，可那时候我们为什么都讨厌她呢，现在想想，可能就是觉得她老是在做一些她够不着的事情，像活在梦里一样，有时候觉得她都不像个真人。我们那时候欺负她其实也是一个看一个。

中年男人乙（县教育局职工）：我就记得李小雁特别喜欢写诗，这在中学生里还是不多见的。有一次交日记的时候她又交了一首诗，被语文老师批评了一顿，说她偷懒耍滑，分行写了几句话就当一天的日记交上来了。老师还把那首诗当众读了一遍，那诗也不见得多好笑，就是些树啊云啊眼泪啊，无病呻吟的东西，但全班人都笑成了一团，都觉得可笑得不行，以至于我后来好多年里都不敢向别人承认自己也是喜欢读诗的。后来我在师专读中文系的时候，不知怎么有一天想起李小雁，我心里忽然就一阵难过。就连她后来的流浪、杀人、坐牢，都和别人不一样，有点像俄罗斯小说里的生活。其实啊，我觉得她还真是个有诗意的人。写诗本来就不是一定要聪明人干的事，你想太聪明的人哪有心思每天看花看树叶看月亮？因为这个世界给聪明人的机会太多了，他可以去做很多事，写诗显然没什么用。

中年妇女乙（焦化厂会计）：我们以前是同学。李小雁这个人哪，一方面比谁都听话，别人告诉她什么就是什么，好像很容易被人摆布；另一方面，她无论怎么听话，都还是和别人不大一样，不知哪里就是有点别扭劲儿。要不你想她一个女人家后来怎么会去杀人呢？杀人那可不是谁想杀就能杀得了的。

李小雁出狱的那天，我一大早就去了郊外，在监狱门口等着接她。监狱的大门开了，我看到一个穿着一身灰色囚服的女人夹着一只小包怯怯地站到我面前。在见到她之前我已经把她想象了无数次，可是等她终于站在我面前了，我还是没法把眼前的女人和想象中的那个对上号。她看起来枯瘦胆怯，不敢正眼看人，脸色暗黄，短头发里夹着半头白发。我努力对她笑着，是李小雁吧，他们已经和你说过了吧，我就是来接你的那个人。

她都来不及看清楚我的脸就急切地说，你能帮我买身衣服吗？我以后还你钱，让我先把这身上的衣服换掉。我打开随身背的包，取出一套女人的衣服递给她，说，前两天就给你买好了，就是不知道合身不合身，先试试吧。她接过衣服连个谢字都不说，就急匆匆躲进附近的树林里换衣服。我抽着烟等她出来。尽管我已经在尽可能地降低这部电影的成本，但李小雁对我来说是这部电影里最关键的一个人物，我必须得取得她的好感。

她穿着一身换好的衣服出来了，因为她太瘦，衣服还是显得大了一点，袖子得挽起来两圈，整个人装在里面空荡荡的。我说，唉，还是买大了，真是抱歉。因为已经脱下了囚服，她脸上的神情不似刚才那么紧张，只是手里还团着那身换下来的囚服不知所措。她没去听我在说什么，只是求助地看着我说，怎么处理？扔了还是送给什么人？

　　我扔掉烟头，接过那身囚服扔到了附近的一个垃圾堆上。我说，你不舍得扔掉，难道还想送给别人来穿？她站在我面前一直不敢看我的脸，只说，我是看衣服还好好的，扔了可惜。片刻之后她躲着我的眼神慢慢走到了我面前，似乎犹豫了几下，才下了决心一般忽然说了一句，那个，你能借我点钱吗？她语速很快，似乎生怕说慢了就说不出口了。我微微一愣，她感觉到了我的犹豫，立刻抬起头来直直地盯着我，脸上是一种暴露无遗的、毫不设防的乞求，你能先借我点钱吗？等我一有了钱就还给你。不用多，我就是想买点吃的回去看看我妈，我弟弟写信说我妈还活着，我已经十五年没有见到她了啊，我都想不出她已经老成什么样子了，我觉得她能活下来就是在等我。

　　我用租来的电动摩托车带着她找到一家小超市，她有些惶恐有些迷惑地看着超市，又看着货架上摆放的东西，像刚来到一个陌生星球上的外星人，轻轻拿起这个又放下，拿起那个又放下。在超市里转了几圈之后，她还是小心翼翼地选了几样最老式的食品，白面包、混糖饼、橘子罐头。在付钱的时候她还不时拿眼角偷偷看我一下。我假装什么都没看到，只是站在门口抽烟。

　　她用塑料袋拎着食物，我又把她带到了棺材街上的家门口。她从电动摩托车上下来的时候几乎站立不稳，两条腿都在打哆嗦，她把那个塑料袋紧紧抱在怀里，跟跄着靠在了墙上喘气。我走到她身边时，竟然可以触摸到一种从她骨骼里散发出来的恐惧，那恐惧摸上去坚硬而冰凉。我扶住她的肩膀往前走，她的脚已经几乎不是自己的了，全身的重量都压在了我的那只手上。我帮她推开了院门。

然而就在推开院门的那一瞬间，我忽然感到一种人形的力量从这女人瘫软的身体里剥离出来，把女人的肉身丢弃在一边，而它自己则以一种坚定的甚至有些快乐的步伐向屋里走去。它显然对这里的一切都太过熟悉了，以至于什么对它来说好像都是透明的，它像魂魄一样从一切的中间穿过去，从门里穿过去，一直来到躺在床上，浑身散发着异味的老妇人面前。它怪异地简单地叫了一声，妈。

老妇人半躺在床上，蓬着一头灰白的头发，两只手袖在袖子里，呆滞地看了来人一眼，显然并没有认出她是谁。她把塑料袋里的吃的一件件掏出来，积木一样搭在老妇人面前，然后又抖着声音叫了一声，妈。老妇人眯起两只浑浊的眼睛盯着她看了半天，似乎想起了什么，又看了看她带来的食品，张了张嘴，说了一句，带这么多好吃的做啥，你是谁家的？

她的嘴张开又合上，再张开还是合上。呆呆坐了几分钟之后她站了起来，环顾四周，忽然抓住角落里的扫帚就开始扫地，又擦桌子，又给老妇人换洗床单。此刻她整个人身上散发出一种浩大而温柔的平静，几乎没有一点破绽，这种平静使她看起来像一枚正滑行在轨道上的月球，散发着磨砂质地的光晕。她似乎越干活便越快乐，到后来还小声哼起了一首十几年前流行过的《九百九十九朵玫瑰》。这时候门被推开，进来一个中年男人，看样子应该是她的弟弟。男人看见她一愣，继而淡淡打了个招呼，回来了？

嗯。

男人在一只板凳上坐下来，我递过去一支烟，他把烟点上，打量了我一番，却并不和我说话，只是继续问那女人，在里面过得怎么样？

就那样，每天都一样，白天在车间里干活，晚上按时睡觉，过年过节的还有顿饺子吃。

听你这口气在里面也没受过什么罪啊。

她不接话了，哼着歌继续搓洗床单。

男人忽然就从凳子上蹦了起来，用一根发抖的手指指着女人的鼻尖骂道，坐了十几年牢出来了你居然还能唱得出来，我嫌你丢人都不够，你还能唱出来？你看你现在是个什么样子，天不怕地不怕的，杀过人，坐过牢，出来了还有脸唱歌，真是一点悔改的意思都没有，这监狱我看你也是白坐了。你要是回来也千万别让街坊邻居再看见你，都在背后指点你呢，我丢不起这人。

她洗床单的两只手只略略停顿了几秒钟，然后，她抬起头忽然对着空气坚定地微笑了一下，低头又继续搓洗。她的两只手越搓越快越搓越快，到最后，她的整个人简直都要乘着她的那两只手飞起来了。我从她的眼睛里连最后一丝恐惧都看不到了，她的眼睛里堆积着一大片奇异的安详和肃穆，像雪地里站着一棵挂满了彩色灯泡的圣诞树，远处是雪橇上依稀的铃铛声和孩子们的笑声。

我站在屋门口，忽然听到坐在床上的老妇人在屋里大放悲声，她抽抽搭搭地边哭边说，你还给我洗床单，闺女就是好啊！我原来也有个闺女的，小川说她去了南方挣钱，还挣了大钱，可她就是不回来看我，我一年年地等，可她就是不回来。每年过年侄儿们外甥们给我的几十块钱我都偷偷攒着呢，等我攒够了路费，我就去南方看她去。

李小雁已经把洗好的床单晾在了院子里，正好有风从院子里吹过，鼓鼓的床单像只即将开走的大帆船，她把自己埋在飞翔的床单里久久不肯出来，只露出两只瘦骨伶仃的脚在外面，那两只脚上穿的是一双绿胶鞋。我知道她也许正躲在那里面流泪，也许不是。但我绝不去催她，只走到院子里的枣树下又抽起一支烟来。自打离开北京，收入越来越少，烟瘾倒是越来越大了。

只见那鼓起的床单像一大片云一样，久久托着她不忍把她放下来。

弟弟家是不能住了，我只好用租来的电动摩托车带着她来到我寄身的旅店。进旅店的时候，我恍惚看到有个人影站在不远处，好像正看着我们，我也没多想。我说我再给你开间房吧，她连忙惶恐地冲我摆手，不用不用，真不用，太浪费钱了，你能让我打个地铺就行，我睡哪里都能睡得着。我也正在发愁这又多出来的一笔开销，见她这么说便把她带到我住的房间里，指着另一张床说，这里倒是有两张床，你要不介意就先在这里将就一下，前提是你肯信任我。

她连忙一迭声地说，就这就这，住得这么好，这么大的床，这么软和。她说着把那只从监狱里带出来的小得可怜的布包端端正正地摆在枕边，刚才在她弟弟家时脸上那种过于虚张声势的平静明亮已经彻底萎谢下去了。事实上她整个人此刻看上去都是萎谢的，不是痛苦，不是愤怒，没有怨恨，没有任何锋利的东西在里面，就单单是一种从骨头深处长出来的萎谢。而这萎谢又散发着白骨的釉光。

我递给她牙刷和毛巾，说，这是专门给你买的，不知你喜欢什么颜色，我特地给你挑了块粉红色的毛巾。她接住了，有些惶恐地看了我一眼，不说谢谢，却只低下头去反复研究那块毛巾。我说，我还没来得及和你细说，我是个拍电影的。我想拍一部关于老工厂的电影，再没有人拍的话，它们可能就要从这地球上彻底消失了。这就是我为什么要找到你，因为，我对你十几年前的那些和工厂有关的故事很感兴趣。我是觉得，它们应该被留下点纪念。你觉得呢？不过这个还是要看你自己了，如果你同意的话，这段时间我也不会白辛苦你，我会尽我的能力付给你一些报酬。

我不忍说出的一句话是，我知道你刚从里面出来，身上肯定一分钱都没有。我更不忍说出的另一句话是，我也知道你一定会答应的，因为你没有多少选择。

我发现我在这个世界上越来越像一个形容丑陋的软体动物，我那台摄像机就是背在我身上坚硬残忍的壳，下面包裹着的是我内里那种肉质的软弱和干渴。

　　果然，她只是疲倦地点点头表示同意，也不多说什么，便侧身朝里躺了下来。我刚要伸手关灯，她忽然睁开眼睛恐惧地对我说，不要关灯，我在监狱里十五年晚上都没有关过灯，关了灯我会睡不着，会害怕。

　　于是灯就整晚那么亮着，我能听见灯泡里面因为阻丝燃烧而发出的微弱的爆裂声，有一只虫子使尽全力想撞到灯泡的光亮里去。她背对着我，但显然也没有睡着，我觉得应该让她轻松一点，便对着她的背影说，不要为难，我肯定不会勉强你的，你要不愿意明天就可以走。我是想说，你不要把这件事情当成一种负担，甚至也不算一种工作，你只要给我讲一些你们工厂过去发生过的真实的故事就好，就是你知道的那些过去的事。我想在这部电影里说点实话。

　　她重复了一遍，那些过去的事。

　　我说，对，你好好想想。

　　我没有办法告诉她，那些过去已经变成一个时代，而不管是多么疯狂多么无法理解的时代，只要放在整个的历史中去看，就会发现它们自有一种内部的秩序，内部的音律，甚至于悠然自得，就像四季俯仰日月盈昃一样。

　　她面朝里安静地躺在那里，不再接我的话，不知道是不是已经睡着了。她好像完全不介意睡在这屋里另一张床上的是个男人，那也就是说，这种性别之间的气息差异对她来说已经很不重要了，她并不在乎我是个男人还是个女人，显然我只要是个人就可以。她虽然就睡在离我两米远的地方，我却感觉她整个人是被装在一只透明的玻璃匣子里的，她不想出来，别人也别想进去。至于我，一个学油画出身的摄影师，即使再窘迫再孤独，也还是有一些执拗的审美，很难对她有任何性别上的幻想。

　　这时候我忽然发现她只睡了靠外的半张床，而靠里的半张床是空着的，这不像是无意中空出来的，倒像是刻意留出来的。细细一看，倒像是有一个看不见的人正躺在那里，我忍不住打了个寒战。这时候我又发现，摆在她枕边的那只小布包不知什么时候已经不在那里了，而是被她紧紧抱在了怀里。

4

第二天早晨，我醒来的时候她已经在洗漱了，我看到她正用那块粉红色的新毛巾反复擦洗自己的脸和手，末了，又把那毛巾久久贴在自己一边的脸颊上摩挲着，不舍得放下。

吃早饭的时候我点了两笼热气腾腾的包子，她并不看我，只是面无表情地看着包子，然后一声不吭地拿起来一个吃了。她嚼得很慢很细，嘴里没发出一点点声音，嘴唇也几乎不动，像是很不好意思被我看到她正在吃包子。她吃完一个，犹豫了一下，又拿起一个吃了，然后又吃了一个。吃完第四个包子的时候她忽然打了一个饱嗝，她一惊，像是不相信是自己发出的声音，吓得连忙把嘴捂上。

我递给她一碗小米粥，问道，你这些年在里面过得怎样？她又把那几句话机械地重复了一次，白天到车间干活，晚上按时睡觉，过年过节还有顿饺子吃。两人沉默了片刻，我又试着问，你为什么在九十年代末才进工厂？那个时候国有工厂已经都开始面临改制和破产了啊。李小雁不安地看看一边的摄像机，又不时偷看我一眼，半天才说，我想回厂里看看，行吗？我心中暗暗高兴，看来她还愿意回去。

她带着我来到了工厂门口。深秋的风从废墟一般的工厂上空呼啸而过，我和她站在金色的木马前，都有些畏惧地看着这庞大的骨骼林立的老工厂。当我们一旦走在其中的时候，我又觉得就像立刻坠入了时间的永生地带，周围除了时间还是时间，大团大团黏稠的时间，无边无际无始无终的时间，大雪一般覆盖住一切道路。没有过往，也没有将来。

她脚步蹒跚地往前走，眼睛上有一层灰蒙蒙的薄脆的泪影。我不忍心去看她的脸，只通过摄像机看着她，这样就好像给我们彼此都隔离出了一个安全带，好像我和她并不在一个世界里。来之前我已经和她说过，她可以用她所愿意的任何方式去讲述这工厂里过去的故事。但我发现，当她真的站在这工厂里的时候，即便不说话，光是她的表情和背影也足以令我满意了。

　　走着走着李小雁忽然站住了，她只是举目四望，却不敢再往前走一步。我猜测，她一定是来到了什么熟悉的地方。这么多年里，她一定会在梦中一次又一次地来过这里，在那些黑白的梦境中，她看不清任何人的脸，包括她自己的。十几年之后，当真的站在了这梦中的工厂里，她一定在艰难地辨别着，这是不是只是又一个梦境。

　　呆立了一会儿之后，她终于又迈步，脚步蹒跚地向工厂更深处走去，我扛着摄像机一路跟在她后面。我想起诺兰有一部电影就是关于多层次的梦的电影，做梦，梦中之梦，梦中之梦之梦，梦中之梦之梦之梦。电影中的梦就是在虚无中用意识建造出一座城市，梦中人的每一次退出与重新进入都是一座身世之牢。所以，那些一再重复的梦境对一个人来说其实很容易变成一个真实的世界，直到他彻底无法区分梦境与现实。

　　走得有些累了，我们在长满荒草的台阶上坐了下来，荒草没过了我们的头顶。我说，你曾经梦见过这里吗？果然，她说，开始的时候每晚都会梦见这里，没有一个晚上不梦见。我梦见我又来上班了，梦见我们新发的白帆布手套戴在手上，在阳光下干干净净的，梦见我们又围着桌子吃着瓜子开茶话会，梦见我们表彰先进工作者的镜子还挂在墙上，又梦见我们一起在厂子后面的树林里摘柿子吃。秋天的时候柿子叶基本上已经落光了，只剩下那些金色的大柿子挂满枝头，阳光好的时候，看上去真像在树上点着一盏盏灯笼。那柿子又软又甜，鸟儿们和松鼠们也爱吃。我还经常梦见我以前的那些同事，每次他们都对我说同样的话，你可回来了啊。我在梦里都能清楚地感觉到自己的快乐和担心，我在梦中对自己说，这次一定不是做梦，这次一定是真的，我一定是真的回来上班了，我终于又回来了，这次回来我就再也不走了，我愿意到老都在这里，我哪里都不想再去。有时候做着梦我就会哭出来，一直到把自己哭醒为止。醒了才发现，原来真的还是一场梦，还是一场梦。然后我就会想，能再回到刚才的梦里该多好啊，我想再睡过去，再继续那个梦。所以在监狱里有很长一段时间，整个白天里我最盼望的就是天黑，因为天黑了就可以睡觉，睡觉的时候就可以做梦。到后来，再后来，一年又一年过去，梦见这里就越来越少了，有时候一年才梦到那么两次。每次梦到这里的时候，我就像过节一样高兴，觉得不管过去了多少年，自己终于还是回来了，在梦里又回到这里了。你不知道，有时候做梦让人真快乐。

她脸上仍然是那种麻木而略带不安的神情，看不到我期待中的大恸或大喜。她就像一个正游走在冥明分界处的魂魄，好像她自己也分不清过去和现在，分不清狱里与狱外，甚至也分不清现在到底是1999年还是2015年。

时间对她好像已经失去了效力。

我问她，这工厂里你最喜欢的是什么地方？她慢慢走到墙角抓起一把土给我看，她边在土里翻找着什么边说，你看这厂子下面的土，这下面都是沙土，里面还经常能找出很小的贝壳，看，就是这样的贝壳的碎片。北方连雨都很少下，怎么会有贝壳的碎片？我很小的时候跟着我父亲来这工厂里玩的时候就发现这个秘密了，但我没有告诉过任何人。因为我觉得这是只属于我和这工厂的一个秘密，它就像一个老人一样，有很多属于自己的秘密，我得为它守住这点秘密。后来我也想过，这个县城在几亿年前可能是海底，后来沧海桑田地壳运动，把海底变成了黄土高原，就是在这黄土高原上慢慢有了村庄、县城和工厂。所以这厂子在远古的时候其实是在海底的，可能这里原来长满了水草和五颜六色的珊瑚，鱼儿们在其中游来游去。现在却变成了一座破旧的工厂，连一个人影都没有了。我从小就没有见过大海，那时候就是因为这些从沙土里拣出的贝壳碎片，我突然就觉得离大海好近，好像我就站在曾经的海底，鱼儿们正从我身边经过，海星爬到了我的脚指头上，水草像头发一样飘来飘去，我站在那里是多么自由自在啊。

我还是想问问你，你为什么要在快三十岁的时候忽然回到这工厂？

在我小的时候，我父亲来工厂上班的时候就把我也带来，让我一个人在厂里玩，捉虫子，捡石子，摘柿子。我对这里最熟悉。

你那时候是不是还把进工厂当成进体制的保障？

我从小到大都没有自己做过什么主。上学的时候我只想做个好学生，因为别人都喜欢好学生。刚上完初中，别人说正流行下海，上学没什么用了，不如去南方闯荡，我就跟着去了广东打工。我就像一直在被推着走。我在南方待了很多年，都快三十岁的时候，忽然就想回去。别人又说你都出来这么多年了，南方比北方工资高，别人都往南方跑，你却要回去。可是我忽然觉得这些和我究竟有什么关系。我总是想起通往工厂的那条小路上开满野花，想起沙土里的那些小贝壳，想起秋天里的那些大红柿子。一想起这些我心里就觉得快乐。后来我就自作主张回来了。我回来的时候也不知道再过两年工厂就要倒闭了。

听到这里我心里忽然就一阵难过。我发现我在拼命窥视她，打探她，想要打探到一个人与体制之间的真正关系。因为我已经开始越来越频繁地怀疑自己当初离开北京的决定，而我又不能不为这种怀疑感到羞耻。如果说我不该离开北京却离开了，而她是不该留在工厂却一定要留下来，我们看似两辆列车一般背道而驰，结果却奇异地殊途同归。

我摘了几棵身边的狗尾草编成一只鸟送给她，她笑了一下，说，小时候常玩的。我又问，可是，后来你都知道厂子要倒闭了，为什么还是不愿意离开？

我都回来了，还能去哪里？

所以你就想一辈子守在工厂？

守不住的，最后什么都要消失的。我在监狱里睡不着的时候经常想，那么大的一个工厂怎么说没有就没有了，看来世上真的没有什么永远的东西。我们这个县城说不定有一天说消失就消失了，说不定哪天这黄土高原就又重新回到海底了。我们住过的房屋，我们的工厂，都会被海水淹没，人是没法再住进去了，只有大大小小的鱼儿们从门进去，再从窗户游出来。还有螃蟹、虾米、贝壳都住在里面，像一大家子一样。这样想来想去，就觉得守不住也无所谓了，连海底都能变成高原，又能从高原变回海底，一个工厂又算个什么。

我忽然想起在棺材街上听到的那些话。

中年男人丙（下岗工人）：李小雁是后来才进了我们厂的，那时候都很晚了，1997年吧，从她进厂到厂子倒闭统共也就两年时间。她进厂的时候已经老大不小了，奔三十了吧，听说在广东打了好多年工，也不知道干过些什么乱七八糟的工作，只听说好像被骗过好几次，钱也没挣到多少，还有人说她在那边坐过台，也不知真的假的。她进厂的时候还打了她爸当年死于厂里事故的旗号，不然也招不进去。她倒不是坏人，但是确实不太讨人喜欢，怎么说呢，就觉得她不知道什么地方总和别人不一样。她那么大年龄的人了，时常表现得像个小姑娘一样，要么在自己的衣服袖口上绣朵花，要么在手腕上用五色线戴了两只小铃铛，盯着片树叶也要一看老半天，还把厂里那些开残了的花瓣都拾起来，说要做香囊。说上进倒是真上进，可上进得也和别人不一样，像个小学生一样。你想她都那个年龄了，又独自在外面闯荡了多少年，开会的时候还要坐在第一排，一个字一个字认认真真地做笔记，好像别人告诉她什么她就听什么，领导说的那些假大空的话她居然也都相信，还要记下来。见了领导恨不得把整颗心都掏出来给人家看，她好像生怕别人会嫌弃她。她倒是在背后从不说任何人的坏话，不搬嘴，也不扯闲话，一说全是些书里面的话，像背书一样，可是这样已经很吓人了不是吗？下了班也不走，还要一个人在车间里加班加点，钱也不比别人多拿一分，上班又来得最早。听说她晚上还要熬夜点灯地写诗，就是写个花朵啊月亮啊，写好了还要往出投稿。

我说，其实你当时是不是一回到厂里就已经感觉到那种失业前的危险了？

……

我又说，你还记得当年你戴在手腕上的那串铃铛吗？你还留着它们吗？

她不看我，好像没听见，只是向着那些幽暗的住着蝙蝠的车间走去，我紧跟在她后面。车间里蛰伏着一台台锈迹斑斑的大型机器，像插满墓碑的坟场。她指着这些庞大的机器说，我当年就在这个车间里，当年好几个工人的手指都是被这种切钢板的机器切掉的，那被切下来的手指自己还会蹦一会儿。还有人整只手都被切掉了，就是从手腕这里。我当时很害怕的，害怕哪天我的这只手也被整个切下来了。所以那时候就给自己编了串铃铛，铃铛叮叮当当响的时候就像在提醒我，要小心要小心。干活的时候我真怕自己的手忽然就没了，后来这只手一直留着，那铃铛却早不知丢在哪里了。

她站在机器中间，一边细细端详着自己的那只手，一边说，那时候我是很害怕，害怕传说中的破产，害怕手会被机器切掉，所以我就拼命地给自己找些小快乐，就是用月季的干花瓣做个香囊我都觉得很快乐，戴串铃铛我也会觉得快乐。

我们默默地往外走。

我用摄像机对着外面那些冰冷的钢炉说，这些钢炉都烧开的时候是什么颜色的？可惜看不到了。

她说，是金红色的，好像太阳住在了炉子里，让人都睁不开眼睛，还让人觉得恐惧，因为你不知道它们什么时候会突然跑出来。后来真的有个钢炉裂开了，里面的铁水喷了出来，就像太阳炸裂开一样晃眼。人们还没看清楚的时候就烧死了一个开炉工人。

我问，被铁水烧死的人是什么样的，会不会变成黑炭？

她轻轻笑了一下，说，黑炭？怎么可能，只是一缕青烟罢了，只有一缕青烟，在一秒钟之内一个人就变成一缕青烟飞走了，你都来不及和他打招呼，也来不及看清楚，他是从窗户里走的还是从门缝里走的。

我打了个哆嗦，说，怎么听着就像《聊斋志异》一样。

我们走进一座二层的楼房，穿过长长的走廊，走进幽暗的休息室，我和她在休息室里的一把长条椅上坐下来歇息。长椅上落满灰尘，阳光透过破碎的玻璃照进来，生生灭灭地在她脸上变幻着，像有四季正在那里疾驰而过。我小心翼翼地问了一句，你在这厂里上班的时候，谈过男朋友吗？

她正数着在我们脚下一寸寸爬行的光阴，数了半天，那阳光爬走了，她才怅惘地说，有啊。十几年前的一天，我们刚在这里吃过午饭，那时都是自带的饭盒。然后就是在这把椅子上，赵金良，我们厂最优秀的一个技术员，是个大学生，那时他是我的男友，就是躺在这里，把头枕在我腿上，给我讲了很多很多。他给我讲他小时候，讲他外婆，他外婆怎么带着他在雨后采蘑菇，怎么带着他走几里山路去听戏。那时候陆续开始下岗了，车间里上班的人已经少了很多，但机器每天还在转动，我们只要看见机器还在转动就觉得还有明天，心里就踏实了不少。那天他好像有什么预感一样，忽然就对我说了很多很多话，又说他小时候就爱学习，因为除了学习他知道没别的出路。所以后来还算顺利地考上了大学，他们全村几年里就出了他一个大学生，大学一毕业就被分到我们厂里做技术员。他的话刚刚说完，就见我们车间主任急匆匆走了进来，看见我们坐在这里就告诉了我们一个消息，通知下来了，从明天开始厂子就正式解散了，工资停发，以后就不用来上班了。车间主任走了很久了，我们还在这里坐着，没动。后来他忽然就一把抱住了我，但什么话都没有再说。

我想象自己正坐在一间黑屋子里剪辑这些片段，我把棺材街上听到的一段话剪下来贴在了这里，仿佛它们是一堆万花筒深处的碎片，只要随意变换一下位置和颜色，就可以看到深处和更深处的景致。

中年妇女丙（下岗女工）：李小雁当时已经快三十岁了，还是单身，我们厂长还试图给她介绍几个外厂的男工人，她都不去见，也不愿给人家介绍自己的情况。看她那样子倒不着急，不像是想结婚的样子。可是我们都知道她偷偷喜欢厂里一个叫赵金良的技术员。他们年龄也差不多，也都没成家，但人家赵金良是大学生，怎么可能看上她。她自己也明白，所以死也不敢过去和人家说句话，就只在背后一遍一遍地偷看那个人的背影。直到我们厂子后来倒闭大家散伙了，她都没敢说出来。大家都下岗了，那就更没机会了。你不知道李小雁当时最怕的两件事，一件是别人在她面前提文凭，另一件就是别人问她在广东打工的那十年是怎么过来的。她特别害怕别人问她的文化程度，所以有些职工登记表格发下去她也不填，工会干部告诉她不填要影响工资的，她还是不填，当没听见一样。我还记得她喜欢动不动就写诗，大中午吃完饭她还要趴在办公室的桌子上写几句诗，写完还要自己读几遍，都成了我们的笑料。大概是她觉得这样能显得她有文化一些吧。

我问，那你们后来为什么不结婚呢？

她没说话，从椅子上站起来，下楼，继续往前走。我扛着摄像机跟着她。我恍惚听到在我们身后还有一个人沙沙的脚步声，回头张望，却不见人影。我跟着她来到厂子后面一个半干枯的水塘边，水塘的后面是一片树林，因为常年没有人来而显得阴气森森。她看着那水塘说，这原来是厂里最美的地方，这塘里面原来有很多水的，还有鱼，是个野生的水塘。我记得那时候塘边长满了芦苇，八月的时候芦苇开满了白花，下雪一样，飘得水面上到处都是。老是有大大小小的鱼儿们浮出水面，用嘴去咬那些芦花，你站在岸边都能看到水面上那些一张一合的鱼嘴，特别好玩。那时候水还是清的，夏天的时候就有男工人在这水塘里游泳，冬天的时候整个水塘都会结冰，冻成一面厚厚的大镜子，胆大的年轻人还会在上面溜冰。那些冬天的黄昏，夕阳快要落山的时候，金色的余晖会斜斜地落在整个冰面上，整个水塘看上去就像一大块金色的水晶，会有一种很壮丽很辉煌的感觉。那时候，我和赵金良，大冬天下了班也不愿回家，就愿意坐在岸边一起看着这夕阳下的冰湖。我记得有一次我一扭头，正好看到他满头的黑发被夕阳染成了透明的金色，毛茸茸的，像婴儿头上刚长出来的那种柔软的毛发。我忍不住就伸手摸了他的头发一下，他就乖乖坐着，只是看着远处笑。北方的冬天真是冷啊，我们坐在那里经常鼻子冻得通红，得不停地跺脚，互相搓手，却还是想多坐一会儿，直到天完全黑下来。那时候我觉得我们两个可以一直就这样坐下去，一直坐到我们都满头白发，得互相搀扶着走路。

中年妇女丁（卖菜的小贩）：那时候我们在厂里都知道李小雁为赵金良写过很多情诗，我们就打趣赵金良，问他一共收到过多少情诗。他就很着急地辩解，你们不要乱说话，真的一首都没看到过。又过了几个月，他忽然就和一个小学老师结婚了，大概也是为了堵住人们的嘴。我们知道他心里压根儿看不上李小雁，所以就不愿让人们多开他俩的玩笑，要是个自己喜欢的姑娘，怕是每天都盼着人们开他的玩笑呢。而且那时在工厂里大家好像都觉得写诗是一件好笑的事情，谈起这件事的时候互相之间都抿嘴一笑。

她抬头望着水塘对面的树林，我也朝那里望着，我忽然想起，老车间主任说的他和相好幽会的那片树林大概就是这里。她说，就是这片林子里长着很多柿子树，还有核桃树、杏树。每种树的性格其实都不一样，有的喜欢热闹，有的就喜欢安静，可它们还是能平平安安地长在一起。我记得林子里有棵大杏树，每到春天的时候就开满杏花，我特别喜欢站在那棵树下，有风吹过去的时候，一树的杏花就像下雪一样落我一脸、一身，那时节整个树林里都是杏花的清香。

我说，那我们要不要绕过去看看？她却摇摇头，转身离开。

我跟在她后面继续往工厂深处走去。走着走着，我看到厂房外面有一个很长的水泥池，便问她，这是做什么用的？她说，这是原来的电镀池，机器上的零件做出来之后要在这里电镀一下。我记得那是一个夏天的下午，厂子里的白杨树已经长得很高，一有风吹过，树叶就叮叮当当响成一片，有大知了在树上叫个不停，树下的蜀葵和波斯菊开得正鲜艳。我们围着池子一起把电镀好的零件捞上来，刚镀好铬的零件在阳光下闪闪发光，像刚捞上来一大网银色的鱼。你说奇怪不？这么多年都过去了，那个下午的阳光和蜀葵我却一直记得清清楚楚，就像昨天一样。

水泥池的旁边是一间无声洞开着的巨大车间，看不清里面是什么，只觉得里面凝固着一团一团阴森的黑暗，使人本能地不敢走近。我指着那车间问了一句，这又是什么地方？

她看着那车间迟疑了半天，忽然幽冷地低低地说出一句，电解车间。

她说这句话的时候，正是夕阳完全坠入树林之时，随着天边最后一抹光线的消逝，周围的一切轰然堕入了巨大的黑暗。车间、水塘和树林都变成了粗粝的黑色剪影，在墨蓝色的夜空下静静散发出鬼魅的气息。

雪　夜

李小雁

春雪的声响

很轻

就像冬天从未来过这里

我在这落雪的夜晚写信

给那个过去的自己

我想感谢她

一直陪着我等到一场雪

  深夜，惨白的灯光下，我和她躺在各自的床上。放在一边的摄像机像一只无处不在的荷鲁斯之眼，它不分白天黑夜地在工作，要把她纤毫毕现的每一种神情每一个动作都记录下来。经过剪辑之后，我要让这些黑白的影像变得明艳动人，我想让那些被深埋在时间之下白骨一样的秘密轰然开放。我期许把它带到电影节上的时候能引起一些轰动。

  所以我必须得拍好这部电影，因为这样就算是没有什么商业票房，起码也可以获得一些电影基金会的扶持。

  我躺在床上睡不着，便又细细算了算账。在棺材街上的采访花掉了一些钱，除了像老车间主任那样急着出名的人不收钱，其他人多少都要收一些报酬才肯开口说话的。还有每天我和李小雁的吃住开销，老是住在旅馆里成本太高，还是得租房子。这样算下来，前女友上次打到我账户里的钱也快用完了。我唯恐看到等我再次山穷水尽时前女友又一次把钱打进我的账户，却更恐惧于她即将把我忘记，即将把我彻底抛弃到人海中再也不会想起我。

  我躺在嘎吱作响的床上，又不能关灯，连黑暗里都去不了，觉得真是焦躁而无处可逃。我朝那张床上看了一眼，那女人正背对着我，衣服也不脱，她每晚都是这样穿着衣服睡觉。她对生活的期望好像真的已经低到了就这样每晚和衣和一个男人睡在一间屋里，她看上去既不抗拒，也不痛苦。在那一瞬间，我忽然对她充满了怜悯、嫌恶还有愧疚。我第一次想到如果有一天我离开了这里她该怎么办。

她忽然轻轻翻了个身，看来也没睡着。我试探着问，你是不是也没睡着？那聊会儿吧……你在监狱里睡不着的时候会做什么？她面朝墙沉默着，我以为她打算装睡，没想到她突然开口说话了，她说，想事情，什么都想，把从小到大所有能想起来的事情一件一件想一遍，反反复复地去回忆每一个细节。想到后来，那些过去的事情就会变得像真的一样，好像正在我眼前发生，包括过去了的那些人，那些很久以前的人，还有那些已经死了的人，都会一个个活生生地走到我面前跟我说话。这么多年过去了，他们居然一点都没有变老，还是我记忆中的样子，我的爷爷，我的外婆，还有我父亲，还有赵金良，还有厂长，他们看上去都那么年轻。只有我一个人变老了，像个老太婆一样满脸皱纹地坐在他们面前，我都觉得不好意思被他们看到，可是他们还是经常会来看我。后来我便觉得，人能活在回忆里其实也挺好的。我记得有一次在梦中赵金良把他的手放在了我的手上，我在梦里都能感觉到他手心里的温度，手是热的，那是人的手。我知道，如果是鬼魂的话，手应该是凉的。

老年男人甲（退休工人）：李小雁她爸如果不是当年死于厂里的事故，她可能后来也进不了厂子。但她进了我们厂子也不一定是什么好事，那不是很快就下岗了吗？当时我看在她爸的分上，觉得她也老大不小了，本来还想撮合一下她和赵金良，后来一看，赵金良一听就躲，根本没那个心思，那还是算了吧。但他们没成也不一定就是坏事，这不赵金良早死了，十多年前就得癌症死了，还是脑癌，年纪轻轻的，当时他小孩才两岁，也真是个没福气的人。李小雁要真嫁给他，那也不见得是什么好事。

她的话在深夜里多少让我有些不寒而栗，显然她知道赵金良已经死了，才说来看她的不是鬼魂。我犹豫了一下还是问道，你在里面……怎么知道赵金良已经死了？她面朝里躺着一动没动，好半天才说了一句，他托梦来过。我更加骇然，却还是硬着头皮问，他告诉你他死了？她回答了一个字，嗯。我不知道该说什么，只好说，睡吧，不早了。

她便安静地面朝里躺着，不再说话也不再动，她好像一台机器一样可以严格执行外界的命令，这显然是在过去十五年的时间里条件反射成这样了。这时我再次注意到她仍然只睡了靠外面的半张床，里面半张床小心地空着。这么谨慎的动作不像是无意的，而是，这半张床显然是她故意要空出来的。我还注意到，她睡觉的时候仍然把那个小布袋紧紧抱在了怀里。

她好像真的睡着了，我却一直睁着眼睛到天亮。我发现自己失眠越来越严重。

在外面打听了一番之后，我在县城的一个旧小区里找了一套房子租了下来，两居室，带厨房卫生间，还有个小阳台。这样我和李小雁可以各住一间，我终于可以关灯睡个觉了。为了进一步笼络她从而加快电影的拍摄进程，我又去农贸市场上给她买了身换洗的衣服，那种市场上衣服比较便宜，又看到有条红色的丝巾很是显眼，想起她曾说喜欢红色，便也给她买了。我已经能够娴熟地在农贸市场上砍价，砍完价之后甚至还有点小得意，但接下来便是一种很深的恐慌与自我厌恶，仿佛眼看着自己正往一个更深更暗的地方坠去，坠去。当初离开北京是为了一点所谓的尊严，而几年下来却发现好似自己上了自己的当一样。这种感觉类似于有一次我去参加一个诗人饭局，碰到一个六十来岁的很有影响的老诗人，还带着比自己小三十多岁的新任太太。老诗人在饭桌上热泪盈眶地朗诵了自己的一首代表作，大家一起热情地讨论了诗歌与艺术。然后老诗人忽然央求在座的各位给他新太太介绍份工作。饭局散后他又悄悄告诉我，新太太没工作没一分钱收入不说，前阵子居然还花两千多块钱报了个肚皮舞班。然后又对着新太太说，不过学会也好，可以在家里跳给我看。

她看到新衣服和丝巾，愣在了那里，我怕她又要拼命找词向我道谢，便放下东西回到自己屋里。等到黄昏的时候，我忽然发现她正穿着新衣服站在阳台上，把那条红丝巾蒙在眼睛上看群山之上的夕阳，那样看上去夕阳一定是血红色的。在那一瞬间，她看上去就像一个还没有来得及长大的小女孩正在除夕里独自等待过年的鞭炮。远处的夕阳像一个巨大的伤口，几只倦鸟的影子正从夕阳里掠过，整个小城的天空都是血色的。我悄悄拿出摄像机对着她的背影。

一段时间下来，我和李小雁越来越熟，住在一套房子里使我们看起来多少有些像一家人。刚开始时她对摄像机开着的那种不适应已经慢慢消失了，那台摄像机在她眼里已经跟饭盒和茶杯没有什么区别。为了取得她更多的信任和好感，我每天带她去各种小饭店找些好吃的东西，只要她有什么需要的我都尽力去满足。有一次看到一个老太太在路边摆了个地摊卖各种头花，我想起她的那个小学同学说她喜欢往辫子上戴野花，便买了两只头花送她。她看见先是吃了一惊，然后把一头半是白发的短发勉强扎起了两只小牛角辫，把头花戴上去让我看。她并不照镜子，只是站在窗前让我看。我在摄像机后面看到玫瑰色的头花在白发的映衬下竟显得有些狰狞，这时，我从镜头里又猛然看到了她此刻脸上的表情，宽容、麻木、阴沉，而嘴角略带着一丝不耐烦的微笑。我忽然明白了，她并不喜欢戴这头花，她是特意表演给我看的，为了讨好我。

更多的时候她喜欢悄无声息地躲在一个角落里，那种死寂沁凉的气息会让人觉得她只是墙壁或家具的一部分，她是从它们身上或芯子里长出来的。只有在黄昏时分，她才会走到阳台上盯着那渐渐西沉的落日一看半天，直到夜色完全笼罩大地。

尽管我已经是她身边最可信赖的人，她却还是经常用一种复杂的目光偷偷打量着我。她看着周围这个世界的时候也像看着一个外星球。她说，怎么到处都是汽车，怎么一下子就冒出这么多的汽车来，以前路上都很少见的。她不认识不锈钢保温杯，说，我们那时候都是用玻璃罐头瓶喝水，进厂时人手一个，用毛线织一个杯套套上去就能手提着走。她不认识手机，说，我以前只见过传呼机，那时候有人在腰里挂个传呼机都神气活现，摆阔气。她还小心翼翼地问我，互联网到底是什么样的？

告　别

李小雁

当树叶静静地飘落枝头
我一直以为是季节
或风的过错
从来没想到
是叶子
自己要从容离开
它只想安静地衰老
腐烂
直到满心欢喜

我深夜读她那些十几年前的诗稿，一首一首地读下去，我忽然发现，她现在对我说的这些话和她十几年前写的那些诗，在气质上竟出奇地相似。也就是说，她现在其实还是在写诗。这使她讲出来的那些真真假假的往事听起来如璀璨透明的蝉翼，似乎一阵风就能让它们刮起、飞扬，露出里面血一样鲜红的肉质。可是有时候，明知道是诗，我还是会情愿沉迷在她假设的往事里，像是行走在烟雨迷蒙重峦叠嶂的异乡，艳丽的夹竹桃真诚地开在白墙后面，叶脉里的毒汁像眼泪一样滴在大地上。我在这粉墙黛瓦、落花微雨之间踟蹰行走，心间却是一种无名的恐惧，整条街道上看不到一个人影，也不知道那些被竹枝撑起的寂静的窗口里，到底正蛰伏着些什么。

电影的拍摄在渐渐深入，我们又去工厂里拍过多次，每次我都试图和她一起走进那间阴森黢黑的电解车间，可是每一次她都是在车间门口停住，不再说话，也不肯再往前走一步。我用各种办法鼓励她，怂恿她，我说拍工厂怎么能不进电解车间呢？为什么不进去，这车间有什么特别吗？我说你就是进去告诉我一下什么是电解车间，你总得让我知道什么是电解车间。我说这只是在拍电影，只是一部电影。她却无论如何都不肯进去。但电解车间无疑是这部电影里最关键的一个部分，我甚至开始沮丧地怀疑这部电影是不是就要在这电解车间的门口流产了。

僵持在电解车间门口，我不由得再次审视眼前的女人，她脸上仍是那种麻木呆滞的表情，只是在呆滞的下面隐隐闪烁着一丝深不见底的恐惧。她站在时间里，看起来就像一尾中间的躯体被挖空的鱼，十五年的时光在她身上挖出了一个空空的大洞，如今她看起来只是首尾相连地摆在那里，头出奇地大，脚也出奇地大，中间却是露在外面的累累白骨。

她拖着可怖的白骨和艳丽神秘的往事站在 2015 年的秋天。

5

从工厂出来天已经黑了，我在晚风中踟蹰向前，心中忽然就一阵悲伤。再这样毫无进展地继续下去，我也许就真的要山穷水尽了。然而比这更可怕的是一种恐惧，恐惧于人在山穷水尽的时候或许任何事情都做得出来，比如，会横下心来问人借钱，或者，厚着脸皮欲重返大学教书而被拒之门外。还有更多可怕的或许。在这世界上，也许确实有这么一类人，他不断奔向一种现实，但甚至就在他最投入的时候，他也总是在现实之外。

我们各怀心事地往前走，谁都没有说话。走到十字路口从一家商店的橱窗经过时，她朝那橱窗看了一眼，已经走过去一段路了，她又回头朝那橱窗留恋地张望了一眼。昏暗的路灯下我还是看到了她的目光，那种头戴野花的小女孩的目光忽然又借尸还魂在了她身上。连日来积攒下的怨愤和此时的怜悯猛烈地冲撞在一起，像一种化学反应一样使我在一瞬间里就做出了一个决定。

我粗略地估算了一下自己身上还有多少钱，就扭头带着她又回到了橱窗那里。橱窗里挂着一件红衣服。衣服本身倒没有什么出奇的地方，只是红得凛冽异常，这种原始粗粝的正红色在这灰败的北方县城里显得异常招摇，它葳蕤饱满地挂在灯光里，犹如一棵长在热带的巨大木瓜树，带着一点母仪天下的慈祥，还有一点斜睨人间的妖气。我不再犹豫，走进商店买下这件衣服送给了她。

她直接就把新衣服穿在了身上，这种热烈妖气的红色与她身上的那种死滞凋敝铆合在一起时，看上去是如此强而有力，但这强而有力又分明是一种疾病。在愈来愈昏暗下来的街道上我们一路无话地往前走。街道两边已经开始出夜市了，风灯凌乱，人语喧哗，白天扔下的纸屑像魂魄一般在夜风中踏过来踏过去。她的红衣服使这个再普通不过的夜晚忽然有了些过节的气氛。

就在这时，手机倏地亮起，一条短信通知我，有人把一万块钱打进了我的银行账户。在晚风中我呆呆地与手机对视了很久，只能是我北京的前女友，除了她不会再有别人，也只能是她。就在昨天，北京的朋友告诉了我一个确切的消息，我北京的前女友结婚了，结婚对象似乎就是那个经济条件不错的老男人。

手机是一条深蓝色的大河，我站在对岸隐隐看到了她落在水中的影子。我满眼是泪地抬头看着夜空，我不知道她是在以这种方式和我做最后的道别，还是她已经做好准备要一次一次这样继续下去了。与看到她第三次第四次再给我打钱相比，我真的情愿放弃这部电影了。

夜空澄净，月华如水，我说，今晚月光这么好，我带你去吃点好吃的吧。我带着她找到一家人不多的饭馆，临窗坐下。窗户开着，月光汩汩流进来，一种峭壁似的边缘感似乎就在窗下。在这个寻常的夜晚，我莫名地生出了几分介于悲戚与狂欢之间的兴味，索性就多点了几个菜，又要了两瓶当地产的白玉汾，据说这酒里有龙眼的清甜。当地人还会在酒里泡竹叶、泡玫瑰花、泡枸杞，那些泡好的酒看起来便有些近于五光十色了，让人不由得想起一些依稀而美好的事物，比如那春天里的桃花，长出第一片嫩叶的香椿树，厚厚堆积在一起的金黄色的银杏叶，还有那落在雪地里的殷红的爆竹碎屑。

穿着红衣的李小雁端坐在我对面，她今晚一直不敢与我对视，但我却能感觉到，好像有另外一个更紧张更害怕的人，正从她的身体里时刻向外窥视着我。隔着一张桌子和浩大的月光，我能隐约嗅到她身上的种种气味，酷似死亡的气味，少女时代的气味，情欲腥甜的气味，渴望腐烂的气味，蓊郁梦境的气味。所有这些气味纠缠成一片雨林，藤萝交错，重重叠叠，于阴森潮湿的空隙间孕育出另一些不可知的生命。不知道这些生命会不会也长出手脚，也有一天变成人形。就像远古时期在寂静荒芜的地球上，大海也不知道自己孕育出的生命有一天会变成人类。

我第一次认真打量她，以前总觉得这样太过残忍，总是不忍。她的红衣和她的白发衬在一起，有一种古艳的哀伤。我看到她手腕处有几道利器划过又愈合的紫色伤疤，看到她的虎口处居然穿了一个洞。又在她下巴内侧看到一处奇怪的伤口，面积不大却是圆形的，我能想到曾有一把钝器，比如筷子或木棍从这里直直插进了脑袋。我还在她的脖子上看到过一大片暗红的疤痕，那应该是某种皮肤病引起过局部溃烂，后来也愈合了。

树　叶

李小雁

如果下个轮回还是一片树叶
那么
请允许我在月光里慢慢生长
或者在有风的日子里
像一个普通的舞者
带领一群伙伴
在你面前招摇
直到你把我夹在一本旧书里
再藏进图书馆的　书架上

　　我说，今晚月光这么好，我们喝点酒吧。她好像感觉到了什么，忽然就小心翼翼地对我笑了一下，有些紧张还有些讨好，说，你对我真好，我，我都不知道做什么谢你。

　　我就着月光对她举了一下杯，喝了一杯酒。

　　她也连忙把一杯酒喝了下去。我又把两只酒杯倒满，说，来，这杯酒是敬你的，喝过这杯酒我们就要分别了。我也帮不了你太多了，以后你想去做什么都可以。

　　她一下愣在了那里，眼睛里忽然就有了泪光，她使劲对我笑着，一边笑一边小心地说，怎么了，怎么就不拍了？不是还没拍完吗？怎么就不拍了？是不是我哪里做得不好？

　　我没有吭声，自顾自地把杯中的酒又喝完了。

她伸出一只手来，好像急切地要抓住我的手，但那只手只做了一个手势就缩回去了。她的声音打着颤，前言不搭后语，好像充满了某种恐惧。她说，你说你要听以前的真事，我和你说过的话都是真的，你不相信吗？你不信我原来在这厂里工作比谁都卖力？你就不信吗？我在这厂里原来有个男朋友也是真的，他是个大学毕业生，搞技术的，你也不信吗？我们很相爱，都准备结婚了，可后来我们都得下岗，都没有了工作。他也觉得我很好，他很爱我，虽然后来我们不能在一起，但我知道他是爱我的。原来我以为就是别人下岗我也下不了岗的，我工作那么努力，那么认真。你知道我工作有多么努力，你根本想不到的，每天晚上我都是全厂最后一个下班的人，第二天早晨我又是最早到的一个，我洒水扫地给暖壶里打满开水之后，才有人开始来。连开会笔记我都是全厂做得最认真最工整的一个，不信你就去看，谁看我都不怕。

我把窗户开得更大了些，好让更多的月光能流进来，能在我们中间设一层帷幔，去抵御那些疼痛。看着水一样的月光渐渐把我们淹没，我忽然不想再掩饰自己的绝望和徒劳，我忍不住冷笑了一声，她听见了，我也听见了，空气陡然在变硬变脆，她整个人也在变硬变脆，但她还是挣扎着说出一句，我，不知道你到底想听的是什么。

我直视着她说，你和你那叫赵金良的男朋友，真的曾说过一句话吗？她脸色惨白，坐在那里一动不动。我狠了狠心，终于说，我想拍的是一部关于工厂的真实的电影，但你对我说的话都是表演性的。

摄像机在一旁安静地注视着她的脸，我断定她心里已经开始坍塌了，因为我在她脸上看到了疼痛的瞬间与享受疼痛的瞬间相结合时一刹那的临界点，一种心碎到略带狰狞的表情。然后她用舌尖舔了舔干燥的嘴唇，忽然就微笑了。我看到她的微笑却忽然有些害怕了，似乎有什么陌生的庞然大物正迎面向我走来，我忍不住往后缩了缩，给月光和她腾出了更多的地方。满世界都是这无孔不入的月光，像是要把一切都打回原形。

她紧紧看着我的眼睛说话，似乎只有这样我才不可能中途从她眼前跑掉。她说，以前别人都笑我写诗，你知道我为什么喜欢诗歌吗？因为每次读诗歌的时候我都能想起一些美好的事情，我会想起小时候我奶奶家门口的那条小溪，会想起夏天的指甲花，秋天的黄叶，还有冬天的大雪。真的，在广东那么多年，我最想念的就是家乡冬天的大雪，屋顶、树枝都是白色的。但我知道我的诗写得不好，我文化不高，上完初中就去南方打工了。我父亲当年死于厂里的一次事故，我妈没工作，我弟弟还小，没有人养家。那时候正流行下海，听说能赚钱，老师们又说我根本不是考大学的料，我就跟着大人们去了广东，进了工厂。这都是真的。

说到这里她停顿了一下，我忽然有些紧张，不知道有什么即将从她的话里走出来。

她继续说，很多年里我给家里写信总是说我一切都好，还要往家里寄钱。其实我找第一份工作就被人骗了。三个月试用期后，那老板让我和他睡觉，不然三个月的工资一分钱都拿不到。我记得我半夜回到出租屋的第一件事就是给厂里一个对我还不错的老乡打电话，他比我大五六岁吧，我第一个想到的就是他，也只有他了。我一边哭一边在电话里哀求他，你做我男朋友吧，求求你做我男朋友吧，我想有一个人能保护我，真的真的，我现在好需要一个人能抱抱我，就只是抱抱。他睡得迷迷糊糊被我的电话吵醒，并没有认真听我讲什么，只是不耐烦地回了一句，你神经病吧，大半夜的。然后啪一声，他把电话挂了。后来我们再也没见过面，因为我一拿到工资就又换了份工作。

我又端起一杯酒做掩饰，我已经有些怕听下去了。却只见她一边说一边在胸前指手画脚地比画着，像是要把那里剖开，露出里面，拼命想让我明白她的意思。因为有了些醉意，她的动作看起来笨拙滞重，所以幅度都很夸张，以至于使她周身看起来正处于一种极度干旱极度匮乏的状态。她忽然高声道，可是，无论如何你一定要相信，我是一个多么想美好的人。

我说，好。

你要相信我从小到大是多么努力，我一直努力地学习，努力地想当个好学生，后来努力地想当个好工人。不错，我是很贱，我十七岁就为了三个月的工资和别人睡觉，我算个什么东西，我确实不是个东西，我也看不起自己，厌恶自己。可是，你就不相信我的努力吗？在广东打工的时候，只要一有空我就看书就写诗，我还一次一次往杂志和报纸上投稿，可是从没有任何回音。就是没有回音我也还是要写，我是写给自己看的，真正的诗都是写给自己看的，对不对？

我说，对。

我是什么苦都吃过的，我不怕。记得有一年冬天，我一个人流浪到北京，想找工作却没找到，那晚下着雪，我身上所有的钱都不够住一晚小旅店。我就拎着个包冒着雪往前走啊走，我没有目的，不知道该去哪里，就那么在雪地里不停地走不停地走。公园里的长椅上都是雪，不能睡觉，桥洞下面太冷了，坐一会儿就会全身冻僵。我只好不停地往前走，不停地往前走，生怕自己停住了就再也起不来了。那时候我已经不想给任何人打电话了，因为我知道那没有用。我从来都没交过一个真正的男朋友，但有那么一个男人已经成了我想象中的一部分，我不知道他是谁，也不知道他在哪里，但我知道有一天我一定会和他在一起过上安生的日子，他就在那里等着我呢，我迟早会走过去，他就在那里呢，又跑不了。我一直走到半夜，实在走不动了，终于想到了一个办法，我坐上了夜班的公交车，从第一站坐到最后一站，再从最后一站坐到第一站，这中间的路途上我靠在椅子上睡了会儿。可我觉得在最苦的时候我写的那些诗却是最好的。

红棉鞋

李小雁

大雪下着

像极了童年的故乡

那个下雪的夜晚

我在雪地里丢失了一只红棉鞋

你找了许久

在雪地里找到了一只小猫的尸体

它在你掌心里蜷成一个冰球

都可以装进我那只红棉鞋里

带走

夜已深,饭馆里已经没什么人了,除了我们俩,还有两个在对饮的中年男子。从窗户里望出去,清冷的街上已经看不到什么人迹,一轮金黄的大月亮就挂在窗外。她拿起瓶子咕咚喝下去一大口酒,我正要劝她不能再喝了的时候,她的泪却哗地下来了。她忽然把身上那件红衣服紧紧裹在身上,就像冷极了一般,她一边流泪一边大声说,在那样下大雪的冬天的夜晚,没有人能抱住我,没有一个人,谁都不能。我只能用大衣紧紧抱住我自己,就像我现在这样,你看到了吗?我当时就是这样抱住自己的,紧紧地抱住自己。你知道吗?那时候我真的很需要一个人能抱着我,我特别特别需要那个时候有一个人能抱着我。我非常非常需要那种被人抱着的感觉,就只是被抱着,什么都不做,就只是被抱着。你知道吗?无论我在哪里,其实我都很孤独很害怕,没有人会保护我,我只有我自己,所以我要写诗,所以我必须得不停地写诗,可是,我最想写的那些话却怎么都写不出来。

她几乎是号啕大哭了,一边大哭,一边跟跄到我跟前一把抱住了我。

两个喝酒的男人一脸惊讶地扭头看着我们，饭店的服务员也全都围了过来，连厨师都走过来了。我赶紧扛着摄像机，扶着喝醉的女人走出饭馆。

她先是蹲在路边撕心裂肺地吐出一堆东西，我说吐了就好了，我们回去吧。她不肯走，仍踉跄地站在晚风中，拼命地用两只手向我比画着说，我要再不告诉你你就要走了是不是？那就都告诉你吧，其实我不是被骗过一次，这么多年里我被骗过好几次。有个男人说喜欢我，他还读过我的诗，但后来却骗走了我的钱。你看到我虎口上的这个孔了吗？是有个算命先生告诉我的办法，在这里穿个洞，系一条红绳，就能把运气转过来，就能遇到那个心爱的人。假的，我在这里系上红绳也不管用。我从来不敢告诉别人这些，害怕告诉了别人就更没有人喜欢我了。可是今天我要是不告诉你你就要走了不是吗？你就要走了。我还要告诉你，我在监狱里死过好几次都没死成，每次都被发现都被救活过来。这里，这里，你看到了吧，这不是你想知道的吗？那我告诉你这个疤是怎么来的，监狱里根本找不到自杀的武器，这是我把牙刷把偷偷磨了好多天，磨尖了从下巴这里戳进去想把自己戳死，连这样我都没死成。可是后来慢慢地我就不怕了，好像我所有的害怕已经到达了顶点，就再也害怕不起来了。我还有个秘密，也都告诉你吧，我都告诉你了你就不走了，是吧？我有一个儿子，有一个孩子陪着我呢我还怕什么，所以后来我就真的什么都不怕了。

我也有些醉了，觉得离月亮如此之近、如此之大，似乎只要一步就可以跨进去。据说，在那真正的月球上，一个脚印都可以安静地保留上百万年，而每粒微尘皆可尽享永年。两千年前从地球上看它的目光和我现在的目光并没有任何区别，而两千年前的人们早已化为尘埃。再过些年，无论是我还是李小雁也都将是这样的尘埃，我们看上去不会有任何区别。这整个世界就像一个幻象。

我们两个迎着金色的大月亮，在寂静的天地间，相互搀扶着往前走。

我说，你居然还有个儿子，你都没告诉过我，你儿子几岁了？她举着头，一边看大月亮一边痴笑，八岁了。我在醉意中掰着指头数了数，八岁了都。哎，不对啊，你在里面待了十五年，怎么会有个八岁的儿子？难道是你在监狱里生的？那他现在在哪呢？对了，他爸爸是谁？

可是这女人只是对着月亮满足地笑，并不打算理睬我的话。似乎她眼前就有螺旋式的台阶正垂在天地之间，她只要拾级而上就可以爬到月亮里去。深夜的小县城越发阒寂，街上只有我们两个人拖着长长的影子。我似乎再次听到有种神秘的脚步声在后面跟着我们，猛一回头，不远处的阴影里真的站着一个人影，却只是站在那里，并没有向我们走来。我看不清那人的脸，又疑心自己确实喝多了。这时一阵凉风袭面，酒醒了一半，我怕明天酒醒了我又开不了口了，便趁着一点残留的酒意对她说，你又在骗我吧，你哪有什么儿子，我知道你这人就是喜欢编故事。

她背对着我忽然站住了。月光越发盛大，似乎有太多花和树的秘密即将在这月光里怒放，蛛网般的叶脉，藤萝交缠，血腥的花瓣遮蔽着重重杀机。她终于回过头来，在月光里用一种阴森庄严的神情对我说，你还是不愿相信我？要我告诉你多少遍你才肯相信我是一个好人？我并不知道我有一天会去杀人会去坐牢，可是，就算我真的杀过人坐过牢，你就觉得我是个坏人吗？我就应该是个坏人吗？我喜欢写诗，我写了很多诗，你说一个坏人会去写诗吗？

我听到自己呼吸加速，心跳不止，在银器一般洁净明亮的月光下，我听到自己如释重负而又小心翼翼的声音，原来你真的杀过人？！

宽　恕

李小雁

多年以后

我静静躺在坟墓中

>我所有的亲人已经在土壤中等我
>
>就好像　我们从来没有分开过
>
>云彩下面走动的不再是我
>
>一想到这里　我的心
>
>就会变得温暖和轻松

6

又是那条通往工厂深处的甬道。

常年疯长的荒草几乎已经把道路吞噬了一大半，只留下一条狭窄的小道。从这小道上往工厂深处走的时候，会发现越是往深处走，这些荒草越是长得狂野、恣肆、妖气森森，让人都不敢朝野草深处多看一眼，似乎那里面蛰伏满了大大小小的秘密。因为时间，因为寂静，这些秘密已经纷纷变老，已经长出了坚硬的盔甲和满面的皱纹，却还在这荒草里抵御着四季和流年，冬雪和烈日。我甚至怀疑，它们会不会结伴出来拦住我的去路，向我哀告一种过时的冤屈，或者，向我亮出雪白的獠牙。可是，没有，只有高过人头的荒草和踽踽走在前面的李小雁，还有背后隐隐约约的神秘脚步声。

这次竟是她主动提出来的，主动提出要带我去电解车间看一看。她默默地走在前面带路，我扛着摄像机跟在她后面，拍下这条阴森的甬道和她的每一个脚步。她终于在那个神秘的车间门口停住了脚步，我也随之停住，还是忍不住打了个寒战。整个车间看上去就像一座废弃在大漠深处的古堡，车间的窗户和门都是洞开的，有风像大蛇一样在门窗之间呼啸盘旋，疾驰而过。站在门口往里看，只有一团团黑黢黢的影子。这就是我一直以来最想进去的那个车间，电解车间。

她走在前面，我小心翼翼地跟在后面走了进去。眼睛适应了最初的黑暗之后，我大致看清楚了这是一个巨大的车间，到处是生锈的机器、各种粗细不同的钢管和已经废弃的钢板，在车间的中央有一个巨大的水泥池。李小雁站住不走了，看上去全身都在微微发抖，并不说一句话。我怕她又要改变主意了，忙问道，你怎么了？她仍不说话，只见她呆立片刻之后，忽然拖着两条发飘的腿向那水泥池蹒跚而去，我赶紧跟了过去。我和她一起望向池底，巨大的水泥池里空荡荡的，池底是一层黑色的淤泥，还散发着一种刺鼻的气味。我忽然明白了，这就是电解池。也就是说，我已经站在当年的杀人现场了，虽已年深日久，只觉得杀气还是扑面而来，心中顿时一阵惊恐，不由得后退两步。

电解池早已枯涸，只残留下一些枯骨般的钢板沉在池底的淤泥里，还有一团团发酵得坚如固体的盐酸气味。时间早已从这里撤离，只能从这些残骸里隐隐约约听到这个车间里当年充斥的各种声音，机器声、人声，还有钢板扔进电解液里时发出的沉闷的回声。又恍惚能看到当年生生灭灭在这个钢铁丛林里的各种光线，晨光、暮色、红色的火光、电解板上闪烁的银光。声音、光与线条的纠缠似乎至今还有呼吸。我想到当年就是在这里，李小雁一把把那个男人推进了池中，那个男人瞬间便化为一缕青烟，连白骨都无存。他像《聊斋志异》里的鬼魅一样从这车间的门或是哪扇窗里永远地飞走了。

摄像机忠实地记录着这一切，而我自己，竟不敢朝她脸上多看，就像是怕与当年的那起杀人事件对视。她站在那里，像很深地陷入了某种往事当中，低着头一动不动，也不说一句话，如一块池边的石头。过了好一会儿，见她还是不打算开口，我只好先开口。我决定开门见山，因为这里已经是杀人现场，没有地方可再躲避了。我为自己即将进入这部电影的核心部分而感到紧张。我说，你当初就是从这里把你们厂长推下去的吗？

她仍低头看着池底，似乎那黑暗深处正有什么人在与她默默对视。

她终于开口，话像是讲给我听的，又像是讲给沉睡在池底的人听的，还像是讲给一个更虚空处的人听的，所以竟带着一种阴阳分界线上的诡异。她说，好多年了，我一直都很想念我的父亲，我一直想念着他。我父亲去世后我本来可以顶他的班进工厂，可那时候我听别人的话去了南方。打工了十年我还是要回来，因为我父亲原来也在这里。你知道我是怎么才进的工厂吗？我翻出多年前我父亲死于工伤的旧历，他是被钢筋砸死的，这是我多年里碰都不愿去碰的事情，结果我又翻出来和他们说，他们这才给了我一个进厂的名额。所以我去工厂上班的时候就好像又在替我父亲上班一样，他那样的人一辈子就在这里，到死都没有离开过这工厂，我离开了可还是要回来，一想到这里我就想哭。这么多年里，每次当我想哭的时候、心里难过的时候、高兴的时候，我就去写诗，我在车间里写，在汽车上写，在宿舍里写，在半夜打着手电筒写，想写找不到纸的时候就写在手帕上，写在自己手上、胳膊上。

父 亲

李小雁

父亲　你为什么不吃不喝也不睡

父亲　从此以后你在土壤里吃什么又喝什么

是不是要像蚯蚓一样吃着土喝着雨水

父亲　要不要帮你带上那件满是油渍的工作服

还有你那块旧海鸥手表

可是我知道你已经不再需要时间

也不再需要衣服

父亲　你还从来没有拉过一次我的手

"过度的庄严。"我站在阴森森的车间里忽然想起了这样一句话。

她还在说，我没想到进了工厂才两年就说要下岗了，以后我们这些人就没有单位了。我不信，我就去找我们厂长，我说我是厂里表现最积极的职工吧，两年来从来没有迟到早退过一次，每天都加班加点，开会也是做笔记最认真的，我哪里做错了要下岗？厂长说，不是你的问题，这次大家都得下岗了。我说这么大的厂子，总要有人留下来的，我说谁下岗也不能让我下岗。

老年妇女乙（下岗女工）：那时候厂里已经有人陆陆续续开始下岗了，没有下岗的每天还坚持到厂里熬日子，然后上班上着上着，就会有领导过来通知你，某某某，今天要站好最后一班岗，从明天开始你就不用来上班了。那时候我们已经都知道了，李小雁最怕下岗，天天跑到厂长办公室里去求厂长，后来厂长也烦了，躲着不见她，她就在厂门口等他，要么就去人家家门口堵着，天天又哭又闹。别人也都要下岗，没见过她这样的。听说她后来实在没招了，一进厂长办公室，二话不说先把衣服脱光了，把我们厂长吓坏了，让她穿上她死活不穿，非要厂长答应她。她大概觉得和厂长睡一觉就不用让她下岗了。后来听说她还不止一次，反复脱过好几次衣服，脱光了就坐在厂长办公室里不走，结果厂长只好把她留下，自己走了，窗户外面围了一圈人看她。这事我们全厂上上下下都知道，不信你问别人去。

我说，因为厂长最后没答应你，你就把他从这里推下去了？
这时候黄昏已至，金色的夕阳从车间破败的门窗里斜穿进来，金碧辉煌地铺满了半个车间，最里面照不到的半个车间则在光线的对比下显得更加深邃幽暗，金色与黑暗的切割使整个车间在那么一瞬间里散发出一种类似于古希腊神庙的肃穆。我渐渐看不清她的脸了，却只听到她的声音说，是我把他杀了。

我反倒沉默下来，只觉得哪里不对劲。

过了一会儿，只听她又说，可是你猜我是怎么把他杀掉的？我从不敢告诉任何人。那天他悄悄叫住我，让我下了班不要走，等人都走完了在电解车间等他，他要和我说个重要的事情。其实那时候基本上已经没什么人上班了，基本都下岗回家了，只有几个领导和几个工人还每天来厂里，可我还是天天坚持去上班，从没有迟到过一分钟，就是没有一个人来了我照样把办公室打扫得干干净净。我以为他是要告诉我厂里终于可以留下我了，心里特别高兴，就按他说好的时间在电解车间里等着他。等了好一会儿，天都快黑了他才走进车间里。我们当时就站在这电解池边说话，我本来等着他告诉我好消息的，却没有想到，他一过来就张口骂我，像疯了一样。我从没有听他那样骂过人，他变得无比凶恶，无比恶毒，他大骂我真不要脸，像个婊子，骂我随随便便就能脱衣服，说不知道我以前在南方的时候和多少男人睡过，做过多少见不得人的事。又骂我没有文化太可怜，说我就是太笨，干什么也干不成，下岗就应该先下我这样的人，还痴心妄想要留在厂里。他后来甚至连我父亲都带进来一起骂，说我父亲就是一个老实巴交的工人，什么技术都没有，就会下点死力气，幸亏死得早，不然下岗的时候也是第一批。我根本没想到他竟然会这样，我当时整个胸腔里都烧着了，我真的是快恨死他了，我真想扑过去和他拼命，甚至恨不得一把把他推到电解池里烧死他解气。我当时真是这么想的，我简直要气疯了。可是我没有想到的是，我整个人还没来得及扑到他面前的时候，他忽然就真的掉进了电解池里，不到一分钟时间他就从电解池里消失了。他就这样在我面前忽然死了。

听到这里，我猛地一惊，我往前一步紧紧盯着她的脸，你刚才说什么？你是说，他并不是你推下去的？

她的声音犹疑微弱，像一只在密室里四处乱撞却怎么也出不去的蝙蝠。她说，我当时就这么站着，就站在这个地方，我吓得一动不敢动，好像有一只看不见的大手一把就把他推了下去，里面是浓盐酸，我也不知道怎么才能把他救上来。可在我脑子里还没有反应过来的时候，他就已经不见了，先是他的身体，然后是他的头，我就那么看着他化得一点都没有剩下。我完全被吓呆了，腿都软了，连路也走不了，也叫不出来。我以为车间里当时只有我们两个人，却不知道还有个拉下东西又返回来拿的老工人，后来就是他出来做了证人，说他回到车间的时候正好亲眼看见是我把厂长推进池子里的，就这样我被判了刑。我怎么也想不起来我伸手推过他，我根本就没有碰到他，但他确实就在我眼皮底下掉下去了。开始我心里也没法承认我杀过人，可是厂长已经死了，还有那个出来作证的工人，他是我父亲一辈的老工人，我平时很尊敬他，他又为什么要害我呢？我实在想不出他害我的理由。后来在监狱里的时候我反反复复在想这个问题，有一天我终于想明白了，为什么在我脑子里想让他死的那一瞬间，他就真的死了。这说明，我本来就和常人有不一样的地方。我别的方面是不如别人，可是老天是公平的，总会在一个方面让我比别人强吧。所以我就想明白了，如果我在脑子里想让一个人死，那个人也许真的就会死。

我惊呆了。

她的声音开始变得滚烫，犹如黑暗中的烟花，使我几乎不敢直视她和她的声音。只听她的声音在乱飞，我在监狱里睡不着的时候翻来覆去就想这个问题，想他到底是怎么死的，为什么突然就死在了我眼前。后来我忽然想起来，1993年或者1994年的时候，我当时正在深圳打工，跟着别人练过一段时间的气功，那时候不是大家都在练气功嘛，都说治好了自己的好多疑难杂症。我觉得可能就是那时候的气功没有白练，当时别人向我发功的时候，我真能感觉到一股热量向我扑来。我想起当时我脑子里确实有那种想让他死的强烈念头，结果他就真的死了。那不是别人，就是我杀了他。后来我心里终于承认了这个事实，是我杀了他。

　　说完这句话的李小雁身形更加模糊，似乎她也像那个多年前的池中人一样，正在消失，正在融化，正在变成一缕青烟。它们无所谓时间，也无所谓过去和将来。我站在那池边忽然就一阵剧烈的眩晕，几乎站立不稳，我垂首望着那幽深可怖的池底，像在井边窥视着一个埋藏了千年的巨大秘密，井底沉着蓝色的星光、焦黄的月牙，还有一双陌生的眼睛，正与我意味深长地对视着。我知道，他就是多年前那个把自己像谜一样沉入池底的男人。

　　我绝不会像李小雁一样认为用她自己的意念就杀死了厂长，如果当时站在池边的确实只有他们两人，李小雁也确实没有来得及动手推他，那么厂长自己掉进电解池的原因只可能有两种：一种是当时他脚下被什么绊了一下，站立不稳失足掉了进去；另一种是他自己让自己掉进去的，也就是说，他有可能是自杀的。可是，当时在车间的第三个人，就是那个因为返回来拿东西而无意中目睹了这整个过程的工人，又为什么要站出来作证说他亲眼看见是李小雁把厂长推下去的？让一个人坐十五年的监狱对他来说又有什么好处？可是现在，十五年都已经过去了，那个当年的证人有没有活到现在都不可知。

　　这时候大约夕阳已经彻底下山了，车间门窗外的颜色已经从金色变成了坚硬的铁青色，整个暗下来的空旷车间有如月球，弥漫着一种冷兵器上才会生成的朽寒与死寂，沉入黑暗中的巨大机器像远古时代的象群一样，隐忍沉默地注视着我们。在十五年的漫长光阴里，这些黑暗与寂静每晚都会如约来到，在空旷的车间里一层层地出生、死亡、再出生，直到像皮肤一样裹在这车间的每一寸空间里，达成了一种神秘而祥和的平衡。我对着李小雁那团模糊的影子说，如果根本没有杀过人而坐十五年牢，你也愿意吗？

她说，天黑了，就开始往外走，我紧跟在她后面。不知道后面是不是还有一双池底的眼睛正在黑暗中幽幽地注视着我们，只觉得脊背上一阵发凉。夜空中铺着一层璀璨的星光，我们穿过巨大的工厂往回走。在走出工厂大门的那一刻，我回头张望了一下，对她说，其实你是不是连自己都搞不清楚，你到底杀过人没有？她又默默走了一段路才说，有些事情就算你彻底搞清楚了又有什么用。

我甚至感到了愤怒，我说，其实你心里一直就不能确定他是怎么死的，就算当时有证人出来指控你，就算你是一个被驯化得只会听话的人，你就承认是你杀了人吗？那个证人除了自己的眼睛还拿出别的证据吗？你为什么要承认？从法律上讲，没有足够的证据证明你杀了人你就可以不承认。别说没具体证据，就算是有证据，厂长被杀了，可是他连一点尸体的残骸都没有留下，他消失了。如果连尸体都找不到的话，那所谓的指控杀人其实本身就很难成立。因为谁也不知道厂长到底去了哪里，没有人能说他已经死了，他有可能是失踪了，有可能是自己离家出走了而不愿告诉任何人，还有可能，三个月之后他自己忽然又回来了。

她在星光下回过头来，脸上一半是明的，一半是暗的。她看着我说，可是他人已经死了，还有什么是比死更大的事情？我当时就在他眼前站着，就只有我们两个人，如果不是我那还能是谁？总不会是他当着我的面自己把自己杀了吧。他好好的为什么要杀死自己？人死了总得有人站出来承认的，不是我就是他，可你还能让一个死去的人承担什么。而且，如果当时我死活不肯承认，我知道我就又会变成人们的话题，一定会有更多的人出来对我说三道四，又要抓我过去的把柄说事。与其让他们说三道四，我倒更愿意坐牢。

你过去到底有什么事？

都已经和你说过了。

我想起了棺材街上那些对她语焉不详的暧昧描述，关于她在外十年打工生涯的模糊片段，关于她脱光衣服坐在厂长办公室里的传闻。我说，这才是你愿意去坐牢的真正原因吧？

她抬头看着星空，看了很久才说了一句，我已经无处可去，还不如去坐牢。

我也抬头看着星空，荒野的上空是巨大的猎户座，星座们跟随四季在我们头顶的这方夜空里轮番登场，恪尽职守。我们出生的时候它们在那里，我们死亡的时候它们还在那里，等我们死了一千年的时候它们依然在那里，嬉戏玩耍、自由自在，偶尔有一架飞机像蜻蜓一样经过夜空的时候，它们也只是宽容地、安静地注视着它出入于云堡、银河、黑洞、时空。

我说，你有没有想过，即使坐十五年牢又能解决什么问题？

她依然看着星星，说，在监狱里我早就想明白了，有些事情其实是靠什么都解决不了的，比如靠法律、靠信个教，就能解决吗？最后还不是要靠自己的心。所以后来我愿意相信厂长是我杀的，是我用我的愿望杀了他，因为愿望太强烈的时候是可以杀人的。

所以你就去坐牢？

其实坐牢也好，也就无所谓下岗不下岗，无所谓再另找活路，无所谓社会又要变成什么样子，也省得人们再议论我猜测我，坐了牢事情就都解决了。

……你真厉害。

告诉你啊，相信了这一点之后，我就再也不敢在脑子里随便诅咒谁死了，万一人家真的死了，那就是我的错。

……是啊，你都不用动手就能杀了人。

在监狱里的时候，我又想明白了一点，我既然可以在脑子里让谁谁死，不是一样也可以让谁谁生吗？反正他们都在我脑子里。

你看，那就是猎户座。

7

　　李小雁的弟弟传来话，母亲快不行了。

　　在一个县城里找到一个胡子拉碴成天扛着摄像机的外地男人太容易了，而这个男人又和一个刚出狱的女人在一起，那么这个目标便又膨胀了一倍，实在是太显眼了。李小雁哀求我和她一起回去，显然，她不敢独自回到弟弟家中。

　　我骑着电动摩托车带着她回了家，一进门便看到那老妇人正平躺在床上，看起来像纸人一样，只剩下薄薄一层。李小雁过去伏在老妇人身上，只叫了一声妈，便不再说一句话。老妇人睁开浑浊的眼睛看了她一眼，然后把一只手哆哆嗦嗦地伸到枕头下面，取出一卷用塑料袋包着的东西，她慢慢对李小雁摇晃着那卷东西，咬字不清地说，这是我攒下的钱，你帮我数数够不够去看我闺女的路费？不敢让我儿子看见，他看见就都拿走了。我老早就想着要在死之前去南方看我闺女一趟，可是老也攒不够钱，怎么也攒不够。我说钱不够坐飞机就坐火车，不够坐火车就坐汽车，汽车也坐不了就走着去，慢慢地走，一月两月的总能走到。你看我早把出门的包袱都收拾好了，就等着出门了。说着说着她好像困极了，说要睡会儿，便又闭上了眼睛昏睡过去，手里还死死握着那卷用塑料袋包起来的钱。

　　李小雁就那么一个姿势趴在床边抱着老妇人，不动，不说话，也没有一滴泪。她的脸上看不到痛苦，只有一种要和母亲靠得近点再近点的贪婪，还有一种近乎可怖的平静。老妇人再没有睁开眼睛，到了晚上十点多钟的时候，她躺在那里静悄悄地停止了呼吸。李小雁把母亲那只握钱的手放在了自己的两只手之间，然后把脸慢慢贴了上去，却还是没有一滴泪。她一遍一遍细细地抚摸着那只手，好像要记下长在上面的每一条皱纹的位置。

她弟弟不时进来看一眼,她对他说,睡着了。到了半夜她还是对他说,嘘,别吵,她睡着了。到了第二天白天,她还是用那个姿势抱着那具已经变冷变硬的尸体,还是赶走每一个走过来的人,嘘,她睡着了。她一直握着母亲的手,似乎这样她就可以不必再离开她,也就无法再失去她。她不吃,不喝,不动,最后,她终于趴在尸体上握着那只僵硬的手睡着了。她的头发落在额前遮住眼睛,像极了一个写作业写累了,蜷缩在母亲身边的小女孩。我用摄像机默默记录这一切的时候,几次都要落下泪来。直到黄昏时她才被她弟弟猛地叫醒,他到第二天黄昏时才发现她竟然一直和尸体抱在一起。

　　安葬完母亲的那个深夜,月光如雪,整条棺材街变成了纯银色的,像从很深的海底轰隆隆浮出来的象牙宫殿。街上已经看不到人影,给死者送行的夜纸还在墙角闪着蓝色的磷光,远处传来几声低低的狗吠。此外就是无处不在的月光,淹没了街道两边的每一扇门,每一块石板。她蹒跚地走在前面,步伐机械干枯,并没有什么目的,只是好像一定要给自己找件事情来做。我只在她后面跟着,一路走着,不知漫无目的地走了多远,都像是要走到世界尽头了,她还在往前走。我终于对她说,歇会儿吧,不要太难过了,人都是要死的,包括你和我最后都是要死的。

　　前面就是那片废墟般的工厂,巨大金黄的月亮正俯视着大地上的一切。她站住了,对着月亮呆呆立了片刻,忽然就对着那月亮号啕大哭起来。我暗暗松了一口气,她终于是哭出来了。她伏下身趴在地上放声恸哭,整个人痉挛成一团。我默默站在后面,也不劝她,只由她哭去。我们两人连同我们身后的那片工厂都变成黑色的剪影拓在了月亮里。她在寂静的深夜里哭了很久很久。

　　启明星已经在天边出现的时候,我才终于把她背回了我们租的房子。把她安顿在床上,我刚喘了口气,忽然见她又挣扎着从床上爬了起来,像临终前的人回光返照一般,眼睛明亮异常,脸上浮着一种很诡异的笑容。我吓了一跳，问她又怎么了。她扑朔迷离地笑着，看着周围的空气说，我妈她没有死，我看到她了。我愣住了，不知所措地看着她。只见她从口袋里掏出一张她母亲生前的照片，小心翼翼地放进了她每晚睡觉时都要抱在怀里的小布袋里。她说，我怎么忘了，我有这样的本事啊，我心里想着让谁死谁就真死了，我心里想着让谁活那谁就能一直活着啊。只要我心里让她活着，她就能一直活着，她就死不了，我走到哪里她都能陪着我到哪里，就像我儿子一样，无论我在哪里他都一直陪着我。以后，我们一家三口就团聚了。

她说着哆哆嗦嗦地从那只神秘的布袋里掏出一张小男孩的照片给我看，我拿过来仔细一看，居然是张外国小男孩的纸片，看上去好像是从什么旧画报上剪下来的，因为长期被摩挲，已经发黄发皱，可能是怕纸片破损了，又在外面仔细地罩了一层塑料膜，用透明胶封上。这张纸片带着一种奇怪的体温卧在我的手心里，让我想到它一定是被一个人的体温日日夜夜烘焙着，日日夜夜地吮吸着一个人的感情和血液，有了这样的哺育，才能在一张旧纸片上最终也长出了类似于人类的体温。我甚至怀疑在它的最里面是不是也已经长出了心脏和血液，甚至于怀疑它是不是在月圆之夜还能变成人形开口说话。

这就是她口中那个八岁的儿子。

她把她儿子的照片要了回去，和她母亲的照片一起装进了那只贴身的布袋。然后她不再说话，翻过身去，紧紧抱着那只布袋闭上了眼睛。这时候窗外已经是黎明了，青色的天光象征着阳光将再一次普照大地，新的一天和过去的一天将不会有任何区别，大地上的悲欢离合和天体运行一样永恒。我坐在床边从摄像机的镜头里看着这疲惫到极限的女人。她脸上已经没有了悲伤，睡得近乎安详，但怀里一直死死抱着那只布袋。我想到在监狱的十五年里，她一定是经过了漫长的绝望和渴望之后，终于为自己发明出了这样一个儿子，然后监狱里余下的每个夜晚她都是这样度过的,把这个幻想中的儿子紧紧抱在怀里,给他留出睡的地方,温暖他,哺育他,和他说话。

现在,她又用同样的方式为自己发明了一个母亲,亦是可以随身携带的亲人,可以装在手心里或口袋里,可以寸步不离,可以同生共死。天光渐亮,我恍惚觉得对面睡着的真的不是一个人,而是女人和她年老的母亲还有她年轻的儿子,他们三个人以一种天衣无缝的姿势,在这个世界上紧紧拥抱成了一个人。我坐在那里,忽然就无声地笑了。我觉得自己笑得温柔而慈悲,简直像一个老祖父。

我走到窗前拉开窗帘,与窗外阳光对视的一瞬间,眼泪还是流下来了。我一直想逼她说出某种过去的真实,却不知道,她的这些幻想和癫狂其实便是最大的真实。

她看起来需要一次很长的睡眠。我独自出门,扛着摄像机,向棺材街慢慢走去。已经是深秋了,白杨和银杏的叶子开始变得金黄剔透,柿子树的叶子则开始变红,在阳光下猛地看过去,就像叶脉里流动着鲜血一样。我踩着地上的枯叶嘎吱嘎吱往前走,秋风过处,落叶像大雪一样从我头顶簌簌飘落。现在,还有一件事是必须弄清楚的,那就是,当年厂长到底是怎么死的。我的直觉告诉我,这才是这件事的真正关键所在。我想找到那个多年前的证人,因为他是当时唯一的目击者,只是,十五年过去了,物是人非,不知道他是否还活着。我想去棺材街上再细细打听一番,看是否能有些收获。

这时候我听到我身后似乎又出现了那种嘎吱嘎吱的神秘脚步声,我想起了几次三番听到过身后跟着这样的脚步声,不由得打了个寒战,猛一回头,发现身后不远处果然跟着一个人。我站住的同时他也站住了。我站在那里不由得一愣,跟在我后面的居然是那老车间主任。我打了个招呼,老主任,你怎么也在这里?

他慢慢走近了些,然后站在十步开外的地方,不再往前走却也并不说话，只是用一种奇怪的神情看着我。我发现他比我上次见时瘦了不少，目光却如刀剑出鞘，锋利异常。这使他看上去好像浑身上下只剩下了两只眼睛，散发着一种阴冷坚硬的气息。不知怎么我心里忽然有些莫名的恐惧，嘴上却忙掩饰着，这天气真是说凉就凉啊，等我把片子收尾了就该走了，我还想着走之前再去看看你呢。

他仍然站在那十步开外，一身的剑气，有些像落魄在江湖里的老剑客。让我万万想不到的是，他忽然毫无征兆地就对我说了一句，她进监狱确实是被冤枉的。我大惊，说，你说的是谁？他说，李小雁，她进监狱是被冤枉的，她白坐了十五年牢。

我彻底愣住了，呆呆地站在那里不知道该说什么。他却又往前走了一步，说，厂长确实不是她杀的，厂长是自杀的。

我的头一阵眩晕，勉强让自己站定，半天才问了一句，可是，你又是怎么知道的？我只听见他冷冷地回答了一句，因为，我就是当年案发现场的那个证人。

我俩最终还是在路边坐了下来，我点了一支烟，又递给他一支。我看见自己点烟的手在不停地发抖，点了几次才勉强点着。一阵秋风过去，落叶像雪一般，落得我们满头满身都是。我张口说了声，老主任，你知道你在说什么吧，这可不是开玩笑。然后继续抽烟。他说，其实这么多天里我一直都跟着你们。

我想起这么多天里不时会听到身后传来的神秘脚步声，不觉骇然，又猛吸了一口烟。他又说，我等她出来等了十五年，这十五年里我连死都不敢死，就是为了等她。

……你当年真的看到她杀人了吗？

她没有杀人，厂长是自杀的。

老主任，你是不是以为你这样说就能出名？我知道你想出名，可是，这不是闹着玩的。

我再说一遍，厂长是自杀的。

那……你为什么要做证人？

因为这本来就是我和厂长早计划好的。

……老主任……

这些天我一直跟着你们，我看你还算个仁义的人，待她还可以，你要待她不好，我是不会放过你的。她可是坐了十五年的牢啊。

……你为什么要跟着我们？

我不放心。我和厂长本来也没有想过让她坐牢，我们当时想的是把杀人这个罪名栽赃到她头上以后她肯定会死不承认，她那么死脑筋的一个人，没想到她很痛快地就承认了，结果进去了就是十五年。都不知道她这十五年是怎么过来的。

……可你为什么要栽赃给她杀人的罪名？

我和厂长是十七岁一起进的厂，我们的工作可是那时候最好的，一起喝过酒一起打过架，在厂里待了四十年，亲如兄弟。工厂倒闭的时候，我们都被赶出了工厂，我们没有别的谋生技能，也没有了单位。而且你知道吗？最可怕的其实还不是能不能活下去的问题，而是属于我们的时代忽然就结束了，可是新的那个时代我们根本就挤不进去，我们忽然成了最被看不起的一群人。他是厂长，所以他比任何人都更不想离开工厂，他想告诉所有的人，不要这样抛弃工人。更重要的是，这样会让一批人，尤其是那些年轻的工人，过早地失去活着的尊严。还有他们的下一代，从小看到的就是这样的父母，他们的以后又能好到哪里。这一点尊严就是人的精气神啊。所以他死前那段时间和我说得最多的就是，怎么能让这些话被更多的人听到。那就必须有一件轰动性的事件能引起所有人的注意，最好能上报纸上电视，让人们都看到都听到。

……所以，他就想到了靠自杀引起人们的关注？

光自杀是不够的，一个人死了根本不稀奇，别人该怎么过还怎么过。所以必须制造出一个事件来引起人们的注意。大活人说句话谁会听你的？像放屁一样。一个人只有死了而且还得死得蹊跷，才可能引起人们的注意。没办法，自古世道就这样。那时候厂长就反复和我说，我们都已经是五十多岁的人了，六十岁就够一辈子了，六十岁往后多活一天那都是白赚的。既然也要活够一辈子了，那舍出这一条命去又怕什么？怎么死不是死？要么病死了，要么老死了，要么被车撞死了，要么哪天掉进水里淹死了，横竖是要死的。一件终归要丢掉的东西早丢几年又怕什么？所以他就想到了让死人来说话或许还有用。厂长是早死了，你别看我多活了十五年，这十五年都是白赚的。

我坐在大雪一样的落叶中深深吸了一口气，又哆哆嗦嗦地点上了一支烟，问他，还抽吗？

再来一根。

半支烟下去我才又问了一句，你明知道李小雁并没有杀人，又为什么要做这个伪证？就是为了出名吗？

8

他坐在那里看起来越发苍老，如同一株长在深秋里的枯树。他弹弹手中的烟灰，看看天空说，让她坐了牢其实还不如让我去坐牢，我心里那个不好受啊，所以到现在我都不敢站在她面前和她说一句话，我心里亏得慌。从她出来的那天起，我就一直跟在你们后面，我远远就能看到她那半头白头发。进去的时候才三十岁，我记得她那时梳着一条长辫子，有时候还喜欢在辫子上绑点花儿草儿，出来的时候已经像个小老太太了。可我当初不那么做又能怎么做？厂长把自己的命都搭进去了，我敢让他就白白死了吗？你倒是试试你能死几次？

……

我怎么都忘不了厂长临死前的那个眼神,当时他站在电解池边和李小雁说话,我就按计划躲在车间里不远的暗处,他知道我正在那里看着他,所以他跳进池子之前还向我那边看了一眼,就一眼哪,但我知道他在说什么,那是千言万语啊,那是他在和我道别,是在托付给我遗言。我躲在那里差点哭出来。他又不是活不了,却为什么非要让自己死?他是宁愿和工厂一起没了,都不愿离开工厂后到处去摇尾找食。所以他做不完的事情,我只有接着去做,才对得起他这一死。

……他为什么要选择死在盐酸池里?

因为这样他就会很快被盐酸腐蚀掉,连救都救不上来。他连救都不想被人救上来,他就是下决心要死的。

你没想到李小雁会那么痛快地就承认了?

是的,我真的没有想到。在我们本来的计划中,我做证揭发之后李小雁一定死不承认,一定会反抗,而我就咬定说我亲眼看到了她杀人,这时候厂长已死,死无对证,只要我们各咬一头,那这件事就会变得沸沸扬扬起来,会被人们议论纷纷,然后就会引来媒体报道,媒体一报道就会有更多的人知道,说不定还能上电视。可是万万没想到她很痛快地就承认了,承认是她杀了厂长,就这样她坐了十五年的牢。可我当初真的真的根本没想让她去坐牢。

你知道她为什么要承认吗?其实她仅仅是害怕人们说她的闲话,怕人们又翻出她在广东打工时的那些陈年旧事。就像她当年为了不让人们知道她的学历就连履历表都不肯填。

所以我才恨她,这十五年熬下来我真是恨透了她,她怎么能这么轻易地就承认是自己杀了人?杀个人就这么容易吗?她以为是割韭菜还是过家家?她居然连反抗都不反抗一下就去乖乖坐牢了,一坐十五年,你说她怎么能这样?这十五年里每次一想到她还在牢里,不知道她每天都吃的什么穿的什么，我就会整宿整宿地睡不着觉，我就会半夜里爬起来在黑漆漆的屋里转圈，想象这就是一间牢房，我从这头走到那头，再走回来，就这么来来回回地走一夜。我不应该还活在这世上的，对吧？其实要是她出来了想要我的命，我倒高兴了。

你是故意让我找到她的吧？

这世上本来只有我一个人知道这个秘密，现在你也知道了。我看你不愿把我拍进电影，觉得把我拍进去没意思，所以我就想让你把她拍进电影。不管是拍她还是拍我，都一样的，就是想让你把这件事的真相拍成电影，等到电影放映的那天，所有的人就都看到了。人们就会知道厂长当年是为什么死的，也会知道她李小雁是被冤枉入狱的。都不是坏人，没有坏人。

如果根本也没什么人会去看我的电影呢？

怎么可能呢？那是电影啊。我年轻的时候，只要听说哪里放露天电影，就是连夜赶二十里山路都要赶过去看场电影。在电影院看不比看露天的舒服？怎么会没有人看？

现在她已经出来了，你打算怎么做？

现在你也知道了，那我们赶紧帮她翻案，让她知道自己是冤枉的，白坐了十五年牢。她肯定咽不下这口气，她最好能往上告，让天下人都知道这是一个大冤案，再让上面判她个清白，那我也算对得起她和厂长了。然后我就是死了也不亏了。

让她告你当初做伪证陷害她？

我在其中扮演了一个好人还是一个坏人又有什么区别？好人怎样，坏人又怎样，都一样的。你还记得我曾对你说过的话不？我说只要你能让我上电视电影让我出名，你让我做什么我都愿意。因为只有我出了名，我说什么才会有人听。

你把你们三个人都当成了道具在用。

人在世上谁不可怜？

可是……你们当初为什么一定要选中她？她这样一个人……喜欢写点诗……你们就不觉得……

厂长死之前我们就已经想了很长时间了，她是最合适的人选。厂长对我说，从李小雁在他面前脱下衣服的那一瞬间起，他就明白了，这是她最后仅有的一点东西了。她在三十岁的时候就已经只剩下了余生。所以他说，就是她了，这个帮助我们完成计划的人也只能是她了。

工　厂
李小雁

> 我总是会在下着春雨的夜晚
> 迷失在
> 去往工厂的那条小路上
> 好像我从不曾走过这条路
> 也不知道路的尽头是哪里
> 我第一次看见路边的
> 那朵蒲公英
> 在雨中给自己撑起了一把白色的伞

落叶越来越多越来越厚，前面一排平房的屋顶上已经铺了一层厚厚的落叶，在阳光里看上去如金色的庙顶一般闪闪发光。有一只黑猫正从屋顶上无声地经过，又顺着一棵槐树跳了下来。落叶正从四面八方涌来，整座小县城像沉浸在了一场奇异而蛮荒的大雪之中，四季沉睡，时间倒流，一只孤鸿掠过田野，大地上所有的回忆和往事都将被这些金色的落叶彻底淹没。

我坐在那里大口抽着烟，脑子里飞快地盘算着。显然这才是事情的那个核心部位，但我还是不能不心酸。显然，老主任还不知道，他等待了十五年的那场轰动已经不可能了，他完全不知道。现在是2015年，任何信息都是转瞬即逝的，只要过一夜便消失得无影无踪。没有人会去关注一个十五年前的老下岗工人和一个刚出狱的中年女人之间已经过时的故事。他白等了十五年。他这十五年和李小雁在狱中的十五年本质上是没有区别的，一脚踩下去，中间都是空的。他们其实都还站在十五年前的码头上遥遥望着对岸。这个真相公布之后，唯一能震撼到的估计只有李小雁一个人。可是即使让她知道当年厂长并不是她杀死的，她也只能得到一个空洞的清白，已经没有人在乎她是不是真的杀过人。与此同时，她的那两个亲人就没有存在的依据了，他们将会随之消失。

我终于站起来扛上我的摄像机，我对他说，我不会告诉她的，你也不能把这真相告诉她。

他绝望地看着我，说，为什么？她本来就没有杀过人。她自己也知道自己根本没有杀过人。她是被冤枉的。她白白坐了十五年牢。为什么不让她知道？

在监狱里一开始的时候她也相信自己没有杀过人，她第一年信，第二年也信，但是等到第十五年的时候，她已经深深地相信，厂长就是她杀的。

可我当时在旁边看得清清楚楚，她连厂长的衣服都没碰到，厂长已经向后一仰，掉进了电解池里。难道她真的以为厂长是被她推下去的吗？

她后来真的相信是她杀死了厂长，她是在自己的脑子里把他杀死的。

傻瓜都知道那是她在骗自己。

她现在每天有两个形影不离的亲人，一个儿子，一个母亲。但事实上，她从来没有过孩子，她母亲也已经离世了。

他整个人几乎都扑到了我的脸上，他声音开始嘶哑，我等了十五年就为了告诉她一个真相，如果我不告诉她真相，我既对不起厂长，也对不起她。那我就根本不是个人了。

我往后退了一步，让我的摄像机能拍到他的脸，我感到我的手明显在发抖，但是我嘴里说，老主任，现在已经不是十五年前了。你信我吧，十五年过去了，没有人会在乎的。

他站在那里没有再动，状如枯木，他喃喃地说，不管过去多少年，有人把自己的命都舍进去了。

我只好又说，老主任，十五年里一切都变了，都回不去了。

他干枯的眼角流出两行泪来，他流着泪看着我说，不能让一个人到死都以为自己是杀人犯，那死了连自己的祖宗都见不了。我必须得告诉她。

我把目光收回，声音也开始沙哑，老主任，你还是放过她吧。

然后我便丢下他，扛着摄像机，踩着枯叶，嘎吱嘎吱又向我们租的房子走去。进去一看，李小雁还没有醒来，想来是因为前几日安葬母亲已经心力交瘁了。她蜷缩着身体睡在半张床上，另外半张床仍然空着。就是在很深的睡梦中，她都会记得要把半张床留给自己的儿子，他正睡在她的身边，她不能把他压着了。现在，这半张床上也许还睡着她的母亲，显然，她得给他们腾出更多的地方来才能保证他们睡得安稳。

我没有叫醒她，此前我还没有拍到过这么疲惫这么安静的她。现在，在一个长镜头里，一个半头白发的女人小心翼翼地睡在半张床上，另外半张空荡荡的床上可能正躺着一老一少两个看不见的人。我盯着这个镜头看了很久，看久了竟恍惚真的看到了那两个隐身人的身形和眉眼，他们和女人紧紧抱在一起，正在熟睡中。这种幻觉让我一阵骇然，我忽然发现，幻象本身也许真的是另一种真实。只要给它填充入足够的感情和思念，它就确实可能获得另一重维度里的生命。

屋子里的光线正在镜头里一点一点变化着。爬在白床单上的那丛金色的阳光渐渐黯淡下去了，逐渐变成了绯红、橘色、灰橙、暖青、灰青、苍青、银灰、深灰、藏青、宝蓝、鸦青、玄青、乌青、油黑、漆黑。这些转瞬即逝的光线在这个寻常的黄昏里变得像一曲波澜壮阔的交响乐。在音符庄严停下的地方，巨大肃穆的黑夜将会再次如期降临。

我来到窗前推开了窗户。今晚没有月亮，却是满天星斗。巨大的猎户座正高悬在我的头顶。从我记事起，这巨大的猎户座便会在每年的深秋出现，伴我度过了一个又一个漫长的冬天，以至于每年冬天看到它的时候竟有了见到亲人般的感觉。我忽然想起李小雁曾说过的一句话，我最想写的那些话却怎么都写不出来。我站在窗前点上一支烟，我想把太多的话寄托给这部电影，可是，我最想说的话又能说出多少？其实我和她之间究竟又有多少区别？

这时候我忽然听到床上有一个异常平静的声音在问我，天怎么黑了？一回头，是李小雁正坐在床上看着我。我说，你睡了一个白天，现在天黑了，晚上刚刚开始。然后我便开了灯。她在灯光里呆呆地坐了一会儿，忽然像想起了什么，连忙把身体往边上挪了挪，好像怕压住了还躺在那里的人。我便再次想到，这被子下面还藏着一个小男孩和一个老母亲。

我带着她来到一家小面馆吃晚饭，昏暗的灯光下摆上了两碗热气腾腾的面条，我们对坐着却都半天没动筷子，我忽然便有一种相对如梦寐的沧桑感。我说，快趁热吃吧。她还是不动，我便自顾自拿起筷子，又斟酌着字句说，等电影拍完，接下来我还得做剪辑，可能最后要剪成三个小时，然后我可能要去电影节上碰碰运气。你呢，你也要为自己做些打算了，就是说，你还得找点事情去做。就是不为糊口，人也总要找些事情做的对不？我可以帮助你，但我不知道你最擅长做什么……其实也有很多事情可以做，怎么都饿不死人的。我已经替你想过了，你可以摆个小摊卖菜卖水果卖包子，还可以卖花生瓜子什么的小零食，这也不要多少本钱的。或者，你还可以租间门面做裁缝，因为我记得你说过，你们在监狱里每天都要在车间里做衣服。

我小心地看着她的脸色，只见她低着头半天不语，脸上并没有太多的表情。过了好久她才终于说出一句，那就还是做裁缝吧，习惯了。

我说，那太好了。然后便赶紧埋下头吃面，竟不敢再抬头看她一眼。又过了半天忽然听见她用很紧张的声音小心试探着我，你，是不是要走了？我抬起头才发现，她坐在我对面，不知什么时候已经满脸都是泪水。那碗面还一筷子没动。

我故作轻松地说，电影快拍完了，干我们这行的就是得成天东奔西跑的，在这里拍完了就得再换一个地方。不像你，以后就可以在自己家乡安定下来了。我也是光棍一条，没老婆没孩子，倒是去哪里都没什么牵挂。

忽然，她的眼睛深处又浮出了那种诡异空洞的目光，她不再看我，而是看着周围的空气，好像空气里正有人和她对视着。她看着那团空气说，你走吧，我不怕的，我什么都不怕，我白天出去干活，晚上有我儿子陪着我，他就和我睡在一起。他长着一头金色的卷发，像只小狗一样毛茸茸的，他还长着蓝眼睛。我临睡觉的时候就给他讲故事，他睡着了我就把他抱在怀里。现在还有我妈也陪着我呢，能和两个亲人在一起也足够了，我就什么都不怕了。在这世上，只要能和亲人在一起，我就什么都不怕了。

她的目光慌乱而热切地在空气中游弋着，似乎随便抓住一点什么都可以。我的眼泪也要下来了，却对她说，你不要怕，大家活到最后都是一样的。她机械地重复了一遍，是的，大家活到最后都是一样的。我又试图宽慰她，每个人最后都是要死的，就是死法不一样，比如多年前那死去的老厂长，他也许……

她忽然大声地暴烈地打断了我，不要说这件事了，我早就认输了，我真的早就早就认输了还不行吗？求求你们放过我吧。

婚 礼

李小雁

第一场大雪下起来的时候
你说我们结婚吧
我说　好
白纱裹不住我的衰老
如果我不肯流泪
就请你离开

9

　　我帮助李小雁买了一台缝纫机，然后，就选择在县城十字街口的百货商店的房檐下开张了，这样可以把房租省下。这屋檐下已经摆了好几家小摊，跻身其中倒也不显眼。第一天开张的时候李小雁很紧张，像个小学生一样端坐在缝纫机后面一动不动，她不敢看来来往往的行人，只是不时地偷看一眼坐在旁边的我，以至于后来有了第一笔生意的时候，我看到她缝衣服的手都在发抖。第一天只有两笔生意，一个修裤脚一个修领口，五块钱是她这天的全部收入。一直到天黑时分我们才开始收摊，收摊的时候，我忽然看到马路对面的暮色里坐着一个人，正看着我们。是老车间主任。暮色里的世界重峦叠嶂且万分静谧，我和他隔着一条马路遥遥相望着，如同站在一条大河的两岸，光线渐渐沉入河底，铁画银钩，枯如白骨。我拿起摄像机对准了他，河对岸的人影却忽然消失了，看上去一片模糊，状如水渍。

　　第二天，第三天，连着几天我都会在黄昏时分，在行人渐渐退去之后，看到从对面浮出来的老车间主任。即使看不到他的身形，我也能感觉到他的气息像鹰隼一般正阴森地盘旋在我们头顶。我一边把李小雁做裁缝的点点滴滴拍下来，一边时刻留意着老主任的身影，我这时候才发现，他也是这部电影里的一个重要角色，只是他自己不知道罢了。

我渐渐和周围的小贩们都熟悉起来，我和他们聊天打趣，中午学他们就近买碗几块钱的面条吃下去，我看起来和他们没有了任何区别。熟悉的结果就是，他们同意偶尔在我的镜头里露个脸。只是，我坐在小贩们中间，偶尔还会恍惚看到那个在大学的课堂上给学生们讲塔尔科夫斯基的男人。我几乎忘记了他的样子，只有无尽的气味和画面留了下来，如同破晓时分清新的空气，无风时候飘落的白雪，水流和长满鲜花的草地，金银和青金石的饰物。

我知道那个男人就是我自己。

李小雁会在每个早晨醒来的第一瞬间先走进我的房间，紧张地朝我床上看一眼，她在看我还在不在，她怕我会半夜悄无声息地走掉。在一个早晨起床之后，我收拾了一下我的行李，她忽然就转过身来，泪流满面地看着我，说，你是不是今天就要走了？你是不是真的该走了？她的目光里有一种小女儿在父亲面前才会有的痴缠的悲伤，还有一种即将被遗弃的动物在主人面前的无限敏感。我想到此时那一老一少的两个隐形人也正附着在她身上，乞求地看着我。他们三个人组成了一个庞大而虚弱的巨人，温驯而求死地抬着头，等候着我的怜悯与发落。

我说，不走，今天还不走。

今天还不走。听起来就像一种最深的恐吓。

我们依旧按时出门摆摊，要一直走到县城中心最热闹的那个十字街头。这里是各色小贩各种小店云集的地方，就是在这里，我见过一个卖葱的老大爷拿着一张一百元的假钞坐在路边哀哀地哭，他收了张一百元的假钞，然后找了人家九十九块的零钱。我还见过一个开饭店的小老板站在桌子上挥舞着一只手大声训斥一群不敢说话的服务员。我还见过带着小孙子每天在小超市里盘旋一圈，然后掩护孙子往嘴里塞一块话梅的老人。他们足够真实，正是我想要的真实，却渐渐让我觉得畏惧。我忽然明白了连日来我坐在小贩们中间时那种奇怪而迷茫的快乐，因为它暂时帮我掩饰住了这种畏惧。也就是在这个时候，我发现自己终于看明白了李小雁的那些诗歌。

这个早晨，当我和李小雁刚走到十字街头的时候，天空里忽然纷纷扬扬地下起雪来，再一看，不是雪，是不知道从哪里撒下来的雪白的传单。我接住一片，看到白纸上面是油印的黑字："十五年前的惊天冤案！十五年前五金厂在倒闭前夕发生了一起杀人案，厂长华建明被职工李小雁推到电解池里尸骨无存。李小雁因此被判刑二十年，后被减刑到十五年。而事情的真相是厂长华建明当年死于自杀，李小雁被冤入狱，白白坐牢十五年。当时的目击证人伍学斌在华建明死前两人就已经串通好，在华建明死后做伪证陷害李小雁坐牢。十五年过去，该是还无辜的人一个清白的时候了。"

满地、满秋天都是这样的白纸、这样的黑字，像一场无边无际的大雪，又像满月之夜狼人即将出没的月光。月光里的那些枯瘦文字如累累尸骨排列着，似乎可以随意地组合起来："自杀……尸骨无存……杀人案……死后……十五年……死前……清白……入狱……"那张白纸从我手里被一阵风吹走了，我却发现那些油印的黑字已经被断断续续地印在了我的手心里，我一个字一个字辨认着："杀人……真相……证人……李小雁……"我试着擦拭，却怎么也擦不掉，那些黑色的字像是已经被镌刻在了我的手心里，如同山林深处长满青苔的古老石碑，锈迹斑斑，沧海桑田。

来来往往的行人在秋风中接住或者从地上捡起这些白纸黑字，有的一边看一边和旁人窃窃私语，有的一边看一边四下寻找撒传单的人，还有更多的人只是匆匆看一眼，只一眼，就扔下传单踩着走过去了，像是什么都没有看到。地上的传单越来越多，越来越多，像盛大的月光一样，轰然开放了满地、满世界，仿佛这是一个极其隆重的节日，才配得上这么多这么壮观的月光。行人们已经不再好奇，纷纷踩着这些传单走过去了，照常去上班去买菜去摆摊，整个世界安静异常，甚至没有一点多余的声音。我心里忽然就一阵剧烈的抽搐，又是兴奋又是疼痛，我知道这就是最好的镜头，我愿意不惜一切地捉住这些镜头。我连忙打开摄像机，就在这时候，李小雁站在那里也伸手接住了一张纸片，我不顾一切地向她冲过去夺下了这张纸，而与此同时，她的另一只手已经接住了另一张纸片，我绝望地站在那里，试图再把这张纸也夺下。但她已经读了第一行字，"十五年前的惊天冤案"。就在我徒劳地想把这张纸也夺下之前，却见她微微一愣，然后，只是瞬间的工夫，她已经松开手，让这白纸黑字随风而去了。

她没有再往下读任何一个字。

突如其来的释然让我感到了一种从没有过的巨大疲惫和欣慰，我的眼睛忽然湿润了。当我挣扎着抬起头再看她时，却看到她正站在一堆雪一样的纸片中扑朔迷离地对我微笑着。

就在这时，我们忽然听到附近什么地方传来一阵可怕的嘶哑哭声。是一个老人绝望的哭声。

我最终下定了决心，带她离开这个小县城。然后我开始忙着退房子，忙着收拾行李，做离开前的准备。那天下午等我收拾好才发现，李小雁早已经静静地站在我的身后等待着出发。

西方的群山之上烧起一把玫瑰色晚霞的时候，我和李小雁搭上了离开这个县城的最后一班汽车。就在汽车即将驶出县城边界的时候，忽然汽车猛的一个急刹车，全车人跟着东倒西歪成一片，只听司机骂骂咧咧地下了车，原来是有人借着暮色把自己像子弹一样撞向了开过来的汽车。我心里一怔，不让李小雁下车，自己却拿着摄像机下车走了过去，已经有一圈乘客下车在那里观看了。我钻进人群，却仍然不忍心看地上的那个人，我闭着眼睛默默站立了两分钟之后，才睁开眼睛看去。借着天边的最后一丝光线我看到，躺在血泊里的人果然是老车间主任。他的脖子已经撞折，脑袋以一个不可思议的角度耷拉在胸前。血流了很远。

现在，除了我，世界上已经没有第二个人再知道这个秘密。终于是到结尾的时候了。我打开摄像机，把一动不动的老主任拍进了镜头。旁边有人问我，你拍什么？你是哪里来的？我头也不抬地说，我是电视台的。旁边立刻有人惊诧地议论，电视台的来了，已经有电视台的人来了，都拍下来了。

在一片混乱嘈杂的声音里，我忽然看到老主任的手里还握着什么，我凑过去仔细一看，是一个牛皮纸信封，信封上写着一行钢笔字：李小雁收。我默默地从他手里接过那个信封，装进了自己的口袋里。

只听司机还在大声打电话，接着又听到了警车的刺耳声音。我只是静静地肃穆地站在那里看着地上死去的老人。警车来了，另一辆空车也开过来了，司机指挥着乘客们换车，他要我留下来配合他一起处理这起交通事故，因为我是电视台的人。李小雁也下车了，她朝那躺在地上的尸体看了一眼，但她只飞快地看了一眼便收回了目光。

我走到了她面前，她问了我一句，死的是一个什么人？我想了想，说，是一个不认识的老人不小心被车撞到了。然后，我从随身带的包里取出笔和纸，飞快地在上面写下了我的名字、电话和地址。我把写好的纸递给她的时候，她愣住了，怔怔地看着我。这时候群山上玫瑰色的晚霞已经燃烧殆尽，黑夜正从大地的每个毛孔里生长出来。我已经看不清她的表情了，我知道她也无法看清我的。但我还是使劲地对她笑着，我说，我们就在这里道个别吧，你跟着车回去吧，你已经不用离开这里了，这毕竟是你的家乡。回去以后还是做你的裁缝，有什么事就给我打电话，写信也可以。快回吧。

那辆换下的车要返回县城了，我目送着她慢慢上了那辆已经在拼命摁喇叭的汽车。汽车缓缓开动了，我看到空荡荡的车厢里她一个人一动不动地坐在车窗后面。她上车前没有和我说一句话。

　　我回到北京的第一件事便是找一份工作。几经辗转，才在老同学的介绍下去了一家影视公司做美术指导。工作了几个月之后，我才把借前女友的钱如数奉还到她的账户里。她什么都没有说。我倒还算喜欢这份工作，场景布置、视觉效果，甚至连室内的陈设都是由我来设计的，这些都是虚拟出来的，甚至连拍摄时用的阳光都是由我用灯光做出来的。做这种工作的时候，我会时刻感觉到电影的虚幻性，就像李小雁的诗一样，它们都不真实，但是这种虚幻让我心安，让我不再失眠。

　　那部已经拍完的电影，自从我把它封存在一只硬盘里之后，就再也没有打开过。深夜里我有时候会把那只硬盘拿出来细细摩挲半天，最终却还是会把它放回抽屉深处，再悄无声息地把抽屉关上。

　　李小雁从没有给我打过电话。大约过了一年的时候，我忽然收到了一封她寄来的信，是从那个北方小县城寄来的。信中说她一切都好，她每日去摆摊做裁缝，一天下来总能收入十几块钱，最多的时候一天能收入三十多块钱。她说她收养了一个三岁的小男孩，已经会说很多话了。春天的时候，她带着他去看那些刚发芽的鹅黄的柳眉儿，带着他去大杏树下面看那一树雪一样的杏花。夏天的时候，她带着他去采指甲花，把指甲花捣碎，配上明矾，再用苍耳叶把指头包起来，给他染了十个红指甲。在雨后的黄昏，她带着他在去往工厂的那条小路上采鸡腿菇和蒲公英。秋天的时候，她带着他去杨树林里，用针和线把那些金黄的杨树叶穿成一大串戴在脖子里，她还带着他去地里认识南瓜和玉米，柿子和葡萄。冬天的时候，她会守着炉火给他讲很多故事，一只花猫正趴在她脚边打呼噜，他听着听着就睡着了，脸蛋红扑扑的。她说这时候她才发现，窗外不知何时已经下起了大雪，天地间白茫茫一片。第二天她会带着他在雪地里放爆竹，红色的鞭炮屑洒落在雪地上，她帮他堆起了一个大大的雪人，雪人的鼻子是一根长长的胡萝卜。

这封信我翻来覆去看了很久，然后我连着抽了几支烟。第三支烟抽完的时候，我开始收拾行李。我要去看她。我明白，她又在写诗。我拎着简单的行李来到火车站，买好票，在候车室等了半个小时之后开始检票了。我检好票，下了月台，列车已经长长地等在那里了，但就在临上车的那一个瞬间，我还是犹豫了。最后，我看着那辆列车从我身边呼啸而过。我回去便给她回了一封信，我在信中说，我也过得很好，已经和女友结婚了，现在工作和生活都很安稳。我说上次在你们工厂拍的那部电影后来真的在电影节上获了个大奖，还有笔可观的奖金。我说很多人都会看到这部电影的，都会看到你和你的工厂。

她没有再来信。直到三个月之后的一个深夜，我忽然收到一条短信，告诉我李小雁昨晚病故了，她已经生病有一年了，她临死前一再嘱咐过的，要记得告诉我一声她不在了。发短信的人是她的弟弟。

我在深夜里慢慢打开抽屉，终于取出那只一直被我封存着的硬盘。然后我几乎几天几夜没有合眼地把这部电影剪辑了出来，九个小时的电影最后只剪剩下了六十分钟。

电影里都是一些零碎的镜头，每一个镜头都是关于李小雁的。她躲在给母亲洗好的床单里哭泣；她用那块粉色的毛巾一次次抚摸着自己的脸；她把红色的纱巾蒙在眼睛上，站在窗前看夕阳；她坐在长满荒草的工厂的台阶上；她慢慢走进神秘黢黑的电解车间；她抬头看着午后的阳光；她采了小路边的一朵波斯菊；她惊恐不安地坐在我对面；她穿着那件红衣站在月光下；她抱着她想象中的儿子正在熟睡；她拉着她死去的母亲的手，怎么也不肯放开；她一边喝酒一边泪流满面地对我说，你不相信我吗？你还是不相信我吗？她捧着她那写满诗歌的本子，对我说，我最想写的那些话却怎么都写不出来。

这是一部关于她一个人的电影。

那一晚，我在自己的房间里，用投影仪把这部电影看了一遍又一遍。看着看着，我忽然看到了一个从没有见过的镜头，回头想想，可能是那个时候我正站在窗前看星星。镜头里的李小雁正疲惫地躺在床上熟睡，她身边的光线正在渐渐转暗，看起来天马上就要黑了。就在那天色完全要黑下来之前，她躺在那里忽然睁开了眼睛，却没有动，她和她面前的摄像机静静对视了片刻之后，忽然就对着它神秘地笑了。

很快，那笑容就像一滴水一样融化在了镜头里无边的黑暗中。

鲛在水中央

1

　　昨夜山间淅淅沥沥一场微雨，我在半睡半醒之间听到雨滴正拍打着这漫山遍野的落叶松、柞树和云杉。

　　树下开着野玫瑰、老虎花、茭蒿。层层叠叠时远时近的雨声在无边的森林里游荡，雨滴从树叶间滑落的回声又冷又远，流年在梦中暗换。

　　大概昨晚喝得又多了些，蜡烛都没吹灭就睡着了。醒来才发现那支蜡烛在半夜已经自行燃尽，只在桌子上结下一堆皱巴巴的蜡泪，里面还裹着一只小飞蛾的尸体，琥珀一般。

　　我朝地上一看，那只肥大的塑料酒壶静静卧在我的鞋边，里边还有半壶酒。我每晚都要从这酒壶里倒出一碗酒来，点着蜡烛一边喝酒一边看书，跳动的烛光把我的影子扣在了墙上，比我自己大出好几倍来，像座狰狞的建筑耸立在那堵墙上。

　　大多数的夜晚，我都是这样打发过去的，点支蜡烛看本书，看上几页抿上一口酒，再看几页再抿一口。下酒的多是些山里的花鸟鱼虫，或是把山里采来的木耳用开水焯一下，用蒜泥和野葱拌了；或是把土豆放进炉灰里埋一个下午，到了晚上把烧焦的土豆壳敲开，再往冒热气的沙瓢里撒点盐。

柳木桌上胡乱堆着一摞书和杂志，有《老残游记》《红楼梦》《唐诗百话》《三言二拍》《诗经译注》，杂志多是些《读者》和《书屋》，还有几本破破烂烂的《今古传奇》。除了这张柳木桌，屋子里还有橡木柜、核桃木椅子，都是在我小的时候，我父亲用这山里的木材亲手做的。

当年铅矿倒闭后这些家具都留在了职工宿舍里，多年以后我回来打开这间宿舍一看，这些家具居然还是我当初离开时的样子。如同寒潮一夜忽至，不及躲避，冰雪下到处锁着栩栩如生的鱼虾尸体。因为地处深山，铅矿倒闭之后连电也被停掉了，现在这整座废弃的铅矿里就住着我一个人。

我朝挂在墙上的那本巨大的日历看了一眼，2008年4月17日，这是我住进这废弃铅矿里的第四年了。每年过年买年货的时候我都要下山买这样一本巨大的日历回来挂在墙上，上面庞大鲜红的数字隔着老远就能跳到人的眼睛里。因为一个人在深山里待久了，会感觉像掉进了时间的黑洞，无论宇宙间又孵出多少个新鲜的日日夜夜，都会立刻被这无底的黑洞吸收进去，被消化殆尽。

人被裹挟在这黑洞当中时会有一种类似于要永生下去的恐惧感，无边无涯，有时候过着过着居然连自己的年龄都会突然忘记，一时疑心自己是不是已经活了几百岁。想想一个失去年龄的人就这么无限地奔走在时间里，没有个歇脚处，甚至不知道自己什么时候才能死去，便觉得又是可怜，又是好笑。

我穿好衣裤出门打水。铅矿大门外的树丛里藏着条清澈见底的小溪，山里的溪流都这样，只能满山听见环佩叮咚，似在脚边又似在身后，却终是无迹可寻，在这山中久居才能掌握其秉性。我提了一桶水回屋洗脸刷牙，又在门口的泥炉上熬了点小米粥做早饭。

吃过早饭之后，我对着墙上残留下来的半面镜子细细把下巴刮干净，把头发三七分梳整齐，又喷了点摩丝定型。然后穿上一件卡其色衬衣，打好那条蓝底白点的领带，外面再穿上一件深蓝色西服。我一共有三件衬衣三套西服两条领带，三套西服的颜色款式都一模一样，是多年前请同一个裁缝做出来的。所以以前老有人以为我一年到头就一身衣服，从来不换，其实是我来来回回已经换了多少次了别人并不知道。

把自己穿戴整齐是我每天早晨起床之后的一个重要仪式。就是这一整天都不过对着山林和鸽子，我也不敢在仪表上有丝毫懈怠。真的是不敢。这是一种站在断崖边上的感觉，稍不留神就会掉下去。一个人住在深山里，整天除了植物和动物，没有任何观众，自然是身上随便披挂个麻袋都能出入，可是我不允许自己这样随心所欲地塌下去，或者，掉下去。

穿戴整齐后，我照例在荒凉的铅矿院子里巡视了一圈。铅矿四面环山，如在井底，破败的采矿车间门窗洞开，里面住着年深日久的黑暗。当年卖剩下的几台锈迹斑斑的破碎机和球磨机，如年老的象群挤在黑暗里等待死亡。干涸的浮选槽里长满荒草，槽边是当年开采的矿石，有铁矿石、金矿石、铅矿石。我太熟悉这些矿石了，铅矿石里有紫色的晶体，黄铁矿石里有一种金黄色的光泽，金矿石看起来反倒没有黄铁矿石那么耀眼。废弃的高炉默立着，水塔顶上住着一大群野鸽子，只要往水塔上随便扔块石头，那群鸽子就会呼啦啦从水塔顶上炸起来，仓皇地四散而去，到黄昏时分，又会在一轮血红的残阳里飞回来栖于塔顶。

我站在水塔下仰着头看了会儿鸽子，继续往前逡巡。山里的寂静所产生的压强挤压着我，有时候竟会把我一路挤压向童年，我养了一黑一灰两只兔子做伴。我记得我小时候就养过这么两只兔子，每天放学后头一件事就是兴冲冲地跑过去喂它们。这中间的四十多年忽然被挤成了薄薄的一扇门，我推开一看，那一黑一灰两只兔子居然还在门后，好像从来没有长大过，也从未离开过。

我独自走过矿区的幼儿园、医疗室、图书馆，这些阒寂无人的废墟散发着类似于坟墓的气息。但我走在这废墟里还是不由得觉得亲切，像走在曾经的自己里面，从前的那个少年包裹着如今已到中年的我，像小时候玩过的俄罗斯套娃。

我八岁那年随着父母从山东的一个海岛来到这深山里的铅矿，父亲从海岛上的一名军人转业成铅矿上的小干部，母亲则在矿上的图书馆做了管理员。我二十九岁那年离开了倒闭的铅矿，四十岁那年又一个人回来了，回来时铅矿已经是一座无人的废墟。

我重返铅矿的那个晚上，整个矿区没有电，我也没有准备蜡烛，到处是最原始的黑暗。荒草早已过人头，矿区的骨骼和周围毛茸茸的密林如血肉长在了一起。荒山密林之上是一轮巨大的明月，我感觉自己像忽然退回到了远古的洪荒时代，满目只剩了山林和月光。月光像大雪一样隆重地覆盖着这片废墟，我乘着月光重新游荡在阔别已久的故地。

我记得我推开少年时代最熟悉的图书馆的门进去，所谓图书馆其实就是两间简陋的平房，门口那把管理员的椅子是空的，布满灰尘和蛛网，母亲曾经就坐在那里。几排书架空旷荒芜，我曾借过的那些书都已经不见了，只有地上还零散地扔着一些书，月光从门里涌进来，那些书被淹没了，闪着银色的磷光。

被月光淹没的一瞬间，我又有了那种置身于水底的感觉，好像是在童年那个海岛的海水里，我一直向海底游去，直到水压即将把我挤爆。周围海水的颜色在慢慢变深，有大鱼和灯笼般的彩色水母从我身边游过，那时，我看到那些大鱼往往会觉得敬畏和尊重，我会给它们让路，因为它们看上去古老而庄严，像人类的祖先。

我又好像正潜在那个藏在这深山里的无名湖底。那个湖的周围全是密不透风的参天古木，树林阴森森的看不到头，林间飘荡着鸟儿们各种古怪的叫声。有风吹过时，成片的树林在嘶吼，而湖面却静极了，像面大镜子，在阳光下有一种璀璨的感觉。而那湖底却是幽深恐怖的，水极清澈，能看到大片大片墨绿色的水草，像女人的长发一样在水中鬼魅般地招摇着。鱼儿们在其中嬉戏，柔软的蛇鱼和水草交缠在一起，湖底到处是长满水藻的毛茸茸的石头、贝壳。

在这湖底还有一具人的尸体。那具尸体这么多年里一直就沉在这水底，却是因为，他身上压着一块巨大的石头，是石头把他锁在了这湖底。

我第一次见到他的时候，他还是完整的、新鲜的，还是一个人的形状，呈现出石灰一样僵硬的滞白。等我第二次再潜入湖底找到他的时候，他已经开始变得残缺不全，鱼儿们把他身上脸上咬得坑坑洼洼的，他的一只眼睛被鱼吃掉了，变成了一个模糊的大洞。右手上的肉已经被鱼啃噬干净了，露出了雪白的骨头，那只露出白骨的手就那么在水中安静地张开着，还有几只一寸长的小鱼正叮在那手骨的缝隙里觅食。

我仔细辨认，不是水，只有满地的月光。我从地上捡起一本满是灰尘的书，就着月光看到是一本破旧的《矿产资源勘查学》。我又捡起几本书走出了图书馆，我像小时候来借书一样抱紧它们，仿佛它们可以给我御寒。那个夜晚，我坐在外面的石阶上一根接一根地抽烟，我的背后是黑暗如古堡的图书馆。

半夜了，我听到周围丛林里有沙沙的声音，那可能是一只野兽。巨大的月亮就悬在我的头顶，在这无人的深山里，月亮看上去极大极亮。因为有月亮在，我心里静了些，到了后半夜，居然就靠在墙上睡着了。

第二天，我把我少年时代和父母一起住过的那间宿舍收拾了一下住了进去，屋里的家具都还是我当年离开时的样子，只是落满了厚厚的灰尘。

安顿下来之后，又经过一番踌躇，我决定去看看他。

于是我朝着那片藏在这深山里的无名湖走去。我一直相信除了我，世上没有谁还会知晓这个湖的存在。我还是个少年时就找到了这个秘密存在的湖，那时候因为刚从海岛迁徙到这山林里，我浑身干燥难忍，于是漫山遍野地找水想游泳。山里只有腿肚那么深的小河流，没法游泳。铅矿的工人们告诉我，这山上是不可能有湖水的。但我相信我在山间已经嗅到了湖的气息。

就这样，我跟着弯曲的山间河流一路寻找，河流忽隐忽现，多数时候河流都是藏在柳树林里的，因为柳树逐水而生，有水的地方就有柳树。遇到石头多的地方，河流就会变急促变大声，喧哗着从柳树林里钻出来。在阳光下明亮地流一会儿，忽然又不见了，再见到它时，却是清泉石上，有一尾野生的金鳟鱼在水中倏忽掠过。

我就这样跟着河流走进了一片阴森的原始密林，在那不见阳光的密林里穿行了很久。周围的树木越来越高大古老，越来越茂密蓊郁，但那条河流从不曾断开，一直向前流动着，行走着。我相信，只要河流没有断开，我就不会迷路，所以，我一边恐惧着，一边却还是紧紧跟着这河流前行。忽然，树木一下消失了，前方静静地、耀眼地跳出了一片湖。

湖就在这密林的中央。

后来的很多年里我都不舍得告诉任何人关于这个湖的存在，仿佛这是一个只属于我和这个湖的秘密。我一直记得我第一次跳进那湖水里游来游去的感觉，像从干燥陌生的生活里挤进了一道潮湿的裂缝。

后来我一直相信这面湖就是世间留给我的一道缝隙。

我走出铅矿的大门，再次跟着河流往深山里走去，走进那片阴森的密林，走着走着，忽然有一片湖水像梦幻一般出现在了我眼前。无名湖看起来和五年前一模一样，碧绿的湖面静得可怕，一丝皱纹都没有，似乎在这几年时间里它不曾被任何东西打扰过。我先是在湖边静坐了一会儿，然后站起身来佯装着散步，仔细观察了一番周围，不见人影，只有无边的密林和倏忽掠过的鸟影。我脱了衣服慢慢潜入水中，以免惊起太大的波纹。

平静的湖面下存在着另外一个丛林，有植物，有动物，也许在这样的湖底还有一位维护秩序的统治者，类似于龙王或者水妖。我在鬼魅般的水草间游来游去，寻找着记忆中的那块大石头。终于，我在幽暗的湖底看到了那块大石头，它依然在那里，轮廓没变，只是身上已长满青苔，这使它看起来变臃肿变柔软了。

然后，我看到了压在石头下面的那具尸体。墨绿色的湖底上一点刺目的白。他还在原地，只是已经变成了一副干净的白骨，上面居然连一点皮肉都没有了，那白骨像瓷器一样洁净，安宁肃穆，竟让人不再觉得恐惧。有一条小蛇鱼从他头骨的左眼眶钻进去，又从右眼眶钻了出来，摆摆尾巴游走了，看上去在这湖底玩耍得天真无邪。

在我身边游来游去的鱼儿们看起来似乎都格外肥大，这使得它们身上有一种妖气。我开始使劲划动双手双脚，向泛着微光的湖面升去。

转眼间我已经独自在这深山里住了四年了。四年里我开垦了十几亩山地，种上土豆和莜麦，因为这山上早晚温差很大，特别适合土豆和莜麦的生长。秋天收成了以后拿到山下去卖，平时在山上采的木耳蘑菇晒干了也拿到山下去卖。我太了解这片山林了，每个季节有每个季节的蘑菇，我还知道在这山林里只有橡树可以长出木耳，而且只有冬天砍倒的橡树长出的木耳最多，有时候一根倒在地上的橡树密密麻麻地长满了木耳，像长出了无数只耳朵。所以在每年冬天的时候我会砍倒十来棵橡树，好等到来年采木耳。

我还在下面半山腰的三条路岔口处开了个小饭店，挂了个木牌，白底上有四个红字：岔口饭店。那是公路还能通到的地方，路边有间废弃的护林人住过的小屋子，灶台是现成的，还有炕，屋里只够摆一张饭桌。

我的饭店里平时只做四样菜：过油肉、酱梅肉、野鸡炖山蘑、烩土豆。只在春天和夏天的时候偶尔用香椿、苜蓿和蒲公英拌点凉菜。我从不用鸟铳打野鸡，响声太大，我的办法是把粮食拌上酒，撒在山林的空地上，野鸡吃了粮食之后就会醉倒，躺在那里就睡着了，如果是冬天，睡着之后就被冻死了。第二天捡到的野鸡已经硬邦邦的，一碰还叮当作响，像用玻璃做的。而且醉倒的野鸡都是一对一对的，因为它们喜欢夫妻结伴而来。偶尔，如果捉到一条蛇，我也会把蛇炖了吃。当我一剪刀下去把还在扭动的蛇剪成两截时，我心里还是会暗暗一惊，为自己身上那些已经暗中发生的变化而吃惊。我曾经可是连只虫子都不忍心踩的人。

去我饭店吃饭的人不算多，多是些进山拉木料的大车司机和进山采木耳的人，偶尔还有些专门赶过来找我的故人。因为我没有电话，这里便成了我和昔日故人们唯一一个隐秘的联络处。

在矿区里巡视完一圈之后，我从大门出去，沿着山路往林子里走了几步路，准备给兔子割些苜蓿。进铅矿的这条僻静的山路没有通公路，早已被世人遗忘在深山里，又经过山洪的冲刷和野草的侵略，已变得越来越窄，有些地方几乎要消失了。在这条山路上我从来没有碰到过任何人，如果真的碰到一个人，他看到一个穿着西装打着领带戴着眼镜的男人正在那里割兔草，估计也会吓一跳。

我回去把兔子喂了，又在水塔的周围撒了些玉米粒喂鸽子，然后便准备下山一趟。我半个月左右会下一次山。所谓下山就是到山下附近一些村庄的小卖部里买些日用品，那些村庄，即使最近的也要三十里路。我有时候用钱买，没钱时就用我在山上采的木耳来换。木耳的价格很高，山下的村民都认木耳，所以木耳在这一带就像货币一样好使。

我背上包，骑着一辆旧摩托车往山下驶去。刚开始的时候，我下山都是靠走路，一走就是半天时间，往回赶的时候还得走夜路。据说在山上走夜路的时候，会碰到有人在背后拍肩膀，这时候千万不要回头，因为那多半是狼在用它的爪子敲你的肩膀。狼在当地被叫做麻虎。我倒不怕遇到狼，因为我知道所有的动物其实都是怕人的，它们不会主动攻击人。而且动物能看出人身上的火焰，遇到火焰高的人，它们就会远远避开。所以我走夜路的时候从没碰到过任何野兽。

走完那段崎岖的山路就上公路了，在这山路与公路连接的地方，常年有一处浅浅的水洼，这水洼附近便成了蝴蝶的家园。夏天每次走到这里，都有成千上万只蝴蝶在我身边飞来飞去，有的还会落在我头上、身上。回来的时候又是一身蝴蝶。

这次下山我要去的村庄离铅矿有三十多里路。这个村庄有一个雅致到奇怪的名字，落雪堂。不知道是不是和村口的那棵大杏树有关。这村口有一棵巨大的千年杏树，因为年老，树根盘结突出，竟可以供十几个人同时坐着乘凉。树冠则庞大得有些遮天蔽日，好像整个村庄都不过是这老树孕育出来的子嗣。每年到了清明前后，一树杏花如雪，有风吹过的时候，落花几乎要把整个村庄都埋起来了，一直要到五月，这个村庄才能渐渐从花醉中苏醒过来。

我先是骑着摩托车去了一趟村里的小卖部，买了一支牙膏一块肥皂两包蜡烛，然后再骑到村西的范听寒家门口。

2

村西有处十间瓦房的大院子就是范听寒家的。这座院子在整个村子里都显得鹤立鸡群。范听寒在院子的周围种了很多垂柳。

正是四月，门口的一排垂柳绿得如烟似雾，在层层鹅黄烟障的最后面，是一扇带着小飞檐的街门，门口左右各一个鼓形石礅，门的后面是一个几米深的狭长门洞，一个瘦小的老人正独自坐在门洞里饮酒。这个老人就是范听寒。我放下摩托车，站在门口恭敬地打了个招呼，范老师，这是已经吃午饭呢？

范听寒闻声连忙站了起来，走到门口迎接我。他大概有七十五岁，但看起来比实际年龄更老些，奇瘦，而且在我看来他似乎一年比一年更瘦，好像正试图慢慢地从这个世界上隐遁而去。驼背，背上扣着一只巨大的驼峰，走路的时候整个人简直就是一把折尺，从腰那里向前弯成了九十度，所以总是身体还没走过来的时候，头已经自己先到了。

又因为驼背，他走路的时候总是把两只手高高地搭在背后，不然一垂下来，两只手都快碰到地面了，估计他是怕给人一种感觉好像他是在用四肢走路。他背着双手，驮着一座大驼峰，像只年迈的骆驼一般慢慢踱到我跟前，努力朝上翻起两只眼睛看着我，用大同口音说，你过来啦？来，进来喝两杯吧。

我也不推辞，跟着他走进门洞，在小木桌旁的竹椅上坐下。木桌上有一碗手擀面，有半玻璃杯白酒。认识也有四年了，我大概知道他的一些生活习惯。他一日三餐只吃手擀面，绝不吃一口稀的，一大把年纪了还是顿顿自己擀面。

他每天早晨天不亮就早早起来，光是穿衣服对他来说就是一项难度不小的工程，得穿很久。因为驼背，他穿上衣的时候必须拼命把衣服向空中甩起来，就像中世纪的骑士甩斗篷一样，甩得越高越好，这样衣服才能比较准确地降落在驼背上。他穿好衣服后背着手出门散步，趁着天还没亮，在田间地头溜达一圈，采两把野菜或几朵蘑菇。走出汗了就回家开始洗漱。他很爱干净，每日洗漱的程序非常隆重，要把好不容易才穿上的衣服全部都脱掉，脱光之后把自己浑身上下擦洗一遍，然后再把衣服甩一次，披挂上去。每天如此。

洗漱完之后他开始动手给自己做早饭。他孙女范云冈在镇上的小学教书，周末才回来一次。五年前他的老伴去世了。据他说，他老伴活着的时候，两个人经常吵架，但从不会因为吃饭吵架，因为他们吃饭的口味出奇地一致，那就是，手擀面。他说他儿子和孙女也是只认得手擀面，好像在他们一家人眼里，世上只有手擀面才能算得上是饭，别的都是假的，都是糊弄人的。

早饭就是一碗手擀面。一定要和那种硬得像铁一样的面团，然后用九牛二虎之力把面团擀开。因为面团实在太硬了，擀的时候一定要整个人不时跳起来，把全身的重量都压到擀面杖上才能擀得动。擀好后再切成钢丝一样硬的面条，下锅煮熟，拌点茄子白菜豆腐之类。然后就着一二两酒把面条吃下去。他是一日三顿都要喝点酒的，顿顿不落。且每天都要准时到村里的豆腐摊上割一块豆腐吃，风雨无阻。每天上午割了豆腐往回走的时候，村里人照例要问一句，范老师又出来割豆腐？他一边点头一边微笑，豆腐好，既能当粮也能当菜。

他和我说过，他那老伴过世前终日病病歪歪却酒瘾极大，烟瘾也不小。她每天早晨起来的第一件事就是，二话不说先抱住酒瓶灌自己两大口，再歪到炕上抽根烟，一根烟抽完才算正式起床了。一天当中只要趁老头不注意就抱起酒瓶子咕咚咕咚偷喝两口，而且不管把酒瓶藏到哪里，她都能闻着酒味找出来。吃饭的时候她还要和老头对饮几杯，两个人有时候就着面条下酒，有时候就着一根黄瓜、一根葱、一只梨、一把花生，统统可以下酒。

有时候她呻吟自己腰疼、腿疼、肚子疼，老头把酒瓶递过去，她只要喝上两口就停止呻吟了。老头得到了暂时的安宁，却又得防备她一会儿之后重新开始呻吟，哎哟，哎哟，就不如早点死了好。

有时候喝多了，她会哭着上街，见个人就拽住问，你看见我家范柳亭去哪里了？他怎么走了就不回来了？有时候喝得更多，她干脆就歪在自家门口的石磴上睡着了，夕阳照在她脸上，透亮的涎水从嘴角流下去，一直挂到胸脯上，蛛丝一般。

后来她重病，临死之前已经昏迷了好几天，昏迷中她一直在说胡话，一会儿说，我在几千人的大会上都讲过话，我不怕你们斗我，一会儿又说，同学们，马上就要期末考试了，要抓紧时间学习，把时间都用在刀刃上，一会儿又说，范秋纹、范柳亭，站住，你们要往哪里去？

昏迷了几天，忽然醒过来了，眼睛一睁开倒像是开过刃的钢刀，亮得吓人。她向唯一守在她身边的老头招招手说，老头子你过来。范听寒便驼着背，两只手背在身后，赶紧走到床前。老伴说，给我口酒喝。老头犹豫了一下，把酒瓶子抱过来递给她，她两只手抓过酒瓶子咕咚一声就咽下去两大口，这才说，老头子，我要先走了，以后就不能陪你喝酒了，你自己喝吧。老头子，我年轻的时候宁可和父母绝交都要嫁给你，又跟着你发配到这穷乡僻壤，多少年里连碗小米稀饭都喝不上，儿女都没了，你说我恨不恨你……我又丢东西了，肯定是来串门的老太太们偷走的。农村老太太都不识字，人没文化就是不行哪……你这么多年都去哪了？你怎么瘦成这样？快坐下，我给你擀面去。擀完面我还要去开会，又快期末考试了……要恢复高考了。说完抱着酒瓶子又闭上眼睛睡了过去，此后再也没有醒来。

范听寒不是本地人，是大同人，那是晋蒙交界之处，北魏遗留下来的痕迹浓重，他孙女的名字大约就是出自大同的云冈石窟。

大约是第三次来他家借书的时候，我就问过他，范老师，你是怎么来的这落雪堂？他说，他祖上世代都是读书人，他原来是大同师专中文系的老师。1958 年的时候学校也在轰轰烈烈地打右派抓典型，有一个做临时工的老师向教育局检举揭发范听寒用的是一支进口的派克水笔，还成天向别人夸赞外国造的水笔就是好用。那临时工看来也不是观察他一天两天了，筹备已久的样子，把他说过的话都记在笔记本上，还注明年月日，大约是想顶替他的工作岗位。教育局很重视，专门成立了调查小组去学校查这件事情，结果一调查证实不少老师确实听他说过这样的话。

于是，他的右派身份很快就被确定了，站在全校师生面前被批斗了几次，之后又被发配到地处晋西的偏远的落雪堂进行改造。他老伴当时是个中学的校长，辞职跟着他一起流落到落雪堂。后来虽然平反了，但年龄已经大了，城里的房子早被没收充公了，除了落雪堂竟也没有别的地方可去，便留下来在此终老。

我又问他，范老师，你这么大年纪了，怎么顿顿都吃手擀面？还擀得这么硬，不怕消化不了？他不好意思地说，早些年饿着了，几年吃不上一口干的，顿顿喝汤。后来我们全家都是一看见稀饭就害怕，每顿饭都要看见面心里才觉得这是吃过饭了，如果是吃了菜啊粥啊之类的，总疑心自己刚才其实并没有吃过饭。末了他又补充道，我儿子范柳亭小时候老是吃不饱，只能喝米汤，所以个头才长了这么点。

他用手比画到我胸前，范柳亭才长这么高。手比画完放下去了，脸上却抱歉地笑着。

这是第一次听他说起他的儿子，我脑子里轰隆一声巨响，久久没有说出话来。呆了片刻，我又有些疑心自己是不是听错了，便用一种惊讶得有些过头的语气说，你还有个儿子？怎么从来没有见过他？他叫范什么？

他又说了一遍，范柳亭。

我的心脏几乎要蹦出胸腔了，我怀疑我此刻看起来脸色煞白，因为他忽然就问了一句，你怎么了？

我勉强按捺住自己擂鼓般的心跳声，想抽支烟，摸了半天却连烟盒都没有摸到。我一只手揣在口袋里，虚弱地笑着说，哪两个字？是柳树的柳，亭子的亭？

是的。

哦，柳树的柳，亭子的亭，范柳亭，好听，读书人家起的名字就是好听。

也是因为我一向喜欢柳树。

好听，这名字真是好听。范老师，你儿子他……是做什么的？能盖起这么大的院子。

他呀，成天就折腾着办厂子了，什么铁厂、油厂、铸造厂都办过，就是瞎折腾。

我终于费力地把烟盒掏出来了，准备点烟的时候看到自己的那只手正在发抖，便又把烟放下了，只是很惊讶地反复说，是吗？你儿子原来还是企业家啊？还办过厂子哪？

我忽然发现他好像正看着我那只拿烟的手，那只手还在轻微地发抖，我一紧张就这样。我把那只手重新塞进口袋里，一边假装掏东西，一边找话说，那范老师你就这么一个儿子吗？怎么不见他在家里啊？

说到这里，他说话的语气反而平静下去，像在说别人家的事情。他说他本来还有一个女儿的，叫范秋纹，比儿子大好几岁，当初因为要求进步，没跟着他们来落雪堂，后来才二十多岁就自杀了。范柳亭是他唯一的儿子，几年前外出做生意就再也没回来。又过了几年，他母亲都去世了，他还是没有回来，至今生死不明。

我听了又做出非常惊讶和惋惜的表情，嘴里连连说，啧啧，这样啊，唉，真是的。

后来我断定范听寒顿顿都要吃手擀面的另外一个原因就是，吃得下手擀面证明他身体还硬朗，还可以坚持到他儿子范柳亭回来的那天。

那天我敬了他好几杯酒，自己也喝了一杯又一杯。他说，你这么远跑过来借书，不赖，爱看书，真不赖。我说不出别的话来，只是一遍一遍地重复道，有缘分，范老师，我和你有缘分，这就是缘分。

喝完酒之后，他背着驼峰走到院子里一辆改装过的三轮小推车旁边，推车里是一只垃圾桶。他抱歉地对我说，你先坐着，等我先把垃圾倒出去，放久了招苍蝇。说完便弓着腰低着头使劲推那辆三轮车。我先是呆呆地看着他，然后像忽然清醒过来一样，猛地起身，几步走到三轮车前，拎起那只垃圾桶就往外走。

我把垃圾倒到垃圾池里，又在垃圾池旁边蹲下来，抖着手抽了一支烟才走回去。他弓着腰站在门口，像是一直在等我，见了我却只说了一句，谢谢你了。我拎着空桶茫然地立在院子里，不知道接下来该做什么，手里明明还拎着那只空垃圾桶，却忽然扭头对他说，范老师，我这就帮你把垃圾桶倒掉。

他没有接话，只是驼着背站在门洞的阴影里静静地看着我。

此刻，又是在他家的院子里，我坐在小木桌的一旁，看着驼背的老人又拿出一只杯子，杯子里有半杯白酒。他把酒递给我，说，锅里还有擀面，你自己吃多少就盛多少吧。我说，我是吃过饭才来的。他说，你老是这样。

然后他坐下来继续喝酒吃面，背着大驼峰，上身折叠在膝盖上，下巴几乎就要搁在桌子上了。从某一个角度看过去，我忽然惊悚地发现，他已经老得不大像人类了。尽管没有下酒的东西，我还是默默陪着他喝完半杯酒，是当地打的五十三度的散酒，叫梨花春。这酒入口烈，但余味爽净，喉间有清香。

杯里的酒都喝完了，他才问我，书又看完了？我恭敬地说，都看完了。说完就从身上背的包里取出几本书和杂志双手还给他。他接过书，连连摇头，像你这么爱看书的人却开个小饭店，也真是可惜了，你就没想过再做些别的？我忙说，人各有命，看书也不能当饭吃。他又摇头，可惜，真是可惜了。

他背着手踱回屋又取出两本书和杂志给我，他有每年订阅新杂志的习惯。两本书是《古诗十九首集释》和《雪堂集》。我每次来他家的时候，都要先把上次借的书还掉，然后再借几本新的带回铅矿去看。我把新借到的书装进包里，顺便掏出一包晒干的木耳放在了桌上，说，范老师，你要多吃点木耳，对身体好，吃完了我再给你带过来。

他点头，又递给我一张叠好的冷金宣纸，说，我又给你抄了首诗，读唐诗就是要多体会那种水中之月的意境。唐诗看起来写的都是些山水，其实那是自然之道，就是天地间本来的样子，所以唐诗里写的其实是一些最恒久最牢固的东西。相比之下，你看我们人的一生反而短暂多变，倒是最不牢靠的。所以读诗能让人心安。

我打开那张纸，是一首用毛笔小楷抄写的《春江花月夜》。我重新叠好，很小心地装进包里，然后开始满院子地找活干。这几年里我已经习惯了，每次来了都要帮他把院子收拾一遍，把垃圾倒掉，把厨房里的水瓮蓄满水，把菜园子里的杂草除净，给蔬菜和花卉浇浇水。干完活我又低头巡视一遍院子，发现甬道上的一块红砖翘起来了，容易绊倒人，便把这块砖挖出来又仔细铺平了。

好像已经差不多该走了，但我还是想和他多待一会儿，见桌子有点不稳，我就地做了个楔子插进了榫卯里就稳当了。有穿堂风从门洞里经过，风里带着杏花的香味。我看到他在院子里种的两棵海棠树也开花了，海棠花香很淡，不到跟前是闻不到的，走近了却能感觉到一缕阴柔的冷香。

树下有一口大水缸，缸里养着两条鲤鱼。我朝那水缸里微微瞟了一眼，两条鲤鱼正在缸里游来游去。我只看了一眼便像是感到很嫌恶一样，目光飞快地移向别处。窗台上卧着几只去年收的大南瓜，还有一只洁白如玉的西葫芦。估计都是村民们送给他的，村民们都恭敬地叫他范老师。

这时候我像想起了什么，猛一回头，发现他还坐在门洞里，似在静静地观察我，他脸上半明半暗，看不出是什么表情。我不由得愣了一下，暗暗悔恨自己在这里又待久了。

每次都这样，总是怕自己在这里待得太久。

3

我记得四年前我第一次出现在他的院门口也是在这样一个春天的午后。

柳枝新染，杏花满天，我也是穿着这身西装，打着领带，他当时也是这样坐在门洞里驼着背正喝着小酒。恍惚间我真的有了一种错觉，觉得中间这厚厚的几年时间原来不过只是薄薄几页，风一吹就轻轻翻过去了。

当时我站在门口，有些紧张。为了能在与世隔绝的铅矿里待下去，我能想出的最好的办法就是看书。我想问他借书，又怕被拒绝。我在门口踌躇半天，终于还是主动上前对他招呼道，你就是范老师吧？我听说你家的书特别多，就找了过来，不知道我能不能借几本看看，我保证一看完就给你还回来。

他用略有些浑浊的眼睛打量了我一会儿，慢慢地说，以前从没有见过你，听你的口音不是这个村里的人吧？

我避开他的目光说，我小时候是在山东长大的，后来父母调动工作我跟着来到这里，我就是在这附近长大的，也算当地人，只不过不会说当地话。

我说的是实话，这些经历没必要说假话，况且，我确实是异乡口音。

他一直没有放下手里的空酒杯，把目光从我身上移开，似在对着酒杯说话，你父母是从外地调过来的？那是不是县里的晋华纺织厂？那里的外地人多。

我第一次听说县城里还有个晋华纺织厂，我甚至不知道这个厂是不是真实存在的，但我还是回答了一句，是。我不想让人打听太多关于我的事情。

这时又听他说，你是山东长大的，山东什么地方？

我稍微犹豫了一下，说，日照。

他说,哦,海边长大的。

我心里乱跳,不知道他为什么要强调海边。我只好不语,表示默认。

他又问,那你现在做什么工作?我记得晋华厂在1998年就倒闭了吧。

我说,没工作了,我就自己开了个小饭店。

他问,在哪?

我又犹豫了一下,说,在凤城镇。

他说,镇上啊,我孙女就在镇上的小学教书。那学校你知道吧?离你的饭店远吗?

我有些口干舌燥,但还是听见自己尽量平静地说,不算远,不过我没进去过那学校。

他又说,在镇上开饭店,那你也住在镇上吧,十几里地,你怎么会找到我这里?

我说,听有个去我饭店里吃饭的人说起过,说你书特别多,大概是你们村的人去镇上赶集吧。

我确实是在镇上听别人说起范听寒家里有很多书的,但不是在我的饭店里,而是在我摆摊卖木耳的时候。

他还是没有放下那只杯子,说,哦,这么说,你喜欢看书?

我忙说,从小就喜欢,我十几岁的时候,只要能逮住一本书连夜就看完了。

他说,你上过几年学?

我说,我当年高考落榜了,没上过大学。

他说,你来我这里就是专门为了借书?

我说,是的。

他翻起眼睛看了我一眼,我忍不住又一阵紧张,只听他说,你今天是为了借书专门打的领带吗?

我忙说，不是，我平时就这样，习惯了。

他说，讲究点是好习惯。你想看什么书？

我说，什么书都可以。

他说，什么书都可以？喜欢看书的人可不是这样的。

我说，我是来借书的，哪还能挑三拣四。

他说，诗词能看懂吗？

我说，懂得不多，但心里喜欢。

他说，那你等一下，我进屋给你找几本。

他终于放下那只杯子，起身回屋。我坐在那里悄悄看着他那只杯子，却仍然发现它真的只是一只再普通不过的杯子。他拿着几本书出来，驼着背慢慢走到我面前，又把我上下打量一番，这才把书递给我，说，你看看能不能看进去。我连忙把书接住，有些惶恐地说，范老师，我保证一看完就还回来。他缓缓调转了伸在最前面的脑袋，跟在后面的是大驼背，只给我留下了半截背影。他边往里走边说，你这么喜欢看书，要是不想还回来就当送给你了。

我出了门，走过那排柳树，向自己的摩托车走去。他的最后一句话让我眼睛一阵湿润。

4

这时候又是一阵微风吹过，海棠花如胭脂粉团一般簌簌落了一地，有几片花瓣飘进水缸里，那两尾鲤鱼便游上来争相啜食花瓣。

我曾在他借给我的一本书的扉页上看到他用钢笔写下的几行字："遵四时以叹逝，瞻万物而思纷。悲落叶于劲秋，喜柔条于芳春。心懔懔以怀霜，志眇眇而临云。"

那一刻，我忽然有些明白我为什么在后来还要一次次地去找范听寒了。这几年里，其实我已经不止一次地下过决心不再去那院子里了，可事实上，只要过一段时间，我还是会再一次出现在他家门口。

告别范听寒之后，我骑着摩托车出了村，一直向西一路爬山路来到那个三条路的岔口。这个地方在半山腰，经常有一些拉木料的运输车经过这里，我的小饭店就开在这岔口处。因为顾客来得不固定，我开张的时间便也不固定，另外就是，这样别人也不容易找到我。

停好摩托车开饭店门锁的时候，我一低头忽然发现一只西服袖子已经磨破了。这才想起这件西服已经穿了好多年了，我已经有多年没有为自己添置过一件新衣了。这让我有一种突如其来的悲凉和恐慌，但我还是脱下西服小心翼翼地挂在门后，正了正领带，挽起袖子开始准备做晚饭的材料。

两天前我在饭店的门缝里收到杨晓武塞进来的一封短信，说他来过一次我不在，两天后的晚上他还会来岔口饭店找我。我一边做饭一边等着他来。

我把昨天捉到的一只野鸡砍掉头，无头鸡又蹒跚着走了几步才倒下，没有了头的脖子像龙头一样喷着血。我等着它彻底不动了才开始拔毛，收拾干净，剁成块，和发好的山蘑一起炖在锅里。放的野茴香和月桂叶都是我在山里采的，快熟的时候再撒上一种叫栀莫花的香草，香味奇异，虽然它容易招徕回头客，但我又暗自担心这奇异的香味会吸引来更多人。炖上鸡肉之后我在灶洞的炉灰里埋了几个土豆。土豆是去年秋天收成的，我专门挖了个土豆窖存放土豆，这样就可以一直吃到来年秋收。

暮色在一层层加重，渐渐地，外面的山林又一次堕入了巨大的黑暗之中，从这小屋的窗户望出去，幽暗的山林正张着血盆大口欲吞噬一切。远处的山路上亮起两束灯光，灯光蹒跚着渐渐逼近，是进山拉木料的大卡车。大卡车没停，从饭店门口呼啸着过去了，刚才从窗户照进来的灯光支离破碎地涂在墙上，飞快地繁殖出各种形状，在一个瞬间里长满了这间小屋，又转瞬之间便凋落下去。

野鸡的香味近于蛮横，溢满整个房间，我没有点蜡烛，只身坐在黑暗中抽烟。

杨晓武是我当年在监狱里认识的。那是1983年，那年我十九岁。前一年刚刚高考落榜，又没有合适的单位可去，便整天窝在家里写小说，为了熬夜写小说还学会了抽烟，烟瘾竟越来越大。写好的小说再工整地抄一遍，然后去邮局投给杂志社。那时候我成天梦想着能成为一个作家。

我记得那是一个黄昏，矿上已经下班了，人声寂静，我写了一天小说也累了，便走到矿区的院子里散步。这时候迎面走来一个姑娘，我不认识，估计是矿上的新职工。那姑娘可能刚去澡堂洗完澡，头发湿漉漉的，穿着一条碎花长裙，抱着脸盆正往过走。平时在矿上看到的基本都是清一色的工作服，在那个黄昏忽然看到一条这样的碎花裙，我忍不住盯着那裙子多看了几眼。等姑娘走过去了，我又回过头看着她穿长裙的背影。第二天我正趴在窗前写小说的时候，矿上保卫科的人忽然来我家找我。原来是昨天穿碎花裙子的姑娘告到保卫科了，说我耍流氓。

我并不知道当时正在"严打"，就这样我被关进了监狱。鉴于我确实没有具体的肢体触摸，但毕竟已经用目光对女性进行了一番猥亵，流氓罪已经坐实，只是刑期不算太长，判了我三年有期徒刑。能和杨晓武在狱中成为朋友，是因为他和我一样，也是高考落榜生，比我还早了一年。1983年那年他正在第二次复读，准备再考一年。那天他正在家里复习功课，他表哥忽然在窗外大声喊他出去帮忙，表哥在和人打架又打不过，叫他出去帮忙，他拎着擀面杖出去打算帮表哥，结果只是站在边上观望了一会儿，还没来得及上手就被赶来的公安逮捕了。

我坐在黑暗中又点上一支烟，炉灰里的土豆已经烤熟了，散发出一种植物肉身的芳香。我想起那几年狱中的生活，干活、打架、刷尿桶都不算什么，我最怕的就是看不到字。监狱里只允许看《人民日报》和《山西日报》，就这两份报纸，被我反反复复看了一遍又一遍。我看的时候不是一句一句地看，而是一个字一个字地看，很小心地把每一个字含在嘴里，不舍得咽下去，生怕看完就没有了。像在冰天雪地里赶路，必须储备好足够的粮食。

几支烟抽完，估计时间差不多了，我点上一支蜡烛，把炖好的野鸡扣在一只粗瓷大碗里，把烤熟的土豆从灶洞里掏出来，拍了拍上面的灰，堆在盘子里。它们看上去像一堆丑陋的卵石，但是恬静简朴，让人觉得心安。这种心安我在问范听寒借的一本书中也曾读到过："村舍外，古城旁。杖藜徐步转斜阳。殷勤昨夜三更雨，又得浮生一日凉。"

我拿出一壶散装高粱白倒进一把白瓷酒壶里，摆在桌上，又洗了两只酒盅。这套酒具是我父亲当年在矿上评上先进工作者时发的奖品，他到死都没舍得用过一次。多年以后被我从床底下翻了出来，居然还完好无损。

就在这时，门外传来了一阵很轻的敲门声，敲得小心翼翼的，不仔细听还以为是风声吹过。我问，谁？门外的声音说，海涛，是我。他不知道我现在的名字已经改成了郭世杰。

我拉开门，裹着一团黑暗钻进来的果然是杨晓武。他来回搓着手，埋怨自己道，都怪我，其实我已经到了好一会儿了，远远看着你这饭店里一直黑着灯，以为你不在，就在附近的林子里等着你来。这林子在晚上还真是瘆人，我看到屋里忽然有亮光了，这才敢过来敲门。我有些不客气地说，你一个大活人长着两只囫囵手，就不知道先过来敲敲门？你说好要来，我能不等你吗？

我们在桌子两边坐下，我给他倒了一盅酒，又扔给他一个烤土豆，说，饿了吧，先垫垫。他把土豆掰成两半，轻轻吹着热气，也不蘸盐，很小心很斯文地咬了一小口，慢慢咽了，然后才说，还行。我不想再多看他，我看着他他就不敢放开吃。我说，来，先喝上一盅，又有一年没见了吧。他连忙举起酒盅，我们连着干了三盅酒，他还是不敢放开吃，一个土豆吃了有一个世纪那么久。他开始是慢慢把土豆瓤掏出来吃，吃到最后就剩下了两只薄薄的土豆壳，贝壳似的。他犹豫了一下，把土豆壳也撕开放进了嘴里。大碗里的菜他只敢挑着吃蘑菇，鸡肉却半天没动一筷子。我说，吃肉啊，别光吃蘑菇。他嘴里嗯嗯着，筷子还是绕过鸡肉挑着蘑菇。

一支蜡烛快要燃尽的时候，他才勉强说了一句，海涛，你这饭店现在生意怎么样？我使劲抽了一口烟，就着猛然跳动起来的烛光打量着他，他穿着一件灰扑扑的旧夹克，里面是一件看不出颜色的圆领秋衣，眼睛下面挂着两个大黑眼圈，嘴角还沾着些土豆泥。

在跳动的烛光里，他看上去浑身上下好像只剩下这一张脸，这张巨大的脸发着光，而其他的部位都已经被黑暗消化掉了。我不忍心告诉他去擦一下嘴角，只说，吃饱了吗？土豆还有。他低着声音，不太确定地说，饱了。我说，再吃一个。他犹豫了一下才说，算了，饱了。我又抽了口烟，说，这么小的饭店你说能怎么样？有口饭吃就算不错了，我们这样的人还想怎么样。

他坐在那里半天没言语，我也不说话，等着他开口。其实我知道他此行的目的，无非就是借钱。他比我在监狱里多待了一年，自打出来之后，每次找我基本上就一件事，借钱。说是借钱，其实根本也不会有还的那天，所以和乞讨也没多少区别。正是因为和乞讨差不多，我才没法拒绝他。我不知道他出狱之后靠什么为生，他也不说，多半是些非法的事情，却又常常连饭都吃不起，四处借钱，然后被要债的人追得东躲西藏。但我知道，他变成如今这个样子并不是什么奇怪的事情，因为，从监狱里出来的人绝大部分会变坏而不是变好，或者只会变得比从前更坏。我当年在监狱里的时候，正是已经嗅到了这样的危险，才拼命想找到一切有文字的东西来保护自己，拼命写文章给狱里办的报纸投稿。

猛烈的跳动之后蜡烛彻底燃尽了，蜡尸里冒出的呛人青烟弥漫在重新黑暗下来的屋子里。我没有再起身点蜡，还坐在原处不动，桌子另一边的人也坐着没动。突然而至的黑暗紧紧包裹着我们，让我们都感到了某种奇妙的轻松和熟悉，好像我们就昨天还一起在狱中的大通铺上挨着睡过。

那时他一次次对着我的耳朵讲，他第一次高考就差了1.5分，后来又变成只差了1分。就1分啊，他反复说，就1分啊。似乎只要说得足够多，那1分就会像壁虎的断尾一样自行再长出来，长成一副完整的肢体。现在，他和我之间就隔着一张木桌，隔着这木桌，我都能感觉到他紧张的心跳声，好像他的神经已经像榕树的气根一样长满了这张桌子。

外面又过去一辆大卡车，车灯的余光照进屋子里，飞快地掠过他的脸，他的那张脸便在黑暗中短暂地浮现了一下，很快又沉下去了。灯光紧接着照到了我的脸上，我被晃得闭上了眼睛。就在这时候他忽然开口了，他语速很快地说，海涛，有点急用，能不能再借给我一千块钱？

我终于还是等到了他这句话，果然没有任何意外。我反倒放心了些，明明已经放心了却扭过脸，对着他那团黑乎乎的影子说，你不能一直就靠着借钱活吧，你也得自个儿想办法挣钱啊。

他坐在黑暗中忽然低低地短暂地笑了一声，这笑声让我打了个寒战，只听见他说，说是容易说，你说像我这样的人去哪里挣钱呢？

我的声音忽然高了几度，那你也得自己想办法啊。

说完这句话之后，两个人都咔嚓静了下去，半天没一点声音。我有些后悔刚才自己虚张声势的高嗓门，其实，在他来之前我已经把要借给他的钱准备好了。我曾听说当年我们的另一个狱友在出狱后四处流浪，不知怎么跟着人吸上了毒，后来为了问人讨要五十块钱，便随时可以跪下来喊人家一声爸爸。

杨晓武坐在桌子那头像块生铁似的，冰凉，一动不动，我忽然很害怕他会跪在我面前，我连忙从口袋里取出准备好的一千块钱递给他。我说，这是一千块，拿去用吧。他不作声，默默地把钱接住，装进了自己口袋里。然后我又说，你赶紧下山吧，你看我这里根本住不下两个人，我就不留你住了。哪天再来提前告诉我。

我不想让任何人知道我住在哪里。

他仍是沉默着，站了起来。我不打算再点蜡，免得看到彼此的表情。他在黑暗中朝我坐着的方向看了几秒钟，又对着窗外黢黑的山林愣怔了几秒钟，却没有再说话，然后嘎吱一声打开屋门，很快便消失在了阴森森的山路上。

我独自骑着摩托车回到深山里的铅矿，整个铅矿没有一点亮光，万顷碧空中斜挂着半轮焦黄的月亮。我回到宿舍点起一截蜡烛，倒了一碗酒喝了两口，身上有了暖意，才慢慢在桌子前坐下，抖着手打开今天白天范听寒递给我的那张纸，上面写着一首诗："春江潮水连海平，海上明月共潮生。滟滟随波千万里，何处春江无月明。"

那一晚，我一直不敢脱掉身上的西服和领带，只有这身衣服似乎还能给我一点点做人的体面。我就那么穿得板板正正的，坐在烛光里，高声把这首诗读了一遍又一遍。"不知江月待何人，但见长江送流水。白云一片去悠悠，青枫浦上不胜愁。"我不敢停下，似乎只要一停下，就会发生化学变化，我就会在瞬间变成杨晓武，或者变成那个给人跪下四处讨钱的狱友。一直读到半夜，终是累了，夜空澄澈，烛光阑珊，最后竟趴在桌子上睡着了。

5

几年前，那是我第四次出现在范听寒家门口。

我停好摩托车，从那排柳树下走过。微风过处，无骨的柳梢从我脸上拂过，柔软得不像是这人世间的东西。我闭上眼睛仰着脸任由它抚摸。

从我上次知道他是范柳亭的父亲之后，我就明白我不该再来这里了。可是，一个月后，我还是又一次来到了他的家门口。

他正戴着一副老花镜坐在门洞里看书，看书的时候，他的上半身往前趴着，整张脸几乎都要埋进书里去了。我站在门口无声地看着他，我想，就这么站一会儿也是好的。可他像是已经嗅到了我的到来，他把脸抬起来向门口看过来。

我走进去把上次借的书还给他，又给他带了一包干木耳和一包羊肚菌。我说，范老师，看书呢？我还书来了。

他摘下老花镜，说，是你啊，可有段时间没来了。

我忙说，最近事情多，老抽不开身。这是上次问你借的书，都看完了，还想问你再借几本，不知道行不行。

他说，你都什么时间看书呢？

我说，晚上。

他说，晚上就不看电视？

我说，我不爱看电视。

他说，也不用给孩子做饭什么的？

我略略迟疑了一下，说，有我父母和老婆给孩子做，用不上我。

他说，怪不得有时间看书，家里都不用你管。这些天你也读了一些诗了，和我说说有什么感受。

我听到自己的声音里忽然跳动着一种喜悦，我知道这样也许并不好，却也不想太掩饰。我说，在晚上读诗，读完后心里觉得既安静又亮堂，连心里的害怕都少了。

对面的老人手里拿着花镜，忽然抬起头盯着我又仔细端详了几分钟。我背上一下绷了起来，意识到刚才还是有些忘形了，我一阵后悔，不知道该坐该站。这时只听他慢慢地说，也不知怎么了，我总觉得你不大像是开饭店的，但我也说不好你到底像干什么的。

我好像被什么笨重而巨大的东西狠狠地往前推了一把，我猛地站了起来，像是急于要离开，却终究没有迈出步子，只是口干舌燥地辩解道，我真是开饭店的，别的我都干不了，又没文凭，正经单位进不去。我也想去坐办公室，人家哪会要我。我就做饭还可以，所以只能干这个。我看书真的是为了打发时间，真的，没事干的时候看看书就是个消遣，和别人打牌看电视是一样的，就是个消遣。

他盯着我看了半天，忽然就笑了那么一下，只是极短促。他说，看来你那饭店也忙不到哪里去啊。

我有些疲惫地坐下说，小饭店。

他扛着自己的大驼背慢慢站起来，顺势把两只手背在身后，说，你倒真是个喜欢看书的人。不少喜欢看书的人想过自己也要写出一本书来，你想过没有？

我飞快地摇摇头，没有，我不是那块料。

我感觉他的眼睛还一直盯在我身上，只听他说，确实，大部分人是写不好的。我那儿子年轻的时候也想过写书当作家呢，后来也发现自己不是那块料。其实看书不光是为打发时间，养心最重要。你等一下，我进屋给你找书去。

听到他再次提起他儿子，我打了个激灵，像是忽然感到了一股寒意，整个人却又变得异常兴奋，没话找话道，那他后来怎么就不写了呢？要是一直写着，说不定也成作家了。

他没搭话，慢慢走过去掀开竹帘进了屋。我独自站在寂寂的阳光里，阳光煦暖，我却感觉自己仿佛又沉入一片湖水中，而范柳亭坐在一只小船上正飘过湖面，他恰好就位于我的头顶，我能窥视到他的身影，他却看不到湖中的我。我没想到，他年轻时居然也想过写书当作家。我独自冷笑了一声，抬起脸来看太阳，阳光蠕动在我脸上，我忽然就一阵难以抑制的心酸，不知究竟是为他还是为我，又差点掉下泪来。

这时范听寒抱着两本书出来了，把书递给我，书里夹了一张冷金宣纸。他说，看你还挺喜欢诗词，读多了你就知道了，好诗都是有蕴光的，有一种山水之外的东西，读完以后会觉得心性宁静疏朗。

两本书是《纳兰全词》和《二十四诗品》。我放好，道谢。他忽然指着放在桌上的木耳和蘑菇说，每次都带木耳来，你都从哪里弄来的？

我镇静地说，山上采的。

他费力地抬起头看了我一眼，说，这么说你经常上西山？

我没有看他，其实我很讨厌自己不看着对方的眼睛说话，但我更讨厌自己盯着对方。我听见自己说，只是偶尔去一趟，采点木耳蘑菇什么的回来，我饭店里做菜也要用嘛。

他的声音忽然之间有些异样，或者我怀疑只是我听错了，只听他紧接着问道，那山上都有什么？

我感觉自己插在口袋里的手又在发抖，我悄悄吞吐了一口气才故作轻松地说，山上嘛都一样，到处都是树，有的树下有蘑菇，有的树上长着木耳，对了，山上还有野鸡。

他说，到处是树，那你进山里采木耳不会迷路吗？

我说，我会看树叶，树叶长得稠的是东面，稀的是西面。这也是我听别人说的。

他说，听人说那山上还有狼？你也不怕？

他说的是狼，不是麻虎，这让我再次感觉到我们两个其实都不过是异乡人，是某种同类，这让我感到一种虚弱的安全。我攥紧的拳头在口袋里略略放松了些，说，好像确实有吧，不过我没见到过，狼也得晚上才出来吧。

我没有说野兽其实都是怕人的。在他面前，我生怕哪一句话就忽然说错了。

他说，唉，这么多年里我一直想着要上那山上看看究竟有什么，因为腰不好，一直没去成，现在老了，就更去不了了。

我从自己的声音里听出一种虚假的客套，我说，不怕，哪天你想上去了我带你去。

他笑笑，只说，这两本书你先拿去看吧，看完再来。

我装好书并不急着走，先帮他把垃圾倒掉，又在院子里转了一圈。我发现菜园子里的两架豆角已经枯死了，便和他商量，拔掉豆角种些别的菜吧。他拿出一把芹菜籽。我拔掉豆角，在菜园子里种了两排芹菜，又进厨房把水瓮接满水。这时看见他驼着背要往出走，说要出去打点散酒回来，我忙说我帮你去买。我去小卖部买了一桶五斤装的梨花春，买了一斤五香豆腐皮和一包卤花生米拎了回来。我说，范老师，你晚上自己慢慢喝点，这是些下酒的，今晚就不要擀面了，省点事。要不要我留下来陪你喝点？

嘴里这么说着我却不肯再坐下。他转身去看海棠树，驼背上落了两片叶子，因为驼背几乎是水平的，如果不帮他摘掉，估计这叶子他会就这么驮一整天。再加上他走路的姿势，倒像是刚刚加入人类的一只天真的老龟。

他没有回头看我，只说，天黑了路上就不好走了，你先回吧。

我对着他的背影说，范老师，那我走了。

他像是没有听见，还是不回头，只是翘首默默看着海棠树。

他的背影看起来分外瘦小，驼峰却奇大。

我注意到他坐的那把椅子已经很旧了，一坐上去就嘎吱作响。

6

晚上我给自己倒了碗酒，先喝了一口，然后在烛光里展开范听寒夹在书里的那首词："十年生死两茫茫，不思量，自难忘。"一句读罢，脑子里轰的一声，他难道是故意让我读这首词？难道他已经觉察到了什么？我没有心思再读下去了，披上衣服，走到外面去抽烟。

　　山里的温度要比山下低出好几度，入夜之后凉意更重，我一边抽烟一边在草丛里徘徊，荒草上的露珠打湿了我的鞋袜也不觉得。大约已到半夜，山中虫鸣越发幽咽，风入废墟，草木萧瑟，我甚至能在夜风中闻到藏在深山里的无名湖上传来的潮湿气息。这缕潮湿的气息像只从黑暗中伸出来的柔软的手，只把细细的指尖从我脸上轻轻划过。我出了一身冷汗。抬头一看，一轮金色的大月亮正压在头顶，月光澄净，好像要逼着这山间所有的鬼魅都现出原形。

　　我回到宿舍，又喝了两大口酒，然后就着烛光，壮着胆子把那首《江城子》读了一遍。"十年生死两茫茫，不思量，自难忘。千里孤坟，无处话凄凉。纵使相逢应不识，尘满面，鬓如霜。夜来幽梦忽还乡，小轩窗，正梳妆。相顾无言，惟有泪千行。料得年年肠断处，明月夜，短松冈。"

　　一遍读罢，算是读懂了，我的眼泪忽地就下来了。少年时代母亲总对我说，一个男孩子家不能老是爱哭，没出息。没想到二十多年过去了，依旧秉性难改。我披衣出门，在青铜器一般古老的月光下又高声吟诵了一遍，这次仿佛是专门为了那早已葬身湖底的人读的。如果可能，我倒真的希望他能听到这首词。

　　在这个深夜里，我觉得自己像个神秘的信使，正往返于幽明两界传递着什么。

7

　　又到了凤城镇赶集的日子，我一大早起来把兔子喂了，把鸽子也喂了，自己吃了一口昨晚的剩饭，然后把这几个月攒下的干山蘑干木耳装了半口袋，准备拿到集上去卖。

临出门的时候我站在半面镜子前犹豫了一下，我知道这样穿着西装打着领带蹲在集市上卖木耳会让我显得过于扎眼，而且看起来多少会有些怪异。但也就犹豫了那么一下，我终究还是不能允许自己脱下这身西服。我打了那条暗红碎格的领带，头发上喷上摩丝，梳成一丝不乱的三七分，戴上眼镜。这样的装束虽散发着危险的气息，却也给了我某种与世绝缘的安全感，好像在这样的外表下我就可以自行繁殖，在最内里处生生不息下去。穿戴好之后我把蘑菇木耳和折叠马扎绑在摩托车上便出发了。

凤城镇离铅矿大概要四十里路，逢每月的农历十五都是赶集日。我赶到集市上的时候，大大小小的摊位都已经摆出来了，把街道的两边塞得密不透风。摊主大多是附近的村民，也有远道而来的游贩，他们以赶场子为生，像猎狗一样只要嗅到哪个村子里正赶集就会赶过来，他们开着改装过的三轮车或四不像（一种又像摩托车又像拖拉机又像汽车的乡间交通工具），晚上就猫在车厢里睡觉。

集市上有卖衣服的，如袜子、内裤、秋衣秋裤、纱巾、小孩的衣服，还有老人们死前要穿戴的装裹。这些衣物都用竹竿子高高挑起来好引人注意，因为要竞争，竟是一家挑得比一家高，使整个集市看起来像座摇摇欲坠的巴别塔。一有风吹过，挂着的衣物们便你追我赶，迎风招展成一大片，有种富丽堂皇的感觉，硬是把下面赶集的人都淹没了。

也有卖蔬菜的卖水果的卖干货的卖零食的，就不像卖衣服的那么招摇凶悍，很自觉地聚集在另一片，画地为牢一般在各自面前摆个小摊，人就在后面招揽生意。我放好摩托车便也向人们挤了一小块地盘加入进去。

果然，我在一群小贩中间很是扎眼，来来往往赶集的女人们都会朝我多看两眼。有的走过去了还要回头看一眼，有的边看我边窃窃私语，有的在捂嘴偷笑。还有的本来正聚精会神地挑干货，一不小心眼睛在我身上瞟了一下，就像看见空气一样，继续低头挑木耳，低下头去却像忽然感觉到了哪里不对，连忙又抬起头补看了我一眼。这一眼，才真正看到了我，直直地盯住我看了有一分钟，然后先感到不好意思了，又慌忙低下头去。买了木耳后匆匆离去，又忙把走在前面的一个女人叫住，回头把我指给她看。

我一点都不觉得奇怪。前些年里，我即使在公园里看湖水的时候，也会有年轻的女孩子故意把我拍进照片里做背景的。早年在广州还遇到过两个有钱的中年女人提出要包养我。因为我不仅对着装有要求，对自己的体重和身材也一直控制得比较严格。我知道这么多年里我一直保持这个样子其实对我并不利，最好的办法是我能让自己在十年八年之内变得面目全非，完全变成另外一副模样，直到没有人能认出我。可是我终究不忍心那样去放逐自己，那是一种被赶入时间黑洞的感觉，我将彻底失去最后一点尊严。

我一低头又瞥见了那已经磨破的西装袖口，它像一道盔甲上的破绽，又像一种从我身体内部蔓延出的疾病。我居然迟迟不肯再为自己添置一件新西服。这不是什么好兆头。我心里一颤。

正午时分，赶集的人们纷纷回家做饭，集市上冷清了不少。小贩们也开始吃午饭，大都是随身带的干粮，馒头、火烧之类，就着凉水吞咽下去。我也不例外，随身带了两个馒头，一瓶蘑菇酱。只是，蒸馒头的时候我在面里掺了些山上摘来的槐花，所以馒头里有一种槐花的清香。蘑菇酱也是我用山上采来的蘑菇自己做的。

在山上隐居的几年时光里，我悟到一点，人只要随四季而动，便能获得一点心安。我会在春天的时候去采摘那些山中的榆钱、槐花、野韭。夏天的时候采摘山蘑、木耳和各种野菜。秋天的时候漫山遍野都是野果，我会把沙棘熬成果汁，把山桃做成罐头，把松子剥下来在炉子上炒熟。冬天的时候我会在雪地里捉野鸡，捕獾炼油，会把藏了一年的好酒拿出来在冬夜围着炉子喝掉。

在我慢慢嚼馒头的时候，周围的几个小贩都好奇地瞅着我。可能一个穿西装打领带戴眼镜的人蹲在这里嚼着凉馒头确实滑稽了点。这时我旁边一个摆摊卖粉条的老头凑过来搭讪，伙计，你不是这里人吧？看着你是个高级人，怎么也来赶集挣这两个小钱？

我眯起眼睛看了看正午的阳光，金色的会繁衍和滋生一切的阳光，和二十二年前的阳光并没有任何不同。

1986年，我从狱中被无罪释放，陆陆续续还有些当初被错抓进去的人也被放了出来。出狱后的第一件事自然是找工作，没有工作就意味着没有收入，但工作还是很难找，又是从监狱里出来的，虽说是无罪释放，但各种单位还是避之不及。当时社会上正流行下海从商，很多有公职的人辞职下海做生意。经过再三考虑，我决定也下海经商，便和一个也是刚刚放出来的狱友赵胜利结伴南下广州贩卖小商品。

第一次去广州的时候，我俩坐了三十二个小时的绿皮火车一路蜿蜒到岭南，下了火车，手脚都是肿的。广州的植物叶子阔大，藤萝交缠，看起来都杀气腾腾，到处是榕树、木棉、棕榈这些宽嘴大眼、长相奇怪的植物。我们靠路边小摊上的肠粉和鱼蛋充饥，用麻袋把当时北方还没有的那些小商品贩回去。两块钱一个的电子表，回去后卖四十块，零售则八十块。十五块钱一副的麻将，回去后卖一百五，零售价三百。《金瓶梅》一套三十块，回去后卖一百五，零售价三百。一块五一身的童装，回去后卖十五。三十块钱一盘的录像带，回去后可以卖到一百五。回去之后，一下火车就已经有小贩们在车站秘密等着接货，我们偷偷把带回来的货物批发给他们，他们贩到手后再到解放大楼前、五一大楼前、海子边这几个据点高价零售掉。

此后一年多的时间里，我和赵胜利就这样，坐着水泄不通的绿皮火车一趟一趟往返于山西和广州之间做着二道贩子，在当时也被称为"倒爷"。

有一次，我和赵胜利正走在广州的街头，有一个乞丐过来向我们讨钱，让我们吃惊的是，他讨钱时说的竟是山西方言。一问才知道，他也是早几年南下广州做生意，结果钱被骗光，自己身无分文，又没有亲戚朋友在广州，无处投靠，想回家连张车票都买不起，最后只好流落街头靠乞讨为生。乞丐在听到赵胜利说出乡音的那一瞬间，泪哗哗地流了一脸，把一张脏脸冲得沟壑纵横。

那次我们回山西的时候就把那乞丐也一起带了回去。后来偶尔也会联系一下，前几年他告诉我他当上会里乡的乡长了，让我尽管过去玩，他包吃包住包玩，还说要让我甩开腮帮子好好吃几顿会里乡的柏籽羊肉。

这样来回跑了一年多之后，我们手里渐渐有了些钱。那次在广州过夜的时候，赵胜利说要带我去找小姐。那时正赶上岭南的回南天，广州的雨下得无日无夜，到处都是雨滴的滴答声，滴答滴答，滴答滴答，水珠像泪痕一样顺着潮湿的墙壁缓缓往下爬。

那是一栋破败的广式小楼，小姐住在楼上，斑驳的墙壁长出了滑腻的青苔，腐朽的木楼梯上生出了蕈子，阳台上养的一棵三角梅像蛇一样爬满了整个阳台，有一枝水红色的花枝还爬进了房间，像蛇信子一样。窗外是一株巨大的木瓜树，挂满了大大小小乳房一般的木瓜，熟透的木瓜在雨中跌落到红土里，发出沉闷笨拙的回响。

那个小姐是本地人，矮个子，高颧骨，大嘴巴，褐色皮肤。假睫毛，血红嘴唇。我不敢问她的年龄，因为她不会说自己的真实年龄。也许在半夜，我会看到她忽然现出原形，银灰的头发，细密的皱纹，竟然像我慈祥的母亲盘腿坐在这雨中的阁楼里。

我说，就和我聊聊天吧，这样下雨的夜晚最适合聊天。她说，大佬，倾计都要畀钱嘅。我说，我会付你钱的，你要多少？她说，二百蚊。我说，我给你，你陪我聊天就行，你要不愿说话就听我说。她说，好嘅，多谢喇。

窗外的雨一晚上都在滴答、滴答，滴在塑料棚盖上，滴在木瓜上，滴在三角梅上，榕树的气根在雨中吐出舌头，欲缠住一切。我整个晚上都坐在那阁楼的木床上不停地说话，我的声音像雨滴一样滴在腐朽的木地板上。

　　"我讨厌这样的雨，都快发霉了。"

　　"哦。"

　　"我喜欢小时候待过的海岛，不过后来我更喜欢大山里。你不知道，在山林里有多好，就是挣不到钱也不会饿死。我可以一个人在山林里一躺一天，什么都不想。"

　　"哦。"

　　"我讨厌广州，讨厌粤语，像到了外国。"

　　"哦。"

　　"我要说我坐过监狱，你会不会怕我？"

　　"系咩。"

　　"干这个真的不适合我。"

　　"哦。"

　　"我觉得世上最好的工作是当个图书管理员，像我妈那样，清静自在，还有书看。你觉得做什么最好？"

　　"哦。"

　　"我也讨厌我自己。"

　　她忽然就说了一句："边个唔憎自己（哪个不讨厌自己）？"

　　……

　　这是我最后一次跟着赵胜利到广州，此后就再也没去过。在家赋闲半年之后，我顶替父亲成了铅矿上的一名正式工。2004年我独自隐居到废墟般的铅矿上时，赵胜利已经摇身变成了资产数亿的开发商。

　　二十二年后的阳光不多不少地落在这个小镇的这条街道上，落在我和一群小贩的身上、脸上。身边卖粉条的老头见我不想说话，便转头与别人聊去，一边聊一边喝着装在大罐头瓶里的凉开水。

我挺直腰板坐在一堆蘑菇和木耳的后面，努力遮掩着磨破的西装袖口，怕被人看到。

我忽然想起很久以前在哪本书上看到的一句话："一旦我想要向另一个人诉说它，它就立刻变成乌有。"

8

我再次来到范听寒家门口。那晚读完那首《江城子》的时候，我又一次以为我再也不会来了。

天气已经热起来了，我还是穿着那件卡其色的衬衣，打了那条蓝底白点的领带。我把前几天刚做好的一张核桃木椅子从摩托车上卸下来，走过柳树下，柳叶已经长如小鱼。我正了正领带，门大开着，门洞里没有人，我提着椅子穿过阴凉的门洞走进了院子里。

菜园子里，黄瓜已经蹿了很高，其中一棵已经挂了一根顶着黄花的小黄瓜。他穿着一件改制过的斗篷一样的白汗衫罩住驼背，一条铁灰色大短裤，露着两条爬满青筋的秸秆腿，脚上却规规矩矩地穿着袜子和皮凉鞋，正站在院子里的水缸边低头看鱼。

我恭敬地立在那里，说，范老师，我来还书了。

他艰难地把白花花的头颅连带着整个上身都向我转了过来，像在调转一辆重型卡车的车头。他说，过来啦？又有阵子没来啦，快坐。

我把新做的椅子摆在地上，说，我看你的椅子太旧了，就抽空给你做了一把新椅子，核桃木的，能用得住。

他弯腰盯着新椅子看了好几分钟，说，原来你还会木工？手真是巧。这木料是从哪来的？

我被夸了一句，略有些忘形，张口说，木头是从山里找的。说完这句话我一阵后悔，慌忙打岔，范老师，你坐下试试。本来早该过来还书了，就是最近又比较忙，老是抽不出空来。

他摘下那根顶花的小黄瓜递给我，说，忙着打理你的饭店？说明生意还不赖。

我惶恐地连连摆手道，黄瓜还这么小，你留着下酒吧。生意就那样，我也就是混口饭吃。现在干什么都不好干了，不比八十年代，钱越来越难挣了。

他那只干枯的手还在空中伸着，我只得把那黄瓜接住了，咬了一小口，忽然感觉到他坐在对面的椅子上正看着我的一举一动，我额头上出了一层细细的汗珠，便索性几口下去把那黄瓜吃掉了。只听他坐在椅子上说，八十年代你也就二十多岁吧，那时候你在做什么呢？

我把那根黄瓜嚼完，缓了口气才说，当年我不是没考上大学嘛，就在家里闲了两年，每天在家里跟着我妈学做饭，后来就顶替了我父亲的班去厂里当工人了。1998年的时候工厂不是都倒闭了嘛，我下岗之后就出来自谋职业开了个小饭店。

他点点头，那时候能顶班算是好出路了。

额头上的汗珠悄悄凉了下去，我唯恐他话里再有埋伏，便主动问道，范老师，你最近身体还好吧？

他的眼睛不再看我，只看着院子的某个角落说，身体还行，就是怕躺着，晚上睡下之后要想翻个身，那实在太困难了。这驼背太大，像个龟壳一样都翻不过去，必须得坐起来，再换个方向躺下去。我看见你们这些能躺着翻来翻去的人就羡慕。现在年纪越来越大，腰越来越弯，连坐起来都开始费事了，得用两只手慢慢拄着自己，半天才能起来。

我说，范老师，你这背怎么驼成这样？

他说，当右派被批斗的时候脊梁骨被打伤了，后来又得了骨质增生，也没治，脊柱都变形了，就彻底直不起来了。

我说，可不是，那时候还有人都被打死了的。

他说，其实我也差点要被打死了，不过当时我钻了个空子。我刚被下放到落雪堂的时候，村里人知道我原来是个读书人，到了晚上没事做就凑过来让我给他们讲《红楼梦》，讲《三国演义》。那时候又没电视，村里人识字的也少，晚上没什么娱乐，我就讲书给他们听，从《红楼梦》讲到《水浒传》，他们把我当成了说书人，把我家原来住的那间破房子围了一圈又一圈。后来我挨的批斗越来越厉害，晚上关在牛棚，每天挨打呀，就快要撑不住了。一天晚上，忽然有个村民进来悄悄把我带了出去，但他不让我回家，而是把我带到他家藏了起来。他家是老房子，有个以前挖的地道，他就把我藏在里面。每天白天的时候给我送两顿饭，到了晚上他就去地道里找我。你猜他要干什么？他让我讲书给他听，他不识字。我就凭着记忆，把看过的书一本一本地讲给他听。在他家地道里藏了几个月出来后才知道，当时和我一起挨批斗的那些右派，有好几个已经死了。我能活到今天，你说这不是钻了个空子是什么？

我手指间已经只剩下一个烟屁股了，就快烧到指头了，我还是就着烟屁股狠狠又抽了两口才踩灭。然后我说，真不容易啊。

他忽然紧盯着我那两根熏黄的手指说，你抽烟一直这么省？

我略微点了一下头，淡淡地说，就是个习惯，要不一年下来烟钱也要花不少。

这个习惯是我在监狱里养成的。在监狱里没有烟抽，等母亲从外面送进烟来又迟迟等不到，烟瘾犯了就在地上捡别人扔掉的烟头抽，有的烟头已经小得可怜，可我还是有办法让自己从最小的烟屁股上再抽上一口。

他还是盯着我的指头说，我以前也抽烟，后来我老伴抽得比我还厉害，我就戒了，省下给她抽。她抽烟喝酒都比我厉害，我都由着她，人家年轻时跟着我私奔出来，没享过什么福，还落了一身病，成天七病八痛的，要是不抽点烟喝点酒，活着还有什么乐趣？

我说，你们老两口每天在一起抽烟喝酒，也挺有意思的，像哥们儿一样。

这时候毫无预兆地忽然就听见他问了我一句，你觉得我儿子还会不会回来？

我并没有看他，只是很专心地又点上了一支烟，想了想才说出一句，这个不好说吧，主要是谁都不知道他到底去哪了。

他好像正盯着我的脸说话，有时候我觉得他肯定还会回来的。你看我不就活下来了吗？你知道为什么我能活下来？有时候，只要能找到一道缝隙，人就活下来了。

我只是专心抽烟，并不言语。

他又说，可有时候我又觉得他可能再也回不来了，他再也回不来也有他的道理。其实他并不是块做生意的料，却总以为自己什么都比别人强。大概是活在一个小村庄里，没见过世面却偏偏比别人多看了几本书，也是被我害的，还不如踏实地做个农民。

我抬起头眯着眼睛装作在看天上的云。我漫不经心地说，都是为挣钱养家嘛，做生意也没有错的，只要不坑蒙拐骗就好。

他一动不动地看着我，你说谁？

我从天空里收回目光，笑着说，这年头骗子还少吗？有些人为了赚钱什么事都能做出来。我看现在有些骗子还专门跑到村里来骗老人，范老师，你可要当心啊。

他还是坐着一动不动，嘴里说，我都这把年纪了，没钱没家产，还怕被骗？倒是我那儿子，我就怕他是在外面被人骗了。

我忽然就无法克制地冷笑了一声，说，怎么会呢？他那么聪明的人怎么会被人骗，估计只有他骗别人的份。

他的头猛地从驼背上昂了起来，他急切地问了一句，怎么，你认识我儿子？

我意识到自己刚才太愚蠢了，便抽了两大口烟来平复表情，我听见自己终于平静地说，不认识。但像你读过这么多书的人，以前又是大学老师，你的儿子怎么能不聪明。

他复又叹气道，他呀，初中上完就没再上过学，成分不好，老被人欺负。闲在家里倒是看了不少的书，后来我平反后托关系给他安排了个中学英语老师的工作，可他根本教不了。在学校混了两年，实在混不下去了，后来就辞掉工作跟着别人下海去了。

我嘴角还挂着一丝冷冷的笑容，我说，还有人离家十几年了又回来的，说不定哪天他忽然就站在家门口了。

想到范柳亭可能已经在我之前把范听寒的这些书都看过了，我不禁生出了几分奇怪的恍惚和悲伤，还有一种愤怒，好像我身上的某些部分和他已经交缠到了一起，我连甩都甩不掉。正胡乱想着，忽见正屋的竹帘一挑，从里面走出一个人来。

我吓了一跳，因为每次来都是范听寒一个人守着个空荡荡的大院子，没想到屋里竟还藏着个人。这人站在屋檐下，肩膀倚着墙，手搭凉棚朝我们坐的方向张望了一会儿才走过来。走近了才看清楚，是个二十多岁的女孩。薄嘴唇抿着，眼睛看人直愣愣的，长着和范听寒还有范柳亭如出一辙的瘦长脸，上身一件半袖T恤衫，下身一条低腰牛仔裤，中间露着一截白晃晃的腰。光脚穿着拖鞋，露出的脚指头用指甲花染成了红色。

她一走过来就冲范听寒说，爷爷，我和你说过多少次了，不要见人就说我爸的事，你又不知道他到底在哪，谁也不知道他是不是还活着。我又不是没出过门，出门在外的人怎么可能几年不想和家里联系？

她讲的既不是落雪堂的方言，也不是范听寒的大同话，她讲的居然是一口异常标准的普通话，字正腔圆，显得略有些滑稽。在这样一个小村庄里，忽然听到有人用这么字正腔圆的普通话说话，倒好像这普通话是偷来的，听的人只觉得比说的人更不好意思。

听她说完这几句话，我心里明白了，大约这就是范听寒说起过的他那个叫范云冈的孙女，她平时在镇上小学教书，只有周末才回来。原来今天是个周末，我在山中待久了，早没有了周末的概念。以前虽没见过，但老听范听寒说起，我倒也大致了解一些她的情况。范云冈八九岁的时候，范柳亭做生意赔了，还欠了不少债，范云冈的母亲便和他离了婚，远嫁他乡。范柳亭又经常在外做生意，所以范云冈基本就是由爷爷奶奶带大的。1995年的时候，范云冈十六岁，因为范柳亭的生意再次亏本，家里用钱紧张，范云冈为给家里减轻负担，便考取了一所师范学校。

事实上她是这个国家的最后一批中师生中的一个。因为在她刚刚读完三年中师的时候，师范学校就或被取缔或经过合并被改成了大专。她毕业那年，政策刚刚由国家包分配改成双向选择，她说，凭什么只能你选我不能我选你，便一个人跑到省城去找工作。在省城跑了两个月之后，又灰头土脸地回到了落雪堂，只要有人问她工作找得怎么样，她便暴躁地吼道，当初是谁让我去上中师的？是我自己愿意去的吗？后来村里人明知道她会怎么回答，还是故意要一遍一遍地问她，免费看马戏一样。

吼多了以后她渐渐疲软下来，不再像个母金刚，索性连门也不怎么出，成天赋闲在家，不是陪着爷爷奶奶喝酒就是翻范听寒的书解闷，倒也练出了一身酒量。有一年过年前和奶奶一起出门买年货，却在村里碰到了几个放寒假回家的大学生正聚在雪地里一起聊天。她连奶奶都不要了，不顾她在雪地里走不动，只顾自己像个石头雕成的人物一样，大义凛然面无表情地从他们身边经过，又面无表情地走到了自己家的院子里，直着腿进了屋，关好门窗，方才扑到床上号啕大哭起来。她上中学时有个要好的女同学，后来因为这女同学考上了大学，她便自此和那女生绝交了，连面都再也不见，只要远远看见疑似对方的影子就赶紧撒腿往回跑，一进院子就关门关窗。

除夕夜，爸爸仍是没有回来，她和爷爷奶奶三个人包好饺子，煮熟了，端上炕桌。然后三个人便盘腿坐在炕桌边上吃着饺子喝着酒。窗外有鞭炮声稀稀拉拉地响着，海棠的枯枝上挂了一盏红灯笼，映着漫天的大雪。三个人喝了一番，渐渐都有些醉了，她奶奶不吃饺子，喝几杯酒，抽一根烟，然后再喝几杯酒，再抽烟，烟就是下酒的。她抢了奶奶的一根烟，点着，叼在嘴角，吐了个烟圈，对爷爷奶奶说，看我像不像个女流氓？爷爷奶奶都看着她笑，奶奶说，你还真是横了心地要做个女流氓。她又道，爷爷，你好歹也是读书人家出来的，以前还是个大学老师，半辈子就窝在这落雪堂，甘心不甘心？

她爷爷抿了一口酒，咂咂嘴唇道，前半辈子是不甘心，后半辈子倒觉得在落雪堂也挺好，每天种花读书喝酒，哪有比这更好的日子。她又问奶奶，奶奶，你从前也是有脸面人家的小姐，你甘心吗？她奶奶扑哧扑哧吸了两口烟，眯着眼睛看着她，笑而不语。她抽完一支烟，拿起酒杯，里面有半指深的白酒，她一口都喝下去了，大概喝多了，倒在炕上又是流泪又是撒娇，你们俩也有一天会像我爹妈一样丢下我不管的，肯定会的，等你们都不在了，我就一个人天南海北地去流浪，死在哪里算哪里，好不好？

她奶奶叼着烟拍着她的脑袋说，我陪你一起去，我们去那遥远的地方，半个月亮爬上来。一根烟还没抽完就醉倒在范听寒的驼背上。范云冈在炕上打着滚叫道，爷爷快给我读《红楼梦》，就读黛玉和湘云在凹晶馆赏月那段，我最喜欢那段。二人遂在两个竹墩上坐下，只见天上一轮皓月，池中一个月影，上下争辉，如置身于晶宫鲛室之内。

范听寒弓腰坐着，只是慈祥地看着炕上老少两个醉鬼笑。过了午夜十二点，窗外鞭炮骤响，大雪初歇，灯笼如血，形状各异的烟花争相蹿到夜空中把午夜照得亮如白昼。炕上一老一少已经睡得东倒西歪，范听寒披上衣服，驼着背，踏雪走到院子里放了一串鞭炮。然后又走到门口，借着飞起来的烟花看着院门口的那条路。路上盖着一层厚厚的原封不动的大雪，上面没有一个曾走到家门口的脚印。

范云冈在家赋闲了近一年之后，还是范听寒舍下脸皮去求了些熟人，最终把她安排到凤城镇小学当了个语文老师。

上班以后有人劝她参加成人高考，好歹混个文凭，毕竟中师文凭是个正在被淘汰的文凭，估计很快就要沦为古董。她嗤之以鼻，好像对自己即将沦为古董这件事毫不惊怯。她上课并不认真，总是有些失魂落魄，有一次一只脚上穿着一只黑色皮鞋，另一只脚上穿着一只白色坡跟鞋就去了教室上课。上课中间觉得有些纳闷，怎么有几个小孩不看黑板只顾偷偷地往她脚上看，她自己低头一看，看到一黑一白两只鞋正像兔子一样蛰伏在她脚上咧嘴笑着。然而，她假装什么都没看到，硬是淡定地把一堂课讲完了又等学生走光了，她才踢着黑白两只兔子走出教室溜回了宿舍。

还有一次是上课中间，老觉得最后排的几个高个子男生盯着她的胸在看，她心里嘀咕，莫不是这些高个子的男生发育得快，已经萌生春情了？她反倒不好意思起来，想把胸尽量藏起来，不料偷偷往自己胸前一看，才发现是早晨出门时没照镜子，胸前的纽扣都扣错了。

范云冈在镇上小学教了一年多的时候，范听寒在落雪堂都听到了关于孙女的谣言，说她和镇上的一个黑社会老大好上并同居了。范听寒一大早给自己擦了澡，穿戴整齐，拎着一只二十多年前的人造革黑皮包，坐着一路上哇哇唱儿歌的公交车去了镇上找孙女。他像只老龟一样，背着大龟壳，慢慢地从公交车站挪到了镇上的小学，又和门卫解释了半天他是来看孙女的。门卫一听找的是范云冈，嘴角轻轻一抿，似笑非笑，让他进去了。

他找到单身宿舍的时候，范云冈正拿着手机在屋里和人骂架，大约对方也是个女人，因为他听到范云冈骂了几句忽然就把怒气刹住了，另外换了一副娇媚的湿答答的腔调，软软地像蛇一样瘆人地对着电话里说，不用急，你还没见过我和他在床上的样子呢。

范听寒扭头就走，又像只老龟一样慢慢挪回公交车站，一口饭没吃，一滴水没喝，又坐着唱儿歌的公交车回到了落雪堂。连着好几个星期范云冈都没有回家，而他直到死也再没有去过一趟镇上。大约又过了半年时间，范云冈忽然回家来了，脸色灰黄，头发都不梳，只随便在脑后挽了一只大丸子。她变得越发不喜欢说话，只喜欢在那些人少的角落里随便把自己发酵成一团，没有形状，可旁人还是远远就能嗅到她身上散发出来的牙齿般的气息，酸凉坚硬，让人不得安宁。

又过了几天，范听寒才听村里有人告诉他，那镇上的黑社会老大前几天忽然暴尸街头，是驱赶几个外地来的毒贩时被对方拿刀砍死的。对方拿着劈柴的砍刀，一刀砍在他胸前，划了个大口子，血喷出几尺远。又一刀砍在他脸上，脑袋顿时飞出去半个，连着头发落在路边一个老头的南瓜摊上。

我正想着她说话的口气听起来既骄傲又天真，一副见过世面又未老先衰的样子，却接着又听见她说，我看我爸只有两种可能，要么是他自己犯了什么罪，怕被抓起来，不敢回家，只能隐姓埋名躲起来不让人知道他在哪，要么就是他已经死了，被别人害死的可能性更大。

听见她最后那句话，我的手一抖，一截烟灰齐齐掉到了裤子上。这时只听范听寒说，小孩子家不要乱说话。我掸掉烟灰忙接话道，这就是范云冈吧，听范老师说起过。只听范听寒叹气道，不是她是谁。

这时范云冈抬起头直直看了我一眼，一双眼睛黑白分明，目光倨傲冰凉，里面还飘荡着一缕水草般模糊的东西。我忽然觉得一阵熟悉，再一想，是当年在范柳亭脸上也见过这种眼神。我不知道她为什么会喜欢上那个比她大十几岁的黑社会老大，只是隐约觉得应该与她无父无母有关。我心里一阵感慨，一时竟说不出一句话来。这时只听见她对我说道，你就是那个老来我家借书的人吧，老听我爷爷说起你。我爷爷说你每次来借书都打着领带，还真是。

我心里对她有些怜悯，却也只是对她点点头，说，习惯了，对别人也是一种尊重。

她像凶猛的鸟类一样一眼又一眼地上下打量着我，忽然问，你真喜欢看书？

我说，打发时间而已，我不喜欢看电视，电视剧我都看不进去，看半天也不知道什么意思。

她慢慢晃到了我面前，目光有些挑衅。我不再看她，低下头去点烟，只听她又问，喜欢看书你为什么不去书店里头买书，倒总喜欢跑到我家来借书看呢？

我吐了个烟圈笑道，为省钱呗，借书看一年也能省下不少钱。书店里的书卖得死贵，我哪有那么多闲钱买书。

她并没有撤退的意思，还在我眼角的余光里顽固地晃动着，听我爷爷说你开了个饭店，生意好吗？

我淡淡地说，小本生意，勉强糊口，挣不了几个钱的。当老师多好，旱涝保丰收，还有寒暑两个假期，我羡慕你都来不及。

她的目光还像刺一样钉在我脸上，她又问了一句，你是不是还经常上西山？我吃过你带来的木耳，都是山里的吧？

我说，偶尔上山采点蘑菇木耳，饭店里做菜要用嘛，顺便捎给范老师一点，总不能白看人家的书。

说完我看了看天色，做出想走的样子。她却像只小狗一样，紧咬着裤腿追着跑，西山上好玩吗？我从来没去过，哪天你能不能带我上去看看？

我笑着说，好啊，随时都可以。

说罢我再次看看天色，然后站起来说，范老师，我还有点事情要办，得先走了。我能再问你借几本书吗？下次来了还你。

那次从范家出来之后，我没有直接回铅矿，而是顺着河水穿过山林又到了那片无名湖边。我在湖边呆坐了好一会儿之后，起身脱掉了衣服。西边开始下沉的夕阳在湖面上铺下了一层碎金，扔进去一块小石子都能看到金色的湖面被犁开了一圈又一圈。仔细看看周围确实不见别的人影，我便缓缓潜入湖中。

我像上次一样游到湖底，找到那块大石头。因为已是黄昏，湖底看起来更加昏暗阴森，长长的水草几乎要缠住我的手脚把我永远留在湖底，那些游在湖底的鱼看起来似乎更加肥大狰狞了。我还是就着夕阳最后的光线看到了压在石头下面的那具白骨。他还在那里，还是那个姿势，好像已经在那里一千年了，看起来一点没被动过。看起来这世界上根本没有第二个人会找到他。

我游上岸时，铁青的暮色已经笼罩四野，周围的密林黑压压地朝着这湖围拢过来，我感觉自己正在一口井底，抬头看到遥远的夜空里亮着那么几点稀薄的星光。没有月亮。

我回到铅矿的宿舍，点起一支蜡烛，喝了两口酒，一边随手翻着一本刚问范听寒借到的《南北朝诗文》，一边在脑子里反复想着今天范云冈说的那些话。难道她已经觉察到了什么？她为什么提出要跟着我上山？也或许，她真的只是觉得山上好玩？

为保险起见，以后真的不能再去范家了。

我合上书本，盯着跳动的烛光发呆。烛光昏暗，把我和几件家具的影子都拉长拉虚，看上去满屋子都是影影绰绰的人，都在暗处悄无声息地看着我。夜已深，窗外山风呼啸，万木齐暗，我走过去把窗户关上，把灯花挑了挑，让烛光更明亮了些。我又想起了今天范听寒说过的那句话，有时候，只要能找到一道缝隙，人就活下来了。不错，总有些人是在这样的缝隙里生存下来的，范听寒能活下来，或许我也能。他希望范柳亭也如此吧。

我呆坐一会儿，又喝了几口酒，身上热起来，心里却仍不宁静。忽然那本《南北朝诗文》里掉出一张纸来，我捡起来一看，上面用钢笔抄了一首诗，诗的开头写着"父亲"二字："明月何皎皎，照我罗床帏。忧愁不能寐，揽衣起徘徊。客行虽云乐，不如早旋归。出户独彷徨，愁思当告谁。引领还入房，泪下沾裳衣。"然后在诗的结尾处，我看到写着："以诗一慰思念之情，先此驰禀，敬叩福安。儿范柳亭叩禀，2002年八月十五夜。"

我悚然一惊，差点把手中的书扔掉。因为，早在1999年，范柳亭就已经离开人世了。

烛光再次昏暗下去，屋子里明明灭灭地多出了很多影子，都在墙上、在角落里无声地站着，看着我。

9

我拎着一瓶酒、一碗饺子和一篮果子独自在寂静的山林里穿行，我要去看我的父亲。

大约在山路上走了半个小时我停下了，前方林间稍微稀疏的地方出现了两座坟墓，一座是我父亲的，旁边那座是我母亲的。今天是我父亲的忌日。当年他在得病之后为了能让我尽快顶班，连病都不肯治，也不肯去医院，只求速死。只是，他已经无法知道，现在的铅矿已经是一片废墟，这废墟里如今只住着我一个人。我把饺子和四色果子摆在他坟前，又在坟前倒了三盅酒，点了一支烟给他插在坟头。

我在坟前的草丛中躺了下来，阳光从树枝的缝隙里筛落，雨点一般洒在草丛上和我身上、脸上。在这山里，我知道在每一棵香椿树的旁边都陪伴着一棵臭椿树，知道有一种叫沙和尚的鸟能吐人言，知道各种草药的名字，知道榛蘑和猴头菇长在哪里。我想起父亲去世前的那个白天，忽然有了些精神，把我叫到床前对我说，人在这山里就算没有一分钱也饿不死的，你哪天要是走投无路了，就回到这山里来。

当天夜里他就在昏睡中走了，再也没有和我说过一句话。

现在想想，难道他当时就有某种预感？或者，他只是明白了这山林的牢靠与人世的无常？我静静地躺在他身边，一旁还有母亲。我们一家三口相对无言，像极了多年前那个夏日的午后，在铅矿的宿舍里，父亲躺在凉席上闭着眼睛摇着蒲扇，母亲在缝纫机前赶制一件我的衬衫，我坐在桌前正翻着一本从图书馆借来的《包法利夫人》。宿舍前紫藤的花香从青色的竹帘钻进来，洇得满屋里都是，如苔侵石井。那个寂寥的午后我们彼此之间没有说一句话，现在我却忽然明白，那其实便是世上最坚固恒久的时光了。

此刻的父亲再也不会和我说一句话，而我果真如他多年前的预言，终是有一天回到了这寂静的山林。

那是1987年，父亲去世后，我顶替他成了铅矿上的一名正式工。我第一次穿上铅矿的工作服站在镜子前看自己的时候，觉得镜子里的人完全是从父亲身上复制下来的，甚至，因为父亲尸骨未寒，我从这镜子里的人身上似乎还能闻到血腥味。而除了复制，我别无他路。在铅矿我一开始做的是采矿工，每天下井采矿石，要在井下齐膝深的水里推矿车，每天十六七趟。

干了半年之后因为受寒腿疼，改做了风钻工。做了风钻工之后才知道为什么没有人愿意做风钻工。因为每天拿着大功率电钻钻矿石的时候，整个人都会跟着电钻一起震动，然后在工作的时候不知不觉就会射精出来，一天好几次，自己根本无法控制。反复如此，没过一段时间人的身体就垮了，浑身无力，形如肺痨。我只好又改做了炉前工，终日在高炉前守着高温炼硅。

当时铅矿的领导可能已经开始意识到矿产资源会枯竭的问题，所以也试图做了一些防备工作，但到了1992年的时候，终于还是因为矿产资源彻底枯竭，铅矿宣布倒闭。这铅矿上的一切，车间、学校、医疗室、图书馆全部跟着结束了自己的使命。我的母亲就是在这一年去世的。

我把她葬在了父亲身边。

母亲下葬那一日，山林极其静美肃穆，滤掉了人世间所有的悲喜，恍如另一个遥远星球的表面，在那里，一个脚印可以保留上百万年，而每粒微尘皆可尽享永年。那一日我坐在父母坟前久久看着他们，就像看着两个婴儿，我想着他们在地下如植物种子般幽暗生长，或许会长出这地面长成两棵树，也或许会永远如种子尘封在地下的世界里。我忽然觉得这一切都不重要，因为我们的团聚是必然的。到时候我的新坟就陪伴在他们身边，看上去就像是一个大人领着两个满脸皱纹的老小孩在山林里玩耍。

铅矿倒闭后领导要卖机器设备，便把我留下做一些善后工作。那个白天，我因为机器价格和那群来买机器的人争执了一番。晚上，我正一个人在宿舍里睡觉，门忽然被踢开，拥进一群黑影，拿着铁棒就使劲敲我的腿，把我右腿敲骨折方才离去。在医院接右腿的时候，医生说这右腿肯定是要残疾的，就是恢复得好，也会比左腿稍短一截，变成个跛子。

石膏拆掉后，右腿果然比左腿短了两厘米。在练习走路的那段时间，每天起床后我都要有一个漫长的梳洗穿衣的仪式，穿上衬衣打上领带，再套上西服，头发三七分开，打上摩丝，穿上黑色的三接头皮鞋。越是困顿，我便越是隆重。我扶着墙练习走路，昂首挺胸地迈出一步，再迈出一步，白天晚上我都在一遍一遍地告诉自己，我不会就这样垮掉的，我绝不可能成为一个跛子。

半年之后，我走路时已经没有人能看出我一条腿长一条腿短，连我自己也不再相信我的右腿比左腿短了两厘米。这使我在以后的很长一段时间里都相信，也许就连人的相貌也是跟着人的心在生长的。

10

范听寒家门口的柳树已是浓荫匝地，被包裹在一片柳荫里的院子看起来也不再那么真实，像是用水墨幻化出来的一幅卷轴。

我忽然有些明白他为什么要种这片柳树了。

门是半掩着的，推门进去，门洞里空荡荡的，我亲手做的那把椅子也是孤零零的，好像久没有人坐过的样子。穿过门洞，一院寂寂的花树，却并不见人影。我正站在那里疑惑，忽听见屋里有人在咳嗽，便走到竹帘下，隔着竹帘问了一句，范老师在家吗？里面有人回应道，在，进来吧。我挑起竹帘进了屋，这是我第一次走进他的屋里。

屋里有一种墨汁的寒香和老年人身上的荤腥混合在一起后的奇怪味道，滞重、遥远，像黄昏里开始生锈的金属，又像月光下缓缓朽坏的竹帘。屋里有几件简单的木质家具，书架上密密麻麻的全是书，墙上挂着几幅他写的书法，白纸黑字，有一种镌刻在古老石碑上的肃穆。然后我在炕上看到了范听寒，他披着件夹衣歪在那里，看起来出奇地枯瘦，便显得那个驼背越发巨大而坚不可摧，好像他整个人都不过是寄生在这驼背上的一株植物。我走过去，弯下腰说，范老师，你这是怎么了，怎么大夏天就穿上夹衣了？

他指指地上的椅子让我坐，嘴里说，病了有段时间了，还没全好，身上老是觉得冷。你可有阵子没来啦，我以为你不会再来了。

我坐下，从包里掏出那几本上次借的书放在桌上，又掏出一包党参。我说，最近的事情多，有点忙。怎么会呢，我借了你的书，怎么能不还回来？这包党参你留着泡酒喝吧，人参喝了会上火，但党参不会。

他盯着那包党参微微动了一下，看得出他整个人都被背上那只龟壳扣押着，动弹不得。他说，这党参也是你从山里挖的吧？

我只点点头，不想多说什么。看来这座山在我身上留的痕迹太重了，躲避都来不及。

他说，你给我倒杯水吧，范云冈今天早晨回去上课了，明天才能回来。

我连忙起身找到暖壶，里面是空的，于是我又捅开炉子烧了一壶水，倒了一杯水递到他手中。我看到他的手指甲已经很长了，开始向里卷曲，也像是某一种兽类的指甲。我忽然明白，他其实离人的世界正渐行渐远。我心里一阵难受，呆坐了一会儿，终于开口道，范老师，我给你剪一下手指甲吧，指甲长了不方便。他沉默了一会儿，终于还是点点头，说，剪刀在中间那个抽屉里。我用不惯指甲刀，就用剪刀吧。

我用了很大的力气才捞起那只苍老的手，上面布满褐色的老年斑，青色的血管散发着植物根茎腐败的气息，年老的指甲则变成了一种坚固的贝类。我剪下去，手却一滑，差点剪到他的指头。一定是因为我们中间的一个人太紧张了，我以为那个人是我，后来才发现那个人其实是他。因为在后来剪指甲的过程里，他的那只手一直在微微发抖，而我的手也越发笨拙，只勉强剪了两个指甲便停了下来。

我装作不在意地放回剪刀，心里却沉沉的，我一时不明白他为什么会忽然如此紧张，而这种紧张显然压迫着我。上次来过之后我已经决定再也不来看他，可后来我发现不行，我还是必须再来看看他。

这时候我才发现身上已出了一层汗，和衬衣黏在了一起。我松了松领口，并没有试图解开领带。他在炕上看着我说，你一年四季都穿衬衣打领带啊？

我说，习惯了。

他说，在这乡下，别人看你这么穿都觉得有点别扭吧？

我又说了一句，习惯了就好。

从竹帘透进来的阳光已经开始西斜，桌上的一只老式三五座钟的秒针咔嚓咔嚓地贴着我们身边走过去，脚步幽深古老，自有一种庄严感。我坐在那里听着这时间的脚步，忽然就有了一种很深的没有指向的无力感，在这些年里，这种无力感时不时就会发作出来。我下意识地摸出一支烟来，想了想又放回去了。

这时只听歪在炕上的范听寒咳嗽了几声，又说，其实我早想对你说的，要是就为了来借书，你不用穿得这么隆重的。

我也有些急了，忙说，不是为借书，平时我一个人的时候也是这么穿的，就连在山上给兔子割草我都这样穿。

炕上的人忽然就不说话了，屋里的空气骤然黏稠紧张起来，连呼吸都有些不畅。我说，范老师，我先出去抽根烟，没办法，烟瘾犯了。

说罢我走到院子里点了一支烟，狠狠抽了两口。落日熔金，西边的群山上猎猎燃烧着一大片金红色的晚霞，浸泡在晚霞里的村庄祥和而诡异。院子的门大开着，我盯着那扇门出神地看了几分钟，却坐下来继续抽烟。

我悄悄打量自己身上的衬衣和领带，其实我早有预感，我身上的这些衣服迟早会出卖我的。可是就算如此，就算到了现在，我仍然不愿脱下它们，脱下它们我怕自己只会加速质变、消失，到最后连自己都不再能辨认出自己。

院子里添了些野气十足的波斯菊，菜园子里的黄瓜像青蛇一样吊了很多，茄子闪着紫色的光，南瓜藤上盘了一只金黄的大南瓜。俯仰四季而动，也许还能获得一点心安。我的眼睛湿润了一下，我明白，他想要的，其实也不过就是这一点心安。

我走到那口水缸边，往里看了一眼，里面的两尾鲤鱼又大了一圈，正笨拙地在缸底嬉戏玩耍。我看着那两尾鱼，身体里面一阵不舒服，想要呕吐，连忙往后退了几步。这时候屋子里又传出几声咳嗽。

我回到屋里对床上的范听寒说，范老师，范云冈不在，今天我给你做晚饭吧，你想吃什么？

他缩在自己的龟壳里说，不用，不用，你忙你的去吧。

我说，今天我不忙，你想吃稀的吗？要不我给你煮点小米粥，烧个茄子？

半晌他才说，你要是真不忙就给我做点手擀面吧。

我来到厨房烧水擀面。我故意把面擀得很硬，因为听他说过，必须得吃到这钢丝一样的面条才算是吃过饭了。擀面的时候，我想到他顿顿必吃手擀面，连生病时都不例外，恐怕是不敢例外，不由得一阵心酸。我盯着那烧红的炉子出了会儿神，等水烧开了，把面下锅，出锅，浇上茄子西红柿卤头，拌上黄瓜丝，给他端进屋里。

果然，他只吃了两口就实在难以下咽了，却还是扎挣着又添了一口下去。我给他舀了一碗面汤，说，不想吃就不要吃了，吃了反倒难受。他捧着汤碗对我说，谢谢你。我坐在对面看着他像个婴孩一样小口小口地喝汤，心里忽然有什么东西汹涌而过，我脱口就说出一句，范老师，范柳亭要是一直不回来，我会一直照顾你。

他突然就沉默下去，连汤也不喝了。我自知又失言，暗暗悔恨。相对沉默半天，他终于说了一句，老是麻烦你，你也快去吃一碗面吧。我说，我中午吃多了，还不饿。他的声音似有些不满，你从来不在我家吃饭，是怕什么？

我看不清他的脸，只能感觉到他的目光正游动在我的脸上。我坐在一团透明的黑暗中，想起了当年范柳亭的目光落在我脸上的感觉，却反而心平气和地说，我不太喜欢给别人添麻烦。

过了好一会儿，他才慢慢地说，如果你只是来借书，是不需要为我做这么多的，我喜欢爱看书的人。

我努力驱赶那些翻涌上来的陈年的委屈，笑道，不能白看人家的书。

他若有所思地说，你和当地人确实不太一样。

我说，我记得以前就和你说过的，我小时候是在海边长大的，大概八岁以前吧，后来我父母调动工作，我就跟着过来了。

他的声音忽隐忽现，我没见过海……给我讲讲海边吧。

我看着窗外的夜色说，小时候我常在海边捡贝壳捡螃蟹什么的。海边每天有渔船出海打鱼，你在海边的小饭店里能吃到很新鲜的牡蛎、蛏子、海瓜子。吃鱼的话就架一口大铁锅，把刚捞上来的鱼剁成块，鱼嘴还在动呢就扔进锅里焯一下，鲜得很。如果炖鱼的话就把玉米面饼子贴在铁锅上，焖一会儿，鱼好了，饼也熟了。

他的声音更加隐幽，海边长大的，那你游泳一定好吧。

我盯着窗外的夜色微微一愣，我说，马马虎虎吧。

他的声音好像一只手一样在黑暗中神秘地寻找着什么，他说，不知怎么了，我最近老在想那西山，那山上到底有什么？我们这一带雨水稀缺，但那山上能有那么密的原始森林真是有点奇怪，会不会是因为山上根本不缺水呢？你说，那深山里会不会藏着大河或大湖什么的，只是没上去过的人根本不知道那山上到底有什么。

我在黑暗中听到自己的心脏嗵嗵一阵狂跳，我疑心是不是连范听寒也听到了这可怕的心跳声，然而我只是微微笑了一下，用过于轻松的声音说，那谁知道呢，反正我上去采木耳时从来没见过，要是有人看见了大河大湖那还不都上山捞鱼去了？只听过有人上山打猎，没听过有人上山捞鱼的，是不是？

我干笑了一声，笑完觉得不妥，于是又补充道，山里怎么可能有大河大湖呢？山里是长树的地方，只有森林。对了，还有野兽。

他的声音还倔强顽固地立在我面前，你上山采木耳的时候，除了野鸡，就真的没有见过别的，比如会吃人的野兽？

我说，还见过钻山鼠。山里的老鼠个头真大，比猫还大，我觉得它们能把猫都吃下去。可能野兽们都是晚上才出来吧，晚上谁还敢上山？那不是把自己往麻虎嘴里送吗？

最末一句话，我故意把狼叫成了麻虎，似乎这样多少能证明我并不是一个完全的外地人。

他的声音终于肯委顿下去一点了，他说，是从没听人说起过。

这时候我故意开了一个玩笑，我说，范老师，你到处找湖做什么？是不是想吃鱼了？改天我给你带一条大鱼过来。说完眼前却又出现了那些无名湖底的大鱼，不禁胃里一阵翻滚。

他像是立刻嗅到了什么，问了一句，你怎么了？

我说，胃疼，可能是饿的。

他嗔怪道，让你吃饭你死活就不吃，现成的饭吃一碗怕什么呢？

我想了想，说，锅里还剩点面条，那我就吃了，要不放到明天也不好吃了。天黑了，屋里的灯要给你打开吗？

他说，不用开灯，招蚊子。你快去吃吧。

我起身立在黑暗中忽然说了一句，范老师，我觉得你住在落雪堂也挺好，没有什么甘心不甘心的。

他没有吭声。

我便挑起竹帘出了屋子，来到厨房端了一碗面，就蹲在厨房前面的台阶上哧溜哧溜几口倒进了肚子里。我蹲的这个位置正好就在正屋对面，中间隔了几道影影绰绰的花影，我知道躺在炕上的范听寒隔着竹帘便能看清我的一举一动。我大口吃完面，喝了面汤，又进厨房刷碗，动作幅度都略有些夸张，似乎我正站在旷野中灯火昏暗的古戏台上演一出不为人知的戏文，而下面坐在阴影中的范听寒是我唯一的观众。

我刷了锅擦干了灶台，走出厨房，在院子里点了一支烟，边抽烟边在花影中徘徊，做出一副赏花状。我发现，只要离开铅矿的夜晚，我就会变得紧张烦躁，甚至连灯光都无法适应。

我开始想念深山里的那盏烛光，烛光之外是废墟，废墟之外是群山，群山之外是人世间，那盏烛光似乎就是这个世界的心脏。

院门仍然洞开着，我随时可以离开。可是一支烟抽完之后，我做出了决定，我在范听寒的目光注视下挑起竹帘进了屋，说，范老师，你一个人连口水都喝不上，范云冈不是明天回来吗？今晚我留下来陪你吧。

炕上的那团影子一动不动，我都疑心他已经睡着了，忽又听他在黑暗中低声说，你还是回家吧，省得你老婆不放心。

我走到他平时看书的一把竹躺椅旁躺了上去，说，没事，我出来前就和他们说过，要是天太晚了我就不回去了。

他却说，里屋就有电话，还是给你家里打一个吧。

我后悔刚才要留下的决定。有时候我像个透明的魂魄一样，明明看到了自己正在做什么，正要做什么，却无力阻止那个自己。有时候我又觉得，我身上所有的苦行都不过是为了让那个魂魄安宁。

如果此时站起来要走又实在唐突，我只好说，没事的，你放心吧，我又不是头一次晚上不回家。

他不再坚持。

我们两个在夜色中平行躺着，如风平浪静的海面上远远漂来两只小船，月亮从云层后面爬出来，海面上铺满碎金碎银，海天一色。我在半睡半醒之间又想起范听寒抄给我的那首诗："不知江月待何人，但见长江送流水。"这诗竟像是从波光粼粼的海面上一路漂过来才漂到了我面前。我闭上了眼睛。

我以为这个夜晚就要这样过去了，却忽然听见炕上的人又开口道，我总感觉你不像是有家人的人。

我一惊，睡意全无。半晌，我听见自己干巴巴地笑了一声，范老师，你这话就奇怪了，我有老婆有孩子还有爹妈，一家人都生活在一起，我老婆和我妈还成天闹矛盾。这婆媳关系啊，怕是哪家都是个难题，可是你说还能怎样？难不成一辈子不娶老婆就打了光棍？无儿无女的，成天独来独往的又有什么意思？

他没有言语，咳嗽了几声，我连忙起来给他倒水。他喝了两口，隐入了黑暗中。沉默了片刻，他又道，我早就想问你一句话了，你是不是和范柳亭认识，起码见过他？

我越发觉得这个晚上留下来是个错误，与此同时，却又有一种被惩罚之后的奇异快感。这惩罚迟早都是要来的。窗外一阵晚风拂过，树影和花影匍匐在窗户上，窥视着屋里的两个人。我没有再犹豫，很干脆地回答了一句，不认识。两个人又沉默了一会儿，我主动打破沉默，范老师，给我讲讲你儿子吧，老听你说起，但从来没有见过他这个人。

他叹息道，唉，他这个人啊，没什么好说的。我原来就和你说过的，他因为教不了书就去做生意了，我也拦不住，就随他折腾去。开始的时候还赚了些钱，这院子就是他当年刚有钱的时候盖的，一定要盖个村里最大的院子，说这是对我和他妈早年在村里串房檐的补偿。后来的生意大约就越来越不好做了，时好时坏，他也从不和我说真话，我都不知道他每天在外面到底忙些什么，赔了钱也不会告诉我，从哪里弄钱我也不知道。后来那次，他只说要出去谈生意，可出去了就再也没有回来，活不见人，死不见尸。要是能找到他的尸体我倒也死心了。我已经老了，可是你看他那闺女，谁也管不了。别看她咋咋呼呼，从小就没了妈的孩子，根本没有安全感。

我也叹了一口气，他要是真在外面被人害了，估计那凶手也逃不了的。可是你说好端端的，人家为什么要害他呢？

他没有言语，半天才说，谁知道他在外面干了什么事。

我听到自己的声音里忽然略带嘲讽，我说，范柳亭不是很爱看书的吗？我记得你说过他是很爱看书的。

他道，年轻的时候是爱看书，可是看那么多书有什么用呢？

我忽然就失态起来，噌地从躺椅上坐起，声音陡然变高变粗，怎么没用呢？爱看书的人起码变不成坏人，起码不会为了钱去坑蒙拐骗。

我们之间哗一下就安静了下去。

大概已是半夜时分了，沁凉的夜色像水一样淹没了整间屋子，我恍惚又来到了幽暗的湖底，到处是女人头发一般的水草和毛茸茸的青苔，我和范听寒在这幽暗的湖底对视着。终于，我小心翼翼却又万分疲惫地问了一句，范老师，如果范柳亭真的不会回来了，你会怎么样？

他沉默了很久很久，我才听到他用一个真正的老人的声音对我，或者是对黑暗中的另一个影子说了一句，那也是他的命。

我几乎泪下。我在黑暗中闭上眼睛，假装睡着了。

11

几天来我每天都在山里转悠，终于捕到了两只野鸡，还用夹子夹到了一只獾，顺便采到些榛蘑。我把去年收成的莜麦磨成莜面，做成莜面鱼，准备和土豆片放在一起蒸一大锅。又把那只獾剥了毛皮，把肉切成块，先用獾油炸一遍，再放上茴香大料肉桂草果芫荽籽，最后倒进去一瓶红腐乳，在泥炉上用小火炖了整整半天做成酱梅肉。次日又把两只野鸡杀了和榛蘑炖了一大锅。

准备就绪之后已经是农历七月十四这天。林中短暂的黄昏之后，天色渐渐暗了下来，岔口饭店很快被黑黢黢的密林吞没。我坐在小饭店里，一边抽烟一边等着客人们到来。

今晚要来三个客人，孙口心、文刚、刘国栋。平日里我们彼此之间没有任何联系，互相杳无音信，但几年前我们就曾约好的，每年的农历七月十四见一面。近三年来我们四个人的见面地点就定在了入夜之后的岔口饭店。

这三个人是我当年在太钢工作时关系最好的几个工友，1998年我们四人是同一拨下岗的。

1992年年底，我的腿伤痊愈之后不久，铅矿就把我们这些失业的矿工统一调到了太钢，因为当时还没有出现下岗这个说法。从我八岁来到铅矿，到二十九岁离开，在这深山里已经待了二十一年，我的父亲母亲都葬在了这大山里。太钢则地处平原，周边是一片荒芜的旷野，只在厂区院子里种了几排大白杨。厂里到处是巨大的机器，轰鸣的钢炉，摇摆的天车，喷着白汽出出进进的小火车。

冬天，一场大雪之后，那些黑色的车间在白雪中愈加刺目苍凉。大白杨的顶端大都筑着一个或两个鸟窝。树叶早已落尽，在冬日阴郁的天幕下，铁画银钩的枯枝小心翼翼地托着一只白雪覆盖的鸟窝，好像是大树把自己的心脏掏出来了。偶见一只大喜鹊离开树枝，张着黑色的翅膀露出白色的肚腹，一个俯冲飞到了雪地里觅食。

在太钢时，我一直想念着那座大山，想念那些无边无际的森林，想念铅矿里的工友们因为在深山里外出不便，倒比外面世界的人安静很多，闲暇时间不是在看书就是在下棋。心烦了就去山林里游走一遭，采蘑菇采野花，听一会儿虫鸣鸟叫。

1993年，能在太钢做工人还是一份被很多人羡慕的工作。刚进厂的时候，我做的是铸板工，半年之后我做了班长，然后是副锻长、锻长。我为太钢拟出了一套新的交接班制度，一直到1998年破产之前，全厂用的都是我这套制度。

进太钢的第二年，就是我三十岁那年，我和本厂的一个女工认识三个月便匆匆结了婚。两年之后我们离了婚，没有生育子女。后来又短暂地谈过两个，都吹了，此后就一直独身一人过。

1998年5月2日，太钢宣布了第一批下岗名单。那时候我还叫梁海涛，我、孙口心、文刚、刘国栋都在名单里。太钢让我们买断工龄，一人两万块钱便卷铺盖回家，从此和太钢再无关系。

下岗之后我折腾过很多事情。我在太钢门口开过录像厅，不料后来下岗的工人越来越多，来看录像的人越来越少。后来我又开了个刀削面馆，却因为利润太薄，也没挣到几个钱。冬天的时候我雇大卡车贩卖白菜，一斤白菜五分钱，晚上还得睡在冰窖一样的车厢里，第二天继续卖。后来身边的下岗工人越来越多，随便什么小生意，都有人一拥而上抢着去做，彼此之间还恶性竞争。为了抢生意，昔日的工友们彼此在背后谩骂使绊子，看对方的摊子上多了一个顾客，便恨得咬牙切齿，一定要卖得比对方更便宜来拉客。对方见他卖便宜了，只好又卖得比他更便宜，以至于卖一样东西只有几分钱的利润。

和我一起下岗的孙口心、文刚、刘国栋三人隔阵子便过来找我喝顿酒，互诉衷肠。我们四人经常坐在麻叶寺巷口狭窄的五元火锅店里，一位五元，酒钱另算。正值三九天，大雪已经下了几天几夜，把门都封了，早晨开门的时候还得用力往外推。窗外飘着漫天大雪，火锅店里我们四人围坐着一张油腻的桌子，桌上的火锅沸腾着，雪白的蒸汽吞掉了我们四人的面孔，撞到玻璃上之后，顷刻便化作水珠一道一道流下去。

我们吃着火锅里的白菜和豆腐，几乎看不到肉，喝着廉价的散装白酒，红着眼睛一遍一遍商量着该去哪里挣钱。那段时间，我们唯一的话题就是怎么挣钱。几乎每次吃完都会有人喝醉，醉了便滑到椅子底下，抱着椅子腿哭。有一次我也喝醉了，吐得衣服上到处都是，我倒不记得自己哭过，但是他们后来告诉我我那天哭得站都站不起来。我打破头都想不起来，看来是根本不想让自己想起来。

就这样折腾了一年，到1999年夏天的时候，忽然有一个一起下岗的太钢工友要拉我们几个入伙做生意，说他认识一个企业家，从八十年代就开始做生意，先后开过油厂、铁厂、铸造厂，赚了不少钱。人家父母都是知识分子，人肯定可靠。现在这人要扩大铸造厂的规模，需要融资，他要找人入股，入股后一年分一次红。又说他这铸造厂已经开了好几年了，销售渠道多得很，是稳赚不赔的生意，急等着扩大规模呢。我们几个又跟着那工友去他说的那个铸造厂考察了一番，果然是个规模中等的厂子，有几十个工人正在车间里忙乎着。我们又和这个企业家见了一面，瘦长脸，个头不高，但很会说话，确实像个文化人，给人的印象很好。这次见面之后，我们四个人就约好一起入股，同进同出。随后便各自把从太钢出来时买断工龄的两万块钱都投了进去。

两个月之后，这个企业家忽然就联系不上了，他的铸造厂也忽然像《聊斋志异》里现出原形的鬼宅，厂房还在，里面却空无一人。

这个企业家叫范柳亭。

窗外夜色已至。

正当七月，玉衡指孟冬，正是促织和鸣蝉的时节。我静坐在小饭店里，聆听着入夜之后大山里的各种虫鸣。虫鸣里还掺杂着几声鸟叫，我能从中分辨出猫头鹰、乌鸦、布谷和喜鹊的叫声。我还曾在最幽深的山路上赶过夜路，夜空中没有月亮也没有星星，路两边的森林已经变成了没有任何缝隙与光亮的黑森林。

可是我却连害怕都感觉不到了。自从在湖底见过那具尸体之后，就是在世上最幽暗的地方走路我都感觉不到害怕了。

我记得，就是在那最幽深最黑暗的山路上赶路，我还是看到了几点微弱的光亮，很细很小，在我周围飞来飞去。那是几只萤火虫。

有人在敲门，我点起一支蜡烛，开了门，是文刚先到了。他进来坐下，我们先抽了一会儿烟。一支烟快抽完了，我才开口问他，这次是从哪过来的？他说，二连浩特。

我想了想，那边地广人稀，倒也是一个好去处。我说，那你老婆孩子怎么办？他说，都接过去了，小孩就在那边上学。

正说话的当儿，孙口心和刘国栋也陆续赶到了。我趴在窗前仔细看着饭店外面还有没有别的跟过来的身影，观察了一会儿不见别的人影，便放下窗帘，把门从里面拴住了。

我把煨在泥炉上的酱梅肉盛在大盆里端上了桌，把炖好的野鸡榛蘑也端上了桌，然后摆上一大笼屉热气腾腾的莜面鱼蒸土豆，配上一碗炖好的西红柿酱，好蘸着酱吃莜面。最后把焖在炉灰里的几个烤土豆掏出来，像敲蛋壳一样敲出裂纹，也端上了桌。我拿出两坛三十年的青花瓷汾酒，也是早早为今天的聚会准备下的。

桌子的中间立了一支蜡烛，烛光忽明忽暗，四个人的脸都若隐若现。我们围桌坐定，一时都不知道该说什么。饭店之外的世界像一场大寐，我们几人遗世独立在这里。不知为何，坐在这世外的烛光里，我忽然想到的并不是别的，却是晏几道那首《临江仙》里的最末两句："当时明月在，曾照彩云归。"

如今我们四个人都分散在不同的地方，也都不再是原来在太钢上班时的名字。1999年电脑还没有普及，不像现在什么都上了网，那时候改个名字还是比较容易的，在派出所找个人，偷偷塞给两百块钱就把名字改了。每年到了农历七月十四这天，不管各自正在哪里谋生，四个人都会赶到这深山老林里来喝上一顿酒。

文刚去了二连浩特，孙口心后来去了榆林，在小煤矿里做矿工，刘国栋则躲到方山和临县的交界处种红枣去了。

我挑了一下灯花，烛光照亮了我们四个人的脸，每张脸上都看不出太多表情，灰白的墙壁上坐着我们几个人巨大的影子，像神庙里画像上的祖先一样，正从另一个世界里神秘地看着我们。烛光常年到不了的那些小角落则住满黑暗，不知道那些角落里究竟住着多少秘密。

我们闲扯了一番红枣和土豆的收成，又聊到现在的小煤矿马上都要不行了，估计很快就会被吞并到那些大煤矿里，煤老板们一铲煤出来就收入百十块钱的日子估计也不多了。几圈酒喝完，红枣土豆煤矿这些话题也被说了一圈，四个人围着一盏烛光再次安静下来。这时候在这安静中忽然听见文刚怪异地笑了一声，说，现在我很快活。

刘国栋接了一句，你快活个屁。

文刚笑嘻嘻地举起酒杯看着周围说，我们几个还能在一起吃肉喝酒，这不是快活是什么？

刘国栋说，你老娘的三七过了吧？

文刚拿手里那杯酒敬了一下屋里某个黑暗的角落，好像那里还静静坐着一个人，他仍是笑嘻嘻地举着杯子说，我老娘死在我前面是好事呢，我高兴，我最怕的就是我死在她前头了。说完仍是笑，只是越笑眼睛便越亮。我把一个烤土豆扔给他，说，趁热吃。

这时忽听见孙口心压低声音说，海涛，你这做派怎么多少年都改不了呢？非得穿西装打领带抹头油不可，你说你这身打扮，走在人堆里还怕没人注意你？

我低头不语。

刘国栋接话说，海涛，你这年龄了还没个一儿半女，这事也过去七八年了，我看不是很要紧了，要是有合适的人，你还是找个女人生个一儿半女吧。女人不可靠，但儿女总是自己的，不然你以后老了连个依靠都没有。

我冷笑一声，我们这样的人还要什么依靠。

四个人一时又没了言语，像是集体沉到水底下去了。蜡烛已经燃成了一个矮矮的烛头，垂死的火苗却忽然肥大起来，扑啦啦地上下跳动着，感觉空气里有很多隐形的飞蛾正在横冲直撞。这时候我忽然听到一个声音，小心翼翼地、陌生地，像蛇一样正探头探脑。

海涛，你可……把它藏好了……你也不告诉我们到底藏到了哪里。

我独自饮下一杯酒，说了一句，你们放心就是。

但那个声音还继续在我们四个人中间缓缓爬行着，可千万不能被人找到，一旦找到，我们就都完了，你也知道的。

我手里仍捏着那只酒杯，朝那三个人的脸上轮流扫了一圈，才慢慢说，他藏在哪里，还是我一个人知道的好，这样，我死了就能直接带进棺材里。

这时候忽然有另一个声音不知从哪里斜着刺了进来，听人说你去过他家。

我去他家借过书。

借书比命还重要？

这时候最后一点烛光倏地熄灭下去了，整个屋子咣当一声掉入了黑暗中。我的眼睛在适应了最初那种轰隆隆的黑暗之后，开始能分辨出在我面前立着的三尊黑影了。他们一动不动。我忽然打了个寒战，我想起自己宰野鸡宰蛇的手也是不曾哆嗦过的。毕竟我也是坐过三年牢的人。那点血无论对他们还是对我都真的不算什么了。

一种奇异而巨大的悲伤忽然袭击着我，我却在黑暗中连着笑了几声，然后说，我有点喝多了，我想给你们读首诗，你们不要笑我。

我当真在黑暗中昂首读道："梦后楼台高锁，酒醒帘幕低垂。去年春恨却来时。落花人独立，微雨燕双飞。记得小蘋初见，两重心字罗衣。琵琶弦上说相思。当时明月在，曾照彩云归。"

窗外一辆大卡车的车灯像闪电一样劈过去了。

吱嘎一声推开饭店的门走出去，我们都被头顶的大月亮骇了一跳。马上就十五了，大雪一样的月光落满了无边无际的山林，脚下银色的山路看起来纤尘不染，没有一片树叶，也没有一只飞鸟。整个世界洁净得像是回到了远古，在那里，大地正静静等待着必将到来的一切。

12

这天我刚刚骑着摩托车来到岔口饭店前，就见门上贴着一张白纸，纸上还有字。我心里一怔，从未有人以这种方式联系过我。我连忙放好摩托车，一把扯下这张纸，四顾无人，便迅速开门进去又关上门，这才站到窗前看了起来。纸上只有十几个字，每个字有两厘米大："我爷爷病危，想见你最后一面。范云冈。"

看到上面的话我简直大吃一惊，她居然能找到这里？她怎么会知道我在这里？她居然敢一个人进这样的深山老林？

我立在窗前一根接一根地抽烟，把那张纸上的每个字都翻过来倒过去地看了几十遍，竟好像一个字都不认识。抽完的烟头就往砖墙的缝隙里一插，过了一会儿一抬头竟吓了一跳，前面的墙上长出一大片烟头，毒蘑菇似的。我又使劲盯着那片烟头发了一会儿呆。纸上说的话可能是真的，但也可能是她在骗我。他们也许已经报了警，很多人正埋伏在那院子的各个角落里等着我。我可以假装没看到这张纸，甚至，我可以以为自己连日来都没有来过岔口饭店。我本来就不是固定营业的。

我透过窗户看着外面苍莽的山林。

没有人比我更熟悉这片山林。不可能有人找到我。

我把饭店重又关了，骑着摩托车在山路上盘旋着往上爬。车速开到了最高挡，山路两边的树贴着我的耳朵嗖嗖往后疾飞，它们一边后撤一边死命把我往前推，我觉得我的加速度越来越快、越来越快，好像马上就要弹起来飞到另一个阒寂无人的星球上去了。飞出公路飞进蝴蝶谷，然后是那条崎岖的土路。就这样一路狂奔到铅矿门口方才停住。

我扔下滚烫的摩托车，回到宿舍坐在了床上喘气。外面的世界终于又被我甩在了身后。这时候一低头忽然又看到了西装的袖口，那个已经磨破的袖口。前日立秋了，山中早晚凉意顿生，我又穿上了这件西装。遥遥想起似乎早在春天的时候就盘算过，应该换掉这件衣服了。没想到，等到秋后还是把这件衣服穿上了。这个秋天和那个春天没有任何缝隙地对接上了，也就是说，对我而言，时间正在失效。我低头愣愣地看着那个袖口,像看着一道可怕的伤口,我能从里面闻出一种腐败的气味。我打了个寒战。

然后我一抬头,正好看到几本书摆在桌上,是我上次去范听寒家时问他借的。我随手打开一本,假装专心致志地看了半天,却是一页没翻。我眼前出现的一直是他那弯到九十度的驼背,看上去非人非兽。到了下午,我不再挣扎,终于把书合上了,又坐在那里抽了支烟,最后把几本书都装进了包里。

我骑着摩托车往落雪堂赶去。他家门口那排柳树依旧,我却有一种久别经年之感,恍惚觉得已物是人非。穿过阴凉的门洞,又是那片熟悉的院子,只见有几个陌生人在院子里忙乎着什么。一见有陌生人,我本能地想退避出去,忽见海棠树下横着一个庞然大物,色彩艳丽又鬼气森森,再仔细一看,居然是一具棺材正横在树下。黑漆上描画着亭台楼阁,桃红柳绿,仕女稚童。我一惊,心想,莫不是人已经入棺了?

正在这时又看见范云冈站在屋檐下使劲向我招手,便急急走过去。虽然已立秋了,竹帘还没有来得及卸下,我挑起竹帘进去,范云冈并没有跟进来。屋里光线幽暗,弥漫着一种秋后才有的萧索和灰败。炕上静静躺着一个人,一动不动。我心里一阵害怕,朝外面张望一番,见并没有人注意我进来,便慢慢走过去,走到炕头。我看到他侧身躺在那里闭着眼睛。

他越发奇瘦,四肢缩小如婴孩,只有背上的那只驼峰却如龟壳一般更大更坚固了,看起来他整个人很快就要缩进那只龟壳里去了。

我轻轻唤了一声,范老师。

他慢慢睁开了眼睛,全身上下就只有这双眼睛还能动,在他身上这唯一的活物看上去多少有些瘆人。我不由得后退一步,说,范老师,我来还书了。

他目光模糊呆滞,像是眼睛里有一层障子挡住了他。他忽然声音发抖，是范柳亭回来了吗？

我呆呆站着，半天才说了一句，范老师，是我，我来还书了。

他的眼睛慢慢眨了几下，好像终于看清我是谁了，这才说了一句，你来了？不用还了，留个纪念吧。

这句话忽然让我很伤感，我把几本书整整齐齐摆在他面前，说，借了就得还，要不你下次就不借给我了。等你身体好了，我再来借书。

他躺在那里，用浑浊的眼睛又看了我好一会儿才慢慢说，你来了就好，我是想告诉你，其实人这一辈子都说过假话，都骗过人的。我本不叫范听寒，我本名叫范福星。我上面有四个姐姐，我父母老来得子，所以叫我福星。范听寒是我上师专之后自己改的名字。我也没有家学，我的父母都是不识字的农民。就是当年在师专当老师的时候，我也只是一个最普通的老师。

我只觉得被他两束微弱的目光箍着，动弹不得，又是烦躁又是紧张。我口干舌燥地说，范老师，不要乱想。

他忽然笑了一下，眼睛还想紧紧盯着我，目光却已经聚不到一个点上了，这使他看起来就像正拼命看着我身后一个遥远的地方。只听他又说，我说过假话，范柳亭说过假话，你也说过假话。万物刍狗，所以，谁也不要怪谁。

我脑子里轰的一声，张开嘴又闭上，又张开又闭上，只觉得有千言万语要说，却是一个字都没有说出口。

这时只见他又闭上了眼睛，嘴里开始发出一些奇怪的破碎的谵语。我轻轻抓着他的手，不停地叫他范老师，范老师。我忽然想把很多话都告诉他，这些话已经藏了太久。然而连他的谵语也渐渐熄灭下去了，我更用力地握着他的手，那只手正在我手心里迅速变凉变硬。

我连忙挑起竹帘叫人，院子里帮忙的村民们一拥而入，却见床上的老人已经过去了，便七手八脚地开始给他换老衣，又有人和范云冈商量，说范老师这驼背太大，老衣穿不上去，过会儿进了棺材也躺不平，要不要把弯曲的脊椎骨压断。

我躲出去了。艳丽的棺材躺在海棠树下，一阵秋风吹过，几只血滴一样的海棠果儿叮叮当当落在了棺材上。西山上的天空被夕阳染得鲜红。

旁边的花圃里不知什么时候已经换了一片翠菊。

13

1999年9月，梁海涛从这个世界上消失了，取而代之的是郭世杰。

变成郭世杰之后，我先是坐火车躲到福建，在一个叫永定的县城开了家刀削面馆。一年之后面馆生意渐渐冷清，我又从福建辗转来到广州做小生意。那时候的小生意已经远没有八十年代好做，做了两次小生意把身上仅有的一点钱全部赔光了，只好应聘到一家歌厅做服务生。当时是歌厅生意最红火的时候，在我做服务生期间，有两个中年富婆每次去歌厅都提出要包养我。为了躲开这两个女人，在广州只待了半年我便又辞职去了珠海，在那里找了个偏僻的小渔村做了一年渔民。之后我又向西辗转到了贵州、云南。我在每一个地方都不会待太久，所以我的行李总是少得可怜，不管走到哪里，行李箱里只有固定的三套西装三件衬衣两条领带，还有几本书。

一直到2004年，我终于做出决定，一个人回到铅矿。

14

我一个人在大山里走着。

秋天的山林斑斓而安静，似乎全世界的寂静都聚集在这山林里了。我走到一棵榆树下的时候，一阵风吹过，满树金黄的榆叶像场雨一样落了我一身。我抬头看着这棵树的时候，便也看到高天上的云正变幻着无数种面孔。

我向那山顶爬去。黑龙峰是方圆几百里之内的最高峰，我从未上去过，也不知道在那上面究竟能看到什么。从早晨一直爬到黄昏时分才终于上到山顶。一上山顶我就先被那轮巨大的夕阳击晕了，它看起来那么大，那么近，血淋淋的，似乎只要我一伸手就能够着它。从这山顶上看下去，整片山林都被染得血红，有风吹过时便状如波涛。就在这一片汹涌的波涛中，我却看到了一块凹进去的癫疤，我很快明白了，那是铅矿的位置，也就是我的藏身之处。然后，换了一个角度，我看到血红的波涛里居然亮着一面闪光的镜子。我盯着那镜子看了很久，终于明白，那镜子其实就是密林中的无名湖。原来，只要有人能登上这山顶，无名湖便不再是这世上的一个秘密。

我本能地抬头看了看天空，玫瑰色的晚霞正在迅速消散，取而代之的是一大团雄壮的云堡正在我头顶聚集。云堡中间开了一处小洞，夕阳最后的光线从里面射下来，照着我和这片森林，宛如一只巨大的无所不知的眼睛。

又在顷刻之间，狂风骤起，云堡坍塌，一场大雨将至，森林里有怒涛滚滚而来，那林间的癫疤和镜子似乎转瞬之间便会被吹得支离破碎，无迹可寻。

这一日，我骑着摩托车下山，又来到落雪堂，来到范家门口。穿过那排柳树，见门正开着。幽深的门洞里空无一人，那张小木桌和我做的那把椅子却还在原处，好像上面还坐着一个隐形的老人。我对着那桌子和椅子默默站了一会儿，然后走进院子里。

我吓了一大跳，院子里一片狼藉。一只箱子在阳光下敞着盖子，里面是一堆五颜六色的衣服，房檐下的台阶上横七竖八地铺了一地书，都晒着太阳。有几张写着毛笔字的条幅也被扔到院子里，好像正在院子里闲庭信步。各类生活用具零散扔了一地。仿佛这院子刚刚被洗劫过。我站在院子里问，有人吗？

竹帘晃了一下，闪出一个人影来。我一看，不是别人，正是范云冈。如今这整个院子里就剩她一个人了，她远远站在那里，看起来分外瘦小，竟把这院子衬得空旷了好几倍。我心里一阵难过，口气倒更蛮横了，你家这是怎么了？被强盗打劫了？

她向我走过来，脑后还是梳着一只蓬乱的大丸子，眯着眼打量了我好几眼，好像这才勉强想起我是谁，说，是你啊，打领带那个。你又是来借书的吗？你还真敢来。

这最末一句话让我对她又有了几分警惕，但我还是不动声色地问了一遍，你家到底怎么了？

这些书都是我爷爷的，你喜欢哪些随便拿去，反正我都是要送人的。

我惊诧道，你爷爷的书你怎么能送人？他自己保存了那么多年，还给好多书包上了书皮。

她耸了耸肩，两手一摊，说，我算看透了，他再爱书，死了还不是一本都带不走。留这么多东西做什么，都是累赘，不如早些送了人，还算做了好事。

我的口气忽然就有点气急败坏起来，我像个长辈一样大声训斥她，你爷爷允许你把他的书都送人吗？

她挑起一个嘴角嘲笑我，你是我家什么人？

我自觉失言，便坐下点了支烟猛抽起来。她立在我旁边说，喂，给我一根。我瞪着她，小姑娘家抽什么烟，烟抽多了连肺都能被熏黑。她叫道，那你怎么还抽啊。我又抽了两口才说，我烟瘾大，年龄也大了，戒了就没什么乐趣了。说着递过去一支烟，她点着了，装腔作势地抽了一大口。我估计她的很多动作是从电视上学的。

她一边抽烟一边说，我要出门了，说不定一走就是几年，我把工作都辞掉了。一个人守着个十间房的大院子，晚上都觉得瘆人。

我猛抽了几口烟，把自己呛得直咳嗽。我痛心疾首地说，你爷爷费了多大的劲才给你找的这份工作。

只见她叼着烟在满地狼藉里游弋着，说，我八岁就没有妈了，跑了，以后再也没看过我。我二十岁的时候我爸失踪了，生死不明。我二十四岁的时候我奶奶病死了。然后，就剩了我和我爷爷，我知道他也会走的。我在心里早就做好准备了，我知道他们一个一个都会离开我的，最后会只剩下我一个人。所以我早就想好了，如果只剩下我一个人的时候，我该怎么办。我总不能一辈子就在一个馒头大的小镇上待着吧。大城市我也不去，累得慌。我可能去西藏、新疆，还可能去内蒙古。你看人家那些少数民族，成天骑着马在草原上跑来跑去地放羊，喝着酒唱着歌儿，不用找工作，不用巴结人。死了就拉倒，活人也不用为死人哭，因为人人都要死。每当我想为我爷爷大哭一场的时候，我就想，我也会死的，反正大家都一样。

她说得并不伤感，我的眼泪却差点下来了。我默默抽完一支烟，把眼泪硬憋回去之后才说，人家是游牧民族，和我们不一样，那种生活在电视上看看就行了。人最后都是需要安稳的。我年龄比你大好多，你听我一句，其实在一个小镇上当个小学老师真的就挺好的。

她叼着烟看天，不吭声。

我以为刚才的话起了作用，忙又继续说，不要以为自己比别人多看了几本书就和别人不一样了。你爷爷还是希望你有份稳定工作，找个好人结婚。再过几年你就知道了，其实安心比什么都好。

她忽然冷笑一声，既然结婚这么好，你怎么不去结？

我心里一惊，嘴上却硬撑，谁说我没有结婚，我儿子都十几岁了，个头比你还高。

她并不说话，只是嘎嘎大笑。我这才想到，虽然我还是愿意把她当成一个孩子，但事实上，她已经二十九岁了。我忽然想到，范听寒在去世前会不会已经把他所知晓的秘密告诉了他的孙女。

我心里一动，却不再有以前那种动辄一身冷汗的激灵感。我想到了那天站在黑龙峰上看到的无名湖，它像面小小的镜子一样裸露在大地上，反射着血红色的夕阳。也许，这世界上根本不止我一个人知道它的存在。想到这里，我反而有了一种莫名的轻松。

秋天的阳光烤着我，我微微闭了会儿眼睛，阳光里飘着翠菊最后的花香。再睁开眼睛时，忽见她抱着两只酒瓶子站在我面前，她把酒瓶朝我晃晃，说，你看我爷爷存下的老白汾也带不走。我不说嘛，人活一世就是个过客。怎么样，中午一起喝点吧？

她把菜园子里最后一个茄子和最后两根黄瓜摘了，把茄子蒸了，拌上蒜泥，又把黄瓜拍了，淋上香油。又说她爷爷在缸里还养着两条鲤鱼，要不要也炖了下酒。我连忙说，我从不吃鱼。她便只把茄子和黄瓜端上来，两只酒杯里都倒满酒，然后我们就在门洞里的小木桌前坐下来对饮。

秋风带着剑气从门洞里钻过，已经明显有了凉意。她举起杯子，我也举起杯子，我们碰了一下。她说，以后要是去了新疆西藏，怕是就喝不到这么好的酒了。我说，去了哪里都有好酒喝的，就是过了阳关玉门关，照样有好酒。不管去哪里，我还是希望你能找个好人，一个人真的太孤单了。

她挑起一个嘴角看着我说，一个人太孤单了？

我不再接话。

我们默默地喝了三个来回，我放下杯子，忽然正色问道，你爷爷去世前，你是怎么找到岔口饭店的？

她用一根修长的手指轻轻敲打着桌面，意味深长地看着我说，因为镇上去山里采木耳的人曾经在你那饭店里吃过饭，你那饭店根本不在镇上。而且你那饭店里只做四样菜：过油肉、酱梅肉、野鸡炖山蘑、烩土豆。我没说错吧?

我不语,咬了一大口黄瓜,满嘴咔嚓咔嚓脆响。她补充了一句,我早和你说过,一个馒头大的小镇能瞒住什么,镇东吃肉,镇西就能闻到。

我仍不说话,又咬了一口黄瓜,正使劲地嚼着,忽听她淡淡地说了一句,我男人也去你饭店里吃过饭。

我的咀嚼猝然止住,我抬头看她,我们正好四目相对。我脑子里努力拼凑着那个男人的样子,却是怎么也聚拢不成一个人形。她说的应该就是那个凤城镇上暴尸街头的黑社会老大,他居然去过岔口饭店?而我却根本不知道坐在那里吃饭的人可能是谁。

我不寒而栗,却忽然咧嘴笑了一下,牙缝里露出绿色的黄瓜。

她给我倒上酒,我又和她喝了一杯,才假装漫不经心地问道,他去我那里吃饭也是进山采木耳吗?

她那根指头似乎闲得发慌,还在不停地敲打桌面。她说,他倒不采什么木耳,他只是对你好奇,觉得你是有些来路的人。一个人为什么要把饭店开到山里去呢?

我听到自己的心脏在胸腔里很响地跳了几下,但我的声音反倒越发轻快,我说,进山里拉木料的大车司机也要吃饭吧,总不能所有的人都把饭店开到城里去。

那根指头还在敲,发出单调可怖的声音。她并不接我的话,只说,你不是经常去镇上卖木耳吗?他早就注意到你了,因为你的穿着就和别人不一样。

我想到直到那个男人被砍死在街头,我都没有见过他一次,甚至至今都不知道他长什么样。而当我在镇上卖木耳的时候,他可能就坐在我对面仔细打量着我。

看来今天我根本不该来。范听寒已经不在了,我却又放心不下他这个孙女,毕竟,她没有了父亲,又没有了爷爷。听她的口气,她像是已经知道什么了。

我下意识地朝着门的方向看了一眼。离我并不远,我断定我可以随时从这扇门里离开,她毕竟只是一个年轻姑娘。做好打算后,我不动声色地给她倒了一杯酒,又给自己倒了一杯,然后笑着问她,注意到我?就因为我喜欢穿西装打领带?

她也笑了一下,说,他说他还没有想明白你到底是什么来路,如果是一个犯过事的人,大概也不敢穿成这样。他觉得你很奇怪。

看来她并不确定。我又想到那个男人既然能找到岔口饭店,会不会也已经知道了我住在哪里。我便试探道,他在我饭店里吃完饭都不和我打个招呼?既然都认识,怎么能不去我家里坐会儿呢。

她微微一笑,把杯里的酒一饮而尽,说,你家?你家在哪?

我不说话,看着她的眼睛。

她回看着我的眼睛,说,我男人那次下山后曾对我说,他猜你很可能就住在山里。

我纹丝不动,说,他还说了什么?

他还说他觉得你没老婆没孩子,应该是一个人过。

我竭力用平静掩饰着内心的狂风巨浪,我看到自己端起酒杯的手又在发抖,但我还是勉强和她手里的酒杯碰了一下,一口喝干,这才说,其实他要是早说的话,我一定请他去我家里坐坐,让我老婆给他炒两个菜,我和他好好喝顿酒。

说完这话,我又点了一支烟,一边递给她一支。

她把烟点着了,叼在嘴角,锋利的眼神忽然就钝下去了。她极安静地说,没机会了,后来他死了。

我没有说话,只是埋头抽烟。

她抽了几口,不再看我,只看着门外说,他这个人吧,你可能没见过,长得特别像个坏人,打架斗殴,还蹲过监狱……他只是长得像个坏人。你不知道他其实还像个小孩，喜欢捡树根做根雕，会用麦秸编篮子，会把南瓜刻成灯笼。

她没有声音地流着泪，嘴角还叼着那支烟。

我感觉自己身体里滚烫，手脚却冰凉。我便走到水龙头前把头伸下去灌了几口凉水，一抬头，正看到那只大水缸里盘着的那两条大鲤鱼，它们不知吃了些什么，越发肥硕。我胃里一阵抽搐，又伸头灌了两口凉水。

我重又回到桌前坐下，她脸上的泪迹已经收起，那根手指重新在桌上可恶地敲了起来。她边敲边忽然想起了什么，说，对了，你还有个奇怪的地方，你和我爷爷说过，你小时候是在海边长大的，对吧？但是你却不吃鱼。

我盯着她那根手指看了一会儿才说，不是这世上所有的事都能解释清楚的，有人讨厌吃鸡肉，就会有人讨厌吃鱼肉。

她诡异地笑了一下，说，是吗？那你觉得我爸爸还可能回来吗？他已经消失了八年了。

我说，我记得以前你自己不是说过吗，觉得他只有两种可能，要么是他犯了什么罪躲起来了，要么就是已经被人害了。

她目不转睛地盯着我，说，那是我说的，不是你说的，你觉得哪个可能性大？

我摊开自己的手心比画着，说，我不会算命，这个我不知道，真不知道。

她又独自饮下一杯酒，然后，那根可恶的指头继续在桌上有节奏地敲着，笃笃，笃笃，笃笃笃。她慢慢地说，你想知道我男人是怎么看待这件事的吗？他给我讲过，一个人几年不回家的可能性有很多，比如他以前的一个狱友，判刑之后被发配到新疆戈壁滩改造，刑满之后也不能回内地，就只能在那戈壁滩里待着，和家里人也多年没有了联系，家里人都当他已经死在新疆了。又说他知道有一个年轻女人离开家去呼和浩特的一个饭店打工，她在工作的第二天就被奸杀了，公安通知了她父亲，她父亲不敢把真相告诉她母亲，就骗老伴说女儿跟着一个有钱男人跑了，过上了好日子，吃穿不愁，就是不记得往家里打个电话。一骗就骗了三十年，一直到他老伴去世前还在等着他们的女儿回家，而杀人犯是在那女的死了十多年后才被抓住的。他还给我讲过有个生意人被人抢钱害命，却几年里就是找不到尸首，家里人和公安方圆十里地找，怎么都找不到，就成了无头案。结果你猜后来是怎么找到的？邻村有个人喜欢钓鱼，有段时间老去一个很远的废水塘钓鱼，他发现钓起来的鱼都比别的地方的鱼肥大，他就感觉有点不对劲。那人胆子大，决定到水下看看究竟有什么，结果看到水底有一具被大石头绑着的尸体，尸体上的肉已经被鱼吃光了。

我刚端到嘴边的酒杯忽然停住了，她也忽然住了口，整个世界像被一把利刃齐齐剁了开来，没有一点多余的声息。我端着那杯酒，再次迅速朝那扇门的方向看了一眼。

片刻的死寂之后，我说，你那男人，死了真是可惜了。

在幽暗的门洞里，她目光灼灼地看着我，忽然间她骄傲地微笑起来，说，我一直都这么觉得。

我还是举着那杯酒，说，我想敬他一杯。然后，我一饮而尽。

夕阳西下，我们两个人都喝得有些醉了，我心中想着还是快些离开，便摇摇晃晃地站起来，说，天快黑了，我该走了，把你爷爷的书送我一本吧，用他的话说，留个纪念。

她重复了一遍，我爷爷说过，是要让你留个纪念。

我拿起一本《花间集》，打开，里面居然也夹着一张写字的纸，看起来又是一首范柳亭致父亲的家书："谁道闲情抛弃久。每到春来，惆怅还依旧。日日花前常病酒，不辞镜里朱颜瘦。河畔青芜堤上柳。为问新愁，何事年年有？独立小桥风满袖，平林新月人归后。"落款时间是

2006年3月18日。我想我真的是喝多了，我竟对范云冈晃着这张纸说，看，你爸爸的信，你看他一直在给你爷爷写信呢。

她神秘地笑了，说，我爷爷经常给自己写信。

我把那本书小心翼翼地揣在怀里，然后终于向那扇门走去。她跟在后面，一直把我送到门口。门口不见人影，只有我的摩托车停在那排柳树下。我又是怕她，又是感激她，我知道这一定是我最后一次来这里了，我觉得我应该说点什么，把那些本想和范听寒说的话都说给她听，我甚至想和她聊聊她的父亲，我毕竟认识他。最后我却只客套地说了一句，你走的时候，我来送行。

她又习惯性地挑起一个嘴角，看着我的眼睛说，不用卖我人情，你走了就走了，反正我也要走了。

我一只脚已经跨在了摩托车上，另一只脚点着地。这时候我发现她是真的在让我走，是真的。我反倒犹豫了片刻，最后还是使劲一踩油门，摩托车突突突地发动了起来。就在那一瞬间，我心里仿佛有山洪涌过，我忽然扭头对她喊道，你上不上车？我现在带你去一个地方，就在这山里，我带你去看一个你从来没有见过的湖。

她愣了一下，眼睛里忽然波光闪闪，却依然站在柔媚的柳枝下，没有动。然后，她假装什么都没有听到，只用更大的声音喊回来，你说什么，我听不见，我一点都听不见。在摩托车飞出去的同时，我看到她转过身去，消失在了幽深的门洞里。

15

我潜入水中，再次向着无名湖幽暗的湖底游去。

后记

　　我是比较认同命运感这一说的。其实什么是命运，命运就是一种合力，把出身、父母、童年、所受的教育、所经历的大事、这个世界对你独一无二的恩赐和伤害，把所有这些合在一起，构成的力量就是你的命运。这种命运感在所有从事艺术的人身上会表现得更加明显更加有迹可循，这个群体当然也包括作家。我总觉得作家是一种很宿命的职业，不是你想不想做作家，不是你要多努力地去成为作家，而是，你好像一直在被一种命运或一种力量推着走，是命运拣选了作家，而不是作家拣选了自己的职业。这并不是说作家是一种光荣的职业，只是无可回避，类似于使命感。

　　我觉得真正的写作动力都是埋得极深的，那些浅层次的喧嚣的动力都不足以持久，也无法给人以真正的力量。我也试图去想清楚过，这种最深最隐秘的动力到底是什么。我觉得它可能更接近于一种治愈，一种修复，一种复活，以及一种最本质的生活方式。也就是说，一个作家可以在写作中修复和治愈自己，这种文学化的创伤更是一种原始创伤，从你出生就有，而且可能一直陪伴着你，但你却看不到它。作家通过写作可以为自己创造出一种与世界交往的方式，隐秘，但本质。还有，可以为自己那些最珍贵最不可复制的情感找到一个安放之地，像墓碑，像纪念碑，像化石，它们在文字里栖息，永远都不会死亡。

此外，人的心境和想法都是几年一变，所以千万不要用一个标准去衡量一个人。人的一生就是不停变化的一生，没有谁会一直停留在原地。时间就是生命的真相，确实如此。我一度认为自己的写作没有经过青春期，因为我从没有写过那些太过青春的东西，我几乎从一开始就在写苦难。后来我慢慢明白了，其实那些过于酷烈过于极端的书写，本身就是一种青春写作，或者是青春写作的一种变体。没有人能真正绕开自己的年龄和阅历，也没有人能逃开时间的冲刷与沉积，很自然地，在时间中，有些东西会流走，有些东西会沉淀，一个人最终会把本不属于自己或与自己本性相悖的东西一层一层蜕掉，到最后只剩下一个最接近本性的自己。一个人无法欺骗自己的本性。所以我这十多年的写作，貌似经历了一个变化的过程，而本质其实不过就是一个人慢慢寻找和发现自我本性的过程。任何寻找的过程都是会充满痛苦的，所以不必夸大自己的苦痛或焦虑，这就是一个必经的成长过程。但回头看看，成长也是一件美好的事情，不同阶段都有一个不同的自己，于是也有了不同阶段的小说。这也是一个顺其自然的过程，无法强求。

每一代作家都有他们的出场方式和成长脉络，这个与时代紧密联系在一起，人永远都是时代里的人。像当年的伤痕文学、寻根文学的出场是有其时代背景的，那代作家希望从中国传统文化中寻找到真正有生命力的东西，从使命和共识出发成为一种文学潮流。而我们这一代作家遵循更多的还是个体的经验和声音，难以形成一个集体性的文学思潮，这是改革开放之后成长起来的一拨人的特点吧，难以再有共性的东西。所以在我后来的写作中出现了面向文化和文明的挖掘，那也是只属于我个人的内在需求，没有代表性。小说是一个在不停成长和变化的东西。你在长期的写作中会感觉到，你必须得不停地吸收新的东西，不停地产生新的思想，才有可能喂养你的小说。就是在这个过程中，我自己的年龄在增长，想法也在不停变化，我需要一些更明净、更踏实、更有力的东西来支撑我自己，然后才能支撑我的小说，而文化的属性正好契合了我这种需求和渴望。它有一种明净纯粹的光辉，稀释苦难，缓解浮躁，还能真正给人一种力量，我想，向它的靠近也是一个人本能的需求吧。